まほろ駅前狂騒曲

真幌站前狂騷曲

李彥樺 譯

三浦紫苑 著

目次

眞幌市是東京都西南方最大的城市，鄰近神奈川縣。
在眞幌站前經營便利屋的多田，收留了高中同班同學行天。
不知道爲什麼，便利屋的客人大多是些來路不明的牛鬼蛇神。

人物介紹

多田啟介
在眞幌站前經營一家名爲「多田便利軒」的便利屋，離過一次婚。

行天春彥
在「多田便利軒」吃閒飯的人，離過一次婚。

三峯春
四歲，母親三峯凪子託多田便利軒照顧。

柏木亞沙子

創業於眞幌的西餐連鎖店「眞幌廚房」的社長。

澤村

在眞幌市內生產及販賣蔬菜的「家庭健康食品協會（HHFA）」的幹部。

星良一

以眞幌市爲活動據點的年輕黑社會老大，監視著HHFA的動向。

曾根田老奶奶

在眞幌市民醫院住院，兒子常會委託多田假裝是自己前往探視。

岡老人

「多田便利軒」的常客。常委託多田打掃庭院或監視家門前的公車。

眞幌站前狂騷曲

一

這一年，多田便利軒平安無事地迎接了新年的到來。當然，「平安無事」換個說法就是「一成不變」。

多田啟介創立於眞幌市的多田便利軒，是不太會受景氣波動影響的便利屋事業。雖然規模相當小，但勉強能維持獲利。當然距離賺大錢還非常遙遠，但靠著穩健踏實的經營方針，逐漸獲得了客戶們的信賴。

多田便利軒的事務所位於一棟老舊綜合商辦大樓內。事業已逐漸上軌道的最佳證據，是事務所內的矮桌上擺著年節燉菜、正月魚板及日本酒。

「多田，你的事務所只有兩個男人，一定沒有準備什麼年節的應景料理吧？來，這個給你們吃，年節期間好好休息，明年也請多多指教。」

不少客人基於這樣的心態，送了食物給多田。然而那心態的本質是信賴還是同情，就請大家不要深究了。

位於東京都西南方的眞幌市，是擁有三十萬人口的大型衛星城市。眞幌車站是JR八王子線與私鐵箱根快速線（簡稱「箱急線」）的交會站，不僅百貨公司林立，商店街也是人潮匯聚。從眞幌站搭乘箱急線前往新宿只需要三十分鐘，因此這裡也興建了許多專爲年輕上班族家庭設計的大型公寓。

距離車站稍遠的區域，則是透天厝大量聚集的住宅區。那些土地原本都是農田或丘陵地，主要是在泡沫經濟時期經過整地後興建住宅，所以有些建築的屋齡甚至超過三十年。如今那些透天厝的屋主，有不少是丈夫已經退休，孩子們也都離家獨立生活的老夫老妻。

多田從小到大都住在眞幌市內的預建式住宅[1]。趁著多田入職汽車公司，父母將房子賣了，回到他們的故鄉長野縣。聽說如今他們在那裡耕種一塊小小的農地，身體無病無痛，生活還算愜意。

多田跟父母的感情並不是特別差，但也沒有特別好，平日極少聯絡。只是偶爾會互相打電話告知近況，父母有時會寄一些模樣不太美觀的蔬菜給多田。多田完全不會做菜，所以收到父母寄來的蔬菜，大多也只能當成生菜沙拉吃掉。不管是細瘦的白蘿蔔，還是包得不太緊密的高麗菜，全都切成碎片後沾美乃滋吃掉。每次吃那些菜，多田都覺得自己像一隻菜蟲，但畢竟是父母的一番好意，總不好直接丟棄。當然如果寄來的是白菜或南瓜，還是會先用水煮過再吃。

一場失敗的婚姻對多田造成幾乎無法癒合的創傷。不過，幾乎畢竟只是幾乎，如今多田還是活得好好的，並沒有傷重不治。婚姻生活的不如意，或許是讓多田決定辭去工作，開始經營便利屋的遠因之一。當時多田不僅辭去工作，還搬離了原本與前妻一同生活的杉並區公寓，回到眞幌市。剛回到眞幌那陣子，多田不想與任何人往來。父母得知多田離婚的來龍去脈，完全尊重他的

1 「預建式住宅（建売住宅）」指的是由建商統一興建後對外販售的住宅。

決定。他們只是偶爾會從長野來電或來信，以輕描淡寫的口吻表達關心，從來不曾強加干涉多田的決定。

眞幌市當然並非只有公寓及透天厝。郊外還是有一些雜樹林，以及田園地。雖然市裡的土地長年來受住宅區蠶食鯨吞，但還是保留著一部分往昔的牛舍及牧場。有幾所大學在眞幌市設有校區，因此廉價的學生公寓也不計其數。

不管是從郊區還是從住宅區，想要前往眞幌車站，主要的交通工具都是橫濱中央交通公司（簡稱橫中）的公車。橫中公車的路線有如蜘蛛網，遍及市內的每個角落。那橘紅色車身的公車，可說是眞幌市民最熟悉的代步工具。

眞幌市並非只是一座單純的居住城。這裡居民可說是五花八門，各有不同的生活處境。既有全力撫養孩子的年輕夫妻，也有老人及學生族群。有些人在祖先傳承下來的土地上默默耕耘，有些人每天搭電車到東京都心上班。

不管是什麼樣的人，不管過著什麼樣的日子，每當在繁忙的日常生活中遇上一些麻煩的雜事，總希望有人能幫忙處理。例如年金手冊不小心掉在沉重的櫃子後頭，例如到了該打掃庭院的日子卻提不起勁，例如閃到了腰而沒辦法上超市買菜。

這種時候，就是多田便利軒出場的最佳時機。

正因爲眞幌市民各有不同的立場及處境，多田所經營的便利屋才能接到足夠的生意來勉強餬口。

每到年底，多田總會接到大量年終大掃除的委託工作，忙得焦頭爛額。而每到元旦之後，多田又會閒得發慌，完全接不到任何工作。在家家戶戶門口還裝飾著門松的時期，基本上便利屋是接不到工作的。今年當然也不例外，除了四日那天臨時接到一個照顧孩子的工作，多田每天除了睡覺還是睡覺，三餐也都是從冷凍庫裡拿出一些年節燉菜，用微波爐加熱來吃。到了七日這天，多田在過年前暗自祈禱「希望過年期間能夠平安無事，一路睡到七日」的心願，也到了確認結果的日子。只要安穩度過今天，就可算是神明實現了多田這小小的心願。

然而此時卻有一個男人，干擾了多田的平靜心靈。

「多田，燙個酒吧。」

那就是行天春彥。他躺在事務所的沙發上，拿燉菜當作下酒菜，一個人自斟自飲。他似乎想要徹底實踐「過年就要睡到飽」的理念，這幾天除了上廁所，多田從不曾見他的屁股離開過沙發。

「為什麼我要幫你燙酒？喝冷的不行嗎？」

「事務所好冷，得喝點熱的暖暖身子。為什麼你每隔一個小時就要把暖爐關掉一會？」

「為了省錢。」

「原來冷的不是冬天，而是貧窮。」

明明是賴在別人家裡吃閒飯的身分，行天的抱怨卻從來沒少過。多田撿起掉在地上的毛毯，粗魯地朝行天拋去。行天以毛毯裹住全身，重新癱倒在沙發上，這才心滿意足地繼續喝起酒。他維持完全躺平的姿態，只抬起頭，卻可以一口一口啜飲杯中的酒，沒有流出一滴。多田不禁感慨，這傢伙如果做其他事情也能這麼有技巧就好了。

多田在矮桌對面的沙發坐了下來，長嘆一聲。

「行天，這個年一過，你住在我這裡就邁入第三年了。」

「已經這麼久了？」

「你不認爲自己應該想辦法振作起來嗎？」

「想辦法？想什麼辦法？」

「出去找工作，或是另外找地方住。」

行天坐起上半身，拿著免洗筷吃起燉菜，露出百思不解的表情。

「跟在你的身邊幫忙，就是我的工作，爲什麼要出去找工作？我在這裡有地方住，爲什麼要另外找地方住？」

「這裡可是我的事務所兼住家。你都已經三十好幾了，還一事無成，難道不覺得丟臉嗎？」

「不覺得。」

「你不覺得，我覺得！我老是在煩惱要怎麼對客人解釋我們的關係。」

「高中同學。」行天將筷子前端在自己與多田之間來回甩動。

「如果只是高中同學，誰會讓一個毫無關係的男人在家裡住上好幾年？」

「但我們的關係眞的就只是高中同學，不然呢？」

行天拿起一升[2]瓶裝的酒，先往自己的杯裡倒，接著往多田的杯裡倒，卻笨手笨腳地倒得滿桌都是酒水。多田只好趕緊拿抹布來擦，行天卻似乎不在意，自顧自地吃菜喝酒。

「要是那麼在意客人的想法，你可以說我是『失散多年的雙胞胎弟弟』。」

「我們長得一點都不像。」

「接著你可以說：『我弟弟從小被送到別人家當養子，但他長大後完全不工作，整天混吃等死，所以被趕出家門。現在我看到他就頭疼，哈哈哈。』」

行天繼續演著他自己想出來的雙胞胎劇本。多田揉了揉眉心，一口喝乾了杯裡的酒。

從前就讀都立眞幌高中時，多田與行天確實是同班同學。但那已經是將近二十年前的事了，而且兩人並不是朋友，甚至沒有說過話。

兩年前的過年期間，兩人偶然重逢，行天住進了多田的事務所，竟然就這麼賴著不走，直到今天。這整整兩年，多田每天都被行天那荒腔走板的行徑耍得團團轉。

由於行天聲稱自己無處棲身，當初多田沒有多想，就讓行天暫時住進事務所。一來高中時發生的某件往事，讓多田一直對行天有些愧疚，二來多田認爲自己一貧如洗，事務所內也沒什麼値錢的東西可以偷。再加上一場失敗的婚姻，讓多田變得自暴自棄，什麼也不在乎了。

直到最近，多田才漸漸感覺自己似乎能重新振作起來。原本有如槁木死灰的心靈，終於能夠追求明亮、溫暖的事物。嚴格說來，行天的怪異行徑也是讓多田的心境產生變化的主因之一。就這一點而言，多田認爲自己應該感謝行天。

但是行天賴在事務所至今已邁入第三年，不管再怎麼說都太久了。

多田再度重重嘆了一口氣。對行天說教是件多麼沒有意義的事，這兩年相處下來，多田已心知肚明。雖然與行天的同居生活讓多田被迫培養出豁達與寬容的精神，但是跟一個既不是家人也

2「升」日本傳統重量及容積單位。一升約等於現在的一點八公升或一點五公斤。

不是情人，甚至連朋友都不算的男人一起迎接第三次新年，想不嘆氣都不行。

「唉，那些雞毛蒜皮的小事，我勸你還是別想太多。」

行天一手拿著酒杯，另一手的筷子快速往返於裝著燉菜的盤子與自己的嘴巴之間。

「那些認爲兩個人沒有正當理由就不能住在一起的傢伙，單純只是命太好。他們無法想像這世上有些人沒有能夠守護的尊嚴及財產，做任何事情都找不到『感覺』之外的其他理由。所以我才說，如果你非得向其他人解釋我們的關係，那就隨便掰個『雙胞胎兄弟』吧。」

行天說得天花亂墜，多田卻從一開始就想著另一件事。

「等等，行天。你怎麼只挑燉菜裡的蒟蒻吃？」

「呃……這東西比較好吞？」

「麻煩你咀嚼一下！」

就在這時，事務所的大門突然毫無預警地被推開。

「新年快樂！」兩個女人闖進了屋裡。

她們是在真幌車站的「後站」營生的娼妓——露露及海希。體態豐滿得有如「繩文維納斯[3]」的露露，身上穿著一件連身裙。那可不是普通的連身裙，而是表面布滿了金色亮片，有如鎧甲一般的連身裙。連身裙的上頭披著一件人造毛皮大衣，腳上穿著銀色細跟高跟鞋。就連她抱在懷裡的吉娃娃，脖子上圍的也不是項圈，而是紅白雙色的水引[4]繩結。光天化日之下打扮得金碧輝煌，已經算是露露的標準風格，但今天的打扮似乎是新春限定版，整個人看起來更是金光閃閃、瑞氣千條。

至於一旁的海希，穿著打扮則比露露低調得多。身材苗條的她，穿的是黑色毛衣與藍色牛仔褲，自然而不做作。海希的手上拿著一個大保鮮盒。

「果然我猜得沒錯，便利屋的兩個大男人，正在過寂寞版的新年。」

露露朝矮桌瞥了一眼，屁股一擠，在多田旁邊硬是坐了下來。吉娃娃小花乖乖地趴在露露的膝蓋上。

「哪裡寂寞了？」

行天挪動屁股，讓出位置給海希，反駁道：「我們可是連雜煮[5]這種過年才會現身的食物都吃了，厲害吧。」

行天，拜託你能別開口就別開口。多田無奈地想著。如果你指的是昨晚吃的那個東西，那叫雜炊，不叫雜煮，而且還是便利商店買的眞空調理包食品。

「你們怎麼會有兩個鏡餅[6]？」

海希在行天身旁坐下，詫異地歪著頭問道。矮桌上有兩個眞空包裝的鏡餅，而且不知爲何剛好擺在對角線上。那也是行天從便利商店買來的應景物。

「妳想要，可以送一個給妳。」行天嘴裡說得大方，一對眼睛卻貪婪地看著海希手中的保鮮

3「繩文維納斯」（縄文のビーナス）是日本繩文時代的土偶，外型爲豐滿的孕婦，出土於長野縣的棚畑遺跡。
4「水引」是日本的一種傳統繩結藝術，多用來裝飾節慶的禮包或吉祥物。
5「雜煮」即年糕湯，是標準的年節料理。「雜炊」則是日式鹹粥，兩者雖然名稱很像，卻天差地遠。
6「鏡餅」即日式的年糕，通常製作成兩個圓盤狀，上下相疊，用來祭祀年神。

盒。

「對了，我做了些紅白蘿蔔絲[7]。」

海希打開盒蓋，將保鮮盒放在桌上。白色與橙紅色的蘿蔔絲，看起來鮮豔漂亮。

「爲了切這些蘿蔔絲，我手腕都快斷了。」露露自豪地挺著胸膛說。

「來，快吃吧。」

多田道過謝，用筷子夾了一些放進嘴裡。酸酸甜甜的滋味，引來下巴深處一陣痠軟。這幾天因爲喝太多酒，嘴裡一直處於高溫狀態，吃些蘿蔔絲正好降降火氣。轉頭一看，行天將蘿蔔絲一口一口吸進嘴裡，簡直像在吃麵條。多田心想，這傢伙該不會又沒咀嚼就吞下去了吧？

露露與海希自己從廚房取來杯子，也跟著喝起了酒。

「幸好你們喜歡吃。」海希笑著說道。

「很多男人不愛吃酸，我們本來還很擔心呢。」

「你們要是不幫忙吃一些，我們兩個可能會吃蘿蔔絲吃到溺斃。」

露露將頭轉向一邊，故意不去看保鮮盒。「我跟海希從元旦就一直吃，現在光是看到就想吐。」

「爲什麼要做那麼多？」多田問道。

再怎麼好吃的東西，總不能吃到把命也賠上了。

「因爲我們輸給了『賣火柴的小女孩』戰術。」露露一邊說，一邊扭來扭去。

「露露，那不是我們的錯。要怪，只能怪跨年夜。」海希一邊說，一邊唉聲嘆氣。

根據兩人的描述，在跨年夜那晚，接近十二點的時刻，兩人結束了工作，正一起走回公寓，卻在路上遇見一輛賣蔬菜的車子。

「三更半夜還在賣菜？」多田有些吃驚。

「跨年夜還有客人，眞了不起。」行天流露出欽佩之色。

多田本來以爲他指的是同一件事，但看他的表情，才發現他指的是眼前的露露與海希。

「你不知道嗎？逢年過節及大風大雨的日子，自古以來就是我們這個行業賺錢的大好機會。」露露說得志得意滿，又挺起了她的胸膛。「那些客人的心態，大概是覺得那些日子沒人有興致尋花問柳，反而能夠自由挑選喜歡的女孩子。」

露露是個非常敬業的女孩子，接客時總是妝扮得漂漂亮亮。唯一的缺點，大概是臉上的妝太濃，看起來像戴了面具。對於客人的心態，她多半做過深入研究。

「這個客人想得到的事情，其他客人當然也想得到。」海希接過露露的話。

「結果就是逢年過節及大風大雨的日子，客人反而特別多。」

多虧了那不知該說是耿直還是愚蠢的男人本性，眞幌車站的後站一年到頭都在上演著娼妓與嫖客之間的悲歡離合。這種青樓內的事情，多田當然一無所知，除了點頭也不知道該做出什麼樣的回應。

「原來如此，所以妳們才會在跨年夜還工作到那麼晚？」

7「紅白蘿蔔絲」（なます）也是日本人過年常吃的食物，基本上是將紅蘿蔔與白蘿蔔切絲後加入醋、砂糖醃製而成。

「是啊，一號到三號得天天上工，收工的時間能夠比平常早一些，已經要偷笑了。」

露露表面上感慨工作太忙，言辭之間似乎是在暗示自己是個「迷倒眾生的超級紅牌豔妓」。一雙眼睛眨個不停，上頭黏著長長的假睫毛，看上去活像兩條生猛的蜈蚣。那擠眉弄眼的表情，似乎是想向多田拋媚眼，但一般拋媚眼都是睜一隻眼、閉一隻眼，她卻是兩眼同開同闔，看起來像是眼睛進了沙子。

多田與露露第一次相遇，關係只是便利屋與委託人。如今雙方已建立了一定程度的交情，包含海希在內，勉強能夠算是朋友的關係。但露露每天都打扮得猶如三原色妖怪，多田實在沒有勇氣與她發展出進一步的關係。因此即便露露眨眼眨到快起風，多田也只是點點頭，說了聲「辛苦了、辛苦了」。

「完全沒有時間休息，皮膚變得好粗糙，真讓人煩惱。」

反正妳上班都戴面具，皮膚粗不粗糙很重要嗎？多田這麼想，但當然不敢說出口。

一旁的海希冷靜地將話題拉回來。

「總而言之，我們看見路旁停著販賣蔬菜的車子。那是一輛藍色發財車，車斗上蓋著帆布。」

「後站那一帶，會買蔬菜的人應該不多吧？」

ＪＲ眞幌車站後方，從前似乎是青線區，直到今日依然是眞幌市內有名的風化地區。雖然跟當年相比，現在的後站可說沒落了不少，但在與鐵路平行的龜尾川沿線上，還是有一排排散發著危險氛圍的長屋，露露及海希都在那裡等著客人上門。渡過龜尾川，就進入神奈川縣的境內。那一帶林立著大量愛情賓館，每天晚上都會有一對對男女快步走在街道上。

眞幌市的居民除非有特別原因，否則一般不會踏入後站地區。而所謂的特別原因說穿了就是買春。「媽媽，嬰兒從哪裡來？」、「傻孩子，當然是送子鳥送來的。」像這種尋常的家人對話，基本上不會在後站聽見。

「平常是這樣沒錯，但因爲那天是跨年夜，路上行人相當多。找我們的客人固然不少，但也有些人只是走那條路到眞幌天神[8]參拜。」

海希輕啜著酒，將嘴唇濡溼。「那輛車的車斗上有一排排架子，蔬菜都擺在上頭。我們到的時候，架子上的蔬菜已經賣掉了一半。」

「那車子賣的蔬菜很便宜？」

原本一直保持沉默的行天，忽然放下筷子加入話題。燉菜裡的蒟蒻似乎已經被他吃得一塊也不剩了。

「好像也沒有……」

露露與海希對看了一眼。

「我們很少買菜，所以也說不準……但似乎比行情價稍微貴了一點。」

「嗯，他們說那是『無農藥蔬菜』，栽種起來比較麻煩。」

海希說到這裡，忽然像是想到了什麼，轉頭對多田說：「最近他們常在南口圓環發傳單，你們應該也見過吧？」

8「天神」指的是祭祀菅原道眞的神社，又稱「天滿宮」。

「噢，見過。」多田點頭道：「不僅見過，我還拿過他們的傳單。」

眞幌站前的南口圓環雖然名爲「圓環」，實際上是眞幌市人潮最多的廣場。不論任何時段，那裡都擠滿大量上班族、學生及購物者。那裡有鴿子，有躺在長椅上小歇的流浪漢，還有許多沒有事先獲得許可的街頭藝人、音樂演奏家及傳單發送者。

除了這些人，最近還多了一群宣揚食品安全的人。多田一時想不起來那個團體叫什麼，只記得是一群服裝相當樸素的男男女女，不斷以擴音器大聲喊著「只有安心的食材，才能守護家人的健康與安全」之類的口號。說穿了就是個專門栽種及販賣蔬菜的團體。多田每次看見那群人，總是覺得那充滿熱忱的嘴臉帶著三分虛僞。畢竟多田每天抽菸、喝酒，若要比不健康的生活，多田有自信不輸給任何人，因此多田向來對那團體敬而遠之，不曾放在心上。

「我曾聽一個客人說，那個團體太過強調『自己在家裡煮菜才健康』，所以跟市裡的餐飲店發生過不少糾紛。」

「噢，眞的嗎？」露露歪著頭說道。

「開車賣菜的那對夫妻，看起來是安分守己的老實人，不太像是會鬧事的人物……海希，妳說是吧？」

「跟我們這種人比起來，天底下大部分人都是安分守己的老實人。」海希嘴上這麼應聲，一對眼睛卻直盯著燉菜看。

由於蒟蒻被行天吃光了，整鍋燉菜看起來更接近茶褐色。多田取來一枚紙盤，從燉菜裡挑了芋頭、雞肉等，爲了增加顏色上的美觀，還加了一點紅蘿蔔，放在海希面前。海希將那盤燉菜當成下酒菜，喜孜孜地吃了起來。

行天點了根菸，將大量煙霧像瀑布一樣從口鼻噴出，問道：「妳們剛剛提到『賣火柴的小女孩』戰術，那是什麼意思？」

「沒錯、沒錯，我差點忘了。」

原本正想從海希的盤子裡搶走雞肉的露露，忽然將筷子像指揮棒一樣揮舞，興奮地說：「那對夫妻在那裡賣菜，竟然還帶了個五歲左右的小女孩。」

帶了個小女孩？那又怎麼樣？多田心裡如此想著。海希或許察覺到多田的疑惑，立即解釋道：「你能想像嗎？當時可是跨年夜。因爲天氣太冷，母親還拿自己的披巾把小女孩的身體裹起來。小女孩跟她的父母卻一點也不顯得委屈，笑臉盈盈站在路旁大喊：『新鮮美味的蔬菜。』」

「眞的是太有上進心了。」

露露或許是回想起當時的畫面，一副隨時會掉下眼淚的神情。「遇上那種小女孩在賣菜，誰不會買個三、四根白蘿蔔？」

妳們就兩個人一起住，買三、四根白蘿蔔哪吃得完？多田心想。

「爲什麼不通報虐待兒童？」行天突然說。

冰冷的語氣，讓多田著實嚇了一跳。

「那算是虐待嗎？應該還不到那種程度……」多田緩頰道。

只見行天的臉頰肌肉微微抽搐。

「三更半夜還讓小孩出來工作，不是虐待是什麼？」

由於行天的聲音不帶絲毫感情，加上臉部表情不明顯，多田隔了好幾秒才察覺他在笑。那臉上的肌肉，努力想擠出笑容。

「當時我們只是很感動……」海希將雙手交叉在胸前，語帶無奈地說。

「事後一想，那對夫妻確實有利用小孩來賣菜的嫌疑……當然也有可能是我們多心了。」

「一想到『這些菜如果沒賣完，小女孩就沒辦法回家』，總是會忍不住多買一點。」

露露嘆了一口氣，但似乎並不後悔買了過量的蔬菜。可見小女孩一定非常天真可愛吧。

「所以妳們才說，這是『賣火柴的小女孩』戰術？」多田恍然大悟。

「可是……」行天卻立刻把話題帶往奇怪的方向：「故事裡那個小女孩，不是因為沒人買火柴，最後凍死了嗎？」

「是啊！不過是火柴而已，為什麼大家都不買？眞是太小氣了！」

「那個故事裡的火柴，到底是什麼樣的商品，實在讓人有些摸不著頭緒。照理來說，火柴在當時應該是生活必需品，不是嗎？會不會是因為販賣的價格貴得不合理，所以才沒有人買？」

露露與海希的思緒都被牽往行天刻意引導的方向。到了這個地步，任誰都沒有辦法把他們拉回來，多田只好任由三人越扯越遠。

「就像是強迫推銷鞋帶？」

「仔細想一想，我好像已經很久沒遇上強迫推銷了。」

「我不明白的是為什麼小女孩不好好利用那些火柴？每次只點亮一根，看著火苗漸漸消失，這樣有什麼意義？為什麼不找些木柴，生個篝火來取暖？要不然，也可以去找那個逼迫她強賣火柴的幕後黑手，放把火把他家燒了。」

行天的想法還是一樣充滿了危險氣息。

「一定是那個小女孩不夠堅強，所以沒有辦法活下去。」

「不，是村子裡的人太無情了！小女孩都快活不下去了，大人當然要買爆她的商品，就算貴一點又有什麼關係？」

就在充滿生命力與人情味的露露慷慨陳詞之際，事務所的電話響了起來。

多田實在沒辦法像眼前三人這樣，拿虛構的故事當題材，還可以說得如此義憤塡膺、捶胸頓足。一個年紀不小的成年人，正常情況下就算喝了酒，也沒有辦法自我解放到這種程度。多田一聽見電話聲，立刻抱著如獲大赦的心情，起身接起電話。

「你好，這裡是多田便……」

「我是住在山城町的岡。」老人的吼叫聲貫穿了多田的鼓膜。「我忍無可忍了！」

果然還是來了。每年過年都少不了岡的委託，看來今年也不例外。

多田壓下想要嘆氣的心情，聽著岡在電話另一頭喋喋不休，嘴裡頻頻稱是。

像這樣的眞幌市民其實還眞不少。說得好聽點是感情豐富，說得難聽點是腦袋有洞。向來將公序良俗與人情世故奉爲圭臬的多田，每天都被這些怪人搞得胃穿孔。

多田拚命安撫岡的怒火，說完「我現在立刻過去」後，放下了話筒。接著多田轉頭面對衆人說：「行天，走吧。工作上門了。」

三人似乎已結束關於「賣火柴的小女孩」的意見交流，行天正將大量蘿蔔絲塞進嘴裡。只見他笑咪咪地指著掛在嘴邊的白蘿蔔絲與紅蘿蔔絲，含糊不清地說了一句「哈呼喝哪嘻嘻呼嘻」。

多田雖然一點也不想聽懂，但畢竟跟行天一起生活了那麼久，還是完全理解了他想要表達的意思。行天說的是「愛情賓館的入口」。停車場的出入口附近，確實有一棟愛情賓館，外牆上吊著許多隨風搖擺的塑膠掛簾。但是行天這個模仿，實在是讓人笑不出來。

爲什麼過完年還不到一月七日，就得接一件根本不想接的工作？而且還是跟一個在自己家裡吃閒飯的怪人？

我只想安安穩穩過日子，爲什麼這麼難？多田長長嘆了一口氣，將之前壓抑了好幾次的「嘆氣」全吐了出來。就跟往年一樣，神明並沒有實現多田的小小心願。

原本正在打瞌睡的吉娃娃小花，此時忽然對多田搖起小小的尾巴，彷彿在說「加油」。至於露露與海希，或許因爲過慣了拚業績的日子，不約而同地恭賀有生意上門。

「看來你們的便利屋也經營得不賴，眞是可喜可賀。」

「這年頭有工作可接，就已經是天大的福氣了。別擺著一副苦瓜臉，快去吧。」

行天直到這一刻，才吞下嘴裡的蘿蔔絲。

「要上工，我是沒問題。」他慢條斯理地說：「但我跟多田都喝了酒，誰來開車？」

「我有駕照。」

露露突然說出了驚人之語，多田當然沒有理會她。要是繼續這麼胃穿孔下去，恐怕胃袋會直接消失。

「搭公車。」

橫中公車作爲眞幌市民最值得信賴的代步工具，正是爲了此刻而存在。

四人穿過南口圓環，多田與行天要繼續走向車站前的公車轉運站。露露與海希則要回後站的公寓，雙方在這裡道別。

「如果還需要紅白蘿蔔絲，記得跟我們說。」

「只要一通電話，我們馬上送來。」

露露與海希笑著朝兩人揮手。看來她們家裡的紅白蘿蔔還剩下不少。

南口圓環依然聚集著大量相約碰頭的年輕人，以及逛街購物的民衆。廣場中央聚集著一群人。這些人在身旁擺上了立旗，旗面上寫著「家庭健康食品協會 Home & Healthy Food Association」。正要穿過車站建築的海希，此時轉頭朝多田使了個眼色，多田點頭回應。

沒錯，發傳單給多田、賣菜給露露及海希的，應該就是這個簡稱「ＨＨＦＡ」的團體。他們今天也在站前熱情地進行宣傳活動。

貌似團體成員的男男女女各自穿著黑色或深藍色大衣，有的正在發傳單給路人，有的則對著擴音器滔滔不絕地說話。守護家庭的健康與安全，就從飲食開始。還有幾個看起來像小學生的孩子，相當安分地站在父母身邊，不吵也不鬧。

「眞是太沒道理了。」多田咕噥道。

「那些孩子應該正値最敏感的年紀，爲什麼願意配合父母做這種事？何況還是在南口圓環，被朋友撞見的機率相當高。」

「想想你自己不就知道了？你敢違逆你父母？」行天以譏諷的口吻說：「當你的父母自以為在做善事，你敢說『我只想吃肉，不想吃蔬菜』？」

行天對那團體連瞧也沒瞧一眼，只是看著地面從旁通過，神情宛如腳底下開了一個漆黑的深淵。

一個不斷釋放出神祕引力的深淵。不，或許行天那凝視深淵的雙眸，才是釋放出引力的一方。那對眼珠如此陰鬱而灰暗，彷彿正因為過度凝視從前的往事，被回憶束縛住了，只要一失去平衡就會墜入萬丈深淵。

行天排斥小孩的程度，已無法用「不喜歡」來形容。他可說是竭盡所能地逃避任何與小孩的接觸。多田隱約看得出來，其原因可歸咎於孩提時代的回憶。畢竟已經一起生活了兩年，從各種跡象都可看出行天與他父母的關係並不好。

但多田不曾問過行天這件事。

多田與行天的交情並沒有好到可以分享回憶。兩人的關係甚至差到多田每天會煩惱三次「這傢伙到底什麼時候才會搬出去？」。至於行天，則是每天會向多田提議三次「我們今天就工作到這裡吧」，顯然跟多田的關係好不好，從來都不是他關心的重點。行天不會主動提起小時候的事，多田也找不到詢問的時機與動機。

但更重要的一點是，多田看得出來，行天打從心底不希望多田過問他的童年經歷。因此即便多田非常想要問他「為什麼那麼討厭小孩」，多麼想要對他說「把所有事情說出來或許會舒服一點，你就當作是在對著牆壁說話，把一切都告訴我吧」，但每次話到嘴邊，還是只能硬生生地吞回去。多田知道雞婆是自己的壞習慣，因此總要提醒自己別強迫行天說他不想說的事。

何況仔細想一想，一個三十多歲的男子漢，還在煩惱「跟父母處不好」、「不喜歡小孩」這種事，似乎給人長不大的感覺。因此對於行天的這個煩惱，多田或多或少也有「關我屁事」的想法。況且行天每天都是一副吊兒郎當的態度，看起來一點也不像有煩惱。只不過從行天偶然間的眼神或表情，多田會感受到某些危險的負面情緒一閃而過。

但是……放著不管眞的不會有事嗎？

多田越想越是不安。或許在行天的心靈深處，眞的存在著某種痛楚的核心。刻意不去面對甚至視而不見，眞的不會出問題嗎？

「行天，我問你……」多田從沉思的大海浮出水面，決定向行天問個清楚。

但轉頭正要說話，卻發現行天變成了一個中年大媽。當然那大媽是個不認識的人，行天已不知去向。大媽狐疑地朝多田上下打量，多田趕緊道歉，同時左右張望：「臭小子，跑到哪裡去了？」

一看，行天竟跟一個中年大叔站在一起，那個中年大叔手上還舉著包廂影音俱樂部的宣傳告示板。兩人各自拿著一小塊麵包，正在將麵包撕成碎片拋向鴿子。兩人的正後方，就是一大面印著「請勿餵食鴿子」的標語牌。

多田看得心頭發火，大跨步走了過去。但多田畢竟是個注重禮節的人，先朝舉著告示板的男人點頭致意，才對行天罵道：「你跑到這裡來幹什麼？」

多田這一嚷嚷，鴿子全嚇得飛走了。

「我們可是接到委託，正急著趕去岡家，你卻在這裡餵鴿子，不覺得太我行我素了嗎？」

「慢慢來就行了，不必那麼急。反正一定又是叫我們監視公車。」

行天雖然嘴上反駁，還是停下餵鴿子的動作，與多田並肩而行。

「我們經營便利屋，不管接到什麼樣的工作，都必須謹守『迅速』及『周到』的原則。」

「對了，你剛剛說了一句奇怪的話。」

「我？奇怪的話？」

多田歪著頭，不明白行天指的是什麼。行天於是模仿起多田的說話口氣。

「我曾聽一個客人說，那團體太過強調『自己在家裡煮菜才健康』，所以跟市裡的餐飲店發生過不少糾紛。」

「這句話哪裡奇怪？」

「告訴你這件事的那個女人，可是你的夢中情人，不是嗎？」行天露出賊兮兮的笑。

「你卻只稱她爲『客人』，不覺得太悶騷、太做作了嗎？」

多田被行天說得啞口無言，只好默不作聲，加快前進的腳步。行天踏著輕盈的步伐跟在後頭，繼續朝多田發動攻勢。

「我看你乾脆改名叫『多田一徹[9]』，順便發明個『鐵石心腸石膏』如何？」

我他媽這輩子絕不再爲這傢伙擔心！絕不再嘗試跟這傢伙說人話！多田鐵了心、石了腸，轉頭朝行天說：「你以爲只要故意激怒我，我就會叫你『回事務所乖乖待著』？如果你打的是這種如意算盤，我只能說你太天眞了。」

「咦？難不成你早就已經裝上『鐵石心腸石膏』了？」

憑我的過人意志力，還需要裝那種東西？我看你才是眞正需要裝那種石膏的人吧。

「總而言之，岡家你非去不可。」

「嗚嗚……」

從眞幌公車轉運站搭上橫中公車，二十分鐘後在山城町二丁目的公車站牌下車，眼前便是岡家大門。

大門門柱旁有一棵枝葉茂盛的大櫸樹，兩層樓的主建物前方是一大片庭院。雖然是典型的農家屋宅格局，但如今的岡家並沒有從事任何農業活動。男主人在岡家擁有的衆多農地上頭蓋了大大小小的公寓，靠著收房租過著不愁吃穿的日子。

多田與行天一下公車，頂著一顆光頭的岡立刻走出屋子，來到大門口。

「便利屋！怎麼來這麼晚？」

「眞抱歉，我們原本在休息，喝了一些酒，所以沒辦法開車來。」

多田在回應中夾雜了一點酸溜溜的暗示，藉此抱怨對方在年節期間急著把人叫出來。當然以岡的性格，根本不會把多田這些酸言酸語放在心上。他招了招手，示意兩人進院子說話。

「橫中公車那些王八蛋，今年還是給我偷偷減少班次。」岡立刻切入正題。

9　日文中的「一徹」有頑固、堅持己見之意。

橫濱中央交通公司的公車路線，剛好通過岡家的門口。而岡這個人有個古怪的習慣，那就是一天到晚想確認那些公車是否乖乖按照時刻表運行。而且不知道爲什麼，每年到了中元節前後及過年期間，岡想要監視公車運行狀況的心情就會特別強烈。

對多田來說，岡是非常重要的老主顧，會定期委託打掃庭院及整理倉庫。他對便利屋的營運可說是貢獻良多，所以只要是他委託的工作，多田基本上不會拒絕。但唯獨「監視公車」這件工作，多田光想就覺得頭大。每次都是原本在家裡休息，突然被一通電話叫到這裡，而且必須一整天坐在公車站牌的長椅上，那眞的超痛苦。更過分的是每次被吩咐做這件工作，都是在一年當中最冷或最熱的時候，這也讓多田心中的徒勞感暴增。

沒錯，徒勞感。這三個字點出了這個工作的本質。雖然岡口口聲聲堅持「他們一定偸減班次」，但根據過去幾次監視的經驗，橫中公車非常恪遵職守，完全按照時刻表開車，沒有任何偸雞摸狗的行爲。這讓多田屢屢遭受沉重的精神打擊，每次都想問自己「一整天的努力到底是爲了什麼」。沒錯，就是徒勞感。那徒勞感讓多田光是從長椅站起來都倍感吃力。

今年過年期間，多田聽說岡受兒子、媳婦邀約，一起泡溫泉去了。多田還暗自竊喜，以爲今年終於不用再監視公車……事實證明自己實在是太天眞了。期待越大，失落感當然也越大。岡結束溫泉旅行一回到家，馬上又在意起公車的運行狀況。

「老頭，同樣的事情，你到底要玩幾次才會死心？」

行天低頭看著岡，臉上帶著明顯的不悅。行天與岡不知上輩子結了什麼怨，兩個人一見面就鬥嘴，簡直像小學生。

岡完全無視行天，將一個文件夾塞進多田手裡。上頭夾著一張手工抄寫的公車時刻表。多田的工作就是每當公車停靠在山城町二丁目的公車站牌時，在紙上做個紀錄。這是非常單調、枯燥的工作，如何打發時間向來是這件工作最大的難題。

「我也不打算跟橫中耗上一輩子。」岡的表情流露出堅定的決心。

「你們好好監視，我希望這是最後一次。」

「最後一次？老頭，你怎麼突然說起了喪氣話？」多田什麼都還沒說，行天已經取笑道：「該不會是健康出問題，知道自己時日不長了吧？」

在這一點上，多田難得認同了行天的說法。如果岡對橫中公車漠不關心，那就不是岡了。

「健康沒特別出問題，但我年紀一大把了，就算明天進棺材也不是什麼值得大驚小怪的事。」

岡甩了甩那油亮的腦袋，向多田及行天說：「去吧，快去做你們的工作。」將兩人趕向公車站牌，岡便轉身走回屋內。多田偶然朝他瞥了一眼，發現他的雙眸深處似乎隱藏著某種隱晦的神采，與光亮的頭頂互相輝映。

「這老頭怎麼性情變這麼多？」行天發現跟岡吵不起來，顯得有些沒勁。

「你問我，我問誰？」

如果只是因爲年紀大了，性情變得溫和，那當然再好也不過。多田將文件夾夾在腋下，走向公車站牌旁的長椅坐了下來。行天也走到多田身旁坐下。

主要的幹道已恢復平日的車流量。三隻烏鴉橫越了烏雲低垂的天空。這是個寒風刺骨的午後，即使拉起夾克的衣領，還是會感覺到一絲絲寒意鑽入骨髓。身穿黑色大衣的行天重新圍好脖子上的圍巾，慵懶地仰靠著長椅的椅背。

由於無事可做，多田與行天幾乎同時從口袋中掏出了香菸。LUCKY STRIKE與萬寶路的薄荷菸。行天接著取出百圓商店買的廉價打火機點了自己那根，多田在口袋裡掏摸一陣，卻找不到打火機，只能愣愣地看著LUCKY STRIKE的黃褐色吸嘴。

「你在發什麼呆？」

行天將菸夾在兩指之間，朝多田遞來。右手小指根部的那一圈怵目驚心的傷痕，進入多田的視野裡。高中工藝課的一次意外讓行天斷了小指。當年的多田親眼目睹那根小指彈到半空中，接著落在地板上。

幸好小指最後順利接了回來。幸好當初除了受傷的行天，那根被切斷的小指也被送到了醫院。多田叼著菸，一邊回憶著當年的教訓，一邊從行天的菸頭借了火。

白色的輕煙冉冉上揚，在高空中與雲層化爲一體。

「人家不是說，男人抽薄荷菸會不舉嗎？」

「聽說那只是迷信。不過我這個人本來就沒什麼性慾，所以看我是不準的。」

公車到站了。沒有人下車，沒有人上車。公車開走了。多田在紙上做了紀錄。路上一個行人也沒有。

「這簡直已經到了『無爲』的境界。」

「世人的所作所爲，有哪一樁不是『無爲』？」

「誰在跟你打禪語？我說的是眼前無事可做的『無爲』，讓我閒得發慌。」

「桀桀桀……」行天發出了詭異的笑聲。「乾脆來唱歌吧？」

唱什麼歌？這個問題又讓兩人陷入沉默，彷彿在等待汽車廢氣中傳來悅耳動聽的旋律。

公車又來了。公車又走了。牽著狗的婦人通過兩人身旁，一臉詫異地看著不知在長椅上坐了多久的多田與行天。

直到太陽西斜，多田就只是記錄著公車的到站時刻，行天就只是坐在旁邊發呆。兩人輪流到岡家借廁所，香菸抽了一根又一根，菸蒂塞爆了攜帶式的菸灰缸。

公車一班都沒有少。

就在天色逐漸變暗的時候，行天說：「多田，你發現了嗎？」

「嗯。」

道路另一頭是一塊農地，範圍不大，被一棟公寓及一片雜樹林夾在中間，田裡有四名男女正在幹活。打從多田與行天來到公車站牌，那些人就忙著田裡的工作，一刻都沒有休息。

「那種地方竟然也有田。」

「我記得原本是停車場。」

因爲無事可做，多田就著剛亮起的街燈，仔細觀察田裡那些人。對方似乎也察覺了多田的視線，一名身材高眺的男人朝兩人點頭致意。多田及行天也趕緊向對方打招呼，動作卻像是烏龜縮起脖子。

或許是男人下了命令，田裡的幾名男女終於結束工作，將鋤頭、鐵鍬等農具收進田邊的一棟小屋。他們一邊拂去衣服上的塵土，一邊穿越雙向各一線道的馬路，朝公車站牌走來。四人剛好兩男兩女，但有的看起來才二十歲出頭，有的看起來已年近花甲，既不像夫妻也不像親子。

「兩位好。」

帶頭的是個年約三十歲的男人，他朝多田與行天打了招呼。剛才在對面的時候，也是他先點頭致意。工作服的胸口處繡著「ＨＨＦＡ 澤村」字樣。

「你們好，幾位工作員是認眞。」

多田不想失禮，於是站了起來，行天依然端坐不動。

「這是必要的，冬季養土對收成有很大的影響。」

姓澤村的男人不僅舉止脫俗，而且臉上笑容大方得體。其餘三人雖然只是默默觀望澤村與多田的對話，但神色之間也流露著勞動後的充實感。顯然他們剛結束一天的工作，準備搭公車回眞幌站前。

「兩位也是在工作嗎？」

澤村或許是爲了滿足好奇心，主動開口詢問。他在田裡工作的時候，想必就很好奇多田與行天到底在做什麼。

「我們在監視公車的營運狀況。」

「天氣這麼冷，兩位的工作也不輕鬆呢。」

澤村快速朝多田上下打量了一眼。此時多田穿著工作服及夾克，澤村想必一頭霧水，不知道多田與行天是橫濱中央交通公司的職員，還是負責記錄交通量的工讀生。多田想不到必須向他說明自己是便利屋的理由，因此也沒開口。

「你們就是一天到晚在南口圓環宣傳的那個團體吧？」

行天一邊把玩手裡的廉價打火機，一邊問道。他同時朝四人問話，但答話的還是澤村。

「是啊，你知道？」

「我只知道你們在賣菜。你們是宗教團體？」

行天突然切入問題核心，多田嚇得差點咳嗽。澤村以外的三名男女互看一眼，雖然臉上依舊堆滿笑意，但眼神有些尷尬。不過三人依舊沒有說話，澤村則是默默看著行天，數秒鐘之後，臉上揚起寬容的微笑。

「我們有時會被這麼誤解。」

四個人之中，彷彿只有澤村擁有發言權。「事實上我們栽種及販賣安全的無農藥蔬菜，只是單純的商業行爲。像這樣的蔬菜，如今在市面上供不應求。」

「嗯，我相信。」行天給了個善意的回應，點了點頭，站起來伸了個懶腰。

這時，開往眞幌車站的公車自遠方駛來，車頭燈照亮了黑暗的路面。「我們先告辭了。」澤村代表衆人朝多田及行天微微鞠躬，四人陸續走上了公車。

多田在手中的時刻表上做了紀錄，行天朝公車揮了揮手。

「唔……剛剛那個人，我好像在哪裡見過。」行天咕噥道。

多田心想，這小子竟然會對人感興趣，這倒是罕事一樁。

「你見過他？多半是在南口圓環吧？」多田提出自己的推論。

「你可能看過他在發傳單。」

「我從來沒有正眼看過發傳單的人。」

多田的推論瞬間被打臉。

「那只剩下一種可能，就是你搞錯了。」

「嗯，或許吧。」

行天迅速切換了心情，反而是多田還在懊惱。行天又提出另一個問題。

「對於他剛剛說的話，你有什麼看法？」

「沒什麼看法。既然他說是商業行為，那應該就是商業行為吧。」

多田一邊從菸盒裡甩出一根菸回答道。就在這恰到好處的時機點，行天相當識相地遞出他的廉價打火機。唰！轟！打火機噴出高達二十公分的紅色火焰，伴隨著可怕聲響，燒焦了多田的瀏海。

「桀桀桀，你上當了！」

「你這小子，拿危險當有趣！什麼時候改造的？」

「沒辦法，實在是太閒了。」

兩人繼續監視，直到末班車駛離都沒登記到任何公車脫班。

岡走出屋外，多田旋即上前，報告了監視的成果。

「唔……」岡瞪著紀錄表，嘀咕半天後說：「便利屋，你們該不會是偷偷洩漏了風聲給橫中吧？」

「我們對橫中公車沒那麼有感情。」

「對橫中公車怎麼能沒有感情？」

岡忽然大發雷霆。即使是在昏暗的夜色中，還是可以清楚看見他的禿頭變成了紅色。「那可是我們老人家前往醫院或上街購物的重要交通工具！」

多田總覺得岡這句話偷偷施展了乾坤大挪移，把「有感情」的對象從「橫中公車」轉移到了「老人家」，但當然不敢點破，反而還應了一句「沒錯，說的有道理」。

「總而言之，這次監視的結果又是『沒有偷減班次』。」

行天將頭探向岡手中的文件夾，伸出手指在紙上輕敲：「你白天說這是最後一次，應該不會說話不算話吧？」

你這個吃閒飯的，有什麼資格擅自和客人交涉？多田正想出言斥責，行天又搶著說：「多田的腰有毛病，你知道嗎？你要他長時間坐在椅子上，對他的腰傷害很大。」

多田萬萬沒想到，行天的心智竟然會成熟到關心自己的腰。多田感動莫名，就像親眼目睹剛出生的小牛顫顫巍巍地站了起來。

「更重要的一點……」行天接著說道。

「一旦讓我感到無聊，會發生非常可怕的事情。」

剛剛的感動瞬間遭烏雲覆蓋，多田的內心只剩下非常可怕的預感。

「全日本……不，全世界地底下的氣脈會大亂，導致東京發生大地震，維蘇威火山大噴發，馬里亞納海溝被填平，聖母峰變矮一點點。」

多田此刻心中的鬱悶，就像看著幼小的斑馬即將被獅子吃掉，自己卻無力救援。行天以莊嚴肅穆的口吻說出他的結論。

「所以現在你應該明白，讓我長時間坐在椅子上是件多麼危險的事，今後切勿再犯。」

「我明白了。」岡一臉無奈地點了點頭。

剛剛行天說的那些屁話，到底能讓岡明白什麼，多田實在一點也不明白。

「呃，其實也沒有那麼嚴重。」多田趕緊打起圓場。

沒有監視公車的日子，公車是否眞的偸減班次？抑或，從頭到尾都只是岡的誤解？雖然這個問題很難找到答案，但這麼多年來，岡一直堅持「橫中公車偸減班次」。多田並不認爲那完全是惡意抹黑或造謠生事。如果能從此告別枯燥乏味的監視任務，當然再好不過，但多田擔心一旦硬生生摘除了岡對橫中公車的執著，難保岡不會從此步上失智之路。

「便利屋，既然是這樣，那算了。」岡有氣無力地搖了搖頭。

此情此景，只差沒喊出一句「老兵不死，只是凋零」。然而岡接下來說出口的話，卻完全出乎多田的意料。

「我會用我自己的方法，走我自己的路。」

「咦？」多田錯愕地凝視著岡。

雖然岡表現出一副壯士斷腕的決心，一雙眼珠卻熠熠生輝，閃爍著深藏不露的溼潤光澤。那可不是什麼老兵的眼神，而是心懷詭計的現役特種部隊隊員。

多田的心頭萌生了非常、非常、非常可怕的預感。

岡似乎看出多田已心生疑竇，立刻露出靦腆笑容。

「哎唷，你別想太多，我只是想說句帥氣話，感覺自己像個電影明星。」

這老頭肯定在說謊。但多田決定裝作什麼也不知道，總之趕緊告辭離開就對了。

「那我們先走了。下次如果還有我們幫得上忙的地方，請隨時來電。」

但這老頭要是又提出什麼奇怪的要求可就糟了。多田決定補上一句：「最好是打掃庭院，或是整理倉庫。」

「好，你們走吧。」

岡像平常一樣冷淡地應了一聲，關上玄關拉門。

便利屋的工作要能做得長久，盡可能避開「地雷」是一大關鍵。多田轉身穿越陰暗的庭院，走向大門。

便利屋在執行任務的時候，大多必須進入客人家中，因此常有機會窺見客人或其家人的隱私。有一次多田受一對老夫婦委託，到老夫婦家裡大掃除。多田在櫃子後頭發現了幾張照片，看起來像是在旅行途中拍的。照片裡，妻子跟一名高齡男士親密地依偎在一起，但那高齡男士並不是丈夫。

此時妻子正和丈夫待在隔壁的茶室，多田於是走到門口，若無其事地打探妻子的反應。妻子似乎也相當在意多田的一舉一動，兩人的視線一下子就對上了。妻子看見多田手中的照片，臉頰的肌肉微微抖了一下，露出似笑非笑的表情。

多田見了妻子的反應，決定當作什麼也沒看見，將照片塞回櫃子的後頭。

執行任務的現場，往往埋藏著許多「地雷」。有些埋得非常隱密，有些則非常醒目，彷彿刻意希望被人找到。

不管是什麼樣的地雷，多田的原則是盡可能不要去踩。要是沒事就踩到地雷，有多少條命都不夠死。最理想的狀態，是從頭到尾維持自己的步調，以氣定神閒的態度，毫髮無傷地通過地雷區。

因此不管岡在打什麼鬼主意，對多田來說一點也不重要。便利屋的金科玉律，是永遠不要插手客人的私事。

「對了……」行天的一句話，打斷了多田的思緒。「末班公車都開走了，我們要怎麼回家？」

多田頓時傻住了。今天並不是開車來到這裡，自己竟然忘得一乾二淨。

「這還需要問嗎？當然是走路。」

多田不想被行天察覺自己的疏忽，故意說得理所當然。

「眞的假的？從這裡走回車站，恐怕得花將近一個小時，怎麼不搭計程車？」

「從這裡搭計程車，得花至少一千五百圓。」

「偶爾坐一下應該還好吧？我眞的好累。」

「你一整天只是坐在長椅上，喊什麼累？」

多田雖然嘴上斥罵，其實自己也沒有精神及體力從這裡走回家。「可是這條路沒什麼計程車會經過。」

「你不是有手機嗎？打給車行，叫他們派車來不就行了？」

這麼說也對。多田本來根本沒打算搭計程車，一時沒想到有這個方法。

兩人站在庭院中央，你一言我一語地討論了起來，此時玄關拉門忽然被拉開。

「吵死了！」岡探頭出來：「你們怎麼還沒走？」

「眞的很不好意思，能不能讓我們在這裡等計程車？」多田問道。

剛剛那麼認眞地想了一大串經營便利屋的理念，最後卻是以這種窩囊的方式收尾。幸好多田已經習慣了。

多田打電話給橫濱中央交通公司旗下的計程車行，得到的回應是「得等十分鐘以上」。一問詳情，目前山城町連一輛空計程車也沒有。畢竟這一帶除了住家就是農田，當然不會有計程車刻意繞到這裡來。

多田與行天並肩坐在岡家的露天外廊上。不知道爲什麼，連岡也沒有進屋，在旁邊陪著兩人。

「岡先生，你先進屋去吧，外頭很冷。」多田如此建議，岡卻無動於衷。

「該死的横中，連計程車也這麼偷懶。」岡依然罵不絕口。

岡太太相當貼心地準備了熱茶。她端出三個附杯碟的茶杯放在外廊上，對多田微微一笑，什麼話都沒有說，便轉身回屋去了。她的眼神彷彿在說「我老公總是給你們添麻煩，眞是抱歉」。

爲什麼如此溫柔善良又明白人情世故的女性，會跟岡那種人結婚？今天晚上的多田，心中又萌生了每次來到岡家都會萌生的疑問。岡跟岡太太不僅結了婚，而且多年來一直維持著圓滿和諧的婚姻關係。

人與人的關係眞是錯綜複雜又讓人捉摸不透。多田自從開始經營便利屋，造訪過許多家庭，接觸過非常多的夫妻、情侶及親子，從不曾見過完全相同的兩個例子，全都各有獨特之處。

就好像黏菌，隨時都在改變外貌，不同的個體有可能合而為一，單一個體也有可能一分為二。甚至可能有未曾被人類發現過的新種，正在某處蠕動著。

多田、行天與岡就這麼一邊喝著熱茶一邊看著庭院。但入夜後庭院裡一片昏黑，基本上什麼也看不到。

從起居室窗戶透出的燈光，將地上的碎石照得微微泛白。枯葉落盡的樹木，彷彿正將一隻隻骨瘦如柴的手掌伸向漆黑的夜空。無數星辰在那深邃的空間中閃爍著。從三人口中飄出的白色氣息，在上空逐漸稀釋，最後消失無蹤。

或許是因為時間已晚，路上幾乎聽不見車聲。在冰冷而靜謐的大氣籠罩之下，三人只能小心呵護著手中茶杯所帶來的唯一熱源。

「對了……」多田忍受不了寂靜的氛圍，決定找個話題。

「上次我來的時候，馬路對面還是停車場，現在卻變成一塊田了呢。」

「噢，是啊。」

岡眨了眨眼睛，彷彿剛從夢境的國度歸來。「那也是我的地。」

「那也是岡先生的？這附近的土地該不會全都是你的吧？」

「以前是啊，後來賣掉了不少。」岡將茶杯放回杯碟上。

「對面的土地現在租出去了。」

「租給家庭健康食品協會？」一旁的行天忽然開口。

「嗯，好像是那個名字吧。實在太長了，我也記不住。」

根據岡的描述，該協會從去年秋天開始向他租借土地，在上頭種植蔬菜。

「停車場的收益實在太少，我原本打算在那裡也蓋一棟公寓。」

岡是個說做就做的人，他一萌生這個念頭，立刻就打電話給土木業者，請對方派人挖掉停車場的柏油地面。當時不僅公寓的設計圖還沒有畫出來，甚至連蓋公寓的資金也還沒有著落。多田心想，岡是個急性子的人，這確實很符合他的作風。

「你們不懂，蓋房子的最大樂趣，就是在思考『該怎麼蓋』的階段。」岡試圖辯解。

「反正假如資金真的不夠，就拿來種栗樹或梅樹。」

挖掉停車場的地面後，那塊土地閒置了好一段日子，並沒有馬上動工。到了夏天，地上長出大量雜草，岡還費了好大一番功夫才總算把雜草清乾淨。多田不禁想，這種事情爲什麼不找我做？清除雜草比監視公車好多了。

「有一天，那個專門賣菜的團體突然說要跟我租那塊地，拿去種蔬菜。他們說會自行從別處運來適合種菜的土，開的價碼也不錯，我就答應了。」

「不錯是多少？」行天問了一個非常失禮的問題。

「差不多相當於把停車場車位全租出去的金額。」岡揚起了嘴角。「實際上停車場的車位只租出去兩成左右，所以他們願意租那塊地，對我來說也是求之不得的事情。」

「賣菜的獲利有那麼多？」行天露出難以理解的表情。

「或許對他們來說，能不能賺錢並不重要。」多田說道。

「沒錯，沒錯。」岡維持著揚起嘴角的表情，點了點頭。

「他們想必有崇高的理想及信念，眞令人欽佩。」

只要每個月能收取租金，管他什麼理想及信念？就算他們不種菜也不關我的事。岡的言詞中沒有透露出的眞實心聲，卻在他的神情裡洩漏無遺，清楚到多田差點以爲是某種心電感應。

計程車終於來了。多田與行天坐上車，返回位於眞幌站前的事務所。

坐在車裡的時候，行天一直靠著車門，眺望窗外的景色。漆黑玻璃的外頭，一道道街燈宛如世人的靈魂，不斷向後流逝。

事務所裡的溫度相當低，幾乎和屋外沒什麼不同。行天一進門，立刻走向沙發，鑽進毛毯裡。多田則收拾掉矮桌上的杯子及免洗筷，以鐵茶壺煮起開水，順便將雙手手掌舉到瓦斯爐旁邊，暖了暖凍僵的手指。

接著多田打開流理臺上方的櫃子，同時詢問身後的行天。

「你要醬油口味還是海鮮口味？」

「不開暖爐嗎？」

「忍一忍，反正等等吃完就睡了。」

「那我兩種都要。」

「兩種都要？」

「不多吃一點補充能量，等等睡著可能會凍死。」

從來沒看過人吃閒飯還吃得這麼囂張。多田從櫃子裡取出三個事先買來囤放的杯麵，打開倒入熱水。兩個醬油口味，一個海鮮口味。

多田與行天隔著矮桌相對而坐，各自吃起了泡麵。

「明天的工作，早上跟傍晚要帶奧村家的阿惠散步，中間還有一件變更房間擺設，以及一件打掃庭院，目前就這樣。」

「那隻捲毛狗可不是普通的麻煩，牠只要一出門就不想回家。」

行天交互吃著醬油口味及海鮮口味的杯麵。多田擔心血壓太高，湯只喝了一半。

「總之希望明天不要有臨時的工作。」

「爲什麼？」

「一旦有臨時的工作，可能沒辦法在大衆澡堂關門前收工。連續兩天沒洗澡，身體一定會很臭。」

「幸好現在是冬天。」

行天聞了聞自己的上衣袖口。

多田吃完杯麵，收拾完垃圾，便走到流理臺刷牙。行天竟然躺在地板上，做起了仰臥起坐，毫不理會剛剛才吃完東西。而且兩人才談到今天沒有洗澡的話題，他卻做起會讓自己大量流汗的事。

「我先睡了。」多田關掉電燈，拉上會客區與居住空間的掛簾。

「嗯，晚安。」行天說。

多田躺在床上凝視著天花板。建築物前方的狹窄巷道，偶爾會傳來車輛通過的聲音。由於事務所位在二樓，每當樓下有車輛經過時，來自車頭燈的白色光芒就會照亮事務所的天花板。

多田從來沒想過，這輩子還有機會過這種每天晚上與人互道「晚安」的日子。當然更沒有料想到，互道「晚安」的對象，是一個吃閒飯的怪咖。

跟從前比起來，現在算是變得比較幸福一點嗎？多田陷入沉思。搞不好是因爲強烈的絕望感磨損了判斷力，才會覺得現在的生活相當平穩安定。

掛簾外不斷傳來行天做著仰臥起坐、伏地挺身的聲音。

多田沒有想出這個問題的答案，在午夜十二點之前墜入了夢鄉。

營業於眞幌市的多田便利軒，正是這麼度過了每一天。

二

隔著乾淨明亮的大窗戶，落櫻紛飛的景象映入眼簾。數不清的粉白花瓣以傾斜的角度劃過視野，讓人有種彷彿置身在暴風雪之中的錯覺，但路上行人都帶著悠閒自在的神情。

入春之後的眞幌市，整個城鎮變得矇矇朧朧，給人一種如夢似幻的意境。不知道是因爲花粉太多，還是車輛排放的廢氣太多，空氣中彷彿瀰漫著若有似無的水蒸氣。

在等待漢堡排套餐送來的時間裡，多田靜靜享受著窗外陽光所帶來的暖意。多田在眞幌廚房裡獨自坐了一張四人桌，帶著些許忐忑的心情望著廚房的方向。

位於眞幌大道上的眞幌廚房，是發祥於本地的西式餐點連鎖店，雖然不像幾家大規模的連鎖家庭餐廳那樣風格一致且制度完善，但店內總是整潔明亮，餐點也相當美味。眞幌市民只要一說到「全家上館子」，腦中第一個浮現的必定是眞幌廚房。

由於已過了午餐時段，店內客人不多，只有兩個上班族正吃著遲來的午餐，一群中年婦人一邊聊八卦一邊享用蛋糕套餐，另一名老人看著報紙打發時間。

每個人都沉浸在這朦朧而安祥的春日午後時光裡。

多田一看見柏木亞沙子從廚房走出來，立刻挺直了腰桿。合成皮革材質的沙發突然變得過度柔軟，讓多田感覺不管怎麼坐都無法讓身體保持端正。

亞沙子身上圍著黑色圍裙，頭髮在腦後紮成馬尾，皮膚看起來潔淨白皙。或許是因為在店內一直走動，她的臉頰微微泛紅。

亞沙子有著端正而清秀的五官，雖然沒有美豔到足以在廣大人群中特別受到注目，卻能讓看見她的人再也無法移開視線。就好像一片細緻的白色沙灘上，湧出了一池清澈純淨的泉水，令人嘆為觀止。至少在多田心中，亞沙子是這樣的形象。如果可以的話，多田想要伸手入池，掬起一些泉水來滋潤自己的喉嚨。但多田當然沒有勇氣這麼做，只能站在池邊靜靜地看著。

「久等了，你的漢堡排套餐。」

灼熱的鐵板上，漢堡肉、馬鈴薯及花椰菜不斷釋放出美味的香氣及聲音。

「謝謝，那我要享用了。」多田微微低頭致謝，從小籃子裡取出刀叉。

「這送你吃。」

亞沙子又將一盤萵苣沙拉放在桌上。

這送你吃。多田回想上一次因為這句話而心跳加速，應該是在當孩子的時候。多田看著那翠綠色的萵苣葉，以及熱情洋溢的小番茄，心情就像是打開了零食附贈的小玩具盒。

「以後或許還有事情要麻煩你幫忙呢。」

言下之意，她送這盤萵苣沙拉只是基於一般朋友的交情，並非刻意對多田表達好感。不過這也是理所當然的。畢竟亞沙子是真幌廚房集團的社長，而多田的便利屋不過是個體戶經營。在亞沙子的眼裡，多田只是委託過一次工作的便利屋業者，而且當時委託的工作，還是整理亡夫的遺物。

幸好沒有抱持過度的期待。多田藏起心中那些許的失落感，向亞沙子道謝。

聽說春假[10]期間很難請到工讀生，所以社長亞沙子這陣子常常必須在店內幫忙。多田得知了這件事，便常到眞幌廚房來用餐。當然多田一再提醒自己，不能在短時間內來得太頻繁，以免啟人疑竇。

亞沙子上完菜，並沒有馬上轉身走回廚房，依然站在多田的桌邊。多田一顆心七上八下，以僵硬的動作切了一塊漢堡排，放進嘴裡。

「妳說或許有事要委託我，意思是妳最近有什麼煩惱嗎？」

多田問這句話，完全是出自單純的關心，但一說出口，又擔心自己的口氣太冷淡，太拒人於千里之外。

「沒有……」亞沙子似乎躊躇了一下，但馬上就恢復燦爛的笑容。「若勉強要舉出煩惱，大概就只有擔心『新進員工培訓不曉得能否進行得很順利』。因爲下星期會有新的工讀生進來。」

這麼說來，能在店裡遇見亞沙子的日子剩沒幾天了。雖然眞幌廚房的總部大樓就在眞幌站前，但多田想不出任何理由可以去那裡拜訪亞沙子，也沒有勇氣告訴亞沙子「有空可以到多田便利軒來玩」。人家的總部可是一整棟五層樓的現代化大樓，自己的事務所卻是外牆斑駁剝落的老舊綜合商辦大樓中的一小間，根本是天壤之別。不僅如此，租戶身分頗爲可疑，例如事務所所在

10 此處的「春假（春休み）」指的並非臺灣人熟悉的春節假期，而是因爲日本大多數學校採三學期制，除了寒假、暑假還會有春假，約在每年三月底至四月初。

的那層，有一間名叫「元氣堂」的針灸按摩店總是門可羅雀，多田從不曾見過有客人進出。多田常納悶那種店爲什麼經營得下去。當然別人或許也是以相同的心態，懷疑著自己的便利屋。

「今天行天沒有跟你一起來？」

亞沙子忽然換了話題，似乎沒有察覺多田正陷入沉思。

「他今天待在事務所。」

嚴格說來，行天是「被迫」待在事務所。事實上在多田離開事務所前，行天曾嚷嚷「想一起去亞沙子那裡吃飯」。但多田爲了自己的精神健康著想，實在不想整天看見行天的臉。多田偶爾也想丟下行天，一個人好好靜一靜。

但最大的理由，其實是因爲行天每次來眞幌廚房，都會露出賊頭賊腦的笑容。他總會不停調侃多田，說些「今天亞沙子在店裡，快多點一些菜」之類的話。既像是喜歡開黃腔的色老爹，又像是喜歡捉弄人的國中生。

拜託你不要在旁邊瞎攪和。多田想要這麼告訴行天。對多田來說，這可是久違的戀情，當然想要一個人好好感受那酸甜滋味。

亞沙子離開了多田的桌邊，到別處招呼客人去了。多田終於能冷靜下來，好好享用眼前的漢堡排及沙拉。爲什麼我會變得這麼青澀？多田越想越火大。

眞正像國中生的人不是行天，而是我。我才是那個又笨又傻的國中生。明明談過戀愛，還結過婚有過孩子，爲什麼如今光是偸偸看著心儀的對象，心跳就會如此劇烈，掌心滿是汗水？如果自己眞的是國中生，這種的反應或許很正常，但如今已是中年男人，這種反應只能以噁心來形容。

多田悄悄拿起餐巾紙，抹去掌心的汗水。

或許是因爲多年來一直把喜歡一個人的心情封印在心底，所以當那股心情隱隱浮現時，自己會感覺異常陌生，彷彿這是人生中的初次體驗。

過一陣子應該就會習慣了吧。不僅會習慣，而且會懂得如何加以隱藏及忽視。就好像從前的多田，以及絕大部分的世人，會以工作忙碌或家庭生活上一些微不足道的理由，對心中的愛及慾望視而不見。

彷彿算準似的，多田剛好吃完漢堡排套餐時，手機響了起來。手機螢幕上顯示的來電者是「事務所」。

多田一按下通話鍵，登時聽見行天那帶有笑意的說話聲。

「抱歉打擾你幽會，我這邊發生了緊急事故。」

「什麼緊急事故？」

「棉被飛上天[11]。」

「你這王八蛋。」

「你別誤會，不是我的棉被，當然也不是雙關語。我只是轉述委託人在電話裡說的話。棉被飛上天，掉在鄰居家的屋頂上。」

「幾層樓的屋頂？」

11「棉被飛上天」的原文作「布団が吹っ飛んだ」，「布団」與「吹っ飛んだ」發音近似，是利用諧音產生的冷笑話。

「我沒問。」多田喝了一口水，讓自己保持冷靜，以免再次說出上上一句話。

「把事務所裡最長的梯子搬出來。」

「搬到哪？難不成要搬到眞幌廚房？太遠了吧！」

「搬到眞幌大街上就行了，我開車去接你。」

「好。」

結束通話後，多田將手機放回工作服的口袋。本來還想點一杯餐後的咖啡，看來應該是沒有時間了。

亞沙子走了過來，想要爲多田補滿杯子裡的水，多田婉拒了，拿著帳單站了起來。

結完帳後，亞沙子笑臉盈盈地說：「歡迎下次再來。」

雖然這只是餐飲業的慣用句，甚至稱不上是客套話，聽在多田耳裡還是有不一樣的感覺。推開玻璃門，一陣強風夾帶著櫻花花瓣迎面颳來。爲了掩飾嘴角的笑意，多田趕緊叼上一根菸。

走進停車場一看，白色發財車的擋風玻璃上竟然有大量花瓣。看來今天的風眞的很大，棉被飛上天也不是不可能的事。

多田開著發財車，才剛到眞幌大街的路口，已被眼前的景象嚇傻了。

行天確實搬出了事務所最長的梯子，這點沒有問題。那具梯子全長約六公尺，除了可以當作單梯之外，還可以對折當作人字梯。問題是行天竟然在人行道上將梯子對折架起，自己蹲在人字梯的頂端。

換句話說，如今行天是從大約三公尺的上空，看著大街上熙來攘往的人群。

你當自己是游泳池救生員嗎？

路上的行人頻頻抬頭仰望行天，臉上滿是不悅與錯愕。這種狀況下竟然沒有人報警，只能說這傢伙實在是運氣好。

多田將發財車停在路旁，輕按了一下喇叭。行天一看，立刻輕巧地跳下梯子，將梯子折疊起來，放在發財車的車斗上，然後跳進副駕駛座。

「你來得眞快。」

「我很後悔自己來得太慢了。」

早知道應該以最快的速度趕來阻止行天幹蠢事。「地點在哪裡？」

「森崎社區三號棟三〇四室。」

行天唸出寫在手背上的字。

「森崎社區？那不是公寓社區嗎？在公寓社區裡曬棉被，結果棉被飛到隔壁棟的屋頂上？那條棉被到底是遇上了什麼神奇的龍捲風？」

「我沒問。」

多田暗罵自己愚蠢，打了方向燈，轉動方向盤。

從眞幌站前開車到森崎社區，只需約十分鐘。眞幌市有許多大大小小的社區，森崎社區算是其中落成比較久的，有將近四十年的歷史，當然每棟建築物都曾經歷過整修及耐震施工。

整個社區大約十棟公寓，每棟都是四層樓高，規模不大。就連公寓的電梯也是後來才加裝的。社區內沒有兒童遊樂設施，也看不見孩童用的腳踏車。顯然當年住在社區裡的孩子們如今都已成年，搬到外地生活，社區只剩下年老的父母一輩而已。

多田穿過中庭，經過有些冷清的花圃以及異常巨大的櫻花樹，來到三號棟。因爲梯子太大進不了電梯，只能扛著梯子上三樓。行天空著雙手默默跟在後頭。

就在多田按下三〇四室的門鈴時，背後的行天忽然說：「梯子可以先放車上，不必急著搬上來吧？」

多田一想，確實沒錯。因爲剛和亞沙子見面，有些心神不寧，再加上目擊行天的游泳池救生員行徑，似乎稍微喪失了理性的判斷能力。

「爲什麼不早點提醒我？」就在多田對行天提出抗議時，眼前的門被打開了。

開門的是個戴著眼鏡的微胖中年男人。年紀約莫五十五歲，面色憔悴，頭髮不僅花白而且又乾又痛，完全沒有油脂。此時明明已是櫻花盛開的季節，他卻還穿著相當厚的毛衣，毛衣上布滿了小毛球。

多田報上身分，男人低聲呢喃了一句「你好」，便轉身走進室內。多田見門板即將關上，自己的雙手又拿著梯子，只好趕緊伸腳將門板擋住。

「簡直像迷宮一樣。」身後的行天忽然說道。

多田愣了一下，隔了幾秒才明白他指的是男人身上那件毛衣上頭的紋路。多田忍不住輕聲笑了出來。那件毛衣是由茶褐色與綠色的毛線所編成，上頭的紋路呈現漩渦狀，確實有些古怪。

雖然男人沒有說「請進」，但多田判斷對方的意思應該是要自己進去，於是領著行天走進門內，脫下鞋子。至於那具梯子，多田決定將它打橫放在門外的走廊上。門後是一條相當短的內廊，似乎是通往起居室，男人就站在內廊處等待兩人。

起居室約六張榻榻米大，與廚房相連，正前方則有一面通往陽臺的落地窗。另外還有一間房間，似乎是寢室，但隔板門是拉上的狀態，看不見裡面的樣子。

室內相當整齊乾淨，但看得出來並不是平常就維持這樣的狀態，而是不久前才進行過大掃除。最好的證據就是室內的空氣相當混濁，瀰漫著灰塵，而且廚房還堆放著好幾個大垃圾袋。由於垃圾袋是透明的，可以淸楚看見裡頭的垃圾。除了紙屑及廚餘，竟然還有衣物、文具及餐具。

或許是因爲大掃除的時候把東西都丟光了，室內的家具及生活用品變得非常少，顯得相當冷淸、蕭瑟。

一個中年男人，怎麼會在平日的白天忽然大掃除？多田有股不好的預感。爲什麼要把零碎的生活用品幾乎丟光？是準備要搬家，還是單純想要轉換心情？抑或是離開人世前的總整理？

「這邊。」男人朝多田招招手，打開落地窗走到了陽臺。「我想把棉被收進去，沒想到手一滑……」

多田將上半身探出陽臺欄杆外，朝男人所指的方向望去。

男人住的這棟公寓，剛好位在這座社區的邊緣，隔了一面鐵網的另一側，便是一棟棟透天厝。其中一棟透天厝剛好就在男人住處的正前方，而男人的棉被就落在那棟透天厝的屋頂上。雖然有點泛黃，但看起來是一條棉花塞得相當扎實的棉被。

風吹得讓多田不由得瞇起了雙眼。但多田越想越納悶，那條棉被應該相當重才對，怎麼會被吹得這麼遠？

「我跟那戶人家沒有任何交情，而且棉被掉在二樓的屋頂上，要收也不容易。」

男人在一旁畏畏縮縮地解釋道。

「請放心，我帶了梯子。只要跟那戶人家說一聲，我上屋頂去收下來就行了。」多田說得輕描淡寫。

此時行天也來到多田身旁，探頭朝棉被看了一眼。

「與其用梯子，不如直接從這裡跳下去，反而簡單得多。而且棉被在那個地方，剛好也能當作緩衝。」

行天說完，一副馬上就要翻越欄杆的樣子。「住手！」多田趕緊制止。

「要是把人家的屋頂撞出一個洞，那可就糟了。」

「你擔心的不是我，而是屋頂？」

多田與行天又鬥起嘴來，男人毫不理會兩人，神情僵硬地離開陽臺，回到起居室。

「你不覺得這傢伙有些不太對勁？」行天悄悄對多田說道。

「我不知道，也不想知道。我們的工作是收回棉被，其他的事都跟我們無關。」

雖然心中對男人的舉止有些推測及疑惑，但多田強迫自己不要多想。

起居室的角落有張小桌子，多田在這裡將必須填寫的文件資料交給男人。男人以異常工整的字跡，一一填寫了委託書及合約書上的空格。津山重勝，五十一歲。多田心想，原來這個人的外表比實際年齡蒼老一些。當然對多田來說，這只是無關緊要的小事。男人空下了職業欄，什麼都沒有塡寫。

「我可以抽菸嗎？」依然站在陽臺的行天說道。

津山面露懼色點了點頭。行天於是從口袋掏出萬寶路薄荷菸。由於風太大，他試了好幾次才把菸點著。

「這裡的風景眞不錯。」行天接著又說。

多田與津山不約而同望向落地窗，只看見站在陽臺上的行天，以及行天身後的水藍色朦朧天空。但是從行天所站的位置，應該看得見溫暖春光照耀下的一片片屋頂，以及花朵茂盛到幾乎不存在縫隙的櫻花樹枝。

「感覺可以輕飄飄地飛起來，就好像坐在魔法飛毯上。」

行天從陽臺走進起居室，香菸的一縷煙霧隨著他的身影緩緩飄移。多田從口袋取出隨身攜帶的攜帶式煙灰缸，接下從行天的指縫落下的菸頭。如果要抽菸，至少也該考慮一下如何處理菸頭的問題。

行天趁著多田爲菸灰缸蓋上蓋子的時候，伸手拿起了委託書。津山什麼也沒說，只是默默看著行天的舉動，依然是一副畏畏縮縮的態度。

「噢，你沒工作？」

你還不是幾乎等於沒工作，每天只是跟在便利屋的身邊做點雜事？多田在心中暗罵。但多田還來不及阻止，行天又說出第二句失禮的話。

「我們的收費是兩千圓，你付得出來嗎？」

津山霍然起身，多田原本以爲他會氣得失去理智，撲過來動手打人，但津山只是從多田及行天的身旁通過，走進廚房裡。看來他是個無法坦率表現出心中怒火的人，而且擅長自我壓抑。

行天不再理會津山，走向牆邊的櫃子，擅自拿起櫃子上頭的相框。

「一個人的臉，眞的只要上頭的零件差一點點，看起來就天差地遠。」

行天將相框遞給多田。

照片裡是一個相貌平凡但面容慈祥的中年婦人，以及一個看起來應該是國中生的可愛女孩。背景似乎是遊樂園，兩人臉上都帶著笑容。多田心想，她們應該是津山的妻子及女兒吧。這是一張全家人在假日快樂出遊的照片。

「你別隨便看別人的照片，而且我完全不明白你想表達什麼。」

「醜父母也會生下圓滾滾的可愛孩子。」

「你這麼說太失禮了。」

「大家不是很喜歡比較父母和孩子的長相嗎？這一家人的五官倒是很像，就像是拼成功的拼臉遊戲[12]，以及有點失敗的拼臉遊戲。」

「你這句話更沒禮貌，快把照片放回去！」

就在多田與行天低聲交談的時候，廚房傳來拉動抽屜的吱嘎聲響，似乎是津山打開抽屜，不知在拿什麼東西。不一會，津山走了回來，手中抓著錢包。

「我雖然正在找工作，但也不是完全沒有積蓄。」津山將兩千圓輕輕放在桌上。

「謝了。」

行天立刻離開櫃子邊，拿起桌上的兩張紙鈔，摺好後放進口袋。「你這次搬家，老婆跟女兒怎麼沒有來幫忙？」

「關你什麼事？」津山的臉色畢竟有些難看。

沒想到行天又大聲說：「啊！我知道了！你被公司裁員，所以老婆跑了，對吧！」

多田忍不住想要仰天長嘆。津山竟然沒有動怒，他的眼神流露出的不是怒意，而是恐懼。那是一種類似走在路上遇見神祕未知生命體的恐懼。

「這個人到底是……怎麼回事？」津山轉過頭來，低聲詢問多田。

多田又不好說「這其實是行天表達關心的獨特方式」，只能乖乖道歉。

「眞的很抱歉，不管這個人說什麼，都請你別放在心上。我們現在就去收棉被。」

多田在行天的背上頂了一下，帶著他走出津山家。行天踏著輕快的步伐走下了樓梯。

將梯子從三樓搬回一樓的，果然還是多田。

屋頂上有棉被的那戶，似乎沒人在家。多田只好按了隔壁那戶的門鈴，向應門的中年婦人說明狀況。假如什麼也沒說就爬上屋頂，搞不好鄰居會報警處理，到時候事情會更麻煩。

中年婦人看了看多田遞給她的名片，又看了看多田的臉。

「我經常拿到便利屋的宣傳單，但看見便利屋還是頭一遭。」

12「拼臉遊戲」原文作「福笑い」，指過年期間常玩的一種傳統遊戲。遊玩者將眼睛蒙住，以打散的五官圖案拼湊出完整的臉孔。

「如果有需要幫忙，歡迎隨時來電。」

中年婦人看了看面露業務式微笑的多田，又看了看面露相同微笑的行天。

「你們放心，我會幫你們向山崎家的人解釋。」

中年婦人的視線，停留在行天臉上的時間明顯比較長。如果說女人是一白遮三醜，那男人肯定是一帥遮三怪。行天這傢伙明明是個怪咖，卻因爲人長得帥，老是特別吃香。多田雖然頗爲感慨造物主的不公平，但反正能順利上屋頂拯救棉被就好，現在也不想計較那麼多。

多田於是走進沒有人在家的山崎家庭院，將梯子架在牆上。幸好山崎家的庭院整理得乾淨整齊，不需要煩惱沒地方設置梯子。如果地上到處是空花盆、石塊及雜草，還得想辦法清出一塊空地才行。

梯子相當長，可以直達二樓屋頂。

「幫我扶著梯子。」多田向行天吩咐後，獨自爬上了屋頂。

沒想到行天竟然也跟著爬了上來，多田吃了一驚，趕緊從上方幫他按住梯子，以免梯子搖晃或偏移。

棉被落在屋頂斜面上的時候，剛好呈現幾乎完全攤開的狀態。多田心驚膽戰地慢慢爬向棉被，一旁的行天卻邁開大步，宛如走在平地上。

「你怎麼不去當高空作業員？」

「嗯，我完全不怕高，確實挺適合。」

「到底有什麼東西是你害怕的？」

「有啊，記憶。」

這意料之外的答案，讓多田不由得抬起了頭。行天三兩下就走到棉被的位置，轉頭望著多田。因爲背光，多田看不清楚他的表情。

「棉被曬得好溫暖。」行天在棉被上一屁股坐了下來。

「那個大叔該不會原本想從陽臺跳下來吧？」

「不無可能。」多田嘴上這麼回答，心裡卻想著：「害怕記憶？那是什麼意思？」

「眞難得你這次沒有雞婆的想法。」行天歪著頭說道：「反正從三樓跳下來，多半死不了。」

多田也終於抵達了棉被處。

津山或許眞的丟了工作，老婆也跑了。或許原本只是想要大掃除，後來漸漸覺得好像在進行離開人世前的總整理，就這麼像失了魂一樣走向陽臺……

如果能像櫻花花瓣一樣隨風飛舞，不知該有多好。如果擁有一條魔法飛毯，就可以輕飄飄地降落到地面上。

津山眞的只是在收棉被的時候，不小心讓棉被掉到了樓下？會不會其實是他突然變得自暴自棄，故意把棉被拋了出去？會不會其實是他自己想要往下跳，卻不小心讓曬在陽臺的棉被先掉了下去？會不會其實是他突然產生一種什麼都做得到的錯覺，以爲能夠乘著棉被飛上天？

可能的情況多得數不清，但不知道哪個才是眞相。今天是多田第一次見到津山，而且今後也不太可能再見。即使如此，多田還是希望問清楚詳情，若有必要，就勸津山打消念頭。當然多田這麼做並不是基於善良或崇高的道德，而是基於一種不希望在心頭留個疙瘩的自私想法。

正因爲是自私的想法，所以多田猶豫著，不曉得該不該干預他人的私事。
「剛剛跟亞沙子幽會，順利嗎？」
「幽什麼會？我只是以客人的身分，到她的餐廳吃飯。」
「看來還是完全沒進展。」行天長嘆一聲，在棉被上躺了下來。
「哇，眞是溫暖，好想在這裡睡個午覺。」
多田也在棉被邊緣坐了下來。一股暖意自臀部傳遍全身。
到底是什麼樣的記憶，令你如此痛苦？多田很想問個淸楚，但終究沒問出口。因爲躺在棉被上的行天，神情與平日毫無不同，看不出一絲一毫的煩惱與不安。
「對了，剛剛的錢。」
多田朝躺在棉被上的行天伸出手。
「原來你還記得，我本來想自己留著呢。」
行天坐起上半身，一臉遺憾地從褲子口袋中掏出兩千圓，放到多田手中。這狡猾的傢伙，眞的是半分也大意不得。多田將兩張紙鈔放進自己口袋。沒想到行天接著又遞出一枚白色的信封。
「這是什麼？」
「遺書。」
「你的？」
「爲什麼你會認爲我得寫遺書？當然是那個迷宮大叔的。」
「津山的？你在哪裡發現這玩意？爲什麼帶了出來？」

多田檢視手裡的信封。正反兩面都沒有寫任何文字，信封口沒有密封。

「這裡頭寫了什麼？津山眞的有輕生的念頭？」

「我根本沒打開。我只是看見相框旁邊放著這玩意，順手帶了出來。」

「這麼說來，也不見得是遺書。」

多田不由得鬆了口氣。裡頭到底寫了什麼，眞是令人好奇。多田躊躇了一會，決定掏出裡頭的信紙，攤開來瞧個究竟。

「上面寫了什麼？」行天湊了過來。

信紙上密密麻麻地寫滿細小的文字。筆跡與剛剛津山填資料時的一模一樣。多田將內容大致瀏覽了一遍。看來這是寫給妻子的信，津山在信中提到自己被公司裁員，因此打算回鄉和家人團聚，等做好重新出發的準備就會返回東京重新找工作。

「原來這大叔不是妻子跑了，而是一個人在眞幌工作。」行天說。

「看來不是遺書。」

「那也不見得。你看，上頭寫著『一想到給家人添了許多麻煩，就感到生不如死』。」

「現在該怎麼辦？」

「能怎麼辦？這封信是你偷偷帶出來的，難不成你想當著他的面取出這封信，勸他看開一點？我反而想問的是現在該怎麼處理這封信。」

多田將信紙放回信封，將信封塞回行天手中。「你自己想辦法，把這封信放回津山家。」

「這太簡單了，一點都不需要煩惱，只要塞進這裡頭……」行天從棉被套的邊緣將信封硬塞進棉被裡。

「等等！原本應該在櫃子上的信封，要是跑到棉被裡，任誰都會起疑吧，難不成這信封會瞬間移動？」

「放心啦，你老是愛擔心這種雞毛蒜皮的小事。」

「這可不是雞毛蒜皮的小事！」

多田想將信封搶回來，與行天發生了一陣拉扯。驀然間，多田驚覺津山正站在他家的陽臺上，默默看著兩人。

糟糕，他可能會誤會我們在偷懶。不對，他可能會發現我們在偷懶。

「總而言之，我們把棉被搬下去吧。」

信封的問題，只能等等再來想辦法了。多田不斷催促行天挪動身體，別一直壓在棉被上。行天也看見了津山，卻只是老神在在地朝站在陽臺上的津山揮手打招呼。津山當然是板著一張臉。我花錢請你們來撿棉被，你們卻把我的棉被當成玩具？津山臉上彷彿寫著這樣的抱怨。

沒想到行天絲毫沒把津山放在眼裡。他依然坐在棉被上，還以雙手抓住棉被的邊角，身體前後搖晃。

「喂，你要幹什麼？」多田這話才出口，棉被已載著行天，像雪橇一樣沿著屋頂斜面往下滑。

「大叔，我做個示範給你看，睜大眼睛看清楚了！」

行天朝著陽臺上的津山大喊，同時整個人連同棉被一起飛出屋頂邊緣。

行天與棉被彷彿在空中靜止了數秒鐘。下一瞬間，行天與棉被從多田的視線前方消失，同時山崎家的庭院地面傳來沉重的巨響。

「行天！」

多田甚至忘了自己有懼高症，以最快的速度跑到屋頂邊緣，戰戰兢兢地探頭往下看。只見棉被落在地面，而行天整個人平躺在棉被上頭。

多田趕緊爬下梯子，在庭院裡沿著屋子繞了一大圈，朝行天奔去。站在陽臺上的津山也緊張地抓著欄杆，將上半身探了出來。

「便利屋，要幫你們叫救護車嗎？」

「請稍等一下，我先看看狀況。」

多田如此回答之後，又朝津山提出忠告：「身體不要伸到欄杆外，太危險了。」

就在這時，多田口袋裡的手機響了起來。原來這就是工作應接不暇的感覺。這種節骨眼，到底是哪個傢伙打電話來？多田反射性地取出手機，完全沒看螢幕，直接按下了通話鍵。

「你好，這裡是多田便利軒。」

電話另一頭傳來的是沉著冷靜的女性說話聲。

「你好，我姓須崎，眞幌市民醫院的護理師。」

明明還沒打電話叫救護車，怎麼醫院自己打來了？多田的腦袋一團混亂，嘴上還是應了一句商場上的制式回應：「平日承蒙關照。」

「請問你現在方便講電話嗎？」

不太方便，因爲我眼前有個男人從屋頂搭乘棉被起飛，現在還沒有恢復意識。這幾句話，多田實在難以啟齒。

「很方便，請說。」

多田將手機夾在肩頭與臉頰之間，跪了下來。跌落庭院的行天此時在棉被上完全躺平，雙眼緊閉。

多田試著以手掌輕觸行天的頸子。似乎還活著。明知道這種時候不能隨便亂動傷者的身體，多田還是忍不住將手搭在行天的肩膀上輕輕搖晃。

「是這樣的，曾根田菊子奶奶這兩天的健康狀況不太好。」須崎說道。

「行天！喂，行天！」幾乎就在同一時間，多田對著行天低聲呼喚。

經過短暫的沉默，須崎接著說：「我明白你的心情。這突如其來的消息，你一定會難以接受。」

直到聽見須崎這句話，多田才終於消化了須崎上一句話。

「妳說什麼？」幾乎就在同一時間，多田驚訝地大喊。

對不起，我剛剛喊的是「行天」，不是「仰天[13]」。「行天」是一個男人的姓氏。這幾句話，多田實在難以啟齒。該死！都怪行天這傢伙，姓氏古怪就算了，偏偏還在這種節骨眼失去意識。多田忍不住在心中咒罵，搖晃行天身體的力道也更加粗魯了些。雖然思緒亂成一團，多田還是試著在心中整理當前的事態。

曾根田菊子（多田都叫她曾根田奶奶）年事已高，多年來一直住在眞幌市民醫院。多田偶爾會受老奶奶的兒子委託，到醫院去探望她。由於老奶奶的腦袋已經有點不清楚，多田只要聲稱自己是她兒子，她就會非常開心。但有時老奶奶的腦袋會恢復正常，認得多田是經營便利屋的多田。這時多田會靜靜聆聽老奶奶說些眞幌市的往事。

對於僞裝成老奶奶的兒子一事，多田一直感到良心不安。即便如此，多田每次接到探望老奶奶的委託工作，都會爽快答應。曾根田老奶奶雖然性情有些孤僻，卻有著相當可愛的一面。如果自己的探望能夠帶給她心靈上的安慰，就算撒點小謊，似乎也不是什麼十惡不赦的事情。

話說回來，護理師說老奶奶健康狀況不佳，不曉得是怎麼回事？去年年底，多田才去探望過老奶奶，當時老奶奶吃起多田帶去的零食，胃口還是相當好。

「請問她生了什麼病？情況很糟嗎？」

「倒也沒有生什麼病，或許是因爲年紀大了，這幾天一直處於昏睡狀態。我們擔心她時間可能不多了，所以才打電話聯絡你。如果還有什麼話想對她說，最好趁早來探望她。」

「謝謝妳，我會盡快趕去醫院。」

多田一邊與須崎通話，一邊搖晃行天的身體。這傢伙到底要不要醒來？

「請問……爲什麼通知我？」

多田對須崎這個姓氏沒有任何印象。多田經常去眞幌市民醫院，除了探望曾根田老奶奶，也因爲行天曾經遭小混混刺傷，在醫院裡躺了好一段日子。因此，多田認得不少護理師。照理來說，須崎應該也是那幾個護理師的其中一個，但光聽須崎這個姓氏，多田根本想不起來她是誰。

---

13 日文中「行天」與「仰天（驚訝之意）」的發音近似。

「護理師小姐，我想妳應該知道，我與曾根田奶奶非親非故……」

「因爲曾根田奶奶一直期待著你來。」

須崎的口氣變得開朗了些。「偷偷告訴你，她看見你的時候，開心的程度甚至超過看見兒子及媳婦。所以我擅自用電話簿查了你的電話號碼。這件事拜託你不要說出去。」

多田再次道謝，掛斷電話。

大多數客人向便利屋委託工作，都是僅以一次爲限。雖然有少數客人會回頭再委託工作，但工作內容大多是家中不重要的一些雜事。因此雖然多田以自己的便利屋工作爲榮，但不常實際感受到自己的工作成爲他人的心靈支柱。

眞令人開心，原來曾根田奶奶是如此期待著自己去探望她。

多田恨不得立刻插翅飛往醫院。問題是行天依然昏迷不醒。難道跌下來的時候，眞的撞到了什麼要害……

多田凝視著行天，心中的不安逐漸升溫。

「他還好嗎？」背後響起問話聲。

多田轉頭一看，津山竟然也走進山崎家的庭院。他似乎因爲擔心行天，特地從他家跑過來。

原本就乾癟的頭髮此時更是凌亂不堪。

「他還是沒醒，看來得叫救護車才行。」

多田舉起手機，準備撥打一一九。

「沒有那個必要。」

此時一隻冰冷的手，輕輕按在多田的手背上。那是行天的手掌。他睜開眼睛，躺在棉被上露出微笑。

「你還好嗎？」

「我很好，只是睡了一覺。」

這種場合還有心情睡覺？多田同時感受到強烈的憤怒與慶幸，肩膀不由得微微顫動。站在多田身後的津山似乎也終於放下心中大石，吁了一口長氣。

「總之幸好你沒事。但不管怎麼樣，我看你還是到市民醫院檢查一下。我剛剛接到電話……」

「你不用說，我都知道。」行天的口氣，彷彿在唸連續劇裡的臺詞。「你們剛剛的對話，我都聽見了。」

「最好是你都聽見了，不是睡著了嗎？」

「曾根田奶奶快要小命不保了對吧？走，我們快去看她。」

行天毫不理會鬆一口氣的多田，若無其事地站了起來，身體沒有半點搖晃。他將剛剛還躺在上頭的棉被像海苔壽司一樣捲起，交給津山。

「可惜它不是魔法飛毯，痛死我了。」

說完這句話，行天旋即走出山崎家的庭院，朝社區停車場前進。津山抱著棉被，一時傻住了，不知該說什麼才好。一旁的多田則感覺腦袋隱隱作痛。

「我第一次看見有人跳樓跳得這麼霸氣。」津山喃喃自語。

那口氣聽起來既像是讚嘆，又像是傻眼。「看了之後，心情舒暢多了。」

多田故意對塞著那封信的棉被視而不見。

「雕蟲小技，何足掛齒……」除了這麼說，多田也不知道還能怎麼回答。

「他在醫院的檢查費用，由我來付吧？」

津山望著行天離去的方向，忽然想起這件事。

「不，是他自己跳的，不能讓客人負擔檢查費用。」

多田一邊搓揉著太陽穴，一邊說：「倒是這棉被能請你自己帶回去嗎？我接到熟人接近病危的消息，得趕去醫院。」

「接近病危」這句話聽起來實在是有些不知所云，但多田並不清楚曾根田老奶奶的狀況到底有多嚴重，因此也只能這麼形容。

「沒問題，小事一樁。」

津山用力抱緊棉被，走出山崎家的大門。就當信封會瞬間移動吧。多田一邊收起梯子，一邊這麼說服自己。

多田按了隔壁鄰居的對講機，向中年婦人告知棉被回收作業已經完成，接著扛起梯子快步走向停車場。來到社區入口時追上了津山。津山抱著一大條棉被搖搖晃晃地前進。

「需要收據嗎？」

「不用了。」

津山一邊走，望向多田：「倒是有句話忘了說……謝謝你們。」

或許因爲難爲情，津山說完這句話，就將頭別向一旁，默默走進三號棟。不知道是不是錯覺，他臉上的陰霾似乎已一掃而空。

這個人應該不會再做出令人擔心的舉動了。雖然沒有明確的證據，但多田有這樣的感覺。

發財車的副駕駛座上，行天正百無聊賴地抽著菸，等多田上車。多田發動引擎，接著打開車窗，讓瀰漫在車內的煙霧散去。

「津山向我們道謝。」

「謝什麼？」

「他看你跳樓，心情好像舒坦了些。」

「噢？」

只是偶然嗎？抑或完全在他的算計之中？行天的言行依然讓人捉摸不透。

多田扣上安全帶，驅車趕往眞幌市民醫院。

眞幌市民醫院正在進行不知道第幾次的擴建。每次擴建之後，停車場的位置都會改變。此時醫院設施的格局規劃已經與去年年底來時大不相同，多田爲了尋找停車場入口，將整座醫院繞了大半圈。多田內心焦躁不已，忍不住想要咂嘴。

好不容易找到停車場，胡亂停好車，快步走向曾根田老奶奶所住的病房大樓。

「行天，你先去掛號，做個身體檢查。」

「咦？不需要自找麻煩吧？搞不好就在我浪費時間的時候，奶奶嚥下了最後一口氣。」

「別說那種不吉利的話。」

兩人以競走的速度沿著醫院的走廊前進。

「便利屋先生！」多田聽見呼喚聲，轉頭一看，一名護理師從醫護站走了出來。護理師約莫四十多歲，多田對她有點印象。

「妳是須崎小姐？」

「對，我是須崎。唉，你們來晚了一步。」

須崎長嘆一聲，搖了搖頭，走在前面領路。

難道曾根田奶奶已經……多田勉強壓抑下雙膝的顫抖，跟隨在須崎身後。一旁的行天也不發一語。

病房內的狀況跟上一次來探望時並沒有太大差異。須崎走向六人房的中間那張床，輕輕拉開掛簾。

「曾根田奶奶就在剛剛……」

純白潔淨的床單上，曾根田老奶奶靜靜躺著。她閉著雙眼，表情慈和安詳，彷彿依然活著。

多田感覺雙膝痠軟，忍不住蹲了下來。

怎麼會走得如此突然？不，不能說是突然。老奶奶年紀相當大了，這是早就可以預期的事。就算沒接到兒子的委託，還是應該更常來探望她才對。多田懊悔不已。光是從過完年到現在，其實就有很多機會可以來。多田明明一直惦記著老奶奶，卻老是以「最近比較忙，過陣子再說」爲藉口，遲遲沒有採取行動。

自己只是在裝忙，並不是眞忙。工作其實有很多空檔，自己卻只是坐在事務所發呆。

「曾根田奶奶……」

多田抱著滿腔的悔恨，輕輕呼喚著曾根田老奶奶。站在旁邊的須崎再次搖了搖頭。

「她剛剛才睡著，睡前還吃了一堆果凍，暫時應該是不會醒來了。」

「咦？」多田轉頭望向須崎。「我是不是聽錯了？妳說……她只是睡著了？」

「是啊。」須崎露出一臉「不然呢」的表情。

哇哩咧。這次多田眞的忍不住想要蹲下，幸好最後還是忍住了。行天伸出手掌，探了探老奶奶的鼻息。

「眞的只是在睡覺。」行天說：「人家說睡覺也需要體力，既然還能睡，應該沒什麼大礙吧。」

「嗯，不過上個星期是眞的很危險。在這裡不方便談，我們換個地方吧。」

須崎將多田與行天帶到同一樓層的交誼廳。這裡有兩臺大電視以及數組沙發桌椅。好幾個老人坐在廳內，有的正在看電視，有的正在閒聊。

兩人坐進沙發，聽著須崎的描述。須崎說曾根田老奶奶上星期曾出現腹瀉的症狀。

「老人家很容易因爲運動不足而便祕，所以醫生開了一些藥性較弱的瀉藥給曾根田奶奶，讓她在晚餐後自行服用。」

但老奶奶腦袋糊塗，就寢前又吃了一次，當然就出現了腹瀉的症狀。

「從那之後，她的體力就大幅減弱。雖然腹瀉治好了，但她每天都在昏睡。」

院方於是趕緊聯絡老奶奶的兒子，期待兒子能帶些老奶奶喜歡吃的食物來探望，沒想到得到的回應相當冷淡。

「她兒子竟然說『等到她快壽終正寢再聯絡我吧』。」須崎說得忿忿不平。

或許因爲看過太多生離死別，她很清楚關愛要及時的道理。

「我也知道家家有本難唸的經……」須崎吁了口氣，努力讓自己轉換心情。

「但我眞的很擔心曾根田奶奶……便利屋先生，你們有沒有辦法幫助她打起精神？」

「好，我明白了。今天已經沒有其他工作，我們會在這裡待一陣子，看她會不會醒來。」

須崎聽見同事的呼喚，匆忙離開了。多田與行天回到曾根田老奶奶的病房。

兩人搬了兩張鐵椅子在病床旁邊坐下。老奶奶依然閉著雙眼，與剛剛毫無不同。

「我眞搞不懂。」多田看著曾根田老奶奶的臉，忍不住咕噥。

「你眞搞不懂？」行天漫不經心地問道。

「爲什麼她兒子不來看她？爲什麼她兒子這麼討厭自己的母親？」

曾根田老奶奶似乎一直希望兒子與媳婦離婚。或許是因爲這個念頭作祟，老奶奶與媳婦的關係非常差。但難道因爲這樣，兒子就拒絕到醫院探望病危的母親？

「當然我知道她兒子一定有些難言之隱。例如工作太忙，或是如果跟母親感情太好，會惹妻子不開心……」

「多田，你當年結婚時，煩惱過婆媳問題嗎？」

「唔……」多田想了一下後說：「我壓根沒想過，你呢？」

「我說過很多次了，我的婚姻是假的。」行天忽然露出一陣冷笑。「何況我從高中畢業後，就再也沒見過我的父母，要怎麼發生婆媳問題？」

多田聽了行天這句話，一時不知該如何回應，腦袋裡只浮現了「沒關係就沒煩惱」這句膚淺的諺語。但如果告訴他「你眞幸運，跟誰都不來往，當然也就不用煩惱婆媳問題」，似乎也不太對。

「有時正因爲是父母，所以無法原諒。」行天淡淡說完這句話，忽然伸長脖子朝病床探了一眼：「啊，奶奶醒了。」

曾根田老奶奶在雪白的寢具內睜開了雙眼。多田看著老奶奶的臉，內心有些忐忑不安。老奶奶今天會認定多田是「便利屋的多田」，還是「自己的兒子」？多田是否需要演戲，端看老奶奶的意識是否清晰。

「身體怎麼樣？還好嗎？」

由於老人家耳朵背，多田提高了音量，但用字遣詞相當謹愼小心。

老奶奶眨了眨眼睛，表情有些古怪，簡直像聽見了來自天上的聲音。她似乎很努力想爲這匪夷所思的現象找出合理的解釋，過了半晌才想到聲音可能來自床邊的人。她緩緩轉過頭來對著多田說：「佐佐木醫生，你來巡房嗎？眞是辛苦了。」

這下糟了，沒想到老奶奶竟然會叫出自己完全不認識的人。多田不禁遲疑了起來。該不該假裝自己是那個佐佐木醫生呢？佐佐木醫生應該是老奶奶的主治醫生吧。此時自己身上的服裝，當然不是醫生的白袍。爲了盡量讓自己看起來像個醫生，多田只好盡可能挺起胸膛，以一副充滿權威的口吻說：「老夫人鳳體欠安，還望自重。」

糟糕，「鳳體欠安[14]」是什麼古裝劇臺詞？從來沒演過醫生，竟然演成了御醫。

一旁的行天捧腹大笑，連老奶奶也笑了起來。

「哎，我知道你是誰。」曾根田老奶奶說：「你是……經營便利屋的多田，對吧？」

噢噢！老奶奶今天不但認得我是「多田」，而且還故意捉弄我，看來她精神狀況不錯。但多田忍不住又想，為什麼老人家在辨識一個人的身分之前，總是會先停頓一下？那短暫的空白，總會帶給多田一種難以言喻的不安感，就好像整個人墜入深邃的洞穴，或是被吸入黑暗的宇宙空間。

多田一邊想著，一邊回答：「對，我是多田。抱歉，好一陣子沒來看妳。」

「小事、小事。我知道你們很忙，還勞煩你們特地跑一趟，眞是過意不去。」

曾根田老奶奶在棉被裡轉為側臥，手腕撐著床面，身體不停抖動。多田與行天察覺老奶奶是想要坐起身子，趕緊上前攙扶。兩人扶著老奶奶的肩膀及背部，她才成功地在床上變為坐姿。行天將一顆枕頭放在老奶奶那弓起的背部與床頭板之間。

「妳想吃什麼？我去買。」多田說。

「沒什麼想吃的。」老奶奶搖了搖頭，接著問：「最近生意還好嗎？」

「還過得去。」

「你們今年可能會被捲入一場騷動，最好趁現在養精蓄銳。」

曾根田老奶奶有時會說出這種類似預言的話。當然這些預言都沒有什麼根據，多田也不會放在心上。

老奶奶喝了一些放在床邊矮櫃上的白開水，多田則吃了老奶奶給的零食。那是一顆以糯米紙裹住的洋菜果凍，顏色鮮豔得讓人不禁懷疑這玩意有毒。

行天趁老奶奶不注意，把老奶奶給他的果凍塞到多田手裡。多田迫於無奈，只好把行天的果凍也吃了。一股強烈的甜膩感，從牙齒根部直衝腦門。

三人就這麼有一句沒一句地閒聊，轉眼已到了傍晚時分，走廊上隱約傳來晚餐的配膳聲。

多田心想不能讓老奶奶太過勞累，於是說：「妳要好好吃飯，好好保重身體，我們下次再來看妳。」

老奶奶點了點頭，凝視著多田。多田看著老奶奶的眼睛，不禁暗想，她的瞳孔顏色原本就這麼淺嗎？原本應該是黑色的瞳孔，此時看起來卻像是淺藍色。

「多田，我問你……」老奶奶說：「你覺得有極樂世界嗎？」

多田一時不知該怎麼回答。若要問自己的眞心話，當然是沒有什麼極樂世界。人一死就什麼都沒了。這樣的想法，總是讓多田產生一種無助感。一種會讓身體不住打顫的無助感。但是另一方面，卻又帶給多田一種神清氣爽的解放感。然而曾根田老奶奶問出這句話，代表她的內心正感到不安。多田實在無法對她說出「沒有」這兩個字，卻又想不到什麼合適的說詞來激勵她。

「什麼極樂世界，當然沒有那種東西。」

多田還在思考該怎麼回答，一旁的行天竟大剌剌地說出這句話。曾根田老奶奶一聽，表情登時變得僵硬。

14 此處的「鳳體欠安」在原文中僅爲「養生」，因中文難以呈現原文的笑點，所以譯文稍作變化。

那種讓人聽了不舒服的話，爲什麼要口無遮攔地說出來？多田不禁有些懊惱。

「喂，行天！」多田趕緊制止，行天卻完全不當一回事。

「但我會盡量把妳記在心裡。就算妳死了，我還是會記得妳，直到我也死了爲止，這樣不好嗎？」

當然不好！你又不是她的家人，只不過是區區便利屋的助手，她要你的「記得」有什麼用？多田在心中如此罵道。但是行天那沉穩又充滿自信的態度，竟讓多田受到了震懾。多田戰戰兢兢地轉頭觀察老奶奶的反應，發現老奶奶臉上多了一抹笑意。

「很好，這樣很好。」曾根田老奶奶說道。

那口氣聽起來既像是一種達觀，又像是一種覺悟。

離開醫院前，爲了保險起見，多田還是爲行天預約了精密檢查。此時早已過了受理時間，幸好須崎護理師暗中幫助，直接在電腦裡輸入了掛號資料。

「尤其是頭部，請務必仔細檢查。」多田再三提醒。

就算行天沒從屋頂上掉下來，光是他平日的言行舉止，就讓多田合理懷疑這傢伙的腦袋有病。

「爲什麼我得做什麼檢查？」行天抱怨個不停。

傍晚的眞幌大街，車輛越來越多，已開始有些壅塞。多田開著發財車朝眞幌站前的方向前進。多田將車窗打開一道縫隙，兩人都抽起了菸。

我會盡量把妳記在心裡。多田回想起行天告訴老奶奶的這句話。多田覺得這或許是唯一的手段，對抗每個人都必須面臨的死亡的唯一手段。

多田也有一段不想忘、忘不了的記憶。靠著這段記憶，多田與亡者依然緊密相繫。靠著記憶在心中喚醒亡者，總爲多田帶來強烈的痛楚，但是另一方面，卻也讓失去的幸福時光在心中短暫甦醒。

活著的人無法與亡者對話，觸摸不到對方，當然也無法爲對方做任何事，或是讓對方爲自己做任何事。想要對抗殘酷的死亡，讓死亡獲得超越死亡的意義，唯有透過活著的人的記憶。

「看來你眞的很喜歡曾根田奶奶。」

多田將手輕輕擱在方向盤上，喃喃說道。坐在副駕駛座的行天拉開車上的菸灰缸，說：

「嗯，但搞不好我再過幾年就得了失智症，還沒死就把她忘得一乾二淨。」

「就算是這樣，曾根田奶奶還是會很欣慰。」

「是嗎？」

行天將菸灰彈進菸灰缸，把菸再度放回唇邊。「如果你希望的話，我也可以在你死了之後盡量記住你。」

你憑什麼認爲那時候你還活著？多田皺起眉頭，在心中咒罵。雖然知道行天是好意，但畢竟這傢伙是個會胡亂從屋頂上往下跳的人，他的這個提議實在對多田沒什麼吸引力。

「不用了，我只想讓美女記住我。」

「這種中年大叔才會說的話，眞虧你說得出口。」行天「桀桀桀」地笑了起來。「我可不想被任何人記住，就算是絕世美女也一樣。」

多田彷彿看見一片無以名狀的黑暗空間，在行天那笑容的背後若隱若現。霎時，多田覺得春天的晚風中夾著一絲刺骨的寒意，趕緊關上了車窗。

你打算帶著這一生的記憶，墜入那虛無的黑暗深淵？你打算死在名爲孤獨的世界裡，避開一切世人的目光？

多田想要這麼詢問行天，但終究沒有問出口。因爲多田可以預期，得到的必定是個爽快的肯定答案。

行天會說「記憶」令他感到恐懼。多田忍不住去想，到底是什麼樣的記憶，會讓行天害怕到寧願讓自己從這個世界上徹底消失？

一回到事務所，行天立刻躺進沙發。多田不禁傻眼。依他這種一找到機會就躺平的性格，或許眞的會比我活得久。

「喂，我要做晚餐了，你好歹幫一下忙吧。」

「做晚餐？今晚吃什麼？」

「要吃咖哩飯還是燴飯，你自己選吧。」

「反正一定又是眞空調理包。那種東西不是燒個開水泡一下就能吃嗎？」

「對，我的意思就是叫你去燒開水。」

在多田的要求下，行天只好心不甘情不願地走向流理臺。多田則將梯子搬到事務所角落平擺收好。

就在這時，事務所的電話響了起來。多田正想換衣服，才剛將上衣的下襬從褲子裡拉出來，忽然聽見電話聲，只好以這尷尬的模樣拿起話筒。

「你好，這裡是多田便利軒。」

「我是三峯凪子。」

是行天那個假結婚的前妻，多田急忙轉頭往行天的方向看了一眼。行天正傲然佇立在鐵茶壺前，等待熱水燒開。

「好久不見了。」多田完全沒有預料到，她竟然會打電話來。

「眞的很抱歉，這麼晚打電話叨擾……請問阿春在你旁邊嗎？」

「嗯，他在……」

多田原本要說「他在燒開水」，但一句話沒說完，凪子已搶著說：「噓！請回答『是』或『不是』就好，不要讓他發現打電話的人是我。」

爲什麼？多田雖一頭霧水，還是應了一聲「是」。

「多田，我有件事想請你幫忙，但不能讓阿春知道。我們能不能約個時間私下見一面？」

凪子需要什麼樣的幫忙？多田想先問清楚再決定，但由於凪子要求只能回答「是」或「不是」，多田不知該如何回答，只好保持沉默。

「多田？」凪子不確定多田是否還在電話上，有些不安地叫了他的名字。

「是。」

「我現在開始說我可以的日期，如果你也能配合，請說『是』。」

多田還沒有回應，瓜子已經像唸經一樣唸出了一個又一個數字。多田沒有其他的選擇，只好算準瓜子唸出行天必須到市民醫院接受檢查的日子，大喊一聲：「是！」一個不小心喊得太大聲，口氣簡直就像是在玩什麼搶答遊戲，引來了行天的疑竇。多田輕咳一聲，轉身背對行天。

「這個星期五，是嗎？」電話中的瓜子再次確認。

多田聽見摩擦紙張的細微聲響，似乎是瓜子翻開了記事本。

「下午在你的事務所碰面，可以嗎？」

多田心想，時間是沒問題，問題是瓜子到底想拜託什麼事情，必須大老遠跑到事務所來？瓜子察覺多田再次保持沉默，這才恍然大悟。

「我現在解除只能說『是』或『不是』的規定，但請不要說得太直接，以免被阿春發現。」

「日期和時間都沒問題，但我想知道委託的內容是什麼。」

「我想託你們暫時照顧我們的女兒小春。」

「妳託什麼！」

多田因為太過緊張，不小心發錯了音。「失禮了，我的意思是『妳說什麼』。」

從遺傳學的角度來看，小春的父母是瓜子與行天。但小春的實際扶養者，是瓜子和她的同性伴侶。行天曾說他從不曾見過自己的女兒小春。至於多田也只見過瓜子及小春一次。這種情況下，瓜子竟然說要將寶貝女兒交給多田照顧，這到底是怎麼回事？

「我知道你一定會很驚訝。」瓜子以沉著冷靜的口吻說道。

「詳情我想等見面的時候再談。」

「等等，我沒辦法接下這個工作。」

「爲什麼？啊，麻煩請繞個圈子，不要說得太直接。」

凪子似乎無論如何都不想讓行天知道這件事，而這也是多田沒辦法一口答應的原因。

行天很討厭小孩。

大多數自稱「討厭小孩」的人，其實都只是不習慣與小孩相處。他們把面對孩子時的不知所措當成了「討厭」。就好像沒有機會親近爬蟲類的人，可能會說出「我討厭蛇、蛇好噁心」之類的話，但是這些人一旦開始飼養蛇之後，往往會覺得「蛇其實也很可愛」。

然而行天的「討厭小孩」，完全不是那樣的情況。若以「討厭蛇」來比喻，就像是一看見蛇（即使是像蚯蚓一樣的小蛇），就會大聲尖叫並且倉皇逃走。那可以說是一種生理上的恐懼與厭惡，一旦靠近或是進入視線範圍，就會產生非常強烈的反應。

對蛇產生那種反應當然沒什麼關係。但是對人類的小孩產生那種反應，問題就可大可小了。一來可能會惹惱孩子的父母，二來可能會讓孩子受到驚嚇。尤其如果是嬰幼童，很可能會被行天的反應嚇得嚎啕大哭。當幼童一哭，行天可能會陷入更強烈的恐慌狀態，再也無法以理性壓抑崩潰的情緒。

多田便利軒的營業方針，是盡可能不拒絕任何客戶的委託工作。但多田曾答應行天，今後不再接「與小孩有關的工作」。這不僅是爲了行天著想，更是爲了多田便利軒的名聲，以及客戶的孩子著想。

問題是以上這些話，該怎麼對凪子說明？多田努力在腦海裡思索該怎麼大繞圈子，繞到後來感覺自己像在走一座超級複雜的迷宮，最後還是找不到出口。

「因爲沒有經驗。」多田最後只擠出了這句話。

但願瓜子能明白這裡的「經驗」指的是照顧孩子的經驗。

「經驗？」瓜子忍不住笑了出來。「如果因爲沒有經驗就不做，那要怎麼累積經驗？」

「話是這麼說沒錯，但我必須尊重對方的意願，不能擅自決定。」

「我會負責說服小春。多田，這件事我只能拜託你了。」

就在這時，行天忽然大喊一聲：「好燙！」多田舉著話筒轉頭望向廚房，只見行天打開了鐵茶壺的蓋子，正想辦法從滾燙的熱水中撈出眞空調理包。

「細節我們當天再仔細談吧。」瓜子趁多田的注意力被行天吸引之際，迅速做出結論。

「咦，不是吧，等等……」多田急著想把話講清楚，瓜子卻已掛斷了電話。

「這下可麻煩了。」

「怎麼回事？」

行天朝沙發走來，雙手捧著一個大盤子，手指還夾著兩人份的紙盤及湯匙。

「我才想問你，這是怎麼回事？」

多田看著行天放在矮桌上的大盤子，整個人傻住了。大盤子的中央是一大團白飯，左右兩邊分別是咖哩與燴飯的料，全都是來自眞空調理包的食物。這種盛裝方式，完全出乎多田的意料之外。

「這樣不就可以同時吃到咖哩飯與燴飯？」

混在一起能算是同時吃到嗎？多田在心中如此反駁，伸手接過分盛用的紙盤，在沙發上坐了下來。行天也在對面坐下。

接下來兩人就只是默默吃飯。一下子挖取咖哩飯的部分，一下子挖取燴飯的部分，咖哩飯與燴飯在大盤子的中心線上完全混合，每一口都已吃不出到底是辣還是甜。

「喂，多田，你不能只吃咖哩的部分！」

「我本來就只想吃咖哩，是你自己擅自把兩種都加熱，還使用這種莫名其妙的盛裝方式。」

「好吧，先別管這個了。」行天或許是自知理虧，強行改變了話題。「剛剛的客人到底委託什麼工作？」

「沒有啦。」多田努力盯著大盤子，避免自己的視線左右飄移。

「跟色情有關的工作？」

「你爲什麼這麼認爲？」多田吃了一驚。

「因爲你提到經驗，還說什麼要尊重對方的意願。」

爲什麼這樣就是跟色情有關的工作？多田在心中罵道。

「沒有啦。」多田一邊吃著咖哩飯，一邊思考該如何化解眼前的危機。「就只是……呃，塗油漆的工作。」

「塗油漆？你不是有經驗嗎？」

「我只塗過倉庫跟狗屋，並沒有塗整棟屋子的經驗。畢竟我不是專業，我覺得自己做不到。」

「噢……」行天咀嚼著咖哩飯與燴飯的混合物，說：「你是不是隱瞞了什麼？」

「沒有啦。」多田第三次以這句話來搪塞。

終於到了行天前往醫院的日子。

其實做不做檢查已不是很重要。畢竟距離「棉被飛上天」事件已過了好幾天，行天無病無痛，看起來活蹦亂跳。行天也一再抱怨：「眞是無聊，做什麼檢查？」

但是站在多田的立場，行天這個檢查當然非做不可。多田一邊注意著時間，一邊全力說服行天去醫院。最後眼見說服不了，多田決定變更戰術，改爲要求行天到醫院執行「接受檢查以外的任務」。

多田將一盒從箱急百貨買來的蜂蜜蛋糕交到行天手上，說：「去看看曾根田奶奶。」

行天聽見曾根田奶奶的名字，才終於願意進行出門前的準備工作。所謂的準備工作，其實也就只是走到廚房洗把臉，胡亂刮了刮鬍子。

「多田，你不去？」

「我今天跟客人約好了，要在事務所討論工作。」多田知道自己此時的視線一定在左右飄移。

「就是我上次說的塗油漆那個。」

「噢……？」行天以充滿懷疑的眼神朝多田瞥了一眼，才離開了事務所。

多田心想，此時還不能輕忽大意，趕緊走向窗邊俯瞰外頭的街道。只見行天在小巷裡鑽來鑽去，朝眞幌大街的方向前進。

多田這才鬆了口氣，以最快的速度將事務所打掃乾淨，接著到仲通商店街買了些茶葉，另外還吃了圍爐屋的便當當作午餐。

三峯凪子不到一點就來到了事務所。

她一點也沒變，臉上幾乎不施脂粉，穿著也相當樸素，但肌膚光滑白皙。雖然凪子看起來是個文靜、慧黠的女人，但多田完全不敢掉以輕心。凪子不愧是行天假結婚的前妻，性情也有些古怪。她的言行舉止常會出現莫名其妙的停頓，令人難以掌握與她對話時的節奏感，而且態度雖然文靜內斂，但對於每件事情都有一套異於常人的看法與觀點。多田經常將凪子想像成一輛「安靜程度媲美油電混合車的推土機」。

多田原本擔心凪子會直接將小春帶來。如果凪子眞的這麼做，多田眞的不知道行天回來之後該如何解釋。幸好凪子是獨自前來，多田這才放下心中大石，請她到沙發坐下，以剛剛買來的廉價茶葉泡了茶，打造出一個能放鬆心情好好談話的環境。

凪子端起訪客用的茶杯，輕輕嘆了一口氣。多田注意到凪子的肩膀上有個紅褐色的櫻花花萼，凪子察覺多田的視線，也跟著望向自己的肩膀。她輕輕捏起花萼，放在杯碟的邊緣。

「我的伴侶最近因爲工作的關係，出國去了。」

多田沒料到凪子會以這句話當作開場白，一時不知如何回應，只能傻裡傻氣地「噢」了一聲。

凪子接著說出一個位於中東的國家。那個國家打從數年前就處於戰爭狀態，凪子的伴侶前往該國的一個偏遠鄉村，那裡沒有醫生也沒有醫療機構，她每天從早到晚都在爲當地居民治病。多田只知道凪子是內科醫生，沒想到她的伴侶竟然也是醫生。這讓多田回想起，凪子從前曾說過「我和我的伴侶都有工作，所以不需要向阿春拿孩子的撫養費」。多田不禁心想，凪子及她伴侶的收入至少是我的十倍吧。

「原來如此，工作一定相當辛苦吧？」

「我偶爾會收到她寄來的電子郵件，她說在那裡過得非常充實。」瓜子面露微笑。

顯然瓜子打從心底信任自己的伴侶，並且以她爲榮。

「外派期間爲一年，她預計會在九月回國。小春跟我原本打算在家等她回來……」瓜子說到這裡，表情蒙上了一層陰影。「但現在遇上了一點麻煩。」

多田心想，終於要進入正題了，於是積極追問：「什麼樣的麻煩？」畢竟行天隨時有可能回來，必須盡可能早點結束談話。

「從七月到八月底，這大約一個半月的時間，我必須前往美國的研究機構。」

「爲什麼突然安排這樣的行程？」

「我的老師聯絡我，說他的實驗正進入緊要關頭，目前急缺人手，希望我過去幫忙。當年我讀博士班的時候，受了他很多照顧，而且他的實驗內容剛好符合我的興趣及專業。對了，我們的研究主題是『從蛋白質的變性探討細胞的機能控制及……』」

「等等，我不需要知道你們的具體研究內容。」多田趕緊打斷瓜子。

「總而言之，妳必須前往美國的研究機構一趟，是嗎？」

「是的。」瓜子有氣無力地點了點頭。

「當然我也考慮過把小春帶去。但是要分析龐大的實驗數據並且整理成論文，必須非常專注才行。我沒辦法在異國他鄉一邊照顧小春，一邊在有限的時間內完成論文。」

「總而言之，妳爲了專注於工作，希望我幫忙照顧小春一個半月，是嗎？」

「我知道這要求非常強人所難，但我眞的不想放棄這個難得的機會。」

凪子對著多田深深低頭鞠躬：「拜託你了。」

多田躊躇了起來，沉吟半晌後問道：「妳找不到其他人可以幫忙照顧小春嗎？」

「我的父母都過世了，伴侶則是跟她家人完全斷絕關係。小春平常會送托兒所，這個夏天我只打算讓她暫時請假，因爲一旦完全離開，要再進去就很難了。」

凪子和她的伴侶都沒有可以尋求協助的父母或親戚，只能兩人共同努力養育孩子。如今因爲工作的關係，凪子找不到其他辦法，只好懇求多田代爲照顧小春一個半月。多田左思右想，實在沒有辦法指責凪子不負責任。

教育孩子的過程中，周遭環境及狀況隨時有可能發生變化。不能因爲父母無法全心照顧孩子就認定父母失職。父母也有自己的工作、自己的生活、自己的人生。

多田隱約感覺得到，凪子深深愛著小春，什麼事情都盡可能優先考慮到小春。這次她決定將小春託付給多田，想必也是在深思熟慮之後，不得已才做出的決定。最明顯的證據，就是此刻她放在膝蓋上的雙手正緊緊抓著裙襬，彷彿在忍受著痛楚。

「這件事情，我必須與行天討論後才能決定。」多田說。

凪子一聽，立刻用力搖頭：「不行，阿春要是知道，他一定會拒絕。」

「我現在跟行天住在一起。雖然對我來說是逼不得已，但這是無法改變的客觀條件。妳如果把小春送來這裡，行天勢必得和我一起照顧她。」

瓜子稱呼行天春彥爲「阿春」，稱呼自己的女兒爲「小春」，這樣的叫法實在很容易混淆。多田一邊思考這個問題，一邊接著說道：「所以這件事情，無論如何需要行天的同意。」

「我明白，但是……」瓜子沮喪地說：「當初我跟阿春結婚，請他提供精子的時候，我曾經答應過他，這個孩子絕對不會造成他的麻煩。我一想到沒有辦法遵守跟他的承諾……」

「沒有必要在意那種承諾。」多田拿起茶杯，啜了一口早已不燙的茶。「從遺傳學的角度來看，行天是小春的父親。既然你跟你的伴侶暫時沒辦法照顧小春，由行天代爲照顧也是合情合理。」

「你能幫我說服阿春嗎？」

瓜子露出了殷殷期盼的眼神。多田只好點頭說：「我可以試試看。」

對於做事總不按牌理出牌的行天，有沒有辦法訴之以理，多田實在沒有自信。

距離行天回到事務所應該還有一點時間。多田重新燒水，泡了一壺茶。

聽說瓜子今天能過來，是因爲她與同事商量，請對方接手一部分的工作。

「我還能再待一會。」瓜子喝起了第二杯茶。

「而且還有一個更現實的問題。」多田說出了心中的擔憂。「這一個半月，我們能不能把小春照顧好，我實在沒有把握。別說是行天，連我自己也幾乎沒有照顧孩子的經驗。」

說到「幾乎沒有」這幾個字的時候，多田感覺到彷彿有一根針刺入胸口。沒錯，只是「幾乎沒有」，並非完全沒有。如果我的孩子順利長大，此時此刻的年紀比小春還大。

一想到出生後不久就夭折的兒子，多田忽然感到一陣恐懼。如果在照顧小春期間，她有什麼三長兩短，該如何是好？如果因爲我的疏失，導致小春受傷或生病，該如何是好？就算撇開責任歸屬問題，光是想到幼小的孩子有可能在自己身邊痛苦地哭泣，甚至是意外失去生命，多田便感覺到一股寒意竄上背脊。

多田很淸楚，如果眞的發生那樣的狀況，自己一定會發瘋，這輩子再也無法振作起來。

行天異常厭惡孩童（或者該說是恐懼），其根本理由或許與自己相同。

孩童是如此嬌小、無力，生活上的每一件事都必須配合周遭的環境狀況及大人的想法。他們沒有辦法明確表達心中的痛苦與悲傷，只好以哭泣或鬧脾氣來傳遞訊息。對「孩童」這樣的生物，多田感受到的是惹人疼愛與同情。但同樣面對柔弱無力的孩童，反映在行天內心卻可能不是疼愛，而是憤怒與恐懼。

「請放心，小春跟同年紀的孩子比起來算是很懂事，身體也相當健壯，應該不太會給你添麻煩。」凪子並不知道多田的慘痛經歷，因此沒辦法體會多田的眞正難處。

光是一句「身體健壯」，並沒有辦法消除多田心中的不安。但多田只是淡淡一笑，並沒有多作解釋。失去孩子的往事，多田並不打算讓凪子知道。

「行天爲什麼那麼討厭孩子，妳知道原因嗎？」多田問道。

「阿春跟我的關係並沒有好到可以聊這種隱私。」

凪子的指尖在茶杯的邊緣上輕輕滑動，似乎正努力從心中挖掘記憶。「我印象最深刻的，是我在懷孕期間，他爲我做了很多事。」

「例如什麼樣的事情？」

「他下班後，常會到我跟伴侶一起生活的住處，拿一些東西給我。」

例如瓜子說「孕吐很嚴重」，即使當時正值寒冬，行天還是送來了瓜子最愛吃的西瓜。瓜子說「不曉得該爲孩子取什麼樣的名字」，行天就送來了《兒女命名辭典》。基本上行天會做出這種完全符合一般常識的舉動反而相當罕見。

「所以我認爲他並不是眞心討厭孩子，他反而很期待孩子出生。」

但行天與瓜子在婚前就締結了合約。只要瓜子靠人工授精順利產下孩子，兩人就會在孩子出生之前離婚，從此之後這個孩子就與行天毫無瓜葛。

「這個合約是妳主動提出的嗎？」

「一半一半吧。我只說『成功懷孕之後立刻離婚』，他追加了『不跟孩子見面』的條件。」

但瓜子認爲行天提出「不見孩子」的條件，其實是因爲不想給瓜子添麻煩。畢竟在瓜子懷孕期間，行天表現出非常負責任的一面，這完全不符合他的性格。因此瓜子曾試著調整合約內容。

「我跟他的合約，其實只是口頭約定而已。所以我告訴他，如果想見孩子，隨時可以來找我。」

「行天沒有答應，是嗎？」

「是的，他說『還是別見面吧』。」瓜子長嘆一聲。「我後來仔細回想，行天提出『不見面』的條件時，說的是『別見面比較好』。」

「爲什麼他認爲別見面比較好？」

「這我就不清楚了。」瓜子搖了搖頭，神情有些落寞。「或許他早已猜到，一旦他與小春有交集，被他父母得知小春的事，他父母可能會爭奪小春的扶養權。事實上後來確實發生了他所擔心的狀況，那件事情你也知道。」

沒錯，那件事情就發生在前年。

行天辭去工作，一個人回到故鄉眞幌市。因爲他得知父母私下騷擾凪子與小春，所以回來找父母談判。不，恐怕並不是「談判」那麼簡單。多田與凪子都曾擔心，行天可能已經做好殺害父母的覺悟。因爲行天極度厭惡他的父母，不希望父母繼續影響他生活周遭的人。不，用「厭惡」兩字來形容行天對父母的感覺，恐怕並不貼切。應該改成「憎恨」，以及「恐懼」。

行天的父母似乎事先得知行天要回來的消息，竟連夜搬家逃走了。行天沒有見到父母，也找不到棲身之處，只好獨自坐在公車站牌旁的長椅上。多田就是在那裡與行天重逢。那是多田自高中畢業後，第一次遇到行天，後來行天就住進多田的事務所，直到今天。

如果那天晚上沒有遇見行天，現在我的生活應該會更和平、更穩定一些。多田不由得再次感慨自己的運氣眞的很差。

「行天的父母到底是什麼樣的人？」

「我只和他們通過幾次電話，也不是很瞭解，但感覺得出來，他們有點不太正常。」

「我想也是，行天也是個怪人。」多田爲了緩和氣氛，故意開了個玩笑。

「阿春不是怪人。」凪子卻非常認眞地加以反駁。「他只是有時候會因爲想太多，做出跟別人不太一樣的舉動。」

一般人口中的「怪人」，不就是指這樣的人？多田心裡雖這麼想，但不敢說出口。因爲身邊的怪人比例實在太高，身爲正常人的自己反而變成與衆不同的「怪人」，要是不低調一點，搞不好會成爲衆矢之的。

「對我和伴侶來說，阿春是個非常特別的人。自從我懷了小春，我和伴侶及阿春就建立起了非常緊密的關係，既像死黨好友，又像是感情深厚的手足。你認爲這很奇怪嗎？」

關愛之情、結婚登記書，以及恰到好處的距離，形成了一股微弱的電流，流貫在這兩女一男之間。

「不，我大概能夠體會。」多田說道。

凪子對行天並沒有男女之情，卻想盡辦法爲行天辯護。多田不禁覺得她這種反應實在很可愛，就像是姊姊在袒護笨弟弟。

「爲了給即將出生的孩子最好的生活環境，我和伴侶做了許多準備，有時也會因爲意見不合而發生爭吵。每當發生這種情況，阿春總是會在一旁眉開眼笑地看著。他還曾說『當妳們的孩子一定很幸福』。」

凪子低頭看著矮桌。「我永遠忘不了阿春說這句話的時候，那幾乎不帶感情的口氣。不知道爲什麼，阿春似乎認定自己是個不適合養育孩子的人。」

若非得要從「適合」與「不適合」中間挑選一個答案，「行天適不適合養育孩子」這個問題的答案必定是後者。多田光是想到行天過去的言行舉止，便忍不住對行天的自我評價舉雙手贊成。但多田這次選擇沉默是金，不發表任何評論。反正說出眞心話，也只會引來凪子的反駁。

行天從小生活的家，就在岡家附近。多田有些拿不定主意，不曉得該不該去查個淸楚。只要詢問街坊鄰居，或許就能更進一步瞭解行天家的親子關係。

多田將這一點列爲「待評估事項」，寫在腦袋裡的便條紙上。目前還是別煩惱那些，先解決眼前的難題再說。

「三峯小姐，我聽妳說了這麼多，更覺得行天不可能答應暫時照顧小春。」

「我今天來找你，就是希望你能想辦法說服他。」

凪子展現出鋼鐵般的意志，說什麼也不肯放棄。正因爲她的要求太強人所難，反而讓多田不知道該以哪一點來說服她。就好像面對一道打磨得光滑平整的鋼鐵之壁，就算想爬上去，也找不到施力點。

接下來有好一段時間，難熬的沉默籠罩著多田便利軒的事務所。

最後凪子開口說道：「或許是我太過拘泥於正攻法了。」

多田聽到這句話，以爲她終於願意妥協或放棄，開心地將身體湊向前。

「只要別讓阿春知道你帶回來的孩子是小春，不就行了嗎？」凪子提出了另一個方案。她的臉上帶著燦爛的笑容，多田卻是整個人癱軟在沙發上。

「這種事不可能隱瞞得了，一定會被他發現。」

「爲什麼？阿春和小春從來沒有見過面。」

「第一，小春長得跟行天很像。第二，行天是個直覺很敏銳的人，不太可能瞞得過他。第三，行天聽到『小春』這個名字，怎麼可能不知道那是他女兒？」

「阿春知道我把女兒取名叫『小春』？」

「畢竟是自己的女兒，沒有不知道的道理吧？」

「我好像從來沒在他面前提過小春的名字。多田，是你洩漏了出去？」

多田莫名其妙成了戰犯，登時嚇得汗流浹背。雖然不可能記得自己說過的每一句話，但多田暗自琢磨，總覺得應該是說過才對。因爲自己打從一開始，就認定行天「一定知道女兒的名字」，與行天對話時當然也沒有刻意隱瞞。

凪子嘆了口氣，露出一臉「既然被你搞砸了，那也沒有辦法」的表情。

「不然這樣好了，小春住在這裡的期間，你可以叫她別的名字。」

「小春的人權就這樣被出賣了？她年紀那麼小，突然被叫完全不一樣的名字，肯定會被搞得一頭霧水。」

「要不然，你就隨便找個藉口吧。例如你可以告訴阿春，小女孩的本名是『遙[15]』，綽號是『小春』。」

凪子說到這裡，忽然站了起來。「糟糕，已經這麼晚了，我得先走了。」她將裙子上的皺紋輕輕拉平，走向事務所的門口。

「等日子接近了，我會再跟你聯絡。」

「不是啊，等一下！」多田趕緊追了上去。

「妳剛剛提的方法，都沒有辦法解決根本問題。」

凪子一邊打開門，一邊轉頭問：「爲什麼？」

「全天下所有的孩子，行天都沒有辦法好好相處。這跟是不是他自己的孩子並沒有關係。」

「這就要靠你的話術了。」凪子再度漾起燦爛的微笑。

那表情就像是醫生遇上一個「吃太撐肚子痛」的病人，只說了一句「請多保重」。

凪子關上了門，事務所只剩下多田一人。

「現在該怎麼辦才好？」

多田站著發了一會愣，忽然想到行天應該快回來了，趕緊振作起精神。打開窗戶讓空氣流通，把茶杯清洗乾淨，擦乾後放回架子上。多田一邊做，一邊覺得自己實在是窩囊至極。爲什麼明明沒做壞事，卻搞得好像是「丈夫在妻子回家之前拚命湮滅出軌證據」？

就在多田抱著忐忑不安的心情關上窗戶，坐在沙發上時，行天回來了。

「我回來了。」

行天一說完這句話，立刻在事務所內左顧右盼，同時鼻頭用力吸了兩下，似乎是在確認空氣中的氣味。不，應該不可能吧？肯定是我自己在疑神疑鬼。多田努力說服自己保持冷靜。

「你回來了。」多田盡量裝出一派悠哉的態度。

「身體檢查還順利嗎？」

「他們叫我躺進一個會轉圈圈的古怪機器裡，搞得我暈頭轉向，簡直當我是髒衣服。」

行天跑到廚房洗了手，接著又漱了漱口，那聲音讓人聯想到冬天突然颳起的一陣寒風。

「什麼時候能夠知道結果？」

15　日文中「遙」與「春」的讀音僅一字之差。

多田問了另一個問題，但腦袋其實在思考完全不相關的事情。要接小春回來住一事，到底該在什麼時機點告訴行天？如何取得他的同意？相關的問題像漩渦一樣盤旋在多田的腦海。

「聽說是下星期。對了，奶奶還是老樣子，很有精神地睡得像個死人一樣。」

「噢。」

行天走到對面的沙發坐下，聽了多田的回應，忽然歪著頭，一臉狐疑。

「我總覺得你好像不太對勁。塗油漆的工作談得怎麼樣？」

「我還是拒絕了。」

「噢。」

行天目不轉睛地看著多田。多田擔心移開視線會引來懷疑，卻又沒有勇氣看著行天的臉，只好假裝若無其事地將視線放在行天的手掌附近。

若要形容多田此時心跳的速度，差不多相當於「心臟隨時可能從嘴巴噴出來」的程度。

行天忽然舉起手，以手指捏著一個紅褐色的櫻花花萼，在眼前轉來轉去。那正是瓜子放在杯碟上的花萼。多田心想，肯定是剛剛在洗茶杯的時候，花萼黏在流理臺的角落，自己卻沒有發現。

爲什麼行天的眼睛如此犀利，連那小小的花萼也能發現？爲什麼他要特地把花萼帶到沙發來？

多田暗自祈禱自己的表情沒有任何變化，從口袋拿出LUCKY STRIKE的香菸盒，點了一根，深深吸了一口，讓煙灌滿整個肺部。

行天注視著多田的一舉一動，從剛剛就沒有移開視線。他將花萼彈進了矮桌上的菸灰缸。

「我再問你一次，你眞的沒有隱瞞我任何事情？」

「沒有。」

多田反射性地否認之後，馬上就後悔了。剛剛應該直截了當地說出小春的事情才對。

「希望是眞的沒有。」行天也抽起了他的萬寶路薄荷菸。「你對我有恩，我可不希望將來因爲太激動而對你動粗。」

好可怕。雖然不知道他是爲了套出眞話才虛張聲勢，還是已經大致猜到了事情的眞相，總之就是很可怕。這傢伙可是每天晚上默默做著伏地挺身、仰臥起坐及背肌運動。就算是流氓混混，遇上了他那有如妖怪般的瞬間爆發力，也得落得鼻血狂噴的下場。

這下子更加沒有辦法說眞話了。看來只能暫時裝作什麼事也沒有，等到小春來了再說。

我的胃能夠撐到那一天嗎？多田悄悄撫摸自己的肚子。

一星期後，行天的檢查結果出來了。他的身體非常健壯，沒有任何問題。凪子曾說小春「身體相當健壯」，那或許正是來自父親的遺傳。

三

星良一怒不可遏。

「黑道賣蔬菜？他們是瘋了嗎？」

這裡是位於眞幌站前的電玩中心「蠍子」的二樓。星與他的黨羽們在這裡擁有一間事務所。業務內容包含了爲眞幌的餐飲店提供保護、向眞幌市內的中小企業及高齡人士提供融資服務（當然是私下營業），以及在眞幌市內販賣「藥粉」（當然是有礙身心健康的藥粉）。

但星並不認爲自己是黑道。在星的觀念裡，自己只是「遊走在水面下的一般市民」。

星與長年掌控眞幌市的黑道勢力「岡山組」經常互通聲息，算是互助合作的關係，但雙方並沒有正式締結同盟。星沒有任何前科，在警察的眼裡也只是「不良集團的領袖」。

向來追求「以最少的代價獲取最大利潤」的星，巧妙地控制了幾個四肢發達、頭腦簡單的手下，在眞幌市的水面下過著如魚得水的生活。

如今讓星暴跳如雷的原因，就在於岡山組正企圖將一樁麻煩事推到他的頭上。

「什麼『家庭健康食品協會』，眞是太可笑了！」

星氣沖沖地伸出手臂，將辦公桌上的一堆番茄推向一旁。那些番茄正是岡山組送來的，上頭還貼著一張便條紙，紙上以半開玩笑的口吻寫著「這是我們打算拓展的新商機，僅供參考」。

事務所的角落，三個男人正維持著立正不動的姿勢。他們是伊藤、筒井及金井。三人見星正在氣頭上，都不敢胡亂開口，但這種時候總得有人站出來接老大的話，因此三人以手肘頂來頂去，最後決定由組織裡的智將型角色伊藤代表發言。伊藤迫於無奈，只好向前踏出一步。

「HHFA是專門栽種及販賣蔬菜的團體，最近經常在南口圓環進行宣傳活動，相信星哥也曾看過……」

「這我當然知道。」星猛抓自己的平頭短髮。

「我想說的是，一個連『藥粉』都賣不好的弱小黑道幫派，怎麼會賣起蔬菜來了？你們可別告訴我那些傢伙終於明白健康的重要性了！」

星過著非常健康的生活。吃糙米飯，每天早上慢跑十公里，從來不抽菸，酒類也只是小酌的程度。相較之下，岡山組那些人從幹部到跑腿小弟，全都是吃喝嫖賭樣樣來，完全符合一般民眾心目中的黑道流氓形象。向來懂得自律的星，每當看見那些傢伙忽然開始擔心自己的肝功能數值，或是突然開始吃起營養品，都會忍不住想要破口大罵：「爲什麼這些傢伙只會臨時抱佛腳，完全不懂得健康生活的重要性？」沒想到從上到下都過著頹廢生活的岡山組，如今竟然對賣蔬菜產生興趣，任誰都猜得出來背後的動機一定不單純。

「而且岡山組那些混蛋，竟然要我去跟那個邪門的蔬菜團體進行交涉！」

「岡山組的正式說詞，是將開拓蔬菜販賣市場的重責大任交給我們負責。」

「他們給我們抽多少？」

「岡山組自己可以得到利潤的三成，他們分給我們那三成中的百分之十。」

「開什麼玩笑！」

星抓起一顆番茄，走到事務所的廚房，洗得乾乾淨淨之後才拿起來咬了一口。

「姑且不論是不是眞的沒有使用農藥，這番茄確實好吃。但蔬菜畢竟只是蔬菜，能賣多少錢？一顆番茄賣得再貴，零售價格頂多一百五十圓。我幫他們賣出一顆番茄能拿到多少？批發價的三成中的百分之十！這簡直是天大的笑話。那些廢物還以爲我跟他們一樣連『藥粉』也賣不好？他們的提議我一點興趣也沒有！」

「呃……星哥，岡山組的飯島哥來了。」一旁的彪形大漢筒井忽然開口。

星轉頭一看，岡山組的幹部飯島已站在事務所的門口。

這些蠢材，竟然沒有經過我的同意就把人放進來，而且好死不死，剛好在我發飆的時候！

星氣得怒髮衝冠。不久前才剛到理髮店理得很短的頭髮，這一氣彷彿伸長了三千丈，直衝入夜晚的天空，將一顆顆星星都當成丸子一樣串了起來。

「飯島哥，難得你大駕光臨。」

但不管心裡再怎麼生氣，星當然不會流露在臉上。星客客氣氣地將飯島請到會客區的沙發，並把啃完了番茄剩下的蒂頭丟進流理臺，接著才笑著對飯島說：「到底是什麼風把飯島哥吹到我這個不登大雅之堂的小地方？」

「星，你的脾氣還是一樣火爆。」

飯島穿著一身黑色西裝，看起來稱頭體面。他一邊說，一邊走向沙發，氣定神閒地坐了下來。今天他一個手下也沒帶，卻自然展現出一股威儀。年紀雖然已四十五歲前後，但一舉手一投足都顯現出他並沒有疏於鍛鍊體魄。在岡山組裡頭，飯島算是比較不愛「吃喝嫖賭」的那群。

「你竟然敢稱我們岡山組的人是廢物，這股膽識實在讓我佩服。」飯島說道。

這種時候既不能謙遜，也不能否認，星只好悶不吭聲，站著不動。

「也罷，小事就不提了。」飯島笑著說：「其實我也很反對組裡的人跑去賣蔬菜。一來會讓我們岡山組變成笑柄，二來這門生意眞的沒什麼油水。」

「既然如此，爲什麼……」星走到飯島對面坐了下來。

負責擔任星貼身保鑣的金井，以搖搖晃晃的笨拙動作端了兩杯咖啡走過來。由於金井的體格異常壯碩，普通的咖啡杯到了他手中，看起來都會像是專喝義式濃縮咖啡的小杯子。

「這生意是我們的少組長[16]出去『搭訕』來的。」

飯島長嘆一聲，說起了事情的原委。

岡山組的少組長，一直對南口圓環那個一天到晚拿著擴音器說話的團體ＨＨＦＡ相當反感。雖然那個團體沒有黑道背景，但如果放任不管，會影響岡山組在站前一帶的威信。這麼一來，漸漸就會開始出現一些不把岡山組放在眼裡，在路上任意擺攤兜售物品的鼠輩。

於是少組長決定好好整治那些傢伙。

「你們好大的膽子，沒有付保護費，就在我們的地盤上宣傳做生意。」那天，少組長走向那個

16「少組長」原文作「若頭」，在日本黑道組織中爲地位僅次於組長的第二把交椅，通常是組長的接班人，負責統率組織裡年輕一輩的成員。

團體，說了這句話。

「當然這只是嚇唬他們一下。」飯島說。

「這年頭的民衆跟以前不同了，一旦把他們逼急了，他們馬上就會報警。所以少組長本意只是想嚇一嚇他們，讓他們換個地方搞宣傳活動，或是至少稍微收斂一點。這麼一來，我們岡山組就能保住面子。」

聽說當時南口圓環廣場上的那些ＨＨＦＡ成員全都嚇得不敢吭聲。但就在這時，不知從何處走來一個自稱是ＨＨＦＡ幹部的男人，這傢伙非常有交際手腕。

「那男的自稱姓澤村，年紀才三十歲前後，面對我們少組長的恫嚇，竟然一步也不退讓。他反而還對少組長大力鼓吹，說『安全蔬菜』是一門非常有潛力的生意。」

少組長漸漸覺得這個志氣凌雲的年輕人相當有意思，後來甚至還會一起喝酒。多半是兩人的性格剛好合拍吧。過了一段日子，在一個偶然的機會裡，少組長對組長提到「有一群人對種植蔬菜相當有熱忱」。

「我們的組長聽了竟也相當感興趣。」飯島又嘆了口氣。

「後來組長還約那個澤村，在咖啡廳見了一面。」

「這又是爲什麼？」星皺起了眉頭。

一來是因爲岡山組雖然弱小，組長以堂堂黑幫領袖之姿，特地約一個沒沒無聞的男人出來見面必定有其動機。二來則是因爲金井煮的咖啡實在是苦到難以入喉。

「學校的營養午餐。」飯島壓低了聲音說。

「ＨＨＦＡ似乎企圖成爲學校營養午餐的蔬菜供應商。這件事如果被他們搞成了，蔬菜的銷量就會大增。」

「這個部分我是不太懂，但學校營養午餐的相關食材應該都是公開招標吧？」

「那當然。但是道高一尺、魔高一丈，我們組長的女婿的舅舅的姪子，剛好是眞幌市議會的議員。」

「這關係可眞遠……總而言之，就是你們有辦法暗中操控投標結果？」

是說「道高一尺、魔高一丈」用在這種地方，實在是有些不倫不類。

「要是暗中操控，那就成了綁標，我們有不違法的手段。」飯島露出了狡獪的笑容。

「他們好像管這叫做『政治遊說』吧？就是說服特定對象『盡可能以便宜的價格引進無農藥蔬菜』。」

「但是你們岡山組在這件事裡頭能撈到的油水相當少，當然我們也是。」

「沒錯，所以我很反對。但組長卻希望促成，理由很簡單，因爲組長的孫女今年春天就要上小學了，當然她也會吃到營養午餐。」

眞是愚蠢至極。星大感無奈，抬起手指搖了搖，命令金井把兩杯咖啡都收掉。

「飯島哥，你希望我怎麼做？」

「少組長這幾天應該就會對你提出正式委託。第一，請你擔任ＨＨＦＡ與岡山組之間的聯繫人。第二，請你擔任ＨＨＦＡ與眞幌市政府進行交涉時的顧問。要是被外界知道我們黑道組織涉入學校營養午餐的蔬菜招標，可能會引發問題。少組長認爲你不算是黑道人物，由你出面是比較明智的做法。」

「簡單來說，我的工作就是設法讓ＨＨＦＡ成爲學校營養午餐的蔬菜供應商，同時監督他們乖乖上繳岡山組的利潤抽成？」

「沒錯，但這是站在恪遵組長命令，以及維護少組長顏面的立場。」

飯島搔了搔鼻尖，端起金井重新煮過的咖啡喝了一口。爲了保險起見，星也拿起自己那杯嚐了一下味道。剛剛是太苦，這次卻是太淡。但飯島對咖啡的味道並沒有任何怨言，一口氣就喝掉了半杯。星不禁心想，難道在這傢伙的觀念裡，只要是黑色的溫熱液體就是合格的咖啡？金井正站在一旁，一臉不安地觀察著星與飯島的反應。星見了金井的表情，也不好意思叫他再重煮一次。

「星，我老實告訴你，若是站在我的立場……」

飯島擱下咖啡杯，愼而重之地說：「讓組長的寶貝孫女吃到既安全又美味的蔬菜確實相當重要，但那個ＨＨＦＡ幹部的處事手法，讓我覺得這件事情並不單純。你想想，一個對種植蔬菜抱持熱忱的人，怎麼會毫無顧忌地與黑道人物混在一起，甚至還暗中穿針引線，希望靠黑道的關係拓展銷售管道？你不認爲這個團體打從一開始就很可疑嗎？」

「飯島哥，你的懷疑正與我在南口圓環的觀察結果不謀而合。該怎麼說呢……我認爲那個團體所表現出來的只是一種假象。」

星仰靠在沙發椅背上，沉吟了一會，說：「這麼說來，飯島哥，你希望我設法破壞ＨＨＦＡ與岡山組的合作關係？」

「不愧是星，一點就通。」飯島面露微笑。

「當然我不會讓你做白工。接下來的一年，你從我們這裡拿『藥粉』的價格減少百分之五。」

「沒問題。」

星與飯島伸手交握。

「這件事情可千萬不能說出去。」飯島特別強調。「畢竟我委託你做這種事，可是違反了組內的方針。」

「沒問題，交給我吧。」星說得信誓旦旦。

「我一定會揭穿ＨＨＦＡ的醜陋本性，讓你們組長及少組長徹底失望。」

「但如果你一查之下，發現那個團體其實並不醜陋呢？」飯島問。

星聳了聳肩，說：「要把一個團體的名聲搞臭，並不是什麼困難的事情。」

飯島離開了事務所，星獨自坐在沙發上，陷入了沉思。伊藤、筒井及金井吃起了岡山組送來的那些貼著ＨＨＦＡ標籤的番茄，每個都吃得津津有味。

「喂，先洗過再吃！」星說道。

「可是……」筒井歪著頭問：「不是說沒農藥？」

「人家這樣宣傳，你們就眞的相信？搞不好他們趁三更半夜偷偷到田裡噴農藥。」

「星哥，你想好要怎麼做了嗎？」伊藤推了推眼鏡。

如果不是坐在這個事務所裡，他看起來就只是個平凡的「懦弱大學生」。

「嗯。」星點頭。「要達成飯島的要求有兩個方法。第一，認眞調查ＨＨＦＡ的底細；第二，搞臭他們的名聲。」

「例如讓他們的蔬菜變成有農藥？」

「噓！」星一聽到伊藤這句話，立刻舉起食指。

「這種事情只能做，不能說。」

「對不起。」

「第一個方法很費事，第二個方法假如被揭穿，會變得很棘手。兩個都不容易，但我想趁這個機會賣飯島一個人情。」星環顧幾名手下，說：「因此這件事情，就看你們的表現了。」

四肢發達但頭腦簡單的筒井，與向來沉默寡言的金井互看了一眼，各自露出困惑的表情，似乎依然搞不清楚狀況。唯獨伊藤完全理解了星的意思，於是他代替星向兩人下達指示。

「首先我們要做的，是探聽ＨＨＦＡ的虛實。」

「『虛實』是什麼意思？」

原本就歪著頭的筒井，現在連上半身也呈現傾斜狀態。伊藤只好以更加淺顯易懂的方式向他解釋。

「星哥不是常命令你打探敵對組織的成員結構及活動狀況？就是那個意思。」

「噢，我懂了！」筒井的表情豁然開朗。「這個交給我！探聽敵人的狀況是我的看家本領！」

星趕緊提醒：「這次的對象既不是黑道流氓，也不是阿飛混混，只是一群種菜的市民，你絕對不能向他們動粗。」

「好吧，我盡量。」筒井有些不滿地點了點頭。

一旁的金井目不轉睛地看著星，一副欲言又止的樣子。他向來有「希望能爲星貢獻一己之力」

的強烈欲望，此時多半是看見星只交辦工作給筒井，心裡有些懊惱。

「金井，不必露出那麼可怕的表情。」

星從沙發上站了起來，高高舉起手臂，挺直了腰桿，拍了拍金井那宛如山形吐司一般高高隆起的肩膀：「你的工作是跟我一起監視ＨＨＦＡ的菜田。」

金井這才笑嘻嘻點了點頭，事實上他的笑臉比沒笑的表情更可怕。

「伊藤，你立刻淸查ＨＨＦＡ名下所有相關土地及設施。另外，我們事務所的例行業務也暫時交給你來管理。」

「好的，沒問題。不過……假如那個ＨＨＦＡ眞的沒有什麼不可告人的內幕，我們不就得想辦法栽贓他們？」

伊藤露出一臉不以爲然的表情：「雖然這是飯島哥委託的，但我們有必要爲了他，弄髒自己的雙手嗎？」

「我們可不是岡山組的跑腿小弟。如果眞是那樣，我們就把骯髒的工作丟給別人去做。」

「丟給別人去做？問題是誰會願意……」

「伊藤，你忘了嗎？」

星拿起一直放在辦公桌上的手機，輕聲笑了起來。「在我們眞幌市，有一家非常值得信賴的便利屋。只要一通電話，多田便利軒就會解決我們的煩惱。」

此時的多田，當然不知道星正在打著鬼主意，每天只是在自己的便利屋崗位上默默耕耘。

不知不覺已進入了梅雨季。夏天一到，小春就要來了，但多田還沒有把這件事告訴行天。

當然多田絕對不是個坐以待斃的男人。多田曾好幾次嘗試對行天說出實情，因爲他希望能在小春到來之前，說服行天接受這件事。

可惜直到現在，依然沒有任何進展。行天似乎察覺多田想要說出對他極度不利的事情，因此他總是會抓準時機將多田的話打斷。

例如這一天，兩人結束了一整天的工作，到大衆澡堂洗了澡回來，也吃過晚餐了。多田認爲此時正是好時機，準備要對行天說出小春的事，沒想到行天正投入地做著睡前的肌肉訓練。只見他反覆做著仰臥起坐、背肌運動及伏地挺身，越做越激烈，整個人散發出一股「別跟我說話」的氛圍。多田並不死心，喊了一聲「行天，現在方便說話嗎？」，卻聽見汗水淋漓的行天大喝一聲：「《時蕎麥》[17]！」意思似乎是「我現在正在計算仰臥起坐、背肌運動及伏地挺身的次數，不要跟我說話」。

明明才剛洗過澡，這傢伙卻搞得滿身大汗，不就等於沒洗澡？多田不禁搖頭嘆息。本來想等行天運動結束再說，但等來等去，竟然等到自己睡著了，小春的事當然也沒說成。

除此之外，這陣子行天表現得比以往機靈得多，似乎也是他牽制多田的手法之一。

機靈的行天，那就跟大白天出現一個陽光開朗的幽靈一樣，徹底顚覆了世間的常理，令多田頭皮發麻。然而行天可沒有理會多田的驚疑不定，每天搶著做晚飯，而且沒等多田下令，就會把隔天會用的工具搬到發財車上。更可怕的是他臉上總是帶著期待被稱讚的表情，彷彿在說：「其實我也很有用，對吧？」

就好比是在電車上看見不良少年讓座給老人，明明只是做了本來就應該做的事，卻會讓人覺得這個不良少年其實是大好人。同樣的道理，多田目睹行天那反常的舉止，不知不覺受到了感動。看著難得認眞工作的行天，多田對於隱瞞小春的事情感到越來越強烈的罪惡感。問題是一旦說出小春的事，不曉得行天會產生多麼激烈的抗拒反應。一想到這點，多田又不敢輕易開口。

到頭來，多田還是沒有說，只是送了一盒香菸給行天當作獎勵。多田實在沒有辦法對行天那期待獎勵的眼神視若無睹。我到底在幹什麼？多田不禁對自己畏畏縮縮的心態大爲惱怒。

既然小春的事已成定局，不如先拉攏人心。多田決定先把小春的事情告訴最近常來事務所串門子的露露及海希。就在某個下雨天，多田前往兩人的住處。

露露與海希住在後站的一棟木造公寓。多田在正午過後前往拜訪，當時兩人才剛起床。但多田一說明來意，兩人頓時完全醒了，全都將身體湊了過來，顯得相當感興趣。

「眞的假的？你們要照顧一個小女孩？」

「一定很有意思！那小女孩幾歲？」

多田刻意將視線移開，不敢直視露露身上那件透明的性感睡衣。

「那是朋友的小孩，我也不是很肯定，不過應該是四歲左右。」多田說道。

「原來如此，我們也會盡量幫忙照顧。」露露爽快地給了承諾。

17《時蕎麥》是日本的落語（類似華人文化的相聲）中的著名段子。描述某人在蕎麥麵店吃了麵，爲了想少付幾枚銅板，故意在數錢的時候和麵店老闆說話，沒想到反而弄巧成拙，害自己多付了錢。

「是不是應該先買一些玩具跟衣服？」海希已開始做起了現實面的盤算，興奮得像是在規劃一場扮家家酒或洋娃娃遊戲。

多田看著海希那彷彿快要有個妹妹的表情，內心不禁有些感傷。海希的反應，讓多田深刻感受到海希雖然總是擺出一副成熟穩重的態度，畢竟還是個年輕女孩。多田對海希的家庭背景一無所知，但隱約感覺得出來，海希非常渴望建立一個家庭。最好的證據是她非常照顧同居人露露，以及吉娃娃小花。

就在這時，吉娃娃小花忽然朝跪坐在榻榻米上的多田走了過來。多田撫摸著小花那小小的頭部，接著說：「但是照顧孩子的事情，我還沒有告訴行天。」

「爲什麼不說？」露露歪著頭問：「你們兩個住在一起，這種事情還是先說淸楚比較好。」

「他很討厭小孩，一定會反對。我很感謝妳們說要幫我照顧小孩，但比起照顧小孩，我更希望妳們幫我說服行天。」

「說服行天？具體來說，你希望我們怎麼做？」這次輪到海希歪著頭問道。

「如果行天知道這件事，他多半會離家出走，而且可能會跑到你們這裡借住。」

「你希望我們勸他回事務所，是嗎？」海希恍然大悟。

「我會順便向他說明孩子有多麼可愛。」露露跟著說道。

「話說回來，你這個朋友也眞是的，簡直像個鬧脾氣的孩子。爲什麼他那麼討厭小孩？」

「你剛剛說那個小女孩是你『朋友的小孩』？你跟那個朋友是什麼關係？」

露露與海希分別提出的疑問，都可說是合情合理，多田卻只能隨便找些理由來搪塞過去。並不是多田不想說明，而是不知道該怎麼說明。然而多田的態度反而讓海希對「多田的朋友」產生了更大的懷疑。

「一般母親就算因爲工作，暫時無法照顧孩子，也不會把一個四歲的孩子交給普通的朋友照顧。明明還有很多方法可以解決，例如她可以雇用保母，不是嗎？」

多田聽海希這麼說，也覺得頗有道理。自從聽到凪子提出的要求，多田便一直處在忐忑不安的狀態，滿腦子只想著該如何說服行天，竟沒有想到這最根本的疑點。

爲什麼凪子不雇用保母？凪子跟她的伴侶應該不會有經濟上的壓力，爲什麼要特地把孩子託付給不擅長照顧孩子的多田？

「那個小女孩該不會是你的私生子吧？」露露滿臉調侃的微笑。

多田趕緊大喊「絕對不是」，但似乎沒有辦法讓兩人信服。

「沒關係，你不用解釋。」

「既然有這種隱情，我們當然會幫到底。」

露露與海希同時露出「心照不宣」的表情，一個開始換衣服，一個開始給吉娃娃倒飼料。多田無處申冤，悻悻然離開了公寓。

多田撐起塑膠雨傘，走回位於站前的事務所。

今天出門前，多田曾告訴行天「午餐自己找東西吃」，如今回到事務所一看，行天吃完了圍爐屋的便當，正躺在沙發上睡午覺。多田看著呼呼大睡的行天，不由得怒上心頭。這傢伙每天過得無憂無慮，根本不知道別人的辛酸。因爲這傢伙的關係，我被懷疑在外頭有私生子，要是因此而損及多田便利軒在後站的名聲，這傢伙賠得起嗎？

「行天，快起來！我們下午還要工作！」

多田合攏了雨傘，以傘尖朝行天輕戳，內心卻忍不住回頭檢視自己的想法。

自己遲遲不敢告訴行天「我得幫忙照顧小春」，一方面是因爲自己曾答應行天「以後絕不再接與小孩有關的工作」，另一方面也是因爲害怕行天在暴怒之下把自己打成豬頭。

但眞的只是這樣嗎？多田不禁長嘆一聲。眞正的理由其實是多田知道小春一來，行天肯定會離開事務所。屆時行天或許會暫時借住在露露、海希的公寓房間，但那畢竟不是長久之計。打從一開始，行天就沒有眞正的棲身之所。就某一層意義上來說，多田也跟行天一樣是個沒有棲身之所的人。正因如此，行天才會毫無顧忌地利用多田的住處來遮風避雨。

行天一旦離開多田的事務所，肯定會頭也不回地彎過街角，從此消失在黑暗之中。這幾年在眞幌與行天相遇相知，進而建立了交情的寥寥友人，此生將永遠沒有機會再見到行天。

多田實在不願意將好不容易找到安身之處的行天趕走，讓他再次進入那孤寂的世界之中。

陣陣的遲疑在多田的心頭不斷擴散，有如沿著雨傘滑落的一滴滴雨水。

下午的工作是幫委託人買東西。老婦人聲稱腰痛，將錢包與購物清單交給多田，讓多田到指定的超市購買食材。多田一邊推著推車，一邊看著清單，在一排排貨架之間來回遊走。行天也默默跟在推車後頭，宛如祭典時跟隨在山車[18]後頭的隨行者。

行天非常不適合做這種需要注重細節的工作。例如清單上寫的是「低脂牛乳」，他會充滿自信地將「脫脂牛乳」放入籃裡。多田吩咐他去找「去殼納豆」，他會從架子上拿起「小粒納豆」。雖然多田很感謝他積極參與，但他做的每件事都在幫倒忙。多田再也無法忍受，吩咐他「你到旁邊等我就行了」。行天於是走出超市，撐著雨傘蹲在停車場的角落。隔著玻璃窗看見行天的背影，宛如一顆香菇種在那裡。行天似乎正在抽菸，隱約可看見一縷白煙飄向灰色的天際。

多田一邊繼續購物，一邊迅速掏出手機，撥打了凪子任職醫院的電話，請總機轉接給凪子。轉接的背景音樂是《童話王國老鼠》的主題曲。明明是醫院的電話，怎麼會採用這麼輕浮的音樂？多田抱著一肚子的焦躁，以另一隻手將姬菇及豆腐放進推車，同時不忘關注著行天的一舉一動。

就在那老鼠的主題曲演奏到第八次的時候，凪子才終於接了電話。

「現在是我的診療時間，請長話短說。」

「抱歉，在妳正忙的時候打電話給妳。請問妳有沒有考慮過雇用保母？」多田放低了姿態提出建議。

「這我考慮過了。」

電話另一頭的凪子似乎正在走動。或許她想走到沒有人的地方，才可以安心說話吧。

「但把孩子交給不認識的人那麼多天，我實在不放心。」

凪子的聲音多了些回音，或許是到了走廊上。

18「山車」即祭典時掃街遊行的彩車，通常會在祭典期間，依照特定的路線遊走在祭典的區域內。

「請恕我直言，我跟妳也不熟。而且更重要的，我和行天都對孩子的習性一無所知。」

「其實你把孩子想得太可怕了。」凪子以溫柔的口氣說道。

「你跟阿春都曾經是孩子，不是嗎？和小春相處久了之後，你們就會漸漸想起孩子的習性。」

「可是……」多田還想反駁，卻遭凪子打斷。

「多田，我曾經說過，阿春小時候曾受過傷害，如今那傷痕依然深深烙印在他的心中。如果讓他和小春一起生活一陣子，或許有助於平復他的傷痛。」

多田大致明白凪子想要表達的意思。

曾經受過傷害的人，不見得會產生傷害他人的衝動。

行天並不會隨便傷害他人。雖然他曾經痛毆痞子混混，但是大部分時候，他總是非常小心不傷害他人，甚至到了戒愼恐懼的程度。不管是凪子、多田，還是露露、海希，都很清楚這一點，反而是行天不信任自己。他隨時隨地都害怕自己某天可能會做出非常過分的事情。

行天見了可愛的小春，確實有可能察覺自己的本性。他確實有可能發現自己能以愛取代暴力，能產生珍惜他人的心情。因爲他本來就是這樣的人，只是他自己也沒有察覺。

但多田擔心弄巧成拙的機率也很高。與小春的近距離接觸，要是反而讓行天對過去更加恐懼，對記憶更加厭惡，對孩子更加排斥，該如何是好？

然而多田並沒有機會說出自己的擔憂。

「病人還在等我，先這樣吧。」凪子丟下這句話就掛斷了電話。

剛好就在這時，行天一邊合攏溼淋淋的雨傘，一邊走了過來。

「你怎麼還沒買完？」

行天不耐煩地向多田抱怨，多田因此無法重新撥打電話給瓜子。

看來小春是注定要被送到多田的事務所了。

「那個老太太未免吃太多了吧？她的腰眞可憐，難怪她會腰痛。」

行天看著堆滿了食物的推車，嘴裡不停碎碎唸。多田對他那些抱怨充耳不聞，把心一橫，下定決心。

到了這個地步，已不能再逃避了。

「行天，我有些話要告訴你。」

「噢，說吧。」

「不是在這裡，我們得找個沒有人打擾的地方……」

「你該不會是想要向我求婚吧？」

此時的多田根本沒有心情回應這種玩笑話，默默推著推車，走向櫃檯結帳。多田滿腦子都在煩惱著該在哪裡說，以及該怎麼說，才能讓自己受到最小的傷害。但多田也沒有忘記掏出委託人的集點卡，爲這次的購物累積點數。

接著多田開著發財車，將食材送到委託人家裡，請對方確認錢包裡剩下的錢正確無誤，代客購物的工作便宣告完成。

兩人回到眞幌站前，將車子停進多田在事務所附近停車場承租的車位，接著便撐起雨傘走上眞幌大街。多田暗自盤算，這件事情絕對不能在沒有外人的事務所裡說。如果是在大庭廣衆之下，就算行天眞的要把自己打成豬頭，至少有很高的機率被旁人阻止。

怎麼搞得好像是要跟情人提分手？多田一邊暗自嘀咕，一邊尋找適合講悄悄話的地方。行天只是默默跟在旁邊，或許是感染了多田的緊張情緒，他的表情似乎也多了一抹陰影。

多田最後選擇了「咖啡神殿阿波羅」。這是一家位於眞幌大街上的老字號咖啡廳。

店內的地板正中央不知爲何擺著一副西洋的巨大盔甲，牆上掛著鹿頭標本，地面到處擺放著木雕及陶偶。就連窗戶上也貼滿了模仿彩繪玻璃的貼紙。

整個店的裝潢風格若要以兩個字來形容，大概就是「混沌」吧。即便如此，阿波羅還是一家深受客人喜愛的咖啡廳。一來客人不管坐得再久，都不會引來店員白眼，二來店員跟客人之間的距離可說是恰到好處。客人只要稍微顯露出「我已經想好要點什麼」的態度，就會發現店員不知何時已來到身邊，水杯也可能已經被店員加滿了水。就連一部分客人抽菸所使用的菸灰缸，也會在裝滿菸灰之前換新。那些店員來無影去無蹤，令人懷疑他們可能是妖精或忍者，店內一切大小事務，都在他們的掌控之中。

多田選擇阿波羅作爲告知實情的地點，一來是因爲這裡的店員不會偷聽客人說話，二來則是多田認爲以這些店員出神入化的身手，想必能在行天抓狂時，以迅雷不及掩耳的速度衝過來，對行天施展一招「倒剪雙臂」，讓行天動彈不得。

而且店內擺滿了盆栽，每一盆都是枝葉茂盛，適度遮蔽了其他客人的視線，提升了隱密性。

多田與行天隔著小小的桌子相對而坐，多田點了兩杯太陽特調咖啡，和行天各自抽起了菸。店員送上咖啡時，似乎感受到那股劍拔弩張的氛圍，一句話也沒有多說，恭恭敬敬地行了一禮便轉身離去。

「說吧。」行天將菸灰彈進陶瓷的菸灰缸裡。

那菸灰缸的造型是一頭張大了嘴的河馬。多田不禁有些懊惱。講正經事的時候看見這種愚蠢的菸灰缸，整個氣氛都被打壞了。多田瞥了一眼隔壁桌，那張桌上擺的明明是最平凡的玻璃菸灰缸。

多田小心翼翼地將抽到一半的菸夾在河馬的牙縫裡，然後將空出來的雙手放在膝蓋上輕輕交握，接著才鼓起勇氣說：「不久之後，有一個孩子會暫住在事務所。」

行天一句話都沒有說，只是捏起自己的菸，伸到河馬的嘴裡捻熄。只見他捻了一圈又一圈，直到菸管裡的葉子都撒了出來才停手。接著他又捏起多田抽到一半的菸，塞進河馬的鼻孔裡轉來轉去。當他放手時，那半根變形的香菸落在桌面，看起來像死狀悽慘的蠶寶寶。多田捏起蠶寶寶，放進河馬的嘴裡。

「這兩年多謝照顧，再見。」

多田見行天站了起來，趕緊抓住他的手腕。

「等等，你要去哪裡？」

「你不用管我要去哪裡，你就好好當你的保父吧。」

「不必急著走，孩子下個月才會來。」

「你不是一天到晚希望我離開？現在爲什麼要攔著我？」

「擅自決定這種事是我不好，我向你道歉。但你聽我說，這眞的是逼不得已。」

多田拚命以眼神要求行天先坐下再說，行天遲疑了一下，才心不甘情不願地坐回布面的椅子上。

兩人又各自點了一根菸，就這麼你看著我、我看著你，等著看對方怎麼出招，沒有人先說話。

「誰的孩子？」

「我弟弟的。」多田撒了個謊。

「噢，你那個雙胞胎弟弟的小孩？」行天語帶不屑地說。

事實上多田根本沒有弟弟，當然更別提什麼雙胞胎。爲什麼行天突然提到「雙胞胎」？多田思索了片刻，忽然想到一件事。當初多田曾抱怨「不曉得該怎麼對客人解釋我們的關係」，那時行天笑著回答：「要是那麼在意客人怎麼想，你可以說我是『失散多年的雙胞胎弟弟』。」

如果按照這個邏輯，多田的雙胞胎弟弟當然就是行天。事實上下個月就要來到事務所的孩子，正是行天的女兒小春。換句話說，行天這句「雙胞胎弟弟的小孩」，竟然完全說中了事實。不知道這只是巧合，還是行天眞的猜出了眞相？

這傢伙的直覺眞的是太可怕了。多田不禁感到背脊發涼，但還是勉強壓抑心中的驚訝，面無表情地說：「我沒有雙胞胎兄弟。」

「我想也是。就算不是雙胞胎，只是單純的兄弟，我也從來沒有聽你提過。」

「咦？我沒有跟你提過嗎？」

多田承受著行天的冰冷視線，煞有其事地說：「我有一個弟弟，比我小兩歲，小時候長得很胖，非常可愛。他總是喜歡跟在我身後不停喊著『哥哥』，有一次還不小心摔倒，擦傷了膝蓋。

但他現在已經變成了身高接近兩公尺的壯漢，喜歡吃果醬麵包，聽說每星期要吃八個。興趣是釣魚，最擅長的事情是猜別人的體重。」

「這人物設定有點不太自然。」

當然不太自然，畢竟全都是多田隨口胡謅的。但話都已經說了，總不能收回。多田只好抱著壯士斷腕的決心，硬著頭皮繼續說：「我弟弟獨自在外地工作，沒有跟老婆及小孩同住，他老婆最近生了病，必須住院一陣子，所以拜託我幫忙照顧孩子一個半月。」

「噢。」

「你可以不要擺出一副事不關己的態度嗎？」

「本來就不關我的事。」

行天說得絲毫不留情面。照這樣下去，在小春來到多田便利軒之前，行天很可能就會搬出去。凪子的本意似乎是希望趁這個機會讓行天與小春產生交流。假如行天離開，就違背了凪子當初的意圖。而且還有一個更現實的問題，那就是多田沒有辦法一邊執行便利屋的工作，一邊照顧小春。

多田暗中盤算，行天只要實際見到小春，或多或少應該會產生一些感情，因此眼前最重要的，就是想盡一切辦法阻止行天在小春到來之前搬出去。

多田決定軟硬兼施、雙管齊下，交互採行威脅恫嚇與軟語懇求。雖然知道這很卑鄙，但是到了這個地步，已經無法選擇手段。

「行天，過去我雖然對你有不少抱怨，但不管怎麼說，我還是供你三餐溫飽，晚上有個溫暖的家，而且還付你打工費，不是嗎？」

「打工費？你指的是那少得可憐的幾枚銅板嗎？」

「你沒聽過積沙成塔的道理嗎？莫看水滴小，匯流成巨河，終將成爲廣納百川的大海。」

多田說得慷慨激昂，簡直像在唸什麼歌詞一樣，只差沒大聲高歌。

「你腦袋的洞是最近破的嗎？」行天反而擔心起了多田的精神狀況。

「託福，多謝關心。」

多田尷尬地捻熄了菸。此時店員走了過來，取走原本的菸灰缸，換上新的。多田一看，新的菸灰缸是最常見的玻璃菸灰缸，登時精神一振，決定一鼓作氣發動攻勢。

「總而言之，就算是道上兄弟，也懂得報答一餐一宿之恩。你在我家住了那麼久，應該欠我不少恩情，現在是你報答的時候了。呃，我的意思是說，現在或許是報答的好時機。總而言之，算是我求你，跟我一起照顧那個孩子吧。」

行天默默看著低頭懇求的多田，拿起嘴邊剩下一小截的菸頭，彷彿把那菸頭當成了鑽子，拿到菸灰缸裡用力旋轉。不知情的人看了，恐怕會以爲他想要用那玩意摜破地球。

「你還沒說之前，我原本以爲你會告訴我，你想跟眞幌廚房的社長住在一起，所以希望我搬出去。」

「眞幌廚房的社長？你是說柏木小姐嗎？」

行天那豪放不羈的想像力，讓多田嚇出了一身冷汗。「你怎麼會有這種古怪的想法？」

「因爲你最近中午經常一個人跑出去。」

多田心想，其實自己中午跑出去，大多數的時候是去見露露及海希，為將來迎接小春的事做好準備。當然也還因為自己有事隱瞞著行天，心裡多少有些愧疚，不敢跟行天獨處。

多田搖了搖頭，說：「我跟柏木小姐不是那樣的關係。我只不過是眞幌廚房的客人。」

「你眞是個慢郎中。」行天嘆了口氣，喝了一口早已涼掉的咖啡。「而且還是個殘酷的慢郎中。」

慢郎中這個稱號，雖然遺憾但勉強還能接受。至於殘酷，可就讓多田摸不著頭緒了。

「我哪裡殘酷了？」多田反駁道。

行天再度長嘆一聲。

「我討厭小孩，這點你明明很清楚。我不知道該怎麼和小孩相處，所以沒辦法照顧你弟弟的孩子，你卻輕描淡寫地提出和孩子一起生活的要求。」

「疼愛一個孩子，應該不是什麼困難的事情。」多田謹愼小心地說道：「當然如果孩子做了不對或危險的事情，也需要責罵。」

「這就是我的難處。」行天露出了淡淡的微笑。「對我來說，不管是疼愛還是責罵，意思都是『帶給對方痛苦』。」

行天伸出手，似乎想要拿起裝了水的玻璃杯，卻力不從心。因為他的手指不斷顫動，使不出半點力氣。多田觀察著他的手指，以及他那慘無血色的臉孔，愼重地問道：「為什麼？」

「你問我為什麼？」

行天將雙手伸到桌子底下，顯然不希望被多田察覺雙手正在顫抖。

「因爲我只受過那樣的對待，我從來不曾體會過其他對待孩子的方式。」

這是行天第一次如此具體地描述自己的童年遭遇。此時應該繼續追問，還是改變話題？多田猶豫了一下，決定選擇前者。

「我相信你不會把自己小時候遭遇過的痛苦施加在其他孩子身上。」

「你憑什麼如此肯定？」

「因爲我觀察了你兩年半。」多田以發自內心的篤定口吻說：「行天，你絕對不是一個會帶給孩子痛苦的人。」

「看來你這個慢郎中，還有著過度天眞的毛病。」行天露出無奈的笑容，垂下了頭。「果然從小受到關愛的人，才會養成最殘酷的性格。」

多田不禁心想，行天這句指責或許一針見血。

多田從小到大一直受到來自父母及周遭大人們的「正常」關愛，因爲實在太過正常，多田這輩子從來不曾思考過「來自大人們的關愛正不正常」這個問題。也或許因爲這樣，多田沒有辦法想像行天心中的恐懼與迷惘。

曾經感受過「愛」的人，與從來不曾感受過的人，眼中看見的世界可能截然不同。就這層意義而言，「愛」的力量實在大到只能以殘酷來形容。

即便如此，多田還是深信自己不會看錯。行天絕不是一個會以暴力強迫弱者屈服，或是毫無理由地踐踏他人心靈的人。

「那一定很痛苦。」多田喃喃說道。

除了這句感想，多田實在也不知道該說什麼才好。

「是啊，很痛苦。如果能夠忘掉這一切……」行天似乎也在思考要如何表達。「該怎麼說呢……」

「例如能夠愛一個人，或是能夠與他人好好相處？」

「嗯，是啊。我確實曾經想過，如果能夠做得到，不知該有多好。」

行天忽然陷入了沉默，不曉得在思索著什麼。過了一會，他搖頭說道：「不，不對。忘不忘得掉其實並不重要。只要能夠學會愛一個人，相信我的心情會輕鬆得多。但我眞的做不到。」

「還沒有嘗試，你怎麼知道做不到？」

「這種事情可不能輕易嘗試。要是我沒控制好，搞不好會殺了你弟弟的孩子。」

行天的表情非常嚴肅。多田明知道此時應該維持認眞的態度，還是忍不住笑了出來。

「正是爲了避免這樣的事情，我們才需要互相配合。我沒辦法一個人照顧孩子，一定要有人幫我才行。更重要的一點，你欠我九百宿兩千七百餐的恩情。」

「你未免算得太清楚了吧？沒想到你是這麼小家子氣的人。」

「你願意幫我照顧孩子吧？」

多田心裡很清楚，行天其實是個相當講義氣、重恩情的人。果然不出所料，行天最後無奈地點了點頭。只不過他點頭的動作非常有氣無力，簡直像頸椎骨突然斷掉了。

「你們談完了嗎？」

盆栽的後頭忽然冒出這麼一句話。多田與行天同時嚇了一跳，轉頭往盆栽的方向望去。站在盆栽後方的人物，兩隻耳朵上掛滿了粗厚的耳環，赫然是星。

「好久不見。」

多田一邊打招呼，一邊悄悄將菸盒收進口袋。沒想到星也在店裡，自己竟然沒有發現，實在是一大失策。雖然很想問星到底聽到多少，但多田還是決定趕緊離開才是明智之舉。根據過去的種種慘痛經驗，只要跟星這個人扯上關係，肯定沒好事。

沒想到星竟然拉開一張空椅子，坐了下來。

「便利屋，你在外頭有了私生子？」

「絕對沒那種事。」

「是嗎？我看你們氣氛很僵，還提到『誰的孩子』什麼的，我不好意思打擾，所以在那邊等你們談完。」

星在說到「那邊」的時候，以下巴比了比禁菸區的方向。

「謝謝你的貼心。」多田一邊說，一邊拿起了帳單。

行天故意用力吐出一大口萬寶路薄荷菸的煙霧。多半是因爲他知道星非常討厭菸味，想用這種方式將星趕走，原理就跟點蚊香大同小異。

但星也不是省油的燈。他直接伸手捏起行天嘴邊的香菸，插進水杯。

「便利屋，既然今天碰巧在這裡遇上你們……」星將吸飽了水的香菸拋入菸灰缸：「我有一件工作想要委託。」

「很不好意思，我的行程已經排滿了。」

其實行程根本沒有排滿，但多田盡可能擺出堅定拒絕的態度。行天從菸盒抽出一根新的菸，但才一點火，星立刻伸手奪下，浸入水杯裡。

「我不管你的行程有沒有滿……」星將香菸扔進菸灰缸，向後一倒，整個人仰靠在椅背上。

「我建議你不要拒絕我的委託。」

「或許你該告訴我理由。」

「便利屋，你一定要我明說嗎？」星揚起了嘴角。

多田愣了一下，才看懂那是他的笑容。

「有些時候，街頭巷尾就是會流傳一些空穴來風的謠言。所以我有點擔心，像你這種小本經營的生意，一旦被謠言中傷，恐怕在眞幌就混不下去了吧？」

從星這句話，任誰都聽得出來「空穴來風的謠言」是誰去傳播的。

「你在威脅我？」

「我在給你忠告。」

多田雖然遭到威脅，還是希望與星保持距離，只好以沉默來表達心中的不滿。

行天又點了一根菸。下一秒，星的身體有如彈簧一般越過桌面上方，捏起行天嘴邊的菸，浸入水杯，拿起來拋進菸灰缸。一連串動作行雲流水，而且沒有省略任何一個步驟。

「爲什麼要抽菸？這東西會損害健康。」星瞪了行天一眼。

「不用擔心。」行天依依不捨地看著菸灰缸裡那幾根還沒抽就泡了水的菸。

「我到醫院做過各種檢查，身體非常健康。」

「誰管你健不健康？我是要你現在別抽，以免損害我的健康。」

星說得聲色俱厲，但行天完全沒把他放在眼裡，繼續將手伸向菸盒。星的動作快了一步，已將菸盒搶在手裡。行天雖然失去了菸盒，但在那極短的時間裡，他竟然已抽出一根，夾在兩指之間。

多田的視線在行天與星之間來來回回，幾乎看得眼花撩亂。由於兩人的動作實在太快，多田感覺像在看一場魔術表演，根本不知道菸盒爲什麼會跑到星的手上，也不知道行天的兩指之間爲什麼多了一根菸。

「不要抽！」星嘗試說服行天。

「我可是指導過你重量訓練，你不能恩將仇報，故意打擾我們說話。」

「我不是故意想打擾你們說話，我就只是想抽菸。」

行天將菸叼在嘴邊，掏出廉價打火機，點了火湊向菸尾。「多田強迫我照顧小孩，所以我現在心情很差。」

「喂，便利屋！」星一邊朝多田怒吼，一邊搶下行天嘴邊的菸。「身爲雇主，要懂得適才適所，才能發揮員工的長處。」

才剛被點燃的香菸，再度步上從水杯到菸灰缸的不歸路。

「行天不是我的員工，他只是個吃閒飯的……」

「不要找藉口！」星一聲大喝，打斷多田的話。

店內霎時一片寂靜，星成了店內所有客人的注目焦點。星往左右瞪一眼，所有視線都縮了回去。

星接著打開剛剛搶來的菸盒，將裡頭所有剩下的菸全部抽出來，塞進水杯裡。

「啊！」行天心痛地大叫：「那些又還沒有點火！」

「不，你們已經點了……我心中的怒火。」星低聲說道。

此時店員走了過來，換上菸灰缸，收掉塞滿香菸的水杯，態度跟平常沒有絲毫不同。

店員的行動，讓店內恢復了原本吵鬧聲恰到好處的狀態。

「算了，多田……」行天嘆了口氣，將雙手手掌舉到肩膀的高度，示意投降：「這傢伙現在把菸塞進水裡，下次可能會把我們塞進水裡。」

剛剛的騷動，也讓多田徹底喪失繼續頑強抵抗的意志。光是剛剛對行天說出一半的祕密，就已經讓多田耗掉絕大部份的精力，此時根本沒有多餘的能量與星繼續對峙。

「好吧，你到底想委託什麼？」多田無奈地說。

「吸菸區的空氣實在太糟了，到我那桌去談吧。」

星露出心滿意足的微笑，從多田手中搶走帳單，站了起來：「你們在這邊的花費，由我請客。」

不過是一杯四百圓的特調咖啡，竟被這傢伙講得宛如天大的恩惠。多田本想自己掏出零錢結帳，但看見行天露出懇求的表情，只好作罷。

好啦，行天。省下來的這些銅板，會買一盒菸補償你。

星的座位在店內最深處的禁菸區。那是一張四人座的桌子，桌上還擺著兩杯喝到一半的綠茶，桌邊坐著一個戴著眼鏡的年輕男人。

「他叫伊藤，是我的夥伴。」

星將伊藤介紹給多田與行天之後，坐在背對牆壁的沙發上。那個座位在伊藤的對面。

多田遲疑了一下，決定坐在伊藤旁邊。原本多田選擇這個座位，是認爲坐在星的旁邊太過危險，但是才剛坐下，馬上就後悔了。因爲這麼一來，行天就會坐在星的旁邊。看著這兩個人並肩坐在眼前，心理壓力肯定大過自己坐在星的旁邊。

多田只好將視線移到身邊的伊藤臉上。

「我是經營便利屋的多田，他是行天。」

伊藤露出友善的微笑，將菜單遞了過來。爲了不讓星與行天進入視線範圍，多田假裝非常認眞地看起了菜單。

「想點什麼儘管點，不用客氣。」星表現出一副慷慨大方的態度。

開什麼玩笑！多田在心中暗罵。雖然阿波羅的餐點價格相當平實，沒有任何一樣餐點的價格在一千圓以上，但多田無論如何不想欠星一個人情。店員走過來詢問點餐，多田只點了一杯檸檬汽水。

可惜在行天的字典裡，並沒有「客氣」與「顧忌」這兩個詞。

「給我來兩杯啤酒，一份番茄義大利麵，一份總匯三明治。」

多田完全可以猜到行天心裡在想什麼。難得星要請客，行天想趁這個機會解決今天的晚餐。

就算是這樣，也未免點得太多了！多田瞪了行天一眼，暗示他收回剛剛的話，行天卻假裝沒有看見。

星哈哈大笑，說：「便利屋平常是沒給你飯吃嗎？」

星與伊藤各自加點了一杯綠茶。

四個人接下來都有好一會沒有說話。多田因爲不知道會被星委託什麼工作而忐忑不安，星老神在在地盤算著切入正題的時機。而伊藤似乎繃緊了神經，每分每秒都在揣摩星的想法與意圖。至於行天則死盯著菜單，嘴裡咕噥著：「是不是應該點乳酪吐司才對。」

就在四個人的念頭所形成的緊張感膨脹至極限的瞬間，店員端著銀色托盤走了過來。店員將托盤上的飲料放在桌上後，轉身走回廚房，馬上又端了兩個盤子走出來。盤子裡分別是番茄義大利麵與總匯三明治。

「三明治是他的。」行天指著多田。「還有啤酒也是。」

店員於是將一杯啤酒與總匯三明治放在多田面前。多田雖然心裡嘀咕「我可沒點這些東西」，但肚子確實有些餓了。反正已經免不了要被星委託麻煩事，吃他一頓晚餐似乎也不算過分。

多田左思右想，決定拿起三明治咬一口。不過其實多田眞正想吃的是番茄義大利麵。爲什麼這傢伙沒有問過我的意見，就擅自決定了餐點？多田恨恨地望著坐在對面的行天。只見行天用叉子靈活地將麵條捲起，一口接著一口塞進嘴裡，吃得津津有味，整面臉頰都是番茄醬。

星等到多田與行天都把餐點吃了一半左右才開口。

「事情是這樣的，便利屋。」

他故意等到兩人都沒有辦法把餐點吐出來，才開始說明委託的工作，實在是相當老謀深算。只要向人施了一點小恩惠，就算追到夢裡也要取得回報，這就是星的做事風格。

「我們最近正在調查ＨＨＦＡ。」

沒想到又聽到那可疑團體的名稱，多田內心登時萌生了些許驚愕與警戒。彷彿這個眞幌市已不再是自己熟悉的模樣了。喜歡吃蔬菜的市民絕對沒有那麼多，爲什麼那種團體可以大行其道？

「你們知道ＨＨＦＡ這個組織嗎？」

「在路上見過幾次。爲什麼你要調查他們？」

「當然是基於商業上的理由。」星揚起嘴角，拿起綠茶的杯子。

「最近我打算改做正經生意，賣點蔬菜什麼的。」

多田與行天偷偷互瞥了一眼。星這個人說的話，絕對不能照單全收地相信。要這傢伙改做正經生意，大概就跟要求政府把東京都廳遷到眞幌市一樣難如登天。

「所以呢？」行天一邊以餐巾紙擦拭嘴角，一邊催促星繼續說下去。

星喝了一口綠茶，接著說：「ＨＨＦＡ向來標榜無農藥蔬菜，這是他們的最大賣點，我想要確認這一點的可信度，所以暗中調查了一番。」

星說他帶著手下偷偷考察過了ＨＨＦＡ在眞幌市內的所有菜田。

「他們的田地大大小小約有二十幾處。」

伊藤取出一疊資料放在桌上，上頭列出了ＨＨＦＡ的所有菜田位置及規模。

「最大的田地在小山內町，土地持有人是ＨＨＦＡ。除了這塊地，幾乎所有土地都是租來的。」

多田探頭望向那份資料，有一塊地位在山城町，那多半就是他們向岡承租的土地。

「小山內町那塊地，周圍有很高的圍牆，外人無法進入。」星說道。

「那裡是他們最大的據點，從圍牆的縫隙隱約可看見貌似宿舍的建築。」

星說他鎖定了幾處小菜田，暗中進行著定點觀察。

「這工作可不輕鬆。一來現在是梅雨季，二來在同一個位置待太久，容易引來路人的懷疑。」

星和他的手下有時站在附近公寓的外牆階梯上；有時站在水泥牆的陰暗處，假裝在等人；有時甚至還僞裝成道路測量技師。

「簡直像偵探。」多田不禁有些佩服。

「沒有耐性的人，勝任不了這份工作。」星微微一笑。

從這個觀點來看，ＨＨＦＡ那些人倒是非常適合從事水面下的工作。根據星的觀察，那些人不畏風雨及嚴寒，每天都在田裡辛勤耕種。

「有的在拔野草，有的把菜葉上的蟲子一隻隻抓掉，眞的是太勤勞了。」

但是就在某天傍晚，星看見一輛藍色發財車停在田邊。當時原本在田裡工作的人都走了，整座田裡只剩下從發財車上下來的那兩個男人。如果是要採收的話，這樣的人手未免太少了。

「他們從車斗上搬下來一個瓶子，跟一個小桶子。」

「這是當時的照片。」伊藤拿出一疊照片擺在桌上。

全部共有六張，都是從遠處偷拍的照片，所以看不清楚兩個男人的臉，只看得出他們都穿著工作服。他們把瓶子及小桶子搬進位於菜田角落處的一座農具倉庫裡。而且動作似乎有些鬼鬼祟祟，不想被人瞧見。

「這些是倉庫裡面的照片。」伊藤又拿出七張照片。

多田拿起其中一張仔細端詳。這幾張照片，似乎是男人們離去後，星偷偷溜進倉庫拍攝的。瓶子和小桶子都拍了特寫，旁邊還有一個茶褐色的米袋。

「那是農藥與噴霧器，米袋裡裝的其實是化學肥料。」星說道。

「HHFA打著『安心、安全』的口號，以昂貴的價格販賣蔬菜，其實是一群騙子。」

多田得知了這驚人的事實，不由得口乾舌燥，喝了一口啤酒潤潤喉。

「但那些人在田裡工作時，不是還把菜蟲一隻隻抓掉？要是他們得知農務倉庫裡有這些東西，應該馬上會吵翻天吧？」

「有幾種可能。」

星每說一點，便豎起一根右手手指。「第一，所有成員都知道農藥及化學肥料的事，所以沒有引起騷動。第二，絕大部分成員不知道農藥及化學肥料的事，只有極少數成員偷偷使用。第三，成員們並不關心農具倉庫裡放的東西是什麼，所以也不知道田裡使用了農藥及化學肥料。」

要是所有成員都知道這個祕密，實在不太可能完全不洩漏出去。但高層要對絕大部分成員隱瞞這個祕密，又似乎不太容易做到。若說絕大部分成員是因爲漠不關心而沒有察覺眞相，更是不太合理。星所說的三種「可能」，仔細推敲之後都有些牽強。

「再來一杯啤酒。」行天對路過的店員說道。

唯獨這傢伙依然是一派悠哉，沒有半點緊張感。多田不禁有些惱怒，這傢伙恐怕根本沒有認眞在聽。

店員送上啤酒，行天一口氣就喝了半杯。至於番茄義大利麵，當然是早已吃了個盤底朝天。

「所以呢？你要我們做什麼？」行天問道。

「我要你們掌握HHFA在田裡噴農藥及化學肥料的證據。」

「這種事情，你們自己就可以幹了。」

星的話一說完，行天立刻提出反駁。幹得好，行天！再多說一點！多田在心中爲他喝采。

星與行天激烈交鋒，兩人卻都把視線放在正前方的多田臉上。

「爲了揪住他們的狐狸尾巴，我可說是用盡了手段，可惜就是掌握不到關鍵的證據。」

「這表示你們的調查方法有問題。」

「不，跟調查方法沒有關係。我採輪班制，隨時盯著那塊田，但照片裡的農藥跟肥料，不知何時竟然從倉庫裡消失了。我根本不曉得他們是在什麼時候用掉的。」

「我跟多田也是門外漢，連你們這種專業的都揪不到狐狸尾巴，還指望我們？」

多田漸漸有種如坐針氈的感覺。行天和星吵架就吵架，爲什麼要看著我？一般人說話的時候，不是會面對著說話的對象，或至少把視線移到對方臉上嗎？爲什麼行天和星並肩坐在一起，說話的時候卻同時把身體和視線都對著我？

這種感覺，簡直就像是正在遭受兩人同時嚴厲斥責，又沒有辦法爲自己辯護。多田就這麼感受著芒刺在背的滋味，喝了一口早已變溫的啤酒。

行天與星就這麼你來我往，毫不在意多田的感受。
「我把這個工作委託給你們，就是相信你們一定做得到。」星說道。
「我們一定做得到？你是根據哪一點，認爲我們一定做得到？」
「我們監視得滴水不漏，卻沒有看見他們噴灑農藥，這代表……」
星終於將視線從多田身上移開，上半身仰靠在沙發椅背上：「他們一定是趁半夜偷噴。」
「等等！」多田按捺不住，插嘴問道：「你剛剛不是說，你們採輪班制盯著那塊田？這代表你們晚上也在監視著，不是嗎？」
「不，我們的監視只有白天而已。」
「爲什麼？」多田一頭霧水地問道。
「晚上的時間是用來睡覺的，便利屋。」星說得振振有詞。
「我向來勉勵我的夥伴們早睡早起。熬夜不僅有礙健康，而且還會讓腦袋變遲鈍。」
星這傢伙，明明生活在見不得光的世界，卻極度重視健康。多田不禁長嘆一聲。
「星，我看你或許跟ＨＨＦＡ挺合得來。」多田咕噥道。
一旁的伊藤或許是看老大快要說不過兩人，趕緊幫腔。
「我們原本認爲『田裡的工作一定都是在白天進行』，所以只在白天輪班監視……請看這張表。」
伊藤以手中的原子筆在ＨＨＦＡ菜田清單上輕敲。
「打上了黑圈的田，就是我們看見有人把農藥搬進倉庫，但是沒有目擊噴灑農藥的過程。」

表上共有五個黑圈，岡出租給ＨＨＦＡ的農地也在其中。

「倉庫裡有農藥的田，一直是我們的監視重點。但因爲人手不足，偶爾會出現清晨無人監視的狀況。剛開始我們以爲只是剛好錯過了ＨＨＦＡ噴灑農藥的時間。」

「但每次都錯過，也未免太巧了。」星接著伊藤的話說道。

「這麼一來，唯一的可能就只剩下半夜噴灑農藥。於是我決定變更監視的策略，就在我打算委託你們進行夜間的監視時，剛好在這裡遇上了你們。」

「這個打了白圈的田……」行天看著清單：「就是小屋裡已經放了農藥，但還沒有噴灑的田？」

「沒錯。」

伊藤似乎很滿意行天的領悟力，點頭說：「這塊田在峰岸町的一座小型兒童公園旁邊。你們可以躲在公園的樹後，而且晚上一個人都沒有，相當好監視。」

「等等，這恐怕有困難。」多田急忙搖頭。

「就算我們目擊他們在噴灑農藥，要怎麼留下證據？如果是在晚上，根本沒有辦法拍照。」

「你放心，我會借你有夜視功能的數位相機。」星說道。

原來這年頭有那種東西？多田不禁詛咒起了科技的發達。

「我總覺得挺可疑。」行天將雙手盤在胸前。

他的視線還是落在多田臉上，但只是自顧自地說著，並非尋求多田的同意或附和。

「從剛剛這麼聽下來，你似乎很想讓我們拍下證據照片，問題是要怎麼證明噴灑農藥的人是那個賣菜集團的成員？」

「什麼意思？」星低聲問道。

「如果你只是想跟那個賣菜團體做生意，何必調查到這種程度？我猜你多半有個不可告人的理由，想要讓那個賣菜團體失去信用。如果這是你的目的，你可能會派手下假扮賣菜團體的人，到田裡噴灑農藥，讓我們拍下證據照片。由身爲第三者的我們拍下的照片比較具有說服力，這才是你在打的算盤，不是嗎？」

多田看著滔滔不絕的行天，內心不禁有些佩服。這傢伙似乎挺有幹壞事的頭腦。星與伊藤迅速對看了一眼，兩人都沒有說話。

「我們確實想過這個方法。」過了好一會，星才開口說道。

不知道他是不想演了，還是打算改採吹捧攻勢，臉上難得堆滿了笑容。

「但我們根本還沒使出這招，那個團體就露出了馬腳……對吧？」

星向伊藤使了個眼色。

「沒錯。」伊藤點頭說道。

「便利屋，我們決定將蒐集證據的工作委託給你們，其實有兩個理由。第一當然是因爲星哥希望我們早睡早起，但第二個理由，是我們爲了維持公正性，希望這件事能有我們以外的『見證人』。以上句句屬實，沒有說謊。」

「經我們一番調查，ＨＨＦＡ很可能除了農藥之外，還有其他弊端。」

「什麼弊端？」

「目前我還沒有十足的把握，所以不能告訴你們。」

星喝乾了綠茶，從伊藤手中接過原子筆。「問題就在於未來就算我們想要告發HHFA，像我們這種人說的話是不會有人相信的。」

「我只不過是個小小便利屋經營者，我說的話難道就會有人相信？」

「這你就不懂了，眞幌市民可是對你情有獨鍾，你要對自己有信心。」

多田當然沒有天眞到相信這種言不由衷的讚美。星這件委託一定有什麼隱情，看來還是應該堅持拒絕接下這份工作。多田打定主意不再開口說話。行天喝光了啤酒，似乎也正感到無聊。他以眼神向多田暗示「快找個理由閃人」。

此時星抽起一張餐巾紙，在上頭寫起了字。他刻意以手腕遮住紙面，不讓行天看見。寫完之後，星對著多田大剌剌地舉起餐巾紙，簡直把餐巾紙當成了大老爺的印籠[19]。

——你要我當場揭穿你是獨生子的事實嗎？

餐巾紙上寫著這麼一行字。

多田趕緊搶下餐巾紙，揉成一團。

「你們幹什麼？」行天一臉納悶地問道。

多田當然是充耳不聞，把餐巾紙用力揉成桌球大小。此時一名店員剛好從旁邊經過，多田將

19「印籠」是古代日本人隨身攜帶的小盒子。裡頭可放置印章、藥物或體積較小的隨身物品。通常製作得非常精緻漂亮，武士階級或名門大族的印籠通常會畫上家徽，在江戶時代曾經是身分及權勢的象徵。

餐巾紙桌球交給店員，請對方負責處理掉。

接著多田轉頭面對星。

「這工作我接了。」

「這是什麼劇情發展？」

行天仰天長嘆。

多田撐著塑膠雨傘，與行天一起回到了事務所。

夜越深，眞幌大街就越熱鬧，完全不受雨勢影響。成群結隊走進連鎖居酒屋的學生，醉得走路都走不穩的中年男子，一邊吱吱喳喳聊個不停一邊走出速食店的兩個女高中生。

若將那些人比喩成在海中盡情遨遊的海水魚，那多田與行天就是靜悄悄躲在湖底的兩條黑魚。兩人各懷心事，完全沒有交談。雖然兩人以相同的速度朝相同的方向前進，但由於中間隔了不算短的距離，外人見了或許會以爲「這兩個人互不相識，只是剛好前進的方向相同」。最好的證據就是一路上有不少人毫無顧忌地從兩人中間穿過。從雨傘邊緣滑落的水滴濡溼了多田的肩頭。

多田走向街角的香菸店，買了一盒萬寶路薄荷菸，以及一盒LUCKY STRIKE。多田追上頭也不回地走在前面的行天，遞出薄荷菸。

自從兩人走出阿波羅，行天就一直臭著臉。直到看見菸，表情才稍微友善了些。

「你是腦袋有洞嗎？」行天一邊將菸塞進口袋，一邊說。

「我也很懷疑。就在今天，我終於確定自己腦袋有洞。」多田回答得有氣無力。

祕密就像是一塊複雜的編織物上的一點破損。不管編織得多麼精緻、上頭的花紋多麼美麗，只要斷了一條絲線，網目就會逐漸鬆脫，導致破洞越來越大。

多田正因爲心中藏著不能對行天坦白的祕密，只好任星予取予求。轉眼竟陷入「小春」與「星的委託」兩件事都必須接下的泥淖之中。

「我不知道星到底拿什麼來威脅你，我只能說這都是你自己造的孽。」行天說得絲毫不留情面。

「不管什麼爛攤子都攬在身上，眞的是個大蠢蛋。算我倒楣，必須在你的身邊幫忙。」

你這傢伙根本沒幫過多少忙。多田雖然想要這麼反擊，但壓抑了下來。因爲多田猛然想到了另外一樁麻煩事。

到頭來，自己依然沒把小春的事老老實實地告訴行天。

在這種陰雨綿綿的梅雨季，行天得在三更半夜監視菜田，心情已經很差了，要是又得知那即將到來的孩子的眞實身分……

多田光是想像那情境，全身便不寒而慄。行天抓狂起來，或許會拿起菜刀，像戳豆腐一樣捅進多田的肚子。

因爲多田心裡很清楚，行天這個人絕對不會對孩童施暴，但如果對象是成年男人，他逞凶起來絕對不會有半點猶豫。

或許我沒剩多少時日可活了。多田暗自發愁。搞不好在自己等著迎接小春的同時，死神也正在等著迎接自己。

不久之後，多田收到一臺具夜視功能的數位相機。多田本來以爲那機器的外型多半會像軍隊使用的巨大雙筒望遠鏡，沒想到實際拿到手的相機竟然相當輕巧迷你，不禁有些錯愕。

盒子裡還附上了使用說明書，多田立刻翻開來詳讀。

「我大概會用了。反正就是開啟夜視模式，按下快門就行了吧？」

天黑之後，多田關掉事務所的電燈，拉上面對馬路那扇窗戶的窗簾。回想起來，上次拉上窗簾至少是五年前的事了。窗簾布因爲長年承受日照，變得有些斑駁不均，但要阻隔街燈的亮光還不成問題。

由於眼睛一時無法適應黑暗，根本看不清楚哪裡有什麼東西。多田只能朝著沙發的大致方向舉起了相機。

「拍張照吧，笑一個。」

快門聲和一般的數位相機沒什麼不同，但沒有啟動閃光燈。這樣真的能夠拍到東西嗎？多田不禁有些擔心，開啟了數位相機的螢幕。

「嗚啊！」

畫面裡，行天躺在沙發上，故意做出了鬼瓦[20]一般的猙獰表情。屋裡明明黑得伸手不見五指，行天的視線竟然直對著鏡頭，更是讓人背脊發麻。

「如何？拍得清楚嗎？」

「很清楚，簡直跟妖魔鬼怪一樣清楚。」

多田試著改變距離，又拍攝了好幾張，才以摸索的方式找到開關，打開了電燈。一時之間，刺眼的光線讓多田感覺眼皮內側隱隱作痛。

「但是距離似乎不能太遠。」

多田看著存進電腦裡的照片，沉吟了起來。如果要讓清晰度維持在能夠辨識長相的程度，拍攝的距離必須非常近。

「行天，那塊菜田距離公園多遠？」

行天攤開真幌市的地圖，查看了峰岸町那塊菜田的位置。

「看起來樹叢的旁邊就是田地。如果他們在靠近公園的位置噴灑農藥，距離應該不到兩公尺吧。」

在那麼近的距離拍照，就算是在晚上，恐怕還是很難不被發現。但是事到如今也只能盡人事聽天命了。既然接下了委託就必須全力以赴，這是多田便利軒的原則。

「我們明晚就去兒童公園。」

峰岸町南兒童公園是座位於住宅區內的小公園，設施除了攀登架、溜滑梯、鞦韆及沙區，還有一座看起來像灰色箱子的公共廁所。廁所的入口處有一盞長條形照明燈，雖然上頭掛滿了蜘蛛網，在夜色中還是散發著米黃色的微弱光芒。但是那光芒的最大受益者並不是人類，而是果蠅及蛾。

20「鬼瓦」即華人文化中的「獸面瓦」，是一種裝飾用的瓦片，具消災解厄、鎮壓邪靈的意義。

從周圍的建築物看起來，這座社區至少有十五年的歷史。公園裡的樹木，應該都是社區剛建成時種下的，此時每一棵都已是高大雄偉、枝葉茂盛的大樹。多田原本擔心監視時可能會被附近住戶從二樓看見，見了那些大樹之後才著實鬆了口氣。

從眞幌站前到峰岸町，搭公車至少要花上二十分鐘。峰岸町內有兩所大學的校區，因此街道寬廣，街景井然有序。但也正因爲如此，町內完全沒有燈紅酒綠的繁華區域，甚至沒有大型商業設施，居民一入夜就只能乖乖在家睡覺。現在這個時間，末班公車早已開走了，寬敞的道路上一個人影也沒有。

多田把發財車停在距離公園有點遠的路旁。此時天空正下著小雨，多田與行天穿著廉價的透明雨衣，走進兒童公園。地面泥濘不堪，顯然是因爲最近一直在下雨的關係。

多田在公園內四下環顧。西側有樹叢及鐵網牆，鐵網牆的另一側就是ＨＨＦＡ的菜田。南側則有數棟房屋，隔著鐵網牆互相接壤，面對公園的都是屋後的牆壁。牆上只有一些非常小的窗戶，不是廁所就是浴室。由此看來，應該不太需要擔心被人看見。東側與北側都是道路，因爲路幅相當寬，從道路對面的屋宅窗戶不太可能看得見公園裡的人。除非這附近的居民都是每天三更半夜才回家的夜貓子，否則不會有人發現兩個男人大半夜躲在公園內。

「好，我們要開始監視了。」

兩人來到西側的樹叢邊，多田朝行天說道：「今天晚上就先拜託你了。」

「不是一起監視嗎？」

行動才剛開始，行天馬上就不開心了。當然也有可能只是因爲雨衣的帽子戴太緊，臉頰的肌肉擠在一起，才會看起來臉色很臭。

「當然是輪班制。明天一大早還有工作，我們根本不知道噴灑農藥的人什麼時候來，搞不好根本不會來，怎麼可能投入雙倍的勞動力在這種地方？」

「今晚我一個人在這裡監視，那明天我應該可以睡一整天吧？」行天興奮地說道。

「你在說什麼傻話？」多田打碎了行天的美夢。

「稍微讓你瞇一下，就要出門工作了。你這傢伙的工作效率本來就已經夠低了，這種非常時期還想偷懶？」

「你好狠的心，當我是工業革命時代的煤礦工人嗎？」

多田不再理會行天的胡言亂語，從雨衣領口拉出吊在脖子上的數位相機。

「總而言之，只要看見有人在噴灑農藥，一定要用這相機好好拍下來。天一亮，星的手下就會來換班，我也會來接你。」

「嗚嗚……」

行天露出一臉哀怨的表情，多田將相機硬塞進他手裡。剛剛多田已經偷偷溜進田邊的農具倉庫，拍下疑似裝著農藥的瓶子的照片。果然星與伊藤說的沒錯，農藥已經被送進農具倉庫了。

「接下來只要拍到使用農藥的照片就行了，這一點不難吧？」

「要我在這裡待一整晚，我可能會無聊致死。」

「你可以像平常一樣，做你的伏地挺身及背肌運動。」

多田在樹叢陰暗處攤開自己帶來的塑膠墊。

「做運動一整晚，我的肌肉可能會斷掉。而且要是噴灑農藥的傢伙趁我去上廁所時突然出現，該怎麼辦？」

「你尿個尿需要花多少時間？五分鐘？十分鐘？」

「多田，我老實告訴你，我腸胃不太好。」

「難怪你一天到晚在拉屎。」

「鍛鍊腹肌好像沒辦法連裡面也一起鍛鍊到。」

多田越聽越傻眼，也不知道行天說的是真的還是假的。

行天將數位相機塞進懷裡，就這麼穿著雨衣躺在塑膠墊上。「我說過了，一旦讓我感到無聊，全世界的氣脈就會大亂，你偏不信邪。」

多田當然再次把他的胡言亂語當作耳邊風，轉身離開現場。

事務所少了行天做伏地挺身、背肌運動的喘氣聲，多田終於能夠一夜好眠。

在公園裡待上一整晚，痛苦指數遠超過兩人原本的預期。多田與行天只不過各輪了一次班，臉色就已經有如槁木死灰。

因爲下雨的關係，如果不隨時動動身體，會感覺寒意不斷鑽入體內。問題是又不能肆無忌憚地隨便亂動。而且因爲不能有任何燈光，也沒辦法看報紙或雜誌。要是不小心睡著，恐怕會被星五花大綁拋進龜尾川。

因此兩人到頭來只能在塑膠墊上或坐或躺，苦苦等待黎明的到來。要是被附近居民看見，恐怕會被當成可疑男子而驚動警察，所以連菸也不能抽。大部分的時間，兩人只能盡量讓全身藏進樹叢深處，抱著膝蓋靜靜坐著。樹枝的前端戳在臉頰上感覺異常疼痛。

多田監視的時候，剛好遇上一隻雙色貓。那看起來是隻野貓，似乎正在巡視地盤，一副傲然睥睨的神情。牠一看見多田，身體抖了一下，似乎是沒料到這裡竟然躲著一個人類。多田正愁無事可做，對那貓咪招招手，輕喊一聲「過來」。貓咪冷笑一聲，頭也不回地走向馬路的方向。

沒想到竟然淪落到被貓瞧不起。多田很想放棄這個工作，但星已經預付了一筆可觀的費用，假如此時才退縮不幹，恐怕不久後就得到龜尾川河底與水藻作伴。

監視行動進入第三天。行天鬧起了脾氣，多田硬將他拖進公園，自己則前往眞幌廚房。白天因爲工作太忙，根本沒時間好好吃飯。至於值班中的行天，多田給了他便利商店的便當及啤酒，甚至還交給他一臺袖珍型收音機，算是仁至義盡了。

位於眞幌大道上的眞幌廚房，每天晚上十一點打烊。多田順利趕在最後點餐時間前走進店內，吁了口氣，挑了個沙發座位坐下。店內乾淨明亮，空調恰到好處，與那陰暗、泥濘又無事可做的兒童公園有著天壤之別。

行天，一切都是不得已，你就多擔待吧。多田在心中說完，點了一份漢堡排套餐。等待餐點送上來的期間，多田只是愣愣地看著窗外。

「啊，多田。」身旁忽然響起了說話聲。

身穿套裝的柏木不知何時已站在桌邊。多田瞬間感覺心跳加速。

「這麼晚了，妳還在店裡？」多田問道。

「我每天都會盡可能到每間店看看狀況，今天因爲太忙，到這間店的時候已經這麼晚了。」

亞沙子面露微笑，忽然問了一句：「能一起坐嗎？」多田趕緊請她在對面沙發就坐。亞沙子身爲社長，日子應該過得相當忙碌，但她一如往昔，身上的深藍色套裝並沒有明顯的皺紋。頭髮綁了一束馬尾，指甲剪得又短又整齊，整個人看起來乾乾淨淨。

就在這時，店員送來漢堡排套餐。那店員見社長亞沙子竟然與多田同桌而坐，顯得有些意外，但她沒多問，而是與亞沙子親熱地交談了兩三句話，便轉身回廚房端了兩杯咖啡過來。因爲亞沙子，多田也沾了光得到一杯咖啡。

多田小心翼翼地切著漢堡排，不敢讓餐具碰撞出聲音。亞沙子似乎擔心打擾多田用餐，有些尷尬地問：「你工作到這個時間才休息？眞是辛苦了。」

「呃……我也不知道那能不能算是工作。」多田含糊應答。

每隔一天，多田就必須在住宅區裡的兒童公園待上一整晚，監視旁邊的菜田。多田實在不好意思告訴亞沙子，自己正在做這種簡直像偵探一樣的工作。在亞沙子心中，多田似乎是個善良又值得信賴的便利屋。多田實在很後悔，不該讓星那種眞幌市的宵小之輩輕易抓住把柄。

「多田，有件事我想聽聽你的意見。」亞沙子凝視著咖啡杯裡的黑色液體說道。

「那個名叫ＨＨＦＡ的團體，最近實在讓我困擾。」

多田的腦海正浮現那塊菜田的模樣，陡然聽見亞沙子提到ＨＨＦＡ，脈搏數瞬間攀升至極限值。

「怎麼了嗎？」

「他們的販賣車一天到晚在我們這類餐廳附近繞來繞去，大聲廣播什麼『親手製作的家庭料理最健康』。這件事情，我記得上次有跟你提過。」

「我記得，好像是在過年期間。」

多田不只記得，連日期也記得一清二楚。那天是元月三號。由於那是多田今年第一次與亞沙子見面的日子，對多田來說是天大的喜事，所以記得非常清楚。但多田擔心亞沙子如果得知自己清楚記得那件事，恐怕會覺得不舒服，所以故意含糊其詞。就算是再遲鈍的男人，在面對心儀女人的時候也會耍心機。

「最近他們變本加厲，一天到晚派人來勸我們用ＨＨＦＡ的蔬菜。眞幌的餐飲業經營者最近都在討論這件事，有些人甚至認爲，只要能讓ＨＨＦＡ安分一點，不如就買他們的蔬菜。」

「柏木小姐，這件事讓妳拿不定主意？」

「畢竟我們早就有簽約的農家，而且老實說……」亞沙子將身體湊過來，小聲說：「我總覺得ＨＨＦＡ這個團體很可疑。」

「其實我也這麼覺得。」

亞沙子那長長的睫毛及光滑的臉頰就在眼前，多田不敢多看，將視線移向一旁。

「而且那個團體最近有些不好的傳聞，我建議暫時不要跟他們有生意上的往來。」

「不好的傳聞是指？」

「還在調查階段，不方便多說。」

「你在調查這件事？」

「呃，這說起來有點複雜。」

多田完全是因爲中了星的奸計，才被迫當起業餘偵探。多田作夢也沒有想到，此時竟然會感謝老天爺，讓自己有機會參與其中。一想到或許有機會間接幫上亞沙子的忙，在公園監視的辛勞似乎都成了小事一樁。

「如果調查有什麼進展，我會馬上告訴妳。話說回來，爲什麼妳會跟我提這件事？」

「我想以你的職業，應該很淸楚眞幌發生的大小事情。」亞沙子笑著說：「果然找你商量是對的。」

心儀之人的無心之語果然最具破壞力。多田一下就中招，再加上面對亞沙子的燦爛笑容，多田的理性遭徹底擊潰，心臟彷彿變成了愛心的形狀。平常會覺得多田可靠、値得信賴的人，除了眞幌市內的老爺爺、老奶奶，大概就只有飢腸轆轆的行天。因此多田對亞沙子這句必殺臺詞毫無免疫力也是情有可原。

亞沙子接著提到餐廳打烊後，她只能搭計程車回家，多田立刻自告奮勇說要開車送她。

「如果妳不介意坐發財車的話。」

「眞的很謝謝你，我很樂意。」

亞沙子坐進副駕駛座，扣上安全帶，舉止沒有絲毫防備。她一上車，多田登時感覺這輛窮酸的發財車搖身一變成了世上最霸氣的進口車。

不能有邪念、不能有邪念……多田一邊轉動方向盤，一邊在心中提醒自己。掌心不斷冒出汗水，感覺又溼又滑。要是被她發現自己正在冒汗，恐怕會被當成變態。一想到這點，多田更是全身冷汗直流。

當發財車抵達亞沙子位於松丘町的住家時，方向盤已經像狗的鼻子一樣溼。一路上兩人有一搭沒一搭地聊著，內容全是工作上的失敗經驗及小插曲。

「晚安。」亞沙子說完，打開副駕駛座的車門，撐開一把水藍色的雨傘。

多田將手放在方向盤上，就這麼看著亞沙子打開大門，走進了圍牆內。這棟亞沙子與亡夫一起購置的透天厝，今晚依舊是所有窗戶一片漆黑的狀態，悄然佇立在絲絲雨滴的另一側，籠罩在哀愁的氛圍之中。

回到事務所，多田整晚輾轉難眠，滿腦子一直想著那棟偌大的宅邸，以及孤獨地住在裡面的亞沙子。

到了夜闌人靜時，忽然發生一場地震。雖然搖晃程度並不劇烈，震度大概只有二級，卻讓多田想起行天那句話：「一旦讓我感到無聊，氣脈就會大亂。」此刻的行天，多半正處於極度無聊的狀態吧。多田想到這裡，忍不住在床上嗤嗤笑了起來。

睡睡醒醒的狀態，讓多田感覺越睡越疲累。因此隔天一大清早，多田沒等天色全亮就下了床，決定早一點去接行天回來。要是讓他繼續無聊下去，難保不會發生大地震。

雨依然下個不停。多田穿上雨衣，開著發財車前往兒童公園。公園內仍相當陰暗，多田只看見鋪在樹叢後方的塑膠墊，卻沒看見應該要在那上頭的行天。

那個混蛋，跑到哪裡摸魚了？

多田氣呼呼地邁開大步，走向位於公園角落的公共廁所，濺起了不少泥巴。果不其然，行天整個人靠在洗手臺旁，正悠哉地抽著菸。

「你在這種地方要怎麼監視菜田？」多田低聲問。

行天嚇得整個人跳了起來，腳尖離地至少五公分。他趕緊把菸丟到地上踩熄。

「外頭好冷，而且我好想抽菸。」

「不用解釋了，總之快回你的崗位去。」

多田撿起行天丟在地上的菸頭，確認已經熄滅後扔進旁邊的垃圾桶。「在你抽菸的這段期間，那些人可能已經噴完農藥了。」

「呃，應該不可能吧？」

多田帶著行天走出公共廁所。就在這時，兩人驚覺田裡竟然多了黑色的人影，嚇得趕緊蹲下。

「你看見了嗎？」

「看見了。」

多田與行天蹲在地上挪動身體朝樹叢靠近，接著將頭探出樹外。

黑影共有兩個，似乎都是男人，正拖著東西從農具倉庫走向田裡。

「喂！數位相機！」

「在這裡……糟糕！帶子纏住了！」

「快拿出來！」

「等等，多田！我沒辦法呼吸了！」

就在兩人想盡辦法要從雨衣底下將纏住行天脖子的相機拿下來時，兩道人影開始在田裡往不同方向移動。兩人肩膀上都掛著小桶子，似乎打算分頭從田地的兩端開始噴灑農藥。

其中一道人影來到鐵網牆邊。多田與行天趕緊伏低身子，躲進樹叢後頭。爲了不讓塑膠墊發出聲音，兩人只能維持著宛如伏地挺身做到一半的動作。每天晚上都在做伏地挺身的行天覺得沒什麼，多田卻是雙臂抖個不停。

「相機準備好了嗎？」多田咬緊牙關，勉強擠出這句話。

「嗯，準備好了。」

行天以雙肘撐住地面，舉起數位相機。多田一看他的動作，這才恍然大悟。原來如此，那樣就輕鬆多了。就在多田小心翼翼地想將手肘抵在塑膠墊上時，行天卻低聲說：「快門聲[21]一定會被聽見，準備開溜。」

「咦？」

多田正想要詢問詳情，行天卻已將頭探出樹外。只見他將相機的鏡頭大膽地伸進鐵網牆的網目之中，連按了好幾次快門。

「你是誰？在那裡幹什麼？」田裡的人影大聲喝問。

行天霍然站起，同時以小腿推擠多田的身體。多田滾倒在地上，整張臉埋進樹叢根部。多田感覺臉頰在泥濘的地面上摩擦，又痛又不舒服。

「我拍到鐵證了！」

21 日本法律基於保護個人隱私，規定智慧型手機及數位相機的快門聲不得消音，除非機器經過人爲改造，拍照時一定會有快門聲。

行天高聲大喊，同時抓著數位相機的帶子，在手掌上纏繞好幾圈。接著他突然翻身拔腿朝公園外狂奔。

連躲在一旁的多田都看得傻眼，在田裡噴灑農藥的兩人自然是目瞪口呆。他們就這麼抱著噴灑用的桶子，看著行天奔出公園。由於天色還很暗，而且多田的位置剛好在死角，所以兩人並沒有發現多田。

行天跑到公園外，竟然故意停下腳步，站在菜田前方的道路上，高高舉起數位相機。

「想不想拿回照片？」行天哈哈大笑，再度轉身逃走。

「這傢伙到底想幹嘛？」

「總之先抓住他再說！」

兩個男人終於回過了神，從田裡奔跑到馬路上，朝著行天追趕。

多田等待腳步聲遠離才迅速起身。確認附近一個人都沒有，多田抓起袖珍型收音機，塞進雨衣口袋，接著將塑膠墊折好放在懷裡，快步走出公園。離去前，多田還不忘將行天留下的便當空盒放進垃圾桶。連這種時候都不忘收拾垃圾，多田不禁爲自己的小老百姓性格感到悲哀。

多田小跑步通過空無一人的菜田前方，看見一輛藍色發財車停在路邊。那多半是兩個男人開來的車子吧。一想到兩個男人在黑暗中偷偷摸摸幹的勾當，多田驀然覺得那藍色是如此邪惡且冷酷無情。

同樣是發財車，我的可是純潔無瑕的白色。多田又跑了大約五十公尺，終於看見自己的車子。多田仔細觀察自己的愛車，發現車身沾滿了從路面飛濺起來的茶褐色污泥，實在稱不上純潔無瑕。不過白色就是白色，這點是不會變的。多田將塑膠墊放進車斗，赫然發現那臺數位相機就躺在車斗的角落。多半是行天逃到這裡時留下的。

多田於是拿起數位相機，坐進發財車駕駛座。開啟電源一看，剛剛總共拍了五張照片。不管是男人肩膀上所掛著的噴霧器，還是男人的吃驚臉孔，都拍得一清二楚。在那種情況下拍的照片，竟然完全沒有糊掉，只能說行天實在了不起。

剛剛由於天色太暗沒看清楚，此時檢視照片，多田才發現曾經見過照片裡的男人。他正是ＨＨＦＡ的澤村，多田和行天曾在岡家前面的公車站牌和他見過一面。多田關掉車內的燈，沉吟了起來。

澤村要是記得行天的長相，事情恐怕會有點麻煩。當初在岡家門口遇上澤村，完全只是偶然，但澤村恐怕不會這麼想。他會認爲行天曾經出沒在山城町的菜田附近，如今又跑到峰岸町來，一定是在監視他們。這麼一來，ＨＨＦＡ恐怕會提高警覺。

多田隔著雨衣摸索工作服的褲子後口袋，抽出手機。雨水不斷自雨衣上滑落，濡溼了車內的椅墊。多田想將手機放在耳邊，才想起臉頰上都是污泥，趕緊以手掌抹了兩下。

鈴聲響到第三次，星接了電話，口氣相當差。

「便利屋，你知道現在幾點嗎？」

「眞是不好意思，因爲某人的關係，這種時間我還在工作。」

多田這句話似乎讓星完全清醒了。他恢復了一貫的犀利口吻，問：「拍到照片了？」

「拍到了，但對方發現了我們，現在行天把他們引開了。」

「你快趁這個時候到田裡拔兩、三片菜葉。我送去化驗就知道有沒有農藥。」

「但我得去救行天。」

「憑他的能力，一定可以自行脫困。」星低聲笑了起來。

「便利屋，你打電話給我，難不成是要向我求救？」

「我只是要告訴你不用派人來換班了。就這樣，再見。」多田結束了通話。

本來想要告訴星，自己跟行天曾經在山城町見過那個男人，但因爲聽了星的話之後火冒三丈，多田沒把這句話說出口。反正就算讓ＨＨＦＡ產生了戒心也不關自己的事。

多田下了發財車，確認四下無人後返回田裡。雖然還沒有消氣，但多田知道星說的確實有道理。那兩個人灑在田裡的是不是農藥，必須確認才行。一旦接下了工作，就必須做到盡善盡美，這是多田便利軒的原則。

田裡種的是菠菜。雖然還不到可以採收的程度，但綠葉青翠茂盛，長得相當漂亮。多田走到剛剛兩人噴灑過農藥的位置，摘下幾片菠菜的葉子。由於身邊沒有袋子，多田取出雨衣口袋裡的收音機，將葉片塞進口袋。爲了保險起見，多田還將菜田的全景、摘下菠菜葉片的過程，以及兩個男人放在地上的噴霧器都拍了照。

多田回到車上，不久便看見澤村與另一個男人走了回來。多田坐在駕駛座上，盡可能壓低身體。

兩個男人繼續在田裡噴灑疑似農藥的液體。過了好一會，他們走到田邊，將空了的桶子與放在農具倉庫的瓶子一起放上藍色發財車的車斗。瓶子裡的液體已經被他們用掉了不少。

看來他們就是用這種方式，到每塊田噴灑農藥。由於距離太遠，以星所提供的數位相機絕對拍不清楚，所以多田只是隔著擋風玻璃靜靜觀察。

澤村與另一人坐上藍色發財車，朝著眞幌大道的方向駛離。

多田心想，ＨＨＦＡ的總部在小山內町，他們多半是要回到那裡吧。

問題是行天，他跑到哪裡去了？多田一面尋思，一面下車伸了個懶腰。雨已經停了，多田甩了甩身上的雨衣。沒想到都過了這麼久還能甩出水來。

多田點了一根LUCKY STRIKE，看著裊裊輕煙飄向天際。天色漸亮，周遭景色變得比剛剛清晰得多。東方的天空泛著魚肚白，熠熠白光照亮了家家戶戶的屋頂、兒童公園，以及ＨＨＦＡ的菜田。

過了一會，行天突然出現在路口的轉角處，朝多田慢條斯理地走來。他走到多田面前，忽然彎下腰，將雙手撐在膝蓋上不停喘氣。看得出來他跑了相當遠的距離。

「那兩個傢伙走掉了？」

明明已經上氣不接下氣，爲什麼剛剛走過來的時候，還要打腫臉充胖子，裝出一副悠哉的態度？

「嗯。」多田有些不知所措。「幸好你平安無事。」

「就憑那兩隻弱雞，怎麼可能抓得到我？」

行天一邊喘氣，一邊伸出右手：「來一根。」

多田遞出LUCKY STRIKE的盒子，行天叼了一根，多田拿出打火機爲他點了火。

「這座城市真的是有病。」

多田站在發財車的旁邊，感慨萬千地說：「號稱不使用農藥的菜農偷偷在田裡噴農藥，監視他們的卻是一些流氓混混，感覺好像所有的事情都顛倒過來了。」

「不論什麼樣的城市，都會看見黎明。」行天說道。

他終於調勻了呼吸，此時深深吸了一口菸，瞇起了眼睛。

「這不就夠了嗎？你還奢望什麼？」

多田看著越來越明亮的天空，內心不禁感到認同。

「他們看到你的臉了嗎？」

「不清楚，爲什麼問這個？」

「其中一個男人，我們曾經在公車站牌遇到過。就是工作服胸口繡著『澤村』的那個人。」

「噢，這可有點糟糕。早知如此，當初應該由你負責把他們引開。」

「爲什麼？」

「任何人看見我的臉，都會留下深刻的印象及感慨。」

行天叼著菸，揚起了一邊的嘴角。

「你臉皮可以再厚一點。」

多田越聽越傻眼，將菸頭拿到攜帶式菸灰缸裡捻熄。「對了，你跟澤村從前曾經見過面？」

「我怎麼可能見過那個菜販？」

「上次在公車站牌遇上他的時候，我記得你好像說過，曾經不知道在哪裡見過他。」

「咦，眞的假的？」

行天看著半空中，納悶著說：「我不記得說過那種話，也不記得那傢伙的臉。畢竟他那張臉讓人一看就忘，跟我完全不能比。」

多田不禁心想，我眞是好傻好天眞，竟然把這傢伙說過的話放在心裡。多田懶得多說，脫掉雨衣坐進發財車。行天也打開副駕駛座的車門，他先將抽到一半的香菸放在車內菸灰缸的邊緣，接著才扭動身體脫下雨衣。那動作簡直像一條正在脫皮的蛇。

「唉，肚子好餓。」

行天一邊嘀咕一邊坐上車，下一秒卻閉上眼睛睡著了。多田捻熄了行天的菸，發動車子開往市中心。

星的手下當天就來到多田的事務所，回收數位相機及菠菜的葉子。多田打了一通電話給亞沙子，告知「ＨＨＦＡ好像會偷偷使用農藥」。

多田原本以爲ＨＨＦＡ的事情應該就這麼落幕了，但事實證明多田實在太傻太天眞。

四

梅雨季一結束，到處都響起蟬鳴聲。室溫一天高過一天，行天在沙發上躺平的日子也一天多過一天。

多田則是連續好幾天都在認眞打掃事務所。明天小春就要來了，總不能讓孩子生活在髒兮兮的屋子裡。多田搬出許久沒有使用的吸塵器，把整間事務所都吸了一遍，接著將窗戶及地板擦拭得乾乾淨淨，最後拿出平價量販店買來的兒童床墊及小涼被，放在窗邊曬太陽。

光做完這幾件事，多田便感覺汗水自額頭一滴滴滑落。果然事務所還是應該裝冷氣。要是害小春熱到全身都起汗疹，甚至是待在室內還中暑那可就糟了。問題是站前商店街的電器行這陣子肯定忙得焦頭爛額，現在才去預約裝冷氣，不知得排到什麼時候。當然這只是多田給自己找臺階下的託詞。多田根本沒錢買冷氣。

多田從事務所後頭搬出電風扇，拿掉罩在上頭的垃圾袋。按下開關，測試還能不能動。電風扇開始攪動飽含水分的高溫空氣，向外噴撒積在葉片上的大量灰塵。此時多田剛好吸了一口氣，灰塵隨著空氣一起被吸入肺中，令多田不由得劇烈咳嗽。

「行天，我記得去年叫你『把電風扇擦乾淨再收起來』，你眞的擦了嗎？」

「放心，這種程度的灰塵死不了人。」

行天以靈巧的動作在沙發上翻了個身，變成趴著的狀態。他所採取的求生策略，似乎是讓腹部及背部輪流承受窗外吹進來的微風。

「多田，我倒是想問你，爲什麼突然像發了瘋一樣認眞打掃？」

「那是因爲小……」

多田差點就說出「小春」這個名字，趕緊假裝打個噴嚏，把聲音蓋過去。

「呃，剛剛說到哪裡了？對，那是因爲我弟弟的小孩明天就要來了。」

「明天？」

行天前一秒還趴在沙發上，下一秒卻已直挺挺地站在地板上。多田不禁懷疑這傢伙偷偷在脊椎骨上裝了超強力彈簧。蹲在電風扇前面的多田被行天這個舉動嚇了一跳，抬頭看著行天。

「你幹什麼？」

「逃難。」

行天穿過多田身邊，走向事務所門口，多田根本來不及阻止。

事務所只剩下多田一人，多田拿著溼抹布，默默擦拭電風扇的葉片。過了一會，手機便接到露露的來電。

「便利屋，你朋友眞的離家出走了。」露露在電話裡說道。

「他跑到我家，現在正跟海希一起吃冰。他看起來好像很生氣，你們是不是因爲私生子的事情吵架了？」

此時的多田，早已失去了解釋「那不是私生子」的精力。

「呃，可以算是吧。」多田說道。

「麻煩幫我傳個話，叫他盡量早點回來。」

「好，我知道了。」

結束通話後，多田跑到百圓商店買了一個紅色的風鈴。回程時，在眞幌大街上剛好看見有人在發送團扇，多田當然順手拿了一把。

灼熱的陽光幾乎要把頭頂給烤焦了。爲什麼我得爲了照顧孩子東奔西跑，播種的男人卻可以跟女人一起悠閒地吃冰？多田雖然大感不滿，但光是還能知道行天的下落，恐怕就已經要謝天謝地了。

多田將風鈴掛在事務所的窗邊。

消暑的手段，能做的都已經做了。多田接著前往大衆澡堂，將頭髮及身體徹底洗乾淨。要是看起來太邋遢，恐怕會嚇到小春。

怎麼搞得好像我很期待一樣？多田想像著明天將要與小春展開的新生活，心情就像即將前往一個從來沒去過的夢幻國度。

雖然一點睡意也沒有，多田還是勉強自己躺在床上，閉上眼睛，讓心情沉澱一下。晚風自敞開的窗戶飄入屋內，風鈴聲宛如撒落了一地金沙。

一直等到深夜，行天都沒回到事務所來。

多田仔細一想，其實行天不在事務所也是好事一樁。要是不小心讓行天與凪子見上了面，行天馬上就會知道小春的身分。到時候的騷動，恐怕就不是單純「幫人照顧小孩」那麼簡單。

趁行天不在家的時候把小春接進來，日後再見招拆招。行天就算某天忽然察覺小春是自己的孩子，依他的個性，再怎麼生氣也不會把孩子趕走。

起床之後，多田把鬍子剃得乾乾淨淨，看著鏡子裡的自己，忍不住點了點頭。只要注意服裝儀容，自己看起來就是個正常的社會人士，跟那個不管穿什麼都像個怪咖的行天截然不同。以自己現在這體面稱頭的模樣，要讓凪子放心、小春安心，一點也不難。

多田換上剛洗好的工作服，開始處理起堆積如山的文件資料。昨天跟今天，多田都沒有承接一般的委託工作。畢竟這兩天滿腦子都是小春的事，根本沒有辦法好好處理打掃、除草或購物之類的工作。

多田一邊敲著計算機，一邊還是忍不住頻頻轉頭望向時鐘。依照當初的約定，凪子會在中午過後帶著小春來到眞幌，雙方約在箱急線眞幌站的檢票口碰面。沒有讓凪子直接來事務所，當然是爲了盡可能避免遇上行天。

像這種時候，總是會感覺時間前進得異常緩慢。好不容易熬到十一點，事務所的門口竟傳來敲門聲。糟糕，難道是行天回來了？多田戰戰兢兢地打開門，竟看見凪子站在門口。

「妳……妳怎麼直接來了？」

「午安。」相較於多田的不知所措，凪子卻顯得泰然自若。

「來，小春，打個招呼吧。」

多田聽到這句話，視線不由自主地往下移。小春就站在凪子身邊，母女倆手牽著手。

小春穿著一件無袖連身裙，低著頭不說話，拉著瓜子的手，幾乎把全身的體重都靠在瓜子的手臂上。她的另一隻手抓著兔子布偶的耳朵，布偶的整個身體垂掛在下方。多田見了小春，心裡有些吃驚。因爲跟上一次見面時比起來，小春的身體明顯大了許多。不過即便如此，小春的身高還是只到多田的腰際附近。多田蹲了下來，讓視線的高度與小春相同。

「午安，小春。」

小春朝多田瞥了一眼，以微弱的聲音說了一句「午安」，臉上帶著不知是在笑還是在哭的微妙表情。她一打完招呼，馬上就躲到瓜子身後。那副扭扭捏捏的模樣，不知是在害羞還是鬧脾氣，嬌怯怯的樣子實在相當可愛。她從瓜子身後探出頭，凝視著多田。

多田仔細觀察小春，她那修長的眼睛，跟行天簡直像同一個模子印出來的。行天若看到她，一定馬上就會發現她是自己的女兒。

慘了，死定了。明年的今天就是我的忌日。多田惴惴不安，讓兩人進入事務所。

爲了避免聽起來像在質問，多田小心翼翼地說：「我們不是約在車站嗎？妳們怎麼突然跑來了……」

而且還比約定的時間早了一個小時左右。

「是這樣的……」

瓜子帶著小春坐在沙發上，正要開口解釋，事務所的門外竟然又響起敲門聲。完蛋了，這次該是行天了吧？多田抱著豁出性命的覺悟開了門。

沒想到站在門外的竟然是快遞員。多田鬆了口氣，收下一個尺寸相當於成年人張臂環抱的大箱子。

「是這樣的……」瓜子說：「我請快遞送來小春的衣物，但不小心把指定收件時間寫成了上午。我擔心你去車站的時候，快遞剛好送來，你會收不到，所以乾脆提早帶小春過來。」

多田低頭望向懷裡的大箱子。配送單上的寄件人確實是「三峯瓜子」。

「妳不知道有種東西叫配送失敗通知單[22]嗎？」多田忍不住大聲說。

「被你這麼一說，好像確實有。不過反正你收到了，眞是太好了。」

多田爲了不讓瓜子與行天見面，可說是用盡心思，瓜子卻還是一樣活在自己的世界裡，完全不知道他人的用心良苦。

多田將大箱子放在地板上，瓜子撕去上頭的紙膠布。裡頭放著小春的衣服、鞋子、涼鞋及毛巾。此外還有一些小春喜歡的繪本、小花形狀的髮夾之類的雜物。小春抱著兔子布偶站在瓜子的旁邊，開心地探頭看著箱子裡的東西。

多田還記得小春手中的那個布偶。明明是兔子造型，名字卻是「熊熊」。上次見面的時候，小春才兩歲，手中就已抱著這布偶。跟當時比起來，熊熊不僅變形而且磨損嚴重，應該是因爲小春很喜歡它，所以洗過很多次吧。

多田取來杯子，倒了寶特瓶裝的茶，放在瓜子與小春面前。小春拿起杯子，先將杯口抵在熊

22「配送失敗通知單」原文作「不在票」，用意在告知收件人配送失敗，有點像是臺灣郵局的郵件招領單，但不同的是日本的「不在票」只要依照上頭指示的方式打電話或上網指定日期及時間，郵差或快遞員就會再次配送。

熊的嘴邊，接著才拿到自己嘴邊喝了起來。從頭到尾表情非常平淡，彷彿只是在做一件理所當然的事，令多田不禁莞爾。

「照顧小春需要用到的東西都放在箱子裡了。這次眞的很謝謝你，小春就麻煩你了。」

凪子對著多田深深低頭鞠躬，接著從提包裡取出一個信封袋。「這是小春的生活費，如果不夠請立刻告訴我，我會馬上匯錢。」

多田拿起玻璃矮桌上的信封袋，心中微微一驚。

「好像未免太厚了一點。」

「請你收下。這裡頭有張紙，寫著我在美國的聯絡方式，還有小春的健保卡。雖然小春是個相當健康的孩子，但如果眞的出現發燒之類的症狀，還是要麻煩你帶她去醫院。」

多田心想，爲了讓凪子安心，這筆錢應該收下比較好。於是多田道了謝，起身將信封袋放進廚房的抽屜。反正最後再算一下實際花了多少錢，把餘額退還給她就行了。

走回沙發時，凪子正撫摸著小春的頭髮，滿臉愛憐。小春卻只是認眞地想要把髮夾別在熊熊的耳朵上，甚至感覺對母親的撫摸有些不耐煩，看不出她是否知道即將與母親分開一段日子。

「請問她知道這件事嗎？」

「我跟她說過了。我對她說，媽媽要到很遠的地方工作，妳暫時住在便利屋叔叔的家裡，要當個好孩子。」凪子面露微笑。

「我還告訴她，等天氣轉涼的時候，媽媽就會來接妳。但我想她一定會哭吧，當然我也是。」

凪子在說這句話的時候，眼眶已經微溼。

小春一臉天眞無邪，把別上了髮夾的熊熊舉到瓜子面前。多田忽然有股想要哽咽的衝動，趕緊將視線移向窗邊的風鈴。

「妳什麼時候出發？」

「今晚的班機。我等等回家拿了行李箱，就會前往機場。」

多田心想，那應該還有一些時間。

「既然這樣，要不要一起出去吃午餐？」多田說。

會這麼提議，當然是因爲擔心行天隨時可能回來。

瓜子還沒有回答，事務所的電話先響了起來。

「你好，這裡是多田便利軒。」

「惡魔已經來了嗎？」是行天。早知道就別接電話，疏忽了。

「呃，該怎麼說呢……」多田含糊其詞。「你現在在哪裡？」

「哥倫比亞人的家。」

行天向來習慣稱露露爲「哥倫比亞人」。當然露露只是因爲妝化得太濃，從外表看不出國籍。她應該是日本人，不會是什麼哥倫比亞人。

「我跟你說，這裡糟透了。哥倫比亞人竟然把胸罩晾在房間裡，而且睡相超差。她的室友更糟糕，還會磨牙。我實在不懂，爲什麼我得因爲一個惡魔被趕出自己的家？」

這裡是我家，什麼時候變成你家了？多田在心中暗罵。何況是你自己離家出走，沒有人趕你出去。

「是啊，我也這麼認爲。」多田給了個虛僞的回應。

「所以如果惡魔還沒來，今晚我想回家去睡。」

「呃，這恐怕不是個好主意。」多田拚命思考藉口。「首先孩子已經來了。然後現在事務所堆滿了孩子的用品，得花上一些時間才能整理好。我看你還是在露露那裡再住個兩、三天，等孩子心情比較穩定再說。」

「什麼嘛……」行天不滿地說：「之前你不是一直要我早點回去，幫忙照顧孩子？你是不是隱瞞了什麼事情？」

「我還能隱瞞你什麼事？總而言之，你暫時不要回來。」

「我不管，我現在就要回去。」

「你那裡只是晾胸罩，我這裡可是晾尿布，而且晾了一大堆，簡直像是一支支的鯉魚旗[23]，壯觀得不得了！」

多田才說完，小春忽然大聲抗議：「我已經沒有包尿布了！」

多田反射性地掛斷電話，轉頭望向沙發。只見小春正站在地板上，氣呼呼地看著多田。剛剛那幾句話顯然刺傷了她的自尊心。

「對不起，叔叔不是故意的。如果不那樣說，會有一個壞傢伙跑到家裡來。」多田趕緊道歉。

「壞傢伙？」小春不安又納悶地問：「什麼樣的壞傢伙？」

「呃，嘴巴跟鼻子會噴白煙，笑聲很奇怪，每天都想要把自己的肚子鍛鍊得像獨角仙的肚子一樣。」

「你說的是阿春？」凪子問。

小春以爲「阿春」指的是她，再度大聲抗議：「我才不是壞傢伙！」

多田眼見越描越黑，又想到行天一定正在趕回來的路上，只好趕緊說：「總之我們快出去吃飯吧！」

在多田的催促下，凪子與小春宛如被勇者救出高塔的皇后及公主，快步走下事務所的樓梯。

咖啡神殿阿波羅的內部裝潢實在太過驚世駭俗，對於初到眞幌的幼童來說，或許有礙身心健康。多田抱著這樣的擔憂，左思右想之後，決定挑選一家位於眞幌大街上的咖啡廳。

多田從來不曾光顧過這間咖啡廳，但看了門口菜單上的照片，每道菜看起來都很美味。更重要的是這間餐廳不僅全區禁菸，而且面對道路這一面都是玻璃牆，看起來相當明亮。不管是行天那種嘴巴跟鼻子會噴白煙的壞傢伙，還是星那種天生的壞胚子，基本上都不可能踏進這間店。

雖然店名就印在招牌上，但因爲是手寫體，而且似乎不是英文，多田根本看不懂。不過那反正不重要，多田推開玻璃門，讓凪子帶小春先走進店內。由於此時正是午餐時間，店內的座位幾乎是全滿的狀態。

店內的桌椅及地板都是木頭材質，店員身穿白襯衫，腰間綁著黑色的長圍裙。三人被帶到一張四人座的桌子，桌上擺著一個小小的玻璃容器，裡頭插著裝飾用的藤類植物。這跟阿波羅那種

23「鯉魚旗」原文作「鯉のぼり」，即鯉魚形狀的旗子，在日本爲兒童節的應景物。

有如叢林般枝葉茂密的大量盆栽可說有天壤之別。

店內的氣氛讓多田有些難以適應。多田翻開菜單，午間套餐的主餐幾乎都是義大利麵，只有一組是「鮪魚酪梨蓋飯」。多田今天很想吃米飯類的食物，所以點了這個。凪子則點了「拉格筆管麵」。多田心想，「筆管麵」勉強還能理解，但「拉格[24]」是什麼鬼東西？店員送上料理，多田仔細端詳凪子眼前那盤料理，怎麼看都像是普通的肉醬麵。

凪子分了一些拉格筆管麵給小春。小春的食慾相當好，連副餐的小麵包也吃掉了。鮪魚酪梨蓋飯並不是多田期待的醬油口味，而是神奇的山葵美乃滋口味，令多田大受打擊。但多田說服自己「就當作是吃散開的加州壽司卷[25]吧」。

多田越待越不自在，但上門光顧的客人絡繹不絕，絕大部分都是女性。就在多田感到納悶的當下，門口的店員又說了一聲「歡迎光臨」。由於多田讓凪子與小春坐在靠牆的位置，自己背對著餐廳門口，所以看不見走進店內的客人長什麼樣子。但是店員的招呼聲一說完，凪子與小春都停下用餐的動作，一臉錯愕地看著多田身後。

不會吧？難道是行天終究還是找上門來了？多田嚇得急忙轉頭。

沒想到出現在眼前的不是行天，而是柏木亞沙子。她身穿黑色套裝，手臂下方夾著資料袋及報紙，正在接受店員帶位。

怎麼會有這麼巧的事？多田見了亞沙子，腦袋一時短路，竟放下原本用來吃鮪魚酪梨蓋飯的筷子，拿起了湯匙。

亞沙子一看見多田，嫣然一笑：「果然是你。」

接著她朝瓜子及小春說：「多田先生幫了我很多忙，我很感謝他呢。」瓜子帶著一頭霧水的表情，朝亞沙子微微點頭致意。小春或許因爲吃飽了，笑咪咪地看著亞沙子。

「妳誤會了，這位是我的委託人。」

多田盡可能說得輕描淡寫，避免聽起來像是在辯解。表面上裝得若無其事，其實內心有如熱鍋上的螞蟻。「我現在是單身狀態。」最後多田還刻意強調了根本沒人問的事。最大的重點，是亞沙子在誤以爲多田有妻小的情況下，竟然沒有感到驚訝，實在讓多田備受打擊。這打擊之中是難以言喩的失落感。

「對不起，是我誤會了。」

亞沙子有些不好意思地道了歉，轉身走向吧檯座位。

「她是你的女朋友？」瓜子問道。

多田原本拿起杯子正在喝水，猛然聽見這句話，幾乎將水噴出去。

「不是，只是曾經委託工作的客人。」

多田一邊以湯匙吃掉剩下的蓋飯，一邊反問：「我跟她……看起來像情侶？」

「完全不像。」瓜子一句話打碎了多田的美夢。

「我只是確認一下。畢竟如果你有女朋友，拜託你照顧小春實在是有些不好意思。」

24「拉格」即義大利文的ragù，中文通常稱作「義式肉醬」。

25「加州壽司卷」原文作「カリフォルニアロール」，是一種相當常見的壽司卷，材料通常包含黃瓜、酪梨、美乃滋及紫菜。

多田不禁心想，早知如此，當初應該聲稱自己有女朋友。這麼一來，就能名正言順地拒絕照顧小春。

只能說這些年來的自己，距離戀愛實在太過遙遠，才會完全沒有想到這個方法。多田搔了搔臉頰，內心實在覺得自己有些窩囊。

多田喝光套餐的咖啡，小春也喝光了單點的柳橙汁，正拿著吸管戳冰塊玩。凪子的咖啡杯裡，則殘留著至少半杯以上的黑色液體。那咖啡早已涼了，凪子卻似乎完全沒有想要離開的意思。她只是微低著頭，默默看著坐在旁邊的小春。

她多半是捨不得和小春分開，所以想要盡量拖延離開的時間吧。多田摸了摸工作服的胸前口袋，正想掏出香菸，猛然想起這家店全面禁菸。多田完全想不出來現在可以做什麼事。店內的冷氣明明開得很強，但多田一想到等等小春跟凪子很可能都會哭，掌心便不斷冒汗，只能偷偷擦在膝蓋的褲子布料上。

一個男人和一個帶著小孩的女人像這樣默默對坐不語，恐怕會被亞沙子誤以為「這兩個人的關係不尋常」。多田一顆心忐忑不安，偷偷朝吧檯座位看了一眼。只見亞沙子正一邊吃著鮪魚酪梨蓋飯，一邊看著放在檯面上的報紙。如果是一般人做出這種舉動，肯定會給人沒教養的感覺，但因為亞沙子實在看得太認眞，表情簡直像個小女孩，反而讓多田覺得很可愛。亞沙子將檯面上的報紙摺成一小塊，以左手捧著碗，右手拿著筷子，姿勢相當標準。她看得非常專心，似乎完全沒把多田的事放在心上。

就在多田感到心情有點失落的時候，店門再度開啟，又有客人走了進來。如今已有兩組客人正在等待入座。

「我們走吧。」瓜子終於開口說道。

「小春，想不想上廁所？」

「不想。」

這餐飯是瓜子結的帳。亞沙子似乎是偶然察覺多田要離開了，朝多田點了點頭。多田也朝她點了點頭，帶著小春先走到店外。

在夏日豔陽的蒸曬下，整條眞幌大街看起來又白又乾燥。

「好熱！」

小春伸手亂抓額頭上的瀏海。多田將雙手舉到小春的臉部前方，幫她遮擋太陽。

瓜子一邊將錢包放進提包，一邊走出店外。多田過去便已隱約覺得，日常生活中的瓜子其實是個動作遲鈍的人。多田想到這點，忍不住莞爾。當初打電話到醫院給她時，多田感覺她是個做事機靈俐落，毫不拖泥帶水的醫生，沒想到平常的她反差竟然這麼大。

「謝謝妳的招待。」多田道了謝。

瓜子與小春手牽著手，三人緩步走向箱急線眞幌站。

瓜子看著地面上的深色陰影說道：「多田，剛剛那位小姐似乎並不討厭你。」

「我想應該也是。」多田不禁苦笑。

自己跟亞沙子的關係還沒有親密到會產生「討厭」這種感情。

「不過妳爲什麼這麼想？」

「在用餐的時候，她一直在注意你。」

凪子說得煞有其事，根據的理由卻與國中生的青澀戀情一樣薄弱，而且跟多田先前的結論完全相反。

「但願如此。」多田坦率地說。

「熊熊呢？」

小春突然想起好朋友不在身邊，急忙拉了拉凪子的手，像在拉扯呼叫鈴。

「熊熊在多田叔叔的事務所裡看家。」

凪子以手指溫柔地整了整小春的凌亂瀏海。

「我還是別去美國了。」這突如其來的呢喃，讓多田吃了一驚，轉頭望向凪子。凪子緊咬嘴唇，似乎正在強忍著不讓眼淚掉下來。

「我去了美國，不僅會讓小春寂寞，也會給你添麻煩。」

「但妳的老師不是在美國等著妳嗎？」

「剛剛那位小姐如果誤會你有妻小，拒絕跟你交往，我實在不知道該怎麼向你賠罪。」

「這個眞的是妳想太多了。」過去凪子從來不會表現出這種心亂如麻的表情，多田趕緊打斷她的話。

「那位小姐跟我眞的不是那種關係。如果有必要，我會向她解釋淸楚，妳完全不用擔心。」

「我是小春的母親，卻做出了最自私的決定。」

凪子完全陷入了沮喪狀態。一時之間，多田也不知道該怎麼安慰她。

「我不認爲妳自私。」最後多田只能擠出這句話，這是多田最眞誠的想法。

瓜子雖然是小春的母親，但也是獨立的個體，擁有自己的人生。小春長大成人之後，瓜子還是得生活，工作還是得持續做下去。因此在眞的不得已的時候，暫時把孩子交給其他人照顧，並不是什麼十惡不赦的事情。接下來的一個半月，雖然會產生很多煩惱及痛苦，但是瓜子及小春或許能夠從中獲得更大的喜悅與快樂，成爲未來人生旅途上的精神糧食。當然對多田來說，也是同樣的道理。

「把孩子交給我照顧，相信妳一定會感到很不安，但我會盡最大的努力，所以請妳別總想著要自己承擔一切。」

「謝謝你，多田。」瓜子終於露出了笑容。「你是個很親切的人。」

「行天老是說，我這個不是親切，是雞婆。」

多田尷尬地避開了視線，抬頭仰望蔚藍的天空。萬里無雲的天空看起來是如此燦爛而純淨，多田的內心卻產生了一抹苦澀。

多田心裡明白，自己答應照顧小春，絕對不是完全基於善意。其實多田一直隱隱期待這會成爲一個「契機」。透過再次與孩子近距離接觸，讓自己重新振作起來的契機；讓長期鬱積在胸中的恐懼與絕望轉變爲另一種物質的契機。

如果要比自私，我才是那個最自私的人。我明明知道不管再怎麼費盡苦心，都不可能忘記失去孩子的傷痛。

三人走下通往車站的階梯。多田感受到空調的冷氣迎面拂來。明明走得非常緩慢，多田還是感覺一眨眼就到了檢票口。

凪子拉著小春走向牆邊，放開了手，蹲在小春面前溫柔地說：「小春，媽媽要出發了。妳要好好聽多田叔叔的話，當個乖孩子，知道嗎？」

小春默默點頭。看來她完全理解狀況，並非懵懵懂懂。但是她的表情有些不開心，轉頭看著牆上的磁磚。或許她正以這種方式壓抑心中想要哭泣或鬧脾氣的情緒。

「小春，對不起。媽媽答應妳，一定會很快就來接妳。」

凪子紅了眼眶，撫摸著小春的頭髮、臉頰及肩膀。最後她緊緊抱住了小春，過了好一會才站起來，彷彿終於下定了決心。

「小春就麻煩你了，順便幫我向阿春問好。」

凪子對多田深深低頭鞠躬，下一秒迅速轉身，通過了檢票口。

「媽媽！」

小春似乎再也無法克制，一邊呼喚母親，一邊想要朝母親奔去。她的聲音充滿了不安。多田見她就要衝入人群，趕緊將她拉住。

凪子在檢票口內轉過頭來，朝著多田與小春揮手，明明在哭泣，卻擠出了笑容。多田想要朝她揮手，但手還沒有舉起來，凪子已將頭轉了回去，走上通往月臺的階梯。她走得非常急促，彷彿擔心被小春跟她之間的數條透明絲線纏繞住。

多田低頭望向身旁的小春。小春直盯著地面，雙頰脹得通紅。沒有被多田牽著的那隻手，緊緊抓住連身裙的下襬。

「妳再這麼抓下去，內褲都被看光了。」多田輕搖小春的手。

「我們回事務所去吧？」

兩人走上通往地面層的階梯，離開了車站。在灼熱的豔陽照射下，兩人沿著原路往回走。

「多田便利軒有輛白色的發財車。從明天開始，妳也坐那輛車跟著我一起出門工作吧。啊，可是我沒有兒童安全座椅，得想辦法去借。至於行天……就讓他坐車斗吧。」

由於小春從頭到尾不發一語，多田只好像自言自語一樣，把想到的事情全說出口。

「小春，妳喜歡吃什麼？喜歡吃漢堡排嗎？我知道一家很好吃的餐廳。雖然我不太會做菜，但我會想辦法給妳吃些好吃的東西。」

小春還是一樣什麼話也不說。多田越來越尷尬，不禁開始擔心「別人搞不好會以為我們是綁架犯跟遭綁架的小女孩」。由於心中不安，雙腿也不由得越走越快，一心只希望趕快回事務所。

過了好一會，終於回到了多田便利軒所在的綜合商辦大樓。

「我的工作是便利屋，專門幫人打掃、買東西什麼的。」

多田一邊說，一邊走上陰暗的階梯，來到二樓，打開事務所的門。

「這裡就是多田便利軒。妳剛剛也來過，對吧？這裡不僅是事務所，也是我的家。小春，妳暫時也要住在這裡。」

小春突然甩開多田的手，跑進事務所。她抱起沙發上的熊熊，將臉埋進沙發。

多田打開窗戶，開啟電風扇的電源，將電風扇搬到沙發附近。風鈴完全不動，電風扇的葉片只是攪拌著悶熱的空氣。

「廁所在那扇門的後面。如果口渴就跟我說。」

多田心想，此時或許該讓她一個人靜一靜，於是把最近新買的床墊放在自己的床旁邊，包上床單，再擺上一條小涼被。

布置完成後，多田拉開掛簾，朝事務所的會客區瞧了一眼。小春抱著熊熊，整個身體在沙發上躺平了。由於她的臉朝向椅背，多田看不到她的表情。或許是強烈的悲傷帶來了倦意，讓她就這麼睡著了。

多田悄悄走向小春，將行天平常使用的小涼被蓋在她身上。小春一動也不動。

多田嘆了口氣，開始整理小春的行李。首先將箱子裡的衣物重新摺好，放進自己床邊的櫃子，然後把玩具類全部擺在兩張沙發中間的玻璃矮桌上。

雖然只是幾個簡單動作，已讓事務所看起來像是孩子的房間。多田強忍心頭的彆扭感，取出壓在箱底的幾條毛巾。翻開毛巾，裡頭竟包著一個相框。相片裡共有三人，一個是凪子，一個是小春，還有一個大概是凪子的伴侶。

這是多田第一次看到凪子的伴侶。她跟凪子一樣，臉上只化了淡妝，卻有一種吸引他人目光的魅力。一頭波浪捲的頭髮隨意紮了起來。雙手抱著小春的頭，臉上露出燦爛的微笑。小春被凪子及伴侶夾在中間，臉上也帶著多田從來沒見過的開朗笑容。唯獨凪子看起來像是強忍笑意，故作鎮定地看著鏡頭。

小春現在要是看見這張照片，很可能會嚎啕大哭。多田猶豫了一下，用毛巾重新將相框包好。

小春稱凪子爲「媽媽」，不曉得稱凪子的伴侶什麼？總之絕對不會是「爸爸」。或許是「媽咪」吧。

多田把毛巾收進櫃子之後，實在無事可做，只好開始胡思亂想這些沒營養的問題。但想了一會，發現小春似乎眞的睡著了。如果不叫醒她，晚上她可能會睡不著。

多田將手放在小春那嬌小的肩膀上，看著小春的臉。臉頰上還掛著淚痕，多田看在眼裡，也不知道自己是覺得她可憐，還是覺得她可愛。

「小春……」多田感覺胸中彷彿下起一場小小的暴風雨，忍不住喊了小春的名字。幾乎同時，事務所的門被人猛力推開。

「你剛剛在叫誰？」

行天就站在門外，臉上的凶惡表情連金剛力士像也自嘆弗如。他朝睡在沙發上的小春瞥了一眼，馬上又將視線移回多田的臉上。

爲什麼這傢伙偏偏在這最糟糕的時機點回來？多田大感狼狽。

「你誤會了，我剛剛是在叫這孩子的名字。她叫……呃，小遙。」

「噢，原來是我誤會了。我還以爲你叫我『小春』，瞬間感覺好像有一百條毛蟲在身上爬。」

行天一邊說，一邊走進事務所，反手關上了門。但他並沒有繼續前進，只是站在門口，像一隻防備心非常強的貓，估算著自己跟沙發之間的距離。

「如今親眼看到，我更加確定了。」行天說。

「我眞的沒辦法照顧那個。」

「她是小遙，請不要叫她『那個』。」

沒想到小春偏偏又在這最糟糕的時機點醒了。她在沙發上坐了起來，一邊揉著眼睛，一邊以理所當然的口吻訂正了多田的錯誤。

「我叫三峯春，不是什麼小遙。」

原來這就是空氣凍結的感覺。多田的腦袋裡瞬間只剩下這個想法。明明是夏天，體感溫度卻彷彿置身南極。多田轉動僵硬的脖子，看了看小春，又看了看行天。行天將背部緊靠在門板上，目不轉睛地瞪著小春，臉上帶著難以置信的表情。

「給我出來！」行天完全沒有移動身體，只微微動了嘴唇。

「我拒絕。」多田說道。

「什麼每星期吃八個果醬麵包的弟弟！你到底在想什麼？」

行天大聲怒吼，舉起砂鍋大的鐵拳朝多田直衝而來。小春嚇得表情扭曲，似乎隨時會哭出聲音。行天見了小春的模樣，瞬間像洩了氣的皮球，原本的氣勢消失得無影無蹤。他的拳頭還高高舉起，身體卻已不敢再往前進，反而一步步退後，重新回到門邊。

「立刻把『那個』還給凪子！」

「不可能，她搭今晚的班機去美國。」

「爲什麼去美國？」

「去工作一個半月，這段期間小春會和我們一起生活，這已經是無法改變的事情了。」

「我們？」行天露出譏諷的微笑。「我馬上就會離開！」

「等等，你別衝動。」

多田小心翼翼地朝行天靠近，簡直像在捕捉一頭野生動物。要是讓這頭野生動物逃走，明天的工作肯定會因爲人手不足而開天窗。

「你別露出那種表情，要是傷了小春的心，那可就糟了。」

多田低聲勸諫，同時悄悄將視線移向沙發。「你仔細看清楚，她明明是個很可愛的孩子。」

行天又朝小春瞥了一眼，但馬上就一臉不悅地別開視線。

「原來你覺得我長得很可愛？」

「你瘋了嗎？問這什麼蠢問題？」

「聽說『那個』長得比較像我，不像凪子。要是你剛好喜歡我們這張臉，不管是『那個』還是我，繼續跟你住在一起都是超危險的事。」

行天左一句「那個」，右一句「那個」，讓多田越聽越傻眼。但多田心想，至少這傢伙願意承認自己的基因對小春的影響，這可以說是相當大的進步。多田認爲機不可失，一定要趁這個機會徹底說服他。

「人家說龍生龍、鳳生鳳，長得像是理所當然的事。」

多田故意搖頭晃腦，說得語重心長。「小春能夠存在這世上，完全是因爲你的關係。爲了讓她有個幸福的童年，你不認爲稍微盡點心力也是應該的嗎？」

「完全不認爲。」

「別那麼冷酷無情，你只要幫我看個家就行了。」多田盡可能放低身段。

「我得出去買些晚餐的材料，順便想辦法弄個兒童安全座椅。」

「晚餐？你要做？」

「畢竟是值得紀念的第一晚，基於待客之道，總得讓她吃頓家常菜。」

「我總覺得帶她出去吃點像樣的東西，才是待客之道。」

多田與行天越談越起勁，小春不再理會兩人，自顧自爬下了沙發，抱著熊熊開始在事務所內探險。一下子拉開掛簾，一下子查看多田的床鋪，一下子小心翼翼地打開廁所的門，朝裡面探頭探腦。

「那我走了。」多田通過行天的身旁，準備跨出事務所。

「站住！」行天將多田擋了下來。

「你眞的要走，好歹把『那個』也一起帶走。」

「她年紀那麼小，被我帶著到處跑，恐怕會太累。你幫我看著她，我會盡快回來。」

行天一聽多田這個回答，二話不說便伸出了右手。

「你突然想跟我握手？」

「不，把錢包交出來。不管你要買什麼，我去買就行了。」

多田暗自竊笑，事情的發展完全在自己的掌控之中。行天竟然淪爲跑腿小弟，平常根本不可能發生這種事，只能說小春大神眞是法力無邊。

「要買雞蛋跟牛奶。還有，今晚我打算煮咖哩，所以要買甜的咖哩塊，以及……」

「不用說那麼多，反正我如果不懂，隨便抓個店員來問就行了。」

行天似乎不想在事務所多待一秒鐘。多田的話還沒說完，他已經把手放在門把上。

「記得還要想辦法借到兒童安全座椅，必須是能夠裝在發財車上的。」

「我知道啦。」

行天不等多田說完，就不耐煩地走了出去。

「如果你沒回來，我跟小春都會餓死在這裡！」

行天已消失在門外，多田還大聲給他最後一擊。喊完之後，多田感覺整個人身心舒暢。

「多田叔叔！」背後忽然傳來呼喚聲。

多田嚇了一跳，一時之間還以爲瓜子站在自己身後。轉頭一看，小春躲在掛簾後方，只露出了一顆頭。她似乎記住了瓜子的說話口氣，聲音聽起來就像個大人。多田不禁心想，小春住在事務所的這段期間，自己可得謹言愼行，絕對不能爆粗口，免得教壞了小孩。

「小春要表演好好笑。」小春一臉興奮地說。

「好喔。」多田雖然有如丈二金剛摸不著腦袋，還是點了點頭。

小春整個人躲到掛簾後面，幾秒鐘後又將頭探出縫隙，咯咯笑了起來。「好好笑吧？」小春似乎相當滿意自己的表演。

「好好笑。」多田完全不知道她在幹嘛，還是點了點頭。

有點像是大人在逗弄嬰兒時，故意把臉藏起來再露出來？多田帶著滿肚子的疑惑，看著小春重複了八次相同的動作，一個人咯咯笑個不停。每次小春探出頭來，多田就會非常配合地說上一句：「好好笑。」

小春終於玩膩了「好好笑」遊戲，突然與熊熊聊起天來。那看起來像是某種具有不可預測性的家家酒遊戲。她一下子假裝餵熊熊吃東西，一下子假裝聽熊熊說話。多田當然沒有聽見那布偶娃娃發出任何聲音。

四歲小孩的思考模式及行為實在讓人無法理解。

不過再怎麼樣，也好過哭著找媽媽。多田重新振作起精神，從流理臺下方的櫥櫃裡取出一隻沾滿灰塵的鍋子。那是多田便利軒裡唯一的大鍋子。如果沒記錯的話，那鍋子是露露給的。雖然記憶有些模糊，但唯一可以肯定的是多田從沒拿出來用過。

多田將鍋子仔細清洗了兩次，接著開始尋找電鍋。最後電鍋是在多田的床底下找到，裡頭塞了五隻看不出是否洗過的襪子。不是五雙，是五隻，而且顏色跟圖案都不相同。多田默默將電鍋塞回床底下，同時暗自下定決心，以後就算想吃白飯，也只吃微波加熱就可以吃的眞空調理包白飯。何況仔細想想，家裡根本沒有米，是要煮什麼東西？

多田瞎忙了一陣，不知不覺時間已到下午四點。行天遲遲未歸，多田不禁暗自發愁。這傢伙該不會臨陣逃脫了吧？一顆心七上八下，但行天根本沒有手機，想打電話找他也沒有辦法。

「小春，我們去大眾澡堂吧。」

「大眾澡堂？」

「就是一間很大的浴室，妳去過嗎？」

「沒有。」

「那我們走吧，那裡好好玩。」

多田拿了一個臉盆，放入洗漱用品，帶著小春離開事務所。出發前，多田將鼻子湊到小春的連身裙上聞了聞，小春笑著扭來扭去，大喊「好癢」。連身裙應該還可以再穿一天，於是多田只帶了小春的內褲。

兩人穿越了箱根線的平交道，走進大眾澡堂「松湯」。

「我是這邊。」穿過掛簾時，小春指著紅色那邊說。

「女生的大人才走那邊，妳是小朋友，跟我一起走這邊就行了。」多田解釋道。小春似乎同意了。

傳統的拖鞋鞋櫃及坐在櫃檯內的老伯似乎引起了小春的興趣。多田幫小春脫下連身裙的時候，小春高舉雙手，擺出「萬歲」的姿勢，一雙眼珠依然盯著櫃檯看。多田見小春完全沒有抗拒，任由多田爲她脫下衣服，不禁心想，一個小女孩怎麼會這麼沒有警戒心？但多田接著又想，畢竟她才四歲，這種反應好像也很正常。

多田有點擔心周圍會有人沒禮貌地盯著小春的裸體看，因此仔細觀察了脫衣間內的其他客人。脫衣間只有少數幾個老人，每個都忙著脫下自己的衣服，根本沒有人在意小春。他們大概是想要趁浴池還沒什麼人泡過的時候，趕快進去泡個過癮吧。

多田正鬆了口氣，沒想到小春突然低聲說：「我想上廁所。」

怎麼全身都脫光了才突然說要上廁所？多田雖然心裡咕噥，還是把小春帶到了脫衣間角落的廁所。馬桶的高度對小春來說有點太高，多田扶了她一把。全身一絲不掛的小春自己上了廁所，自己擦拭乾淨。

接著多田便把小春帶進了大浴場。

「富士山！」小春一看見牆上的壯觀壁畫，立刻興奮地大喊：「好漂亮，怎麼會有富士山？」

「我也不知道為什麼要有富士山。」多田從來沒有想過這個問題，歪著頭想了一下說：「大概是覺得一邊看漂亮的景色一邊泡澡是很舒服的事吧。」

多田認眞回答小春的問題，但小春根本沒在聽。她第一次來到大衆澡堂，興奮得有如脫韁野馬，若不是多田將她拉住，她恐怕會在浴場內東奔西跑。多田心想，看來她終於恢復了原本的性情。「跑來跑去會滑倒，很危險。」「小聲一點，別吵到其他客人。」多田只能盡全力阻止小春做出失控的行為，同時以抹上了肥皂的起泡毛巾搓揉小春的身體。但由於小春非常抗拒洗頭髮，說什麼也不肯乖乖就範，多田只好放棄為她洗頭。

多田接著洗起了自己的頭髮及身體。沒想到這遠比想像要困難得多。因為只要一個不注意，小春就會一個人跑向浴池。她的年紀還太小，獨自進浴池可能會溺水。多田只好面對鏡子坐著，讓小春站在自己兩腳中間。只要感覺小春試圖鑽出去，就用膝蓋將她輕輕夾住。小春咕咕笑了起來，或許是覺得很癢。不過這也代表她的情緒不再緊繃，實在是好事一樁。

多田沖掉身上的泡沫，坐進浴池。小春只能在浴池內站著不動，因為只要一坐下來，整張臉就會沒入熱水中。多田看著小春，回想起當初行天泡澡時也是從頭到尾站著，不禁感慨這兩個人果然是父女。

多田以雙手手掌掬了些熱水，淋在小春的肩膀上。淋了一會，多田一時興起，以手掌當作水槍，用力擠壓掌心的熱水，讓熱水從縫隙噴出。小春立刻被吸引了，將臉湊了過來問：「這要怎麼弄？」多田故意將熱水噴在小春臉上，小春急忙抹去臉上的水，氣呼呼地說：「不要弄我啦！」

多田道了歉，順道教了她手掌水槍的技巧，兩人就這麼玩了起來。

回程路上，多田牽起小春的手。小小的掌心竟滲著汗水。

小春的身體彷彿能吸收浴池內的熱能，一直保存在身體的內部。那小小的生命是如此年輕，年輕到不適合以「年輕」兩字來形容。

從前失去愛子的傷痛猛然浮上心頭，多田趕緊甩掉那些記憶。

兩人回到事務所門口時，剛好遇上行天。行天的雙手提著超市的塑膠袋。

「我拿了車鑰匙，把兒童安全座椅裝好了。」行天對小春連瞧也不敢瞧一眼，逕自走上樓梯。

多田於是帶著小春前往停車場，走向發財車。

「這是我的愛車，帥不帥？」

「帥。」

多田打開車門查看副駕駛座，確實裝上了兒童安全座椅。行天，幹得好。多田在心中暗讚。果然沒有什麼事難得倒你，只是肯不肯做的問題。

回到事務所時，行天已躺在沙發上。小春走上前去，默默推擠行天的背部。行天無奈地讓出空間，坐在地板上。多田則拿起行天放在矮桌上的塑膠袋，蹲在冰箱前，一邊把食材放進冰箱裡，一邊問：「那個兒童安全座椅應該是你買來的吧？我給你的錢夠買那玩意？」

「我去找賣糖的幫忙，他立刻不知道從哪裡找來一個兒童安全座椅，還幫我裝上去了。」

行天向來喜歡幫人取奇怪的綽號。所謂「賣糖的」，指的就是星。

「你怎麼會找他幫忙？這樣一來，我們不是欠他一個人情？」多田大聲抗議。

「不然你要我怎麼做？我完全不知道該去哪裡買，也不知道該怎麼裝。」我收回前言。多田在心中暗罵。果然沒有什麼事難不倒這傢伙，不肯做只是讓他從糟糕變成很糟糕。

話說回來，食材倒是買得很齊全。多田於是切起了洋蔥及馬鈴薯。由於不習慣做菜，動作非常緩慢。

「要小春幫忙？」

小春非常貼心地來到多田的身邊，行天趁機再度占領沙發。

「謝謝妳，不過沒有墊腳的東西，妳應該搆不到吧？等等我來抱妳，妳幫我把咖哩塊放進鍋裡。」

小春同意了，轉身回到沙發。她看見行天坐在沙發上，又將手掌伸到行天的手腕上不停推擠。或許是因爲熊熊有一半身體被壓在行天的屁股底下，小春的表情有些生氣。行天無計可施，只好又退回地板上。

「幫我把電風扇轉向小春的方向。」多田吩咐行天。

行天並沒有起身移動電風扇，而是慵懶地伸出腳，按下電風扇上的擺頭按鈕。多田不禁暗罵，這傢伙只有在投機取巧的時候，動作特別靈活。

傍晚的風飄進了屋內，掛在窗邊的紅色風鈴發出清脆聲響。

白天的氣溫熱到讓人難以忍受，但太陽下山之後感覺變涼了一些。

「媽媽呢？」小春突然問道。

正拿著湯杓攪拌鍋中食材的多田轉過頭來，縮著身子坐在地上的行天也一臉不耐煩地抬起了頭。

「媽媽出去工作了，妳在這裡跟我們一起等媽媽回來。」多田說道。

小春卻用力搖起了頭。

「我不要！我要媽媽！媽媽呢？」

小春的表情逐漸扭曲，發出了尖銳的哽咽聲。熊熊也被她丟在一旁，顯然她現在已經沒有辦法思考母親以外的事情。多田趕緊將瓦斯的火轉弱，取出包在毛巾裡頭的相框，跪在沙發前，對著哭個不停的小春說：「這給妳，媽媽的照片。妳要乖乖地，媽媽很快就會來接妳。」

小春一看到那張照片，更是放聲大哭。行天突然站了起來，走出事務所，粗魯地關上了門。

小春似乎被行天的舉動嚇了一跳，驚恐地縮起身子。多田遲疑了一下，決定盡可能以輕柔的動作將她抱住。

「妳放心，媽媽很快就會來接妳。」

「很快是什麼時候？」

「一個半月後。」多田觀察小春的表情，發現她似乎聽不懂，於是又解釋道：「再睡覺四十多次。」然而小春對數字的概念似乎似懂非懂，她歪著頭說：「四十？」

「呃……」

多田一時不知該如何說明，想了一下之後攤開雙手。「這樣是十，四次就是四十。」

小春似乎明白了「總之就是很多」，又皺起眉頭，抽抽噎噎地哭了起來。

一個半月對多田來說不過是一眨眼的時間。有時候客人委託多田幫忙除草，多田因爲太忙而沒有馬上去，等到想起來時，客人住家庭院的野草已經乾枯了。可見得對多田來說，幾個月的時間眞的是轉眼即逝。

但是同樣的時間，在年幼的小春心中的感覺完全不同。一個半月對她來說，幾乎等於永遠。可能永遠無法再見到母親的絕望，令小春傷心得嚎啕大哭。

爲了讓小春轉移注意力，多田請小春幫忙把咖哩塊放入鍋中。多田將小春抱了起來，小春一邊哽咽，一邊將咖哩塊捏成小塊後投入鍋裡。小春的淚水似乎也有不少滴進了鍋內，多田假裝沒有看見。

多田接著拿起湯杓攪拌鍋中的咖哩。小春在多田的懷裡露出躍躍欲試的表情，多田將湯杓交給她，但因爲咖哩相當濃稠，她的小手有點攪不動。多田一手抱著她，另一手握在湯杓的握柄上，幫她一起攪動咖哩。

「多田叔叔。」小春凝視著鍋裡的深色漩渦。「媽媽會來接我嗎？」

「當然，一定會。」多田以誇張的態度拍胸脯保證。「怎麼了？爲什麼突然擔心？」

「媽媽說變涼就會來接我，但是她沒有來。」

多田一聽，登時恍然大悟。到了傍晚，氣溫下降了，再加上電風扇的效果，小春當然感覺「變涼了」。但是母親凪子並沒有出現，小春才會因爲不安而哭了出來。

這個孩子其實很聰明。雖然還不會數字。

多田放下小春，帶著她回沙發找熊熊。像這種聰明的孩子，絕對不能撒謊敷衍她。例如「只要妳乖乖，媽媽很快就會來接妳」這種話，事後只會對她造成更大傷害。

兩人並肩坐在沙發上，多田將熊熊放在小春的膝蓋上。

「小春，媽媽的工作結束之前，妳就在這裡和我一起生活吧。」

「多久？」

「十要四次，對妳來說是很長的時間。」

「很長……」小春垂下了頭。

多田拿起熊熊，輕輕抵在小春的臉頰上。

「但是妳放心。只要耐心等待，媽媽一定會來接小春。」

「眞的嗎？一定嗎？」

「眞的，一定。」

「好，打勾勾。」

小春伸出小指，多田於是和她打了勾勾。至於那個相框，多田決定把它擺在電話臺上。

就在這時，事務所的門被打開了。行天走了進來，嘴里叼著菸，手上拎著便利商店的提袋。

「搞定了？」行天朝不再哭泣的小春瞥了一眼，向多田問道。「我在外頭聞到咖哩的味道，所以猜想問題應該解決了。」

糟糕！咖哩！多田急忙奔進廚房，鍋底的咖哩已經有點焦黑。

行天從便利商店的袋子取出五個杯裝的冰淇淋，一個個排列在桌上。小春的注意力完全被冰淇淋吸引了。

「小春，不行。吃完咖哩才能吃冰淇淋，而且只能吃一個。還有，行天，從今天開始，要到抽風機下面才能抽菸。」

多田下達了指令，小春與行天卻同樣充耳不聞。一個依然盯著冰淇淋看，另一個依然抽著菸。多田不禁心想，這兩個人果然是父女。一想到接下來的生活不知還得面臨多少挑戰，多田便感到鬱悶不已。

三個人一起吃過咖哩之後，小春吃了一個冰淇淋。行天不停抱怨咖哩煮得太甜了，小春則是在事務所跑來跑去不肯刷牙。

行天與小春依然完全沒有交談，連視線也很少對上。兩人對彼此的態度就像遠遠地觀察入侵地盤的異類生物。多田拿著牙刷追趕小春，不禁感慨：「難道這就是野獸的生存之道？」

好不容易熬到就寢時間，電話忽然響了。原來是凪子即將登機，先打電話來詢問狀況。多田完全可以理解她擔心女兒的心情，但這個時間點打電話實在不是好時機。多田把話筒拿給小春，小春不知是害羞還是鬧脾氣，只用寥寥數語回應凪子的問話。掛了電話之後，她又開始哭哭啼啼。

多田告訴小春「得一起生活一陣子」的時候，小春雖然嘴上答應，其實心裡根本沒有接受。和母親講電話時，她不想讓母親擔心，故意裝出不在乎的樣子。但是一個人的時候，她一想到母親不在身邊，就會難過得掉下眼淚。小女孩的心情可說是相當複雜。

多田半強迫地要求小春躺在床上。大約過了一個小時，小春終於哭著入睡了。在這段時間，多田維持一定的緩慢節奏，輕拍小春的肚子，期待睡魔早一刻到來。由於多田一直坐在床墊旁邊的地板上，到後來感覺臀部及背部都隱隱作痛。

這種狀況要是持續一個半月，肌肉痠痛可能會讓我的動作像機器人。

多田站了起來，一邊按摩肌肉，一邊長嘆一聲。拉開掛簾，行天早已躺在沙發上睡著了。多田接著又仔細一看，才發現行天的兩隻耳朵，竟然各塞了一顆平常用來當作零食的花生米，多半是爲了徹底阻隔小春的哭聲吧。

那可是你的孩子！多田越想越氣，竟忘了照顧孩子的工作是自己接下的，故意把花生米用力推進行天的耳洞深處。

爲了轉換心情，多田決定抽一根菸，又怕抽風機的聲音吵醒小春，只好躡手躡腳地走出事務所，下了樓梯。

大樓前方的人行道上，滿地都是萬寶路薄荷菸的菸蒂。今天傍晚，行天一定是在這裡一邊抽菸，一邊等待小春停止哭泣吧。難怪他一下子就聞到咖哩的味道。多田低聲咒罵，把地上的菸蒂全撿了起來。

眞幌站前就在這喧囂聲中，迎接了深夜的來臨。

隔天早上，行天道「早安」的聲音特別大聲。因爲他耳裡還塞著花生米。

接下來當然是一陣騷動。多田翻遍整間事務所，終於找出小鑷子，又費了好一番功夫，才幫行天把花生米夾出來。

行天將兩顆花生米放在掌心，看著它們滾呀滾，接著竟然將它們拋進了嘴裡。

「千萬不能模仿，知道嗎？」多田提醒小春。

小春笑著回答「才不會」，但她看著行天的眼神帶著三分恐懼與三分敬畏。

「多田叔叔，這個人……」

「他叫行天。」

「行天，怪怪的。」

很遺憾，這個怪怪的人就是妳的父親。多田在心中說道。

小春每到晚上都會因爲思念母親而哭泣，哭著哭著也早早就睡著了。晚上睡得早，當然早上也起得早。小春每天早上都會在六點半之前醒來，醒來之後她會跨坐在多田的肚子上大叫「起床起床快起床」。小春一天三餐都會吃飽，跟著多田出門工作前及回到家後，她會對著電話臺上的照片打招呼。自從小春來了之後，多田便利軒的生活作息幾乎都是以她爲中心。

白天的時候，小春會跟著多田東奔西跑。副駕駛座的兒童安全座椅成了小春的專屬座位。

至於行天，多田則以「負責看守車斗貨物」爲理由，把他趕到車斗去坐。事實上夏天是車斗裡雜物最多的時期。不管是拔下來的雜草還是剪下來的樹枝，都會被裝袋囤放在車斗，等累積到一定的數量，才會載到位於眞幌市郊區的垃圾處理場丟棄。因此行天幾乎每天都只能窩在垃圾袋之間，忍受熾熱的陽光及車斗的搖晃。

今天的預定行程，包含了山城町的岡的委託。多田原本擔心又要監視橫中公車，幸好岡這次委託的是「淸除庭院裡的雜草」。過去岡從來不曾委託過這麼「正常」的工作，多田開著發財車前往山城町，內心感到既好奇又恐懼。

多田將發財車開進岡家的庭院，停好車後先將小春抱下車。

「行天不見了！」繞到車後的小春大喊。

「那傢伙一定又逃走了。」多田一邊將毛巾掛在脖子上，一邊嘆了口氣。

行天幹出逃亡的行徑，今天並不是第一次。自從他的專屬座位變成車斗之後，他就常常趁車子停下來等紅燈的時候逃得無影無蹤。等到吃晚餐的時候，才會一臉心不甘情不願地走進事務所。換句話說，他常常一整天在外頭閒晃，完全不工作。多田常爲此哭笑不得。這傢伙爲了能夠不看見小春，可說是無所不用其極。

岡或許是聽見聲音，從屋子裡走了出來。

「好久不見了，便利屋。最近過得如何？」

岡似乎心情相當好，他看見小春便問：「嗯，這個小女孩是？」

「她叫三峯春，這個夏天寄住在我家。」

「午安。」小春打了招呼。

自從多田告訴她「工作的時候要有禮貌」，她每天都確實遵守著多田的吩咐。

「午安，哎呀，眞是可愛的孩子。」

就連岡這個頑固老人，看見小春也是笑容可掬：「晚點我叫老伴拿些點心出來。」

「我能去那邊看看嗎？」小春指著庭院的深處。

「可以，但是盡量不要踩植物的根部。」

小春獲得了岡的許可，展開一場庭院探險記。

「你把車停旁邊一點。」岡接著對多田說：「今天我有客人要來。」

那爲什麼不早點從屋子裡出來，先告知這件事？多田雖然在心裡抱怨，還是乖乖照著岡的吩咐移了車子。岡或許是因爲滿腦子想著等等要招呼客人，看起來比平常更加精神奕奕。上了年紀還能這麼有精神，當然是好事一樁。如果能夠從此把橫中公車的事徹底忘懷，那就更完美了。

多田戴上工作手套，開始執行拔草作業。岡家的庭院相當大，除非是千手觀音，否則要在一天之內拔完所有的草，絕對不是一件容易的事。多田帶了一瓶兩公升裝的寶特瓶裝水，好隨時補充水分。多田默默拔著，鼻子不斷聞到青草味，以及雜草根部散發出的溼潤泥土味。

小春結束了探險遊戲，跑回來蹲在多田身邊。她不僅主動幫多田將拔起來的雜草撿到畚箕裡，而且當畚箕堆滿雜草時，還會將雜草倒進垃圾袋。雖然小小年紀卻比行天更積極幫忙，而且好用得多。

「小春，妳要不要戴帽子？車斗裡有草帽，我去拿來給妳戴，好不好？」

「不要，好熱。」

「那要不要喝水？我準備了一瓶水給妳。」

多田取出小春的水瓶，放在庭院裡的大石頭上。「一定要隨時喝水，不然會昏倒。妳還記得嗎？從前有一次，我在等公車的地方昏倒了，是妳媽媽跟妳救了我。」

「不記得。爲什麼昏倒？」

「因爲很熱，沒有隨時喝水。」

雖然這幾句話像鬼打牆一樣繞起了圈子，但發揮了十足的效果。小春聽了多田的話之後似乎感到害怕，說了一聲「隨時喝水」便拿起水瓶喝了起來。

多田及小春整個早上非常認眞地工作，到了中午，兩人坐在露天外廊休息，岡太太爲兩人製作了飯糰當午餐。飯糰裡包的是昆布、鰹魚乾及鮭魚。小春的盤子裡也有三顆尺寸較小的飯糰。

「好好吃！」小春開心得不得了。

多田看了小春的模樣，內心突然感到相當不捨。小春跟自己住在一起，晚餐大多是眞空調理包的咖哩、炒飯或濃湯。用咖哩塊煮咖哩實在太麻煩，多田只在小春來的第一天煮過，後來就放棄了。此時多田心想，必須設法改善小春的飮食生活才行。

除了午餐，岡太太還準備了冰涼的麥茶。托盤裡擺著兩隻玻璃杯，看起來像好朋友一樣，上頭掛滿了水珠。小春的玻璃杯上印著復古風格的花紋，應該是岡夫婦的孩子們小時候用的杯子，岡太太特地從櫥櫃的深處找了出來。

小春將手伸進杯子，捏起了方形的冰塊，放在嘴裡咬碎。

蟬鳴聲不知從何處傳來，感覺相當近，或許就停在屋子的外牆上吧。汗水自多田的額頭邊緣滑落，多田拿脖子上的毛巾擦去。蔚藍的天空中懸浮著耀眼的白雲。

不管是岡家前面的道路，還是對面ＨＨＦＡ的菜田，都沒看見任何一道人影。田地上豎著一根根支柱，茂盛的翠綠色葉子掛在上頭隨風搖曳，看起來似乎是小黃瓜。

「小春，妳曬黑了。」

多田微微拉起小春的T恤袖子。底下皮膚的顏色差異非常明顯。小春或許是覺得有點癢，咕咕笑了起來。

回想起來，不知已有多少年不曾像這樣平靜地度過夏天。

不是因爲多了個孩子在身邊，所以心情變得平靜。相反地，自從跟小春一起生活，多田每天都相當疲累。

小春畢竟是個孩子，一想睡覺就會哭哭啼啼，因此就算是在工作中，還是必須讓她睡午覺。今天岡夫人相當親切，借了一間通風良好的房間給小春睡覺。小春吃完午餐不久就在落地窗附近睡著了，多田拿了自己帶來的小涼被蓋在小春的肚子上。下午，多田繼續在庭院裡除草，眼角餘光隨時注意著小春的狀況。

畢竟岡家與多田算是很熟了，如果對象是一般的客人，多田有時會讓小春睡在發財車的車斗裡。多田會鋪幾張瓦楞紙板給小春當床，並且在小春身旁放一把黑色的大雨傘來遮陽。剛開始的時候，多田的做法是在車斗上方加裝帆布罩，但行天與小春反而叫苦連天，因爲帆布罩會讓車斗變得非常悶熱。小春也還罷了，行天那傢伙只有出發前往工作地點時會坐在車斗裡，而且明明經常中途開溜，竟然還要求一大堆，一下子要求裝帆布罩，一下子要求拆掉，惹得多田懊惱不已。

當然還有一些工作打從一開始就不能將小春帶在身邊，通常是比較危險的工作，例如修剪庭院的樹枝或是搬運大型家具。

遇到這樣的工作，多田會將小春託付給露露及海希照顧。小春很喜歡露露及海希，她們跟吉娃娃也很喜歡陪小春玩耍。

「小春今天不來我們家嗎？」

「我看到一件衣服應該很適合小春，可以買嗎？」

露露及海希經常爲了這些事打電話給多田。在兩人眼裡，小春似乎就像偶像明星，是一種可愛得讓她們想要尖叫的生物。

但是這麼一來，多田就必須在露露及海希接客之前，到後站的公寓去把小春接回來。這使得多田到了傍晚就沒辦法繼續工作。如果行天能夠負起照顧孩子的責任，所有問題都能迎刃而解，可惜行天完全幫不上忙，多田也沒有其他選擇。

因爲這種種因素，多田不僅要分神擔心很多事，體力的負擔也加重了。多田原本就有腰痛的老毛病，這陣子更是越來越嚴重。主要的原因當然是常常必須把小春抱起來。爲了盡可能減緩疼痛，多田睡覺都必須穿上固定腰帶。

明明身心都處於疲憊狀態，多田卻感覺心靈異常平靜。胸口隨時有一種難以言喻的充實感及溫熱感，甚至稱之爲「幸福」也不爲過。

汗水沿著臉頰流向下巴，多田以戴著工作手套的手掌抹去。多田經常會停下拔草的動作，以蹲姿轉頭望向落地窗的方向。小春將雙手高高舉在頭頂上，擺出了類似「萬歲」的姿勢，似乎睡得正熟。

我在這個夏天所感受到的平靜，並非來自於和孩子一起生活。多田心裡如此想著。最好的證據就是行天。行天給人添麻煩的程度絕對不亞於一個孩子，但是我跟行天一起生活並不特別感到幸福。

或許這意味著，小春跟我特別合得來。

小春雖然只有四歲，但比行天懂事得多。她不排斥一個人玩，而且就算是「將拔起來的草收集在一起」之類的單調動作也能讓她樂在其中。

有時她工作做膩了，會蹲在地上觀察螞蟻的隊伍，或是用樹葉、石塊玩起扮家家酒。像這種時候，多田會回到車子，拿起躺在副駕駛座上的熊熊，走過去交給小春。小春一拿到熊熊，就會使用兩種不同的聲音，開始一人分飾兩角的遊戲。

「開飯了，要吃完才是乖寶寶。」「我不要吃魚，我要吃漢堡排。」「你不能這麼任性。」

多田在旁邊偷聽，就算覺得再好笑，也不能笑出聲音。一旦忍不住噴笑出來，小春就會嘟著嘴說：「多田叔叔，你去旁邊。」

小春讓多田看見了一個新世界，讓多田感受到了喜怒哀樂，也讓多田重新體會到了平凡無奇的日常生活中，其實隱藏著豐富感情的道理。

對多田來說，小春是非常完美的「夥伴」。當然行天勉強也能算是夥伴，但兩個人的優劣可說是天差地遠。小春就像是在陽光下蜷曲著身體的可愛小貓咪，而行天卻像是只會在夜晚行動的大蜥蜴。

趁著大蜥蜴逃得不見人影，多田決定執行心中盤算已久的計畫。

小春已經醒了。岡太太拿了一根冰棒給她吃。

「謝謝招待。」小春經過多田提醒之後，變得非常有禮貌。

當她說「謝謝招待」時，音調會微微拉高。或許是因爲她平常在幼兒園裡，都是和其他小朋友一起說出這句話的關係吧。

「現在是點心時間，我們要不要去附近散散步？」多田問小春。

「我還在吃。」小春咬著看起來像蘇打口味的水藍色冰棒，一臉困惑地說：「吃太快會頭痛。」

「妳可以慢慢吃。」多田說完，又擔心她眞的吃很慢。畢竟休息時間並不長。

「不然妳邊走邊吃好了。」

「可以嗎？」小春流露出期待的神情。

「媽媽說吃東西要坐著。」

「今天特別允許妳邊走邊吃。但是不能跑，要是跌倒插進喉嚨就糟了。」

「好。」

雖然只不過是邊走邊吃，畢竟也是打破了禁忌，小春看起來既興奮又緊張，好像在做什麼偷偷摸摸的事。她一隻手拿著冰棒，另一手自然地握住了多田的手。

小孩子的手爲什麼總是有點溼溼黏黏？是因爲冰棒，還是因爲汗水？多田一邊想著，一邊牽著小春的手，走出了岡家。

多田決定趁這個機會到行天從前的家去瞧一瞧。聽說行天的父母搬走了，現在住在裡頭的是陌生人。但附近的鄰居或許知道一些行天小時候的事。

擅自調查行天的往事，讓多田感到有些過意不去。但畢竟小春要在眞幌住上一陣子，多田認爲應該稍微確認一下行天家的狀況。要是在這段時間裡，小春被行天的父母擄走，那可就糟了。

爲什麼行天會與父母完全沒有往來？爲什麼行天會那麼堅持，不想與親生女兒有任何交集？怪的人並不是只有行天，他的父母也同樣令人不解。爲什麼身爲父母，會如此懼怕自己的兒子，怕到一聽見兒子要回來就趕緊搬家？

多田只大概知道行天的老家在岡家後方的山丘上。於是多田帶著小春，登上了平緩而狹窄的坡道。坡道的兩側各有一小片雜樹林，有些高大樹木的枝葉延伸到了道路上方。多虧這些枝葉形成的樹蔭，多田感覺這裡的風特別涼爽。

一塊冰從小春手上的冰棍根部滑落。

「啊……」小春輕呼一聲，在路旁蹲了下來，顯得相當捨不得。

冰塊在地上形成一小灘甜膩的水窪，立刻有螞蟻爬了過來，對著水窪探頭探腦。

雜樹林的旁邊是一小片墓園，看起來似乎是附近住戶的家族墳墓。有十多座墓碑都刻著相同的姓氏，新的跟舊的混雜在一起。或許是因爲距離中元節還有一段日子，很少有人會在這個時期掃墓，墓園裡隨處可見蒼翠的野草。

多田拉著小春繼續走，很快就找到了行天的老家。因爲多田遇見一個年近半百的老婦人，那老婦人看起來像是剛買菜回來，多田上前打聽，老婦人告訴多田：「就是那一棟。」

多田朝老婦人指示的方向望去，看見一棟前方有著庭院的大宅邸。行天一家人應該在這裡住了相當長的日子。那是一棟有著石砌外牆的西式建築，庭院的圍牆很高，再加上裡頭有不少枝葉茂密的樹木，所以從庭院外沒辦法看清楚宅邸的模樣，但每扇窗戶的百葉窗板似乎都關上了。圍牆的門是青銅製，大約和成年人一樣高，同樣是緊閉的狀態。

「行天夫婦好幾年前就搬走了，後來承租這座宅邸的人，好像也在今年春天搬家了，現在這屋子沒有人住。」

老婦人接著告訴多田，她家就住在舊行天家的斜對面。或許是因爲小春從頭到尾都笑咪咪地看著她，再加上她看多田一直望著舊行天家的宅邸，所以才又停下腳步，多說了幾句。

多田見老婦人將沉重的購物袋放在路旁的分隔石上，似乎並不急著走，於是若無其事地問：

「行天家是不是有個兒子？」

老婦人一聽，登時流露出了狐疑之色。多田知道這個問題問得太突兀，趕緊解釋道：「我跟那個兒子是高中同班同學。我現在已經不住在眞幌了，今天因爲工作的關係，帶著女兒回來，所以想順便找同學敍敍舊。」

多田並不擅長向陌生人攀談，行天這方面的技巧遠比多田高明。此時多田已感覺腋下冒出涔涔汗水。小春仰頭看了多田一眼，顯得相當不滿，似乎在說「我又不是你的女兒」。幸好她一句話都沒有說，拿著冰棒棍在行天家的圍牆上刮來刮去。

「噢，那可眞不巧。」

老婦人立刻又解除了戒心。果然帶著一個小孩，比較容易贏得信任。

「行天家的兒子，好像從上大學之後就一個人住在外面，逢年過節也很少回來。仔細想想，我也好多年沒見過他們家的兒子了。」

「原來如此。」多田故意裝出鬱悶的表情。

「高中畢業之後，我跟行天就漸漸疏遠了……聽說他跟父母處得不太好……」

多田假裝自言自語，企圖從老婦人口中套出一些話來。這一招相當有效，老婦人馬上就將自己知道的全說了出來。

「唉，這也怪不得那個兒子，畢竟行天夫婦管教孩子實在是有點嚴格。」老婦人皺著眉頭說道：「我自己也有小孩，很清楚做父母的心情，管教孩子也不是越嚴格越好，你說是吧？」

管教孩子過於嚴格，卻教出一個我行我素的野孩子？這到底是什麼妖術？難不成那傢伙小時候曾被幽浮吸走，腦袋被動了什麼超自然的手術？多田認眞思考起了這個可能性，對老婦人的反應慢了半拍。隔了一會，多田才想到老婦人最後那句「你說是吧」，應該是把自己認定爲小春的父親。

「是啊，我也這麼認爲。」多田趕緊附和老婦人的話。

「請問管教嚴格指的是……體罰之類的嗎？」

「詳情我也不太清楚，畢竟我家和他們家沒那麼常來往，而且那個兒子從小就是個內向的孩子，從來不跟附近的孩子一起玩。」

如今的行天完全不符合「內向」這個形容詞，但多田回想高中的時候，行天確實幾乎從來不曾開口說話。唯一的例外，是某次上工藝課的時候，行天的右手小指遭裁紙機切斷，喊了一聲「好痛」。整整高中三年，那是多田唯一一次聽到行天的聲音。

對多田來說，那是一段相當痛苦的回憶。因爲行天會受那麼重的傷，多田可以說是罪魁禍首。行天的小指雖然順利接回，但傷痕直到今天依然清晰可辨。就像一條白色的絲線，沿著小指的根部繞了一圈。每當看見那傷痕，多田總是被迫回想起自己當年心中所懷抱的惡意，以及沒有深思熟慮就做出殘忍行爲的愚昧。

多田再度沉默不語，似乎讓老婦人誤解了什麼，她一臉尷尬地解釋道：「當時那個時代，並沒有『虐待兒童』這種觀念，所以我們這些鄰居也只是私底下傳來傳去，並沒有人眞的在意。」

多田驀然聽見「虐待」這個詞，心頭登時一震。老婦人這句話，不就間接證明了行天父母的行爲並不是「管教嚴格」那麼單純？多田不禁感到好奇，行天的父母到底是什麼樣的人？

「例如妳曾聽過什麼樣的傳聞？」

多田故意裝出「個性開朗，喜歡聊八卦的三姑六婆」的口氣。老婦人似乎剛好想找人聊天，多田知道自己必須表現出一副喜歡搬弄是非的輕浮態度，才能突破她的心防，讓她說起話來更加無所顧忌。

「行天太太是個宗教狂。」果不其然，老婦人壓低了聲音說道：「我不知道她信的是什麼教，但好像不是正常的宗教，當年她經常告訴我們這些鄰居說：『每個孩子都隱藏著成爲神的可能性，我兒子特別有潛力，所以我得對他嚴格一點，才不枉費他的資質。』」

老婦人忽然笑了起來，接著說：「該怎麼說呢？或許太正直的人，反而容易把路走歪了。像我這種隨隨便便的性格，反而能夠平平安安。」多田一點也笑不出來，還是勉強揚起了嘴角。

多田突然感到後悔，不應該知道行天的這些陳年傷痛。或者說，至少不應該是在瞞著行天偷偷打聽的情況下知道。

但如今想要反悔也來不及了。多田知道自己沒有辦法裝出一無所知的態度，繼續像以前那樣和行天相處。

「走了。」小春似乎不耐煩了，拉著多田的手想走。

嗯，是該走了。

多田幫老婦人把購物袋提到家門口，接著牽起小春的手，走下斜坡。

多田帶著小春返回岡家。在他們離開的時候，岡家的客人似乎到了。面對庭院的落地窗底下擺著幾雙鞋子及健康涼鞋，多田的發財車旁邊停著兩輛輕型汽車[26]。開車的人似乎技術不太好，車子是以斜角的方式硬擠到發財車的旁邊。

媽的，該不會撞到我的車了吧？多田吃了一驚，趕緊上前查看自己的愛車。雖說多田的車子也沒有多乾淨，但畢竟是重要的生財道具，可不能任由他人撞出凹痕或擦痕。做便利屋這門生意，最重要的是信用。若是開著一輛傷痕累累的車子，肯定會在客人心中留下不好的印象。

小春一回到岡家的庭院，又變得生龍活虎。即使沒有人陪她，依然能夠自得其樂。只見她一下子跟自己的影子玩起鬼抓人的遊戲，一下子又跳起奇怪的舞步。

「不能跑到外面的馬路上，知道嗎？」

多田提醒了小春之後，趕緊繞到車子的側面。所幸看來看去，並沒有任何傷痕。多田這才鬆了口氣，抬起頭來。

此時多田所站的位置，剛好正對庭院另一頭的和式房間內部。窗簾並沒有拉上，庭院與室內只隔了一扇紗門。由於室內比庭院暗得多，多田只隱約看出房裡總共坐著五個人。

屋外有著晴朗無雲的天空，以及隨著陽光一起灑落的刺耳蟬鳴。如此燦爛美好的夏日午後，容不下一絲一毫陰霾。然而在屋內卻有一群人正鬼鬼祟祟地低聲交談。有鬼。任誰都看得出來，這一定有鬼。

多田基於職業道德，向來非常壓抑自己的好奇心。要是工作中看見或聽見的所有可疑現象都要查個水落石出，便利屋這個工作肯定做不長久。當然另外一個原因，是多田爲了維持生計，每天都忙得焦頭爛額，原本就少得可憐的好奇心早已被磨耗殆盡。但就連如此懂得明哲保身的多田，也不禁對岡家的這場祕密集會感到好奇，甚至可以說是放心不下。

原本在發財車旁彎著腰的多田，悄悄將頭探了出去，仔細觀察房內的狀況。

根據從房中隱約傳出的說話聲，房裡的人似乎有男有女，而且年紀都相當大。包含岡在內，男性共有三人，其他兩名則是女性。並沒有聽見岡太太的聲音，或許是在廚房裡吧。不過從脫在庭院的鞋子及健康涼鞋來判斷，應該不是什麼多正式的客人。反而比較像是附近居民跑來串門子，喝咖啡聊是非。

但如果只是一般的休閒聚會，氣氛未免太詭異了一點。五個人說話聲非常小聲，顯然是刻意壓低了聲音。而且隔著紗門可以看到有人不斷揮舞雙手，就像拚命壓抑著激動的情緒，與其他人爭論不休。

他們到底在討論什麼事？

正當躲在車後的多田大感納悶時，岡忽然提高音量，似乎再也壓抑不住心中澎湃激昂的情緒。

「總而言之，絕對不能再忍受橫中公車的惡行惡狀！你們說，對不對？」

多田一聽更是嚇傻了眼。原來岡對橫濱中央交通公司還緊咬不放？原本以爲岡多半已經相信橫中公車沒有偷減班次。不，就算沒有完全相信，至少也已經放棄繼續追查。多田不禁感慨，爲什麼一個人可以執著到這種程度？

26 依照日本道路法規，「輕型汽車」指排氣量在六六〇ＣＣ以下的汽車。

但更令多田驚訝的，是房內其他人都大聲附和。

「沒錯！」

「我們一定要堅決抗議到底！」

他們非但沒有勸岡冷靜，反而還跟著一起瞎起鬨。多田不禁懷疑，眞幌的老人到底都把理性與忍耐丟到哪裡去了？

當然吵吵鬧鬧之中，也摻雜了一些隱忍和老成持重的聲音。

「但是眞的有可能如我們的願嗎？」

「要是給其他居民添麻煩……」

但是這些符合常識的理性發言，在岡的強大破壞力前可說是不堪一擊。

「膽子那麼小，能幹什麼大事？你們想想看，公車可是我們老人最重要的交通工具。橫中那幫人竟然擅自刪減班次，還不理會我們的抗議，無血無淚的程度，在下實在不敢恭維！」

岡顯然是在搧風點火。最後一句話說得客氣，反而讓人頭皮發麻。岡似乎是喝了口茶，潤潤喉嚨才接著說：「至於給別人添麻煩什麼的，現在也管不了那麼多了。反正剩下的日子本來就不多了，我還怕什麼？我們應該立刻採取行動，實現我們的訴求！」

「沒錯！」

「岡哥說得好！」

整個房間裡頓時充塞著附和聲與拍手聲。當然附和跟拍手的，充其量也不過是今天來參加這場祕密會議的寥寥幾個附近鄰居。

多田聽到這裡已恍然大悟。他們聚集在這裡開會，目的是爲了對橫中公司採取行動。至於要採取什麼樣的行動就不得而知了。

另一方面，多田也迅速做了一個決定。那就是把剛剛聽到的全部忘掉，當做什麼也沒聽見。好奇心不僅會殺死貓，還會殺死便利屋。

包含岡在內的幾名山城町老人，到底想做出什麼對橫中公司不利的事情？多田雖然對這個問題的答案感到相當好奇，但多田希望眞相永遠不要有水落石出的一天。多田甚至希望將「目擊祕密集會」一事從記憶中徹底刪除。對付岡的最好方法就是不要理他。一直把這件事情掛在心上，只是徒然增添煩憂。

於是多田維持著彎腰的姿勢一步步往後退。偏偏就在這個時候，多田與正在房間裡高舉拳頭的岡對上了眼。由於兩人中間隔著一道紗門，多田並沒有看得很清楚，但應該沒錯。不管是多田還是岡，都像突然被車頭燈照到的貓，嚇得完全不敢動彈。

「便利屋，」房間內傳出了岡的沙啞聲音：「你一直在那邊聽著？」

「不，我剛來。」這種時候除了裝傻，也沒有其他的選擇。

岡尷尬地轉過頭，對著房裡的其他人說：「接下來要唱什麼歌？輪到我唱了嗎？」

岡似乎是想要假裝「這只是卡拉ＯＫ大會，不是什麼祕密集會」。岡接著開啟房內伴唱機的電源，率先拿起麥克風，扯開喉嚨唱起了〈孫子〉。房內的其他人都看得目瞪口呆，過了好一會，他們才理解岡的用意，急忙開始打拍子及發出歡呼聲。

岡以充滿感情的歌聲，唱出了對年幼孫子的疼愛，同時以沒有拿麥克風的手朝著多田輕揮，像在驅趕貓狗。多田如獲大赦，就這麼假裝沒有目擊祕密集會，轉身快步遠離。

到了傍晚，多田終於拔光岡家庭院內的雜草。多田將拔下來的雜草塞進垃圾袋，放上發財車的車斗。這時聚集在岡家的老人也紛紛離去。有的開車，有的走路。

多田借了庭院裡的水龍頭，和小春一起洗了手。多田站在小春背後，雙手繞過小春的身體，幫她把手上的泥土仔細搓洗乾淨。水龍頭流出來的水剛開始是溫的，後來逐漸變冷，小春一動也不動，似乎在感受著水溫的變化。

雙手都清洗乾淨後，小春抱著熊熊，坐上副駕駛座的安全座椅。此時西邊的天空已被晚霞染成淡淡的橘紅色。

「小春，肚子餓了嗎？」

「餓了。」

多田基於一番好意，還是先打了通電話回事務所。逃犯行天似乎還沒有回去。算了，不管他了。多田決定先帶小春找個地方吃完晚餐再回去。

多田把發財車開進眞幌廚房的停車場，宛如順著河水漂流一般，一切是如此順理成章。

小春與多田一同生活之後，已經跟著多田來這間店用餐過許多次，一看見餐廳的外觀，立刻大聲說：「漢堡排兒童餐！」

那是她最喜歡的套餐名稱。

「我們現在還在停車場，等等再告訴店員吧。」

多田帶著懷抱熊熊的小春，穿過眞幌廚房的玻璃門。店內客人相當多，看起來幾乎都是家庭聚餐。但多田只等了一下子，馬上就有店員上前來帶位。

「需要兒童座椅嗎？」多田才剛入座，另一名店員走過來問道。

不是原本帶位的那個店員。多田頓時感覺心跳加速，抬頭一看，果然是柏木亞沙子。

當然打從一開始，多田選擇到眞幌廚房用餐，就是抱著希望能夠見到亞沙子的期待。但多田早已做好「就算沒見到也不失望」的心理準備。前幾次多田帶小春來用餐時，亞沙子都不在。每次發現亞沙子不在店內，多田都會檢視自己的內心，確認自己「並沒有非常失望」之後，告訴自己「沒錯，就是這樣」，在心中用力讚美自己的豁達。

但如今眞的見到了亞沙子，多田才深刻感受到所謂的豁達只是自我欺騙，不禁感到胸口隱隱作痛。那種心痛的感覺，就好像小時候的某天早上，自己抱著滿心的期待打開窗戶，發現外頭眞的下雪了。就好像原本口口聲聲說「那個太貴了」的父親，眞的送給自己一輛夢寐以求的遙控車當生日禮物。那是一種過度的喜悅所帶來的淡淡哀愁。

身穿圍裙的亞沙子，向小春說了聲「嗨」，小春也回了「嗨」，接著說：「我不要椅子。」

這並不是小春第一次說出「我不要椅子」宣言。她似乎覺得坐在幼童專用的高腳椅上很沒面子。但是點兒童套餐給她，她又開心得不得了。小女孩的心思眞讓人捉摸不透。

多田每次帶她到餐廳用餐，都會上演相同的戲碼，這次果然也不例外。多田無奈地說：「妳不用兒童座椅，根本碰不到桌面吧？」

此時小春坐在多田旁邊的一般椅子上，下巴差不多和桌面一樣高。擺在對面沙發上的熊熊，也只有一對耳朵稍微高出桌面一點點。

亞沙子從店門口附近搬來一張兒童專用座椅。

「我跟妳說，這椅子可是古董呢。」亞沙子在小春耳畔低聲說道。

「什麼是古董？」

「古老又有價值的東西。」

那張椅子不管怎麼看，就只是一張非常普通的兒童座椅。小春露出充滿疑惑的眼神，亞沙子又煞有其事地說：「這是很久很久以前，法國的公主在城堡裡使用的椅子。我非常喜歡，所以請人用船載過來，放在這間店。如果妳想坐，我可以借妳坐一下下。」

「我想坐。」

小春興奮地爬上亞沙子擺好的椅子，得意洋洋地坐在上頭。亞沙子裝出一副若無其事的表情，默默看著受騙上當的小春，多田差點忍不住噴笑出來。

過了一會，亞沙子端著漢堡排兒童餐走了過來。熱騰騰的美味料理，盛裝在圓滾滾的新幹線車廂造型容器裡。

「她就是我上次見過的那個孩子？」亞沙子看著小春，向多田問道。

「對，她叫三峯春，我負責照顧她一陣子。」

多田原本想要強調「她是行天的孩子」，但最後沒有說出口。總覺得在小春面前說出這句話不太妥當。

「她很喜歡來真幌廚房吃飯。」

「謝謝你們的青睞。」亞沙子笑著說：「你常帶她來嗎？眞的很抱歉，我最近比較忙，一直沒有來這家店。」

多田心想「我知道」，但沒有說出口。多田擔心如果被她得知自己一天到晚光顧這家店，恐怕會被當成跟蹤狂。這種荒謬的擔憂，完全來自於盲目的愛情所造成的自我膨脹。

亞沙子並沒有察覺多田心中的古怪念頭，繼續以開朗的口氣說：「不過今天我會在這裡工作到打烊。」

「柏木小姐，妳貴爲社長，卻似乎很喜歡待在店裡幫忙？」

「我很不習慣社長的工作，做久了心裡很不踏實，不確定『這麼做到底好不好』。像這種時候，最好的方法就是走進店裡，親自接觸每一位客人。」

小春的漢堡排上插著一根小旗子。她抓起小旗子，一下子插在小番茄上，一下子插在小黃瓜上，不僅玩得很開心，也吃得很開心。店員送上多田點的多蜜醬蛋包飯，多田拿起湯匙輕輕舀起淡黃色的蛋皮。

亞沙子在店裡忙著招呼客人，但過了一會，她捧著爲客人加水的水壺，走到多田與小春的桌邊。

「關於ＨＨＦＡ那件事……」亞沙子稍微壓低聲音，不讓鄰桌的客人聽見。

「最近他們變得安分了些。多田，你說的沒錯，他們眞的被抓到偷偷使用農藥及化學肥料。」

「眞的嗎？」多田點了點頭，假裝第一次聽到這件事。

仔細想想，ＨＨＦＡ已經好一陣子沒在南口圓環打廣告了。

「或許是被抽查了吧。」

「據說是有人私下蒐集證據，向有關單位告發。說得難聽一點，是被人打了小報告。我還聽說有市民團體已經爲此展開了行動。」

多田點了點頭。這肯定是星在背後主導。看來星的行動方針完全符合「風林火山[27]」的精神，將「疾如風」發揮得淋漓盡致。

吃完了晚餐，多田又帶小春到大衆澡堂洗了澡，才回到事務所。

「哇！」多田開了門，打開電燈，霎時被眼前的景象嚇了一跳。「你回來了？」

行天有氣無力地癱在沙發上，連招呼也沒打，只以充滿怨恨的眼神朝多田及小春瞥了一眼。

小春小心翼翼地走向沙發。熊熊在沙發上的老位置，剛好就在行天所坐位置的旁邊。小春是個做事一板一眼的孩子，回到家第一件事，就是把熊熊放回老位置。

她斜眼警戒著行天的一舉一動，將熊熊放回沙發後，就立刻跑回多田的身邊。行天的身體完全沒有移動半分。

「吃飯了嗎？」多田問。

行天只是臭著一張臉，並沒有應話。多田不再理會他，開始忙小春的事，幫她洗手、漱口，換上睡衣。

最後鋪好小春專用的床墊，說：「該睡了。」

小春嘟起嘴說：「我不想睡。」

看來是在岡家睡太久了，此時還沒有睡意。
「明天早上要是爬不起來，妳得一個人看家唷。」
「我不要！」
小春朝蹲在地上的多田撲了過來，在多田懷裡將他緊緊抱住，以充滿期待的眼神仰望多田：
「小春想要跟熊熊玩一下下，可以嗎？」
多田心想，看來這小女孩很清楚自己很可愛，而且擅於利用自己的可愛。問題就在於她眞的太可愛了，讓多田忍不住眉開眼笑。
「好，但是只能十分鐘。十分鐘之後，一定要說『晚安』。」
「哼！」發出這個聲音的，並不是小春。
多田回過頭一看，坐在沙發上的行天竟然以雙手抓著熊熊的雙腳，將熊熊倒吊起來，作勢要將熊熊撕成兩半。
「不要弄他啦！」小春一邊大叫，一邊朝行天奔去。
她從行天的手中搶下熊熊，給熊熊「秀秀」了一下，接著轉頭瞪著行天，眼中含著淚水。
「行天是討厭鬼！」
行天默默伸出手，比出「剪刀」的手勢，猛戳熊熊的眼睛。

27「風林火山」的典故出自《孫子兵法》，原文爲「其疾如風，其徐如林，侵掠如火，不動如山」，日本戰國時代名將武田信玄將這幾句話寫在軍旗上，後人稱爲「風林火山旗」。

「不要弄他！」小春難過地大喊。

一旁的多田看不下去，朝行天走去，一拳敲在他的頭頂上。

「你還在讀幼兒園嗎？故意欺負喜歡的女生？」

「誰喜歡她了。」行天臭著臉說：「我看是你比較危險吧？」

「什麼意思？」

「你剛剛的表情，簡直就像是『抵擋不了小情婦的甜言蜜語，掏錢爲她買了毛皮大衣的色老頭』。」

「你在哪裡見過那種老頭？」

「電視連續劇裡。」

行天似乎很喜歡看中午的電視連續劇。多田猜想，他一定是趁自己將小春帶在身邊的日子，偷偷跑到露露、海希的房間追劇吧。多田長嘆一聲，決定先將小春與行天隔離再說。

「小春，妳帶著熊熊來這邊玩。」多田將小春指引到行天對面的沙發上。

「時間一到就要馬上睡覺，知道嗎？」

「好。」

小春開始在熊熊的耳朵上綁起蝴蝶結。但她的手太小，怎麼綁都綁不好，搞了半天還是沒成功。照這個狀況下去，十分鐘之後大概也不會有什麼進展。但小春並沒有向多田求助，一對眼睛只是專注地看著熊熊與緞帶。或許她知道只要一抬頭就會看見行天。對於曾經欺負過熊熊的行天，她似乎決定採取徹底無視的策略。

多田起身走進廚房，拿了塑膠杯倒了麥茶，接著又拿了玻璃杯，倒了威士忌。兩個杯子裡都放了一些冰塊。

「喝吧。」多田回到會客區，將兩個杯子放在矮桌上。

行天看著眼前的威士忌，詫異地問：「你呢？」

「我現在不想喝酒。」

多田一邊回答，一邊走到小春身邊坐下，從褲子後口袋取出香菸盒及車鑰匙，抛在矮桌上。雖然很想抽菸，但不想在小春面前抽。小春拿起麥茶，先假裝餵給熊熊喝，接著自己才喝了起來。

「行天，我希望你親近孩子，並不是因爲你是孩子的父親。」

行天像喝麥茶一樣把威士忌灌進肚子，一聽見這句話，全身登時流露出明顯的防備心。他將杯子放在矮桌上，維持上半身前傾的姿勢，雙手輕輕交握。

「你想表達什麼？」

「我也不知道。」多田歪著頭說道。

明明很想對行天說出最近一直掛在心裡的話，但眞要準備說了，那些話卻又突然變得模模糊糊。千言萬語彷彿在體內隨意流竄，不知道該如何表達，也不知道自己到底想要表達什麼。

「只知道跟痛苦有關，但我也摸不著頭緒。」

「既然摸不著頭緒，那就別說了吧？」

「不行，一定要說。我認爲你應該更努力嘗試與小春好好相處。至少嘗試看看，不要打從一開始就選擇逃避。」

「我拒絕。」

行天說得斬釘截鐵，多田卻裝作沒有聽見。

「就算你跟她沒有任何血緣關係，我還是會用同樣的話來勸你。行天，你知道爲什麼嗎？因爲你活在痛苦之中。」

多田與行天隔著矮桌互相瞪視。多田試圖踏入行天的私人領域，而行天極力阻止多田擅闖禁區。兩人各自拿捏著雙方的安全距離，就這麼過了數秒鐘。

「小鬼快睡著了。」行天突然說道。

多田聽行天這麼一說，才察覺小春變得非常安靜。轉頭一看，小春抱著熊熊，雙眼半開半闔，似乎隨時會進入夢鄉。多田於是將小春抱到床墊上，爲她蓋好小涼被，輕拍肚子幫助她入眠。

會客區的沙發不斷傳來冰塊碰撞玻璃杯的聲音。

多田確認小春已沉沉睡去，才又回到沙發坐下。

「今天我去了你的老家。」

「什麼?!」

行天將玻璃杯放在矮桌上，霍然起身：「你瘋了嗎？要是小鬼被帶走，你要怎麼向凪子交代？」

「你冷靜點。」多田揮揮手，要行天先坐下來。

行天或許因爲太過激動，整個人癱倒在沙發上。

「你的父母已經不住在那裡了，這一點你應該也很清楚。那棟屋子現在成了空屋。」

「就算搬走了，你帶著小鬼到那裡去，消息還是有可能傳入他們耳中。」

「我遇上一個你當年的鄰居，稍微聊了一下，她並不清楚你父母現在的下落。而且我說小春是我的孩子，所以你完全不需要擔心。」

行天焦躁地抖起了腳。

「所以呢？你把自己當成神探，將那個不正常的家庭徹底調查了一番？」

「我只打聽到你的父母對你的管教很嚴格，以及你的母親似乎信仰某種宗教。」多田淡淡地說道。

行天長嘆一聲，似乎放棄了抵抗，單邊的嘴角有如抽搐般微微上揚。

「如果那些不可告人的事情也算管教的話，或許你說的對，我的母親對我管教很嚴格。但你知道她爲什麼那麼對我嗎？」

行天沒等多田回應，便道出了答案。他一秒鐘也不敢等待，宛如正在逃命。

「因爲她相信我是一個特別的孩子。從小到大，我就算生病，她也不帶我去醫院，甚至不給我吃藥。你知道爲什麼嗎？因爲她不希望我的『寶貴肉體』被科學物質污染。聽起來很扯對吧？」

行天說得輕聲細語，卻帶著一股歇斯底里的情緒。「她說我的肉體很『寶貴』，但只要我的行爲有任何一點不合她的心意，她就會將我狠狠教訓一頓。她說如果不這麼做，我會聽不見神的聲音。」

你的母親用什麼樣的方法教訓你？這個疑問，多田實在問不出口。因爲行天的眼神，彷彿在說「所有你想得到的方法」。

「我周遭的大人都沒有察覺不對勁。我的父親不僅沒有幫我說話，反而還跟她一起……」

「行天，不要再說了。」

「你不是很想知道嗎？既然你好奇，我就全部告訴你。」行天笑了起來。

「我這輩子從來沒聽過神的聲音。這不是廢話嗎？誰會聽過神的聲音？但是母親總是告訴我：『春彥，以後你會繼承教主的地位，陪伴在神的身邊。媽媽這麼努力就是爲了見證那一天的到來。』你說，我母親是不是腦袋有問題？」

多田不知道該怎麼回答，只好沉默不語。行天的心情似乎稍微平復了一點，他拿起多田放在矮桌上的LUCKY STRIKE菸盒，抽出一根，以顫抖的雙手取出打火機點了菸，深深吸了一口。

「我還眞希望她的腦袋有問題。這樣我至少可以安慰自己，我的母親就是腦袋有問題，我應該看開一點。」

煙霧之中，行天瞇起了雙眼。那表情看起來像是在笑，又像在強忍痛楚。「可惜她的腦袋一點問題也沒有。她唯一的問題是相信。她相信神，相信自己的孩子，相信自己的行爲並沒有錯。如果這樣叫做瘋子，那全世界的人都是瘋子。」

多田垂下頭，看著小春沒喝完的麥茶。多田看見冰塊在杯中逐漸融化，才想起屋裡很熱。窗外飄入了若有似無的喧囂聲，紅色的風鈴正在搖擺。

多田得知了行天的悲慘遭遇，只是冰山一角，就讓多田心生畏懼。但是另一方面，多田對一件事情的信心並沒有絲毫動搖。

那就是行天絕對和他的父母親不同。

行天或許會嗤之以鼻說：你和我的母親有什麼不同？我的母親相信神，相信孩子，相信自己的行為。而你呢，你相信我。你們都一樣。

即便會遭行天如此取笑，多田還是堅信事實並非如此。而且多田相信，行天自己也知道事實並非如此。

這個世界並非充斥著瘋子，只是存在著「愛與信賴有時會讓人做出錯誤決定，甚至成為傷害他人的凶器」這個殘酷又諷刺的事實。但如果因此徹底否定愛與信賴，從此變得憤世嫉俗，完全摒棄心中追求善與美的意念，那才是最愚蠢的決定。就像好不容易才拔出插在身上的凶器，卻拿著那凶器把傷口挖得更大。

多田決定執行心中盤算已久的那個計畫。

「行天，你願不願意試試看，和小春兩個人一起度過一個晚上？」

這突如其來的建議，讓行天吃了一驚，香菸脫手落下。幸好行天反應快，趕緊用手指將香菸夾住。

「當然不願意。」行天說道。

「噢，可是很不巧，我今天晚上有約會。」

「有約會？難不成是……跟亞沙子？」

「沒錯。」

多田將手伸向矮桌，想要拿發財車的鑰匙。行天察覺多田的意圖，伸出沒有拿菸的左手過來阻止。多田伸出另一隻手撥開行天的左手。行天迅速將菸拿到菸灰缸捻熄，以空下來的右手全力死守車鑰匙。

在那小小的銀色金屬片上方，多田與行天的雙手互相拍來拍去，簡直像是小學女生一邊唱著「小皮球、香蕉油」一邊玩的拍手遊戲。

「你還不明白嗎？如果你不勇敢面對心中的恐懼，恐懼就會永遠占據你的內心。」

「別說得好像你很懂。多田，你到底知不知道問題的嚴重性？把我跟小鬼單獨留在這裡，明天早上你就得把嚴重瘀青而且哭哭啼啼的小鬼送上救護車。」

「我說過了，絕對不會有那種事，總之車鑰匙我要拿走。」

「休想，我需要車子逃離這裡。」

兩人對話期間，雙手依然互相拍個不停，多田的手背早已麻到沒有知覺了。

「等等，我們先休戰一下。」

「好，不然我的手會比小鬼早一步嚴重瘀青。」

兩人都沒有動車鑰匙，各自把手放在膝蓋上。

多田看著行天右手小指上的傷痕。

「行天，你不是說過嗎？『不需要害怕，雖然沒有辦法讓一切恢復原狀，但至少不是完全無法修復。』」

「我說過那種話？」

「沒錯，現在輪到我告訴你了。你不需要害怕，轉頭看看小春吧。她如此幼小，而且對我們絲毫不抱懷疑，你真的下得了手，把她打到瘀青嗎？」

兩人明明已經吵翻了天，小春卻依然安穩地睡著。從掛簾的縫隙，可看見她在床墊上躺成了大字形。

行天朝小春瞥了一眼。

「並非不可能。」行天說。

「那我們就來試試看吧。我賭你絕對做不到。」

「你到底哪來的自信？」

「就算不會被愛，還是有愛人的能力。」

行天目不轉睛地看著多田。

「眞虧你說得出這種話，不覺得尷尬嗎？」

「非常尷尬，但是沒關係。反正我要約會去了，不會繼續待在這裡。」多田伸手想要拿鑰匙。

「年紀一大把了，還想學年輕人約會，光這件事就夠你尷尬了吧？」行天立刻伸手制止。

兩人再度玩起了拍手遊戲。

「爲了約會而放棄照顧孩子的職責，這是成熟大人應該做的事嗎？」

「你好像沒資格說我吧？一年到頭只會到處閒晃，沒見你認眞照顧過小春。」

「是你自己擅自答應要照顧她，怎麼反而把責任推到我頭上？何況哪來的一年到頭？你才照顧小鬼半個多月，就想放棄了？你應該向全世界認眞照顧孩子的人道歉！」

「是哪個傢伙只會播種不會照顧？竟然還有臉說我！」

這樣下去恐怕會沒完沒了。多田實在沒有多餘精力與行天繼續耗，因此決定使出殺手鐗。多田用力吸了一口氣之後說：「你剛剛已經喝了酒，還想開車去哪裡？難不成你想酒駕？」

行天被陰了這麼一招，整個人傻住了。多田趁這個機會奪下了鑰匙。

「你太卑鄙了！」坐在對面沙發的行天惡狠狠地瞪著多田。

「這叫老謀深算。」

多田難得成功擺了行天一道，忍不住嗤嗤竊笑，只差沒有哼起歌來。

如果是平時的行天，看見多田不喝酒，應該早已暗中提防。畢竟兩人都是嗜酒如命的人，小春住進事務所之前，兩人經常整晚沒交談，只是各自喝著自己的酒。

「你的敏銳直覺跟判斷力怎麼退化了？」多田將鑰匙勾在手指上不斷旋轉，調侃起了行天。

「都怪那個小鬼，搞得我心浮氣躁。」行天懊惱地說。

多田從沙發上站了起來，走向床邊。脫掉工作服，換上襯衫及牛仔褲。動作非常小心，以免將小春吵醒。

接著多田蹲了下來，看著小春的睡相。伸出手指，以食指的關節輕觸小春的臉頰。動作非常輕柔，大概就只是好像碰到又好像沒有碰到的程度。手指的皮膚隱約可以感覺到，小春那光滑粉嫩的臉頰上，覆蓋著非常細緻的柔毛。多田忍不住微微一笑。小春完全沒有察覺，依然睡得安詳。

接著多田將雙手撐在兩邊膝蓋上，站了起來。

「行天，那就麻煩你看家了。」

「你真的是出去約會嗎？」

「是啊，如果有什麼事就打我的手機。」

「我也出門走走，到處閒晃一個晚上吧。」行天作勢起身。

「隨便你。」多田淡淡地說：「但你不在的時候，如果小春發生什麼意外，我會結束自己的生命。」

行天凝視著多田。多田的態度相當淡定，但眼神中帶著覺悟。行天明白多田並不是在開玩笑，最後只好屈服。他懊惱地躺回沙發上，拿起小涼被蓋住了頭。

多田離開事務所，走向自己租了車位的停車場。

我眞是無恥。多田在心中想著。苦澀的滋味從舌根擴散到喉嚨，彷彿吃了藥粉卻沒有完全吞下。我竟然以自己的過去當作武器，逼迫行天屈服。

行天知道多田曾經失去過孩子，因此當多田說出那樣的話，行天不管再怎麼不願意，還是不敢棄小春於不顧。行天心裡很清楚，如果小春有什麼三長兩短，多田是眞的會產生厭世的念頭。

多田坐進了發財車的駕駛座，扣上安全帶前先抽了一根菸。

既然你不放心把小春一個人留在家裡，三更半夜還出去約什麼會？孩子是你答應要照顧的，半夜卻跑出去鬼混，你不覺得太不負責任嗎？

其實行天大可這麼反駁，但他並沒有說出這種話。或許是因爲他在多田的事務所裡吃閒飯，心裡抱有一絲愧疚吧。他認爲自己沒有資格阻撓多田與亞沙子約會，所以不敢有怨言，只能摸著鼻子默默承受。

行天經常取笑多田是個雞婆、耳根子軟的爛好人。

但多田心想，行天，眞正的爛好人是你自己。

多田愣愣地笑了一會，將菸頭拿到車上的菸灰缸捻熄。一發動引擎，空調出風口吹出溫熱且夾帶灰塵的風。

現在該去哪裡打發時間呢？

爲了消磨從現在到清晨的漫長時間，多田轉動方向盤，開著車子在街上漫無目標地遊盪。

車子終於抵達了眞幌市郊區的丘陵地帶，有一座市營的墓園。多田靠著車頭燈的亮光，駕駛發財車緩緩爬上蜿蜒的坡道。

「果然……」

車子終於抵達了墓園的門口，但大門當然是緊閉的狀態。

多田並沒有將引擎熄火，下車走向園門。那扇門並不高，大約只到胸口，要翻過去一點也不難。但多田並沒有這麼做，只是愣愣地站在門前。

周圍的樹木不斷搖曳，發出沙沙聲響，猶如一道道黑影。

原本打算先來把墳墓周圍的野草拔一拔，這樣中元節掃墓的時候就可以輕鬆一點。多田點了根菸，忍不住笑了起來。三更半夜來墓園拔野草？我一定是瘋了。

多田那早夭的兒子，就長眠在這座墓園。

多田有時會感到好奇，爲什麼自己還能保持理性。但是另一方面，多田也感覺到痛楚及記憶在自己的心底越埋越深。就好像覆蓋上一層層名爲時間的泥土，從前那淸晰的尖叫聲與啜泣聲，正在逐漸變得模糊，逐漸變得遙遠。

然而那些東西就像是永遠不會發芽的堅硬種子，如今依然潛藏在多田的體內，永遠不會有消失或被遺忘的一天。

多田在那泥土上努力踩踏，希望讓那泥土更加堅硬，希望讓那冰凍的種子埋得更深。多田心裡很清楚，自己正站在那泥土的上頭，擺出一副不曾受傷的嘴臉，試圖與某人展開戀情；同時卻又虛僞地拿過去的傷痛當作武器，逼迫某人屈服。

我眞是個自私的男人。

「下次再來看你。」

多田低聲說完，離開了大門邊。

開著車子下了山丘，回到主要幹道，朝眞幌市中心的方向前進。多田不禁嘆了口氣。像這種時候才更加深刻感受到，自己終究是個無處可去的人。

由於一點也不想聽收音機，車內一片寧靜。在這種深夜時刻，行駛在主要幹道上的車子也寥寥無幾。便利商店及加油站的燈火不斷從身旁向後流逝。

行天現在在做什麼？小春要是半夜哭了該怎麼辦？

行天雖然極度排斥接近孩子，但是當有必要的時候，他還是會對孩子付出關心。多田獨自離開事務所，正是抱持著這樣的信心。但是一個人默默開著車子，多田感覺不安的情緒在胸中逐漸膨脹。

多田要求行天留在事務所，完全是基於一番好意。正如同獅子會把心愛的孩子推下懸崖，多田讓行天背負照顧孩子的責任，可說是一種置之死地而後生的策略。當然行天對多田來說，絕對不是什麼「心愛的孩子」，但一想到這麼做能讓行天與小春建立起良好的關係，多田便感覺心頭有種撥雲見日的舒暢感。

但是另一方面，多田卻又擔心自己鑄下大錯。這荒唐的決定，或許不僅傷害了行天，也將小春推進了萬丈深淵。

乾脆回去算了。多田對自己的決定越來越沒有自信。偏偏此時多田又面臨了另一個問題。

好想睡覺。

明明開著車子，多田卻感覺到強烈的睡意。仔細一想，自己從一大早就頂著大太陽在岡家的庭院裡拔草，而且還要分神注意小春，一刻也無法鬆懈。後來又聽了行天的悲慘經歷，內心受到巨大的衝擊。身心的疲勞在此刻到達極限，似乎也是合情合理的事情。

如果勉強開車返回事務所，搞不好會在途中因爲打瞌睡而出車禍。比較保險的做法，還是先找個合適的路肩，把車子停下來。

多田勉強撐起沉重的眼皮，努力左右張望。眞幌廚房的招牌在黑暗中異常明亮，綻放著耀眼的光芒。

算了，管他的。多田決定將車子開進眞幌廚房的停車場。這是今天第二次來到這座停車場。

多田以最後的力氣將車子停進白色的停車格，打開窗戶，關掉引擎。

多田就在這一刻耗盡了所有力氣。發財車的駕駛座不但狹窄而且無法調整椅背角度，多田還是立刻睡著了。

漸涼的晚風輕拂著下巴。多田隱約感覺到自己似乎在作夢，但完全不記得夢境的內容。

不知何處似乎傳來呼喚聲，讓多田有些緊張。多田這才察覺自己竟呈現倒下的狀態，將副駕駛座的兒童安全座椅當成了枕頭。由於身體的軀幹一直彎曲著，腰椎痠痛不已。

多田掙扎著坐起上半身，在狹窄的車內勉強伸了個懶腰。不知睡了多久，但感覺腦袋清醒多了。多田將手放在脖子上，正按摩著僵硬的肩頸，下一秒卻像凍結了一般，動作完全停止。

亞沙子竟然站在駕駛座的車門外。她的身上雖然沒有圍裙，但白襯衫配上黑褲，正是傍晚在店裡見到她時的穿著打扮。唯一的差別是她放下原本紮成一束的秀髮。烏黑油亮的筆直長髮垂掛在肩膀上，讓亞沙子的臉孔輪廓變得更加清晰。

多田嚇得全身一震，大腿撞上了方向盤。

「好痛！」

「你還好嗎？」亞沙子將頭探進開啟的車窗，關心多田的狀況。

「沒、沒事……」

多田趕緊整了整頭髮，接著又抹了抹嘴角，擔心睡覺時流了口水。

「對不起，突然把你叫醒。我看你睡得很熟，但我們這停車場要關了。」

剛剛隱約聽見的呼喚聲，是亞沙子發出的？「請別這麼說，是我不好意思。」多田趕緊搖頭，環顧左右。眞幌廚房的招牌燈已經關閉，窗戶也是一片漆黑。

「現在幾點？」多田趕緊問道。

「剛過十二點。」亞沙子回答了多田的問題，完全沒有催促。

「對不起，我立刻把車子開走。」

多田轉動車鑰匙，發動引擎。自己沒有進入店內，卻把車停在停車場，坐在車子裡呼呼大睡，不曉得亞沙子會怎麼想？夜晚不像白天那麼悶熱，多田卻不知不覺滿頭大汗。

「沒關係，你慢慢來。」

亞沙子那原本被車門擋住的手，出現在多田的眼前。她拿著一個銀色的保溫瓶。

「要不要一起喝杯冰涼的咖啡？」

「呃，可是……」

「反正你也知道，我沒有急著回家的理由。」

亞沙子露出淡淡的微笑，多田從那微笑中，看見了與自己相同的疲倦。於是多田伸長手臂，打開副駕駛座的車門，接著迅速拆下兒童安全座椅，下車將安全座椅放進車斗。亞沙子等到多田回到駕駛座，才繞過前擋風玻璃，坐進副駕駛座。

「我有杯子。」

亞沙子坐定之後，從公事包取出一個層疊式的可伸縮塑膠杯。「我隨時帶著這個杯子，方便用來刷牙。」

亞沙子取下保溫瓶的蓋子交給多田：「你用這個吧。」多田接下蓋子，手掌感受到一陣冰涼。多田猶豫了一下，認爲安靜比涼爽重要，於是再度關閉引擎。亞沙子在多田的蓋子裡倒了些冰咖啡，多田喝了一口。亞沙子接著又在那個看起來像玩具的塑膠杯裡倒了咖啡，自己也喝了起來。車內非常狹窄，兩人的肩膀幾乎碰在一起。

兩人就在黑暗的停車場內，看著偶爾出現的車輛通過前方的幹線道路。

「多田，你看起來好像很累。」過了半晌，亞沙子才開口說話。

她故意裝出開朗的語氣，反而更讓多田明顯感受到她的靈魂直到剛剛都徘徊在另一個遙遠的世界。

她多半是想起了過世的丈夫吧。多田如此猜想，於是也故作開朗地回應道：「不習慣照顧孩子，每天都累得像條狗。」

「那孩子叫小春，是嗎？她眞的很可愛呢。」亞沙子露出些許寂寞的微笑。「不過要一整天陪著孩子，我相信確實不輕鬆。」

「有時候她看起來像個小惡魔。」

「她現在怎麼沒跟你在一起？難道你把她一個人放在家？」

「行天在家裡照顧她。」

多田在心裡補上一句「但願如此」。喝光了咖啡，多田想找東西把杯子擦乾淨，但一摸口袋，連條手帕都沒有。

「沒關係，就這樣吧。」亞沙子絲毫不以爲意，接過了蓋子，蓋回保溫壺上。「多田，你怎麼會跑到這裡來？」

多田聽她終於問出了關鍵的問題，本來想回答「因爲太想睡覺」，但話到嘴邊，突然轉了念頭。

「當我回過神來，已經在這裡了。」

多田總覺得這句話還不夠完整，又補了一句：「每次我都是因爲這樣，才來到這間店。」

亞沙子默默將塑膠杯收攏，放回公事包。多田見她沒有任何回應，內心有些失落。不過多田馬上告訴自己，這原本就是可以預期的事。自己說出那種莫名其妙的話，沒有引起她的不悅，已經要謝天謝地了。

「爲了答謝妳請我喝咖啡，我送妳回家。」

多田發動引擎，慢慢踩下油門。來到停車場外，多田將車子停了下來。亞沙子默默下了車，掛上停車場出入口的鏈條，接著又回到副駕駛座。多田本來擔心她會直接攔計程車離開，幸好她又上了車，讓多田感到有些欣慰。

在深邃的夜色之中，多田的發財車離開了幹線道路，朝著住宅區松丘町前進。

「我早就隱約感覺到了。」亞沙子低聲說道。

住宅區內的街道既狹窄又昏暗。車子轉了好幾個彎，停在亞沙子的那座大宅邸的前方。亞沙子默默坐在副駕駛座，並沒有馬上下車。

附近都是住家，整條街道非常安靜，車子的引擎聲顯得異常刺耳。多田於是轉動鑰匙關掉了引擎。但這麼一來，車頭燈也熄滅了，車內幾乎什麼也看不見，只有街燈隱約照出了亞沙子的側臉輪廓。

多田將上半身探向副駕駛座，以自己的嘴唇在亞沙子的嘴唇上輕輕碰了一下。多田刻意放慢每個動作，好讓她隨時可以逃走。但是亞沙子的身體連動也沒動一下。

多田將上半身挪回駕駛座，轉頭面對正前方。

「我該回去了。」多田說。

「要不要進來坐一會？」幾乎在同一時間，亞沙子說出了這句話。

接著兩人同時發出「咦」的聲音，同時愣了一下，看著對方。

「你要回去了？」

「還是我進去坐一會？」

或許是多田使盡全力推翻前一句話的表情太逗趣，亞沙子忍不住笑了出來。緊張感頓時一掃而空，多田也被自己的窩囊給逗笑了。

「請進。」

在亞沙子的邀約下，多田首次踏進柏木家的大門。下車前，多田將發財車開到路邊，而且盡量貼近圍牆。多田其實很不安，擔心鄰居看見一輛車停在柏木家的門口，會損害亞沙子的名聲。亞沙子見了多田的神情，說：「你放心，都這麼晚了，不會有問題的。何況這附近很少會有警察來開單。」

雖然亞沙子想的跟多田想的完全是兩碼子事，但多田見亞沙子毫不在意，也沒再多說什麼。

從大門到建築物的玄關門口之間，是一座小小的庭院。庭院裡種滿了樹木，樹上都開著白色的花朵。多田見整座庭院整理得乾淨美觀，心想多半是有專業的園丁負責維持，亞沙子根本沒必要雇用半調子的便利屋。多田只認出其中一種植物是木槿，另外還有一種開滿圓球狀小花的樹木，多田從來沒有見過。多田本來想詢問亞沙子，但見亞沙子正要打開玄關大門，臉上帶著異常緊張的表情，一時竟問不出口。多田心想，就算是小偷也不會用這種表情盯著鎖孔吧。

一走進大門，眼前便是一大片貫通一、二樓的挑高空間。光是這個門口大廳，面積應該就有多田便利軒的一半。黑暗籠罩著整個空間，即便亞沙子打開了電燈，走廊的深處依然是漆黑一片。多田脫下鞋子走了進去，心中暗自慶幸今天已經去大衆澡堂洗過了澡，還換了衣服。地板光亮乾淨，看不見一點灰塵。

亞沙子沒有穿拖鞋，也沒有叫多田穿，直接走上二樓。客廳及廚房應該都在一樓才對，多田心中有些詫異，但沒有多說什麼，默默跟在亞沙子身後。

亞沙子走進二樓的臥房。多田心想，這未免進展得太快了吧？不敢跟著走進去，在房門口停下了腳步。亞沙子拉上窗簾，打開電燈及空調。

臥房裡有兩張單人床，中間隔了一小段距離。多田心想，其中一張應該是她的丈夫還在世時睡的吧。床上蓋著深藍色的防塵罩，一部分高高隆起，似乎底下的棉被等寢具都還維持著原狀，並沒有收掉。

亞沙子坐在自己床上，以手掌比了比身旁。

「進來吧。」

多田於是走進房內，反手關上門，走到亞沙子的身旁坐下。但畢竟不敢緊貼在她身邊，所以坐的位置有點遠。兩人就這麼並肩而坐，面對亞沙子亡夫的床，多田越想越覺得詭異。

「抱歉，我忘了泡茶。」

亞沙子急忙站起來。但由於兩張床之間的通道相當窄，亞沙子必須跨過多田的雙腿，才能走到房門口。

「不用了，我並不想喝茶。」

多田說完，差點想補一句「妳冷靜點，不用這麼緊張」。亞沙子又坐了下來，問：「眞的不用嗎？」這一站一坐，兩人之間還是隔了約三隻手掌的距離，完全沒有縮短。

「你是不是……有點在意那張床？」亞沙子低聲問道。

她或許看多田一直盯著對面的床，內心有些不安吧。

「一樓客廳的沙發還滿大的，或許我們可以去那裡。」

多田轉頭望向坐在旁邊的亞沙子。她一直低著頭，或許是因爲太過緊張及慌亂，表情有點像是在發脾氣。

多田忽然覺得亞沙子那模樣好可愛。

「地點不是問題。」多田說：「問題是我太久沒有那方面的經驗，早就生疏了，不曉得能不能成功。」

「不是因爲對我沒有興趣？」

「當然不是。」

亞沙子停頓了一下，不知道在想著什麼事，接著她突然爬到床上，繞過多田的身體，從另一側下床。

「我想去洗個澡，你呢？」

「我去過大衆澡堂，應該不用再洗了。不過如果妳介意，我就去洗一下。」

亞沙子微微一笑，走出了浴室。

「二樓也有洗手間，如果你有需要可以去那裡。」

亞沙子說完便下樓去了。

多田獨留在臥房內，聽著亞沙子下樓的腳步聲，深深吐了一口氣，觀察起臥房內的擺設。除了兩張床，以及窗邊有一座造型簡單的立燈，房內幾乎什麼也沒有。既沒有亡夫的遺照，也沒有套裝之類的衣物。

多田走出臥房，來到走廊上。在牆上摸到了電燈開關，打開一看，整條走廊並排著好幾道門。一個人住這麼大的房子，肯定會感覺天亮前的時間非常難熬吧。

多田憑著直覺找到洗手間，進門洗了手，順便洗把臉及漱口。映照在鏡子上的臉孔看起來非常淡定，眼白沒有血絲，鼻孔也沒有撐大，反而令多田有些不安。爲什麼我的心情會這麼平靜？眞的沒問題嗎？

回到臥房後等了一會，亞沙子也洗完澡回來了。多田本來擔心她如果一絲不掛走進來，自己可能會嚇到招架不住，幸好她穿著白色T恤及黑色休閒褲。那似乎是她的睡衣及睡褲，布料已經穿到有些鬆垮，多田反而覺得這樣的小缺點更增添了她的可愛。但多田也不禁感慨，當喜歡上一個人的時候，眼中不管看到什麼都會變成優點。

亞沙子爬上了床，坐在多田身邊。她的脖子上掛著一條毛巾，簡直像個中年大叔，而且頭髮根本沒擦乾。

「我想……」亞沙子開口說道：「那個應該跟騎腳踏車一樣吧？學會騎腳踏車之後，就算隔了很久沒騎，只要練習一下，馬上就會回想起技巧。」

多田明白亞沙子說這些是爲了減輕多田的心理負擔。但亞沙子不是腳踏車，是人，而且是多田暗戀的對象。多田無論如何不想失敗，而且因爲不想傷害對方，做每件事情都必須愼重考慮。

多田露出苦笑，輕輕伸手取下亞沙子脖子上的毛巾，溫柔擦拭她的秀髮。亞沙子放鬆了全身的力氣，坐倒在多田的懷裡。多田拿著毛巾，從後方以環抱亞沙子的姿勢，將溼淋淋的頭髮擦乾。

「柏木小姐，我在很久以前曾經擁有過一個家庭。但我的兒子在嬰兒時期就死了，我跟妻子也離婚了。」

亞沙子依偎在多田懷裡，頭部微微動了一下，看起來像是正在輕輕點頭，也像是想要轉頭仰望多田。多田並沒有理會，接著說道：「我應該要把當時發生的事情告訴妳，否則對妳不公平。包含我做了什麼，以及我沒做什麼……但我擔心自己沒辦法表達得很清楚。」

「你曾經把那些往事告訴過別人嗎？」

「只告訴過行天，當時是一時衝動。」

「既然如此，你不必勉強告訴我。」多田明顯感受到毛巾底下的亞沙子點了點頭。「行天知道你的往事，還願意繼續跟你當朋友。我只要知道這點就夠了，不需要其他的理由。」

我跟行天根本稱不上朋友。多田差點脫口說出這句話。同時，多田感到一陣欣慰。

原來我一直在期待有人對我說出這樣的話。

亞沙子的這番話具有一種魔力，不僅足以擊碎多田內心深處的冰凍岩石，甚至還能將行天從水深火熱的地獄之中拯救出來。如果可以，多田希望行天也能聽見亞沙子這番話。

行天，我跟你一起生活了兩年多。今天晚上，我甚至把小春交給你一個人照顧。光從這一點，就足以證明我是多麼信任你。我相信你永遠不可能陷入暴力的深淵而無法自拔。不管有多少人否定你，我都對你深信不疑。

亞沙子似乎完全沒有察覺，她的一句話發揮了多大的威力。她只是靜靜地坐著，將纖細的頸項呈現在多田的面前。多田將亞沙子緩緩抱緊，感受著兩種心跳聲，迴盪在兩個人的體內。

「多田，我可能永遠無法忘記我那過世的丈夫。」亞沙子呢喃道：「我是眞心愛著他。但我心中也有一種遭到背叛的感覺。那種感覺是憎恨、憤怒，還是悲傷，我也說不上來。但我想這個模糊不清的感覺，可能會跟著我一輩子。」

我也一樣。多田心裡想著，但沒有說出口。我對失去的家人，也有著相同的感覺。然而我眞的沒想到，這宛如爛泥一般的心，竟然還會長出讓我能夠重新愛一個人的嫩芽。

「我想要活下去。」亞沙子說道：「我想帶著與丈夫的記憶，以及對丈夫的怨恨，重新好好活下去。」

我想要重新愛一個人。

那就像是一種刻印在靈魂上的意念，不論遭受多少傷害都不會埋沒或磨滅。只要生命還在延續，它就會是一股讓人願意繼續往前邁進的動力。互相凝視的雙眸，緊緊相繫的雙手，爲了細語呢喃而存在的雙唇。渴望理解、渴望獲得、渴望愛的心情，就如同想要呼吸、想要進食的欲望，是早已輸入靈魂之中的生命本能。

「感覺如何？有信心了嗎？」亞沙子問道。

多田停下了輕撫亞沙子肌膚的動作。明明兩個人脫光了衣服躺在床上，卻一點氣氛也沒有。

「我好像慢慢回想起騎腳踏車的技巧了。」

「你可以慢慢想。」亞沙子露出戲謔的微笑，鑽進了棉被裡。「我也會盡量幫你想起來。」

多田也忍不住笑了出來。這一笑，登時感覺心情輕鬆多了。多田終於能夠專注於眼前的行爲，不再介意旁邊那張床。

剛開始的時候，多田總覺得有種說不上來的不協調感。那多半是因爲雙方的習慣及時機都還沒完美契合。多田並沒有硬來，而是以雙手抵在床上，撐起自己的身體，靜靜等待著。躺在多田下方的亞沙子緩緩睜開了雙眼。雖然早已關掉房間的電燈，多田還是可以看見亞沙子的雙眸閃爍著溼潤的光澤，仰望著自己。

亞沙子伸出了纖柔的雙臂，勾住多田的頸子，將多田的身體輕輕帶了過去。多田感覺到一股暖意包覆著自己的全身，不由得輕吁了一口氣。兩人的身體完全貼合，再也沒有不協調感，彷彿打從一開始就是最自然的狀態。

由於太久沒有做這檔事，印象早已模糊。但多田不禁納悶，以前做的時候，好像沒像現在這麼累。多田在床上坐了起來，靜靜地調勻呼吸。眞的是有夠累。相較之下，頂著大太陽在庭院裡拔草，或是在氣溫低於零度的寒冬裡擦窗戶，都還比這檔事輕鬆得多。只不過內心的充實感，遠勝於看見庭院或窗戶變乾淨就是了。

亞沙子從廚房拿來寶特瓶裝的礦泉水。多田看她走得東倒西歪，似乎也有些雙腳發軟。

「我好像眞的上了年紀。」

亞沙子一邊嘀咕，一邊走到多田身旁坐下，拉起涼被蓋在身上。多田不知該怎麼回應，只好沉默不語。說「對啊」好像不太對，說「都怪我不中用」好像也不太對。多田拿起寶特瓶，直接對嘴喝了一口。最後多田沒有回應亞沙子的話，而是提了另一個問題。

「妳是什麼時候發現的？」

「發現什麼？」

「我喜歡妳。」

「這種事情，通常都會發現吧。」亞沙子露出一抹淡淡的苦笑。「打從一開始，我就發現了。」

「爲什麼妳願意接納我？」

「你問題眞多，難道就不能沒什麼理由嗎？」

多田對於自己能夠擄獲亞沙子的芳心完全沒有自信，因此默不作聲，靜靜等待一個更加明確的答案。亞沙子的表情似乎在說「那檔事都做了，現在才來問這個，不嫌太晚嗎？」，但最後亞沙子笑了笑，歪著頭想了一下。

「如果要勉強說出一個理由，大概是因爲我在你面前大哭了一場。」

「什麼意思？」

「我拜託你幫忙處理亡夫遺物時，不是哭得很慘嗎？」

「嗯。」

多田正是因爲看見亞沙子像孩子一樣哭得一把眼淚一把鼻涕，才產生了心動的感覺。

「我是個自尊心很強的人，連我自己都沒想到我會像那樣大哭，或許這代表我在你面前可以表現出最眞實的自己。」

當時行天也在場，怎麼被排除在外了？但此時亞沙子看著多田露出燦爛的笑容，多田也不好意思說出掃興的話。

多田與亞沙子再度躺回床上，互相感受著對方的體溫入眠。

「要是我表現得太眞實，變成一個厚臉皮的女人，你還會愛我嗎？」亞沙子問道。

要比厚臉皮，有誰比得過行天？

「放心，這方面我挺能適應。」多田在半睡半醒之間說道。

不知睡了多久，多田感覺到亞沙子在親吻著自己的下巴，逐漸從睡夢中清醒了過來。微微睜開眼睛，破曉的陽光正從窗簾的縫隙透入臥房內。

亞沙子的雙唇，原本在多田那長滿鬍碴的下巴附近輕移，但她發現多田醒了，羞赧地將頭移回枕頭上。

「早安。」兩人同時說道。

但兩人都不想馬上起床，繼續躺在涼被裡。多田撫摸著亞沙子的頭髮，亞沙子閉上了雙眼，似乎很享受於這種感覺。

彷彿正在作著一個快樂又幸福的美夢。

多田這輩子常常「不小心說出眞心話」，但「不小心哼出歌」卻是破天荒頭一遭。「哼哼∼哼哼∼」的聲音形成了雲霧一般若有似無的旋律，不斷自鼻腔傾瀉而出，實在讓多田有點困擾。

多田沐浴著晨曦，哼著自己創作的旋律回到事務所。走到樓梯平臺時，多田勉強停下了腳步。先摸摸臉頰，確認嘴角沒有莫名其妙地上揚，接著輕咳了兩聲，讓喉嚨停止哼歌。這一點裝嚴肅的理性，多田還是有的。

確認全身上下都恢復正常模式之後，多田喊了一聲：「我回來了。」同時打開事務所的大門。時間還這麼早，行天竟然已經起床了，令多田大吃一驚。多田不禁感到既尷尬又懊惱，爲什麼這傢伙偏偏在這種日子起得特別早？但更令多田吃驚的，是行天竟然站在廚房，拿著平底鍋正在做菜。不，這也還罷了，更詭異的是行天擺出單腳站立的姿勢，右邊膝蓋彎曲，右小腿向後平伸。小春就站在行天的後方，行天的腳底板剛好抵在小春的肚子上。

多田大驚失色，還以爲自己剛好目擊行天舉腳攻擊小春的瞬間。但是多田馬上便明白事情並不是自己想的那樣，因爲小春正咭咭笑個不停。原來行天舉起腳，是爲了擋住小春，不讓她靠近瓦斯爐。小春覺得這是一種遊戲，正全力試圖突破行天的腳底板防線。

行天起了個大早。行天在做早餐。行天跟小春變成了好朋友。多田一口氣目擊這麼多原本以爲不可能發生的事情，整個人愣在原地一動也不動。手握平底鍋的行天發現多田回來了，轉身便說：「你這傢伙竟然把孩子丟給別人照顧，自己玩到早上才……」

行天一句話沒說完，竟也愣住了。平常很少吃驚的行天，滿臉驚愕地對著多田高高舉起手中的平底鍋。如果把平底鍋換成球棒，那就是標準的「預告全壘打」姿勢。

「你們『那個』了？」

你怎麼會知道？多田差點不小心說出眞心話，幸好勉強維持住鎭定，淡淡地說：「你在說什麼啊？不要開黃腔好嗎？」

「天啊！」

行天故意擠出高亢的聲音，低頭看著小春說：「這位太太，快來看不要臉的男人！」

現在是在演哪一齣？多田依然站在門口，感覺腦袋又開始發疼，伸手指揉了揉太陽穴。剛剛那股清爽的幸福感，已經有如晨霧般消失得無影無蹤。

小春突然被行天叫成「這位太太」，也不知道有沒有聽懂行天那幾句話的意思，應了一聲：「什麼？」

她看了看多田，又看了看行天，一臉天眞無邪的表情。

「第一次約會，竟然就跟人家『那個』，矮額好色喔～」

「我再說一次，麻煩不要在小春面前開黃腔。」

多田嘴上這麼說，心裡想的卻是：「其實連約會都沒有，就跟人家『那個』了。」多田反手關上門，滿臉不耐煩地走進室內。行天將平底鍋放在瓦斯爐上，以雙手摀住了小春的雙眼。

「千萬不能看！這個叔叔的臉，現在是小雞雞的形狀！」

麻煩形容一下，小雞雞形狀的臉到底長什麼樣子？多田本想這麼回嘴，但最後什麼都沒說。一來吵這種架有辱自己的智商，二來要是讓小春記住了「小雞雞」這個詞，那可不太妙。多田不再理會行天，默默走到沙發坐下。行天似乎也玩膩了「三姑六婆」的遊戲，關掉瓦斯爐的火，拿著平底鍋朝多田走來。

「焦了。」兩團有著黑褐色外圈的荷包蛋，黏在平底鍋的邊緣。

「怎麼會搞成這樣？你沒倒油嗎？」

「倒了，倒在鍋子中間。但是把蛋打下去的時候失了準頭。」

多田走進廚房，把燒焦的荷包蛋刮下來，重新煎了一份給小春。至於那兩團焦黑的東西，只好由自己跟行天吃掉。

多田拿了三枚吐司，將荷包蛋及兩團焦黑東西分別放在上頭，回到沙發。由於吐司有三枚，手只有兩隻，所以多田將自己的吐司咬在嘴裡。

「呵呼（拿去）。」多田將兩隻手上的吐司分別遞給行天與小春。

「謝謝。」帶著熊熊坐在行天身邊的小春，很有禮貌地道過謝，才吃起了荷包蛋吐司。行天也咬了一口他自己煎的荷包蛋。

「吃這種東西，身體眞的不會有事嗎？苦到我舌頭都酥麻了。」行天抱怨道。

「別抱怨了，快吃。」

三人於是默默吃起了早餐。沒有人開口說話，只是偶爾有人走向廚房，從冰箱中取出牛奶或麥茶。小春自從來到多田便利軒，漸漸養成了什麼事都自己來的習慣。因爲跟兩個粗線條的大男人生活在一起，假如只是坐著等待，永遠都拿不到自己想要的東西。今天，小春也是自己從冰箱拿出了盒裝牛奶。

「噢，抱歉。忘了幫妳倒牛奶。」

多田趕緊到廚房取來小春專用的杯子，倒了牛奶，隔著矮桌遞給小春。多田順便也拿來杯子，爲自己倒了麥茶喝。行天雖然抱怨連連，卻一轉眼就把吐司及燒焦的荷包蛋吃得乾乾淨淨，早一步獨自喝著麥茶。

小春吃完早餐，突然縮著身子躺在沙發上。多田相當緊張，擔心她是不是發燒了，但她似乎只是想睡覺。多田只好取來牙刷，伸到小春嘴裡胡亂刷了兩下，接著拿起涼被蓋在她身上。在多田做這些事的時候，行天只是慵懶地坐在小春旁邊。

「怎麼樣？」

多田回到對面的沙發坐下，稍微喘口氣後，朝行天問道：「昨晚還好嗎？」

「這個小鬼……」行天以下巴比了比沉睡中的小春。「三更半夜突然爬起來，在我身上跳來跳去，簡直把我的肚皮當成了彈簧墊。她是夜行性生物嗎？還是有夢遊症？」

「過去她都一覺到天亮，從來沒有你說的狀況。」

難道是因爲小春察覺事態不尋常，所以半夜醒來了？原來我在小春心目中如此重要？多田越想越是洋洋得意。

「如果不是我的腹肌硬得跟金剛力士像一樣，你現在看到的就是我被踩扁的冰冷屍體。」

行天在言詞之間偷偷稱讚了自己的肌肉。「總之我看見她跑到我身上撒野，立刻坐了起來，抓住她的腳。後來發生了什麼樣的慘劇，就任憑你想像了。」

「後來你們就開開心心地玩到天亮？」

「那是昨天你跟亞沙子吧？」行天發出一陣奸笑。「我抓著這小鬼的腳，使出一招人體龍捲風，對準窗戶將小鬼拋了出去。你以爲這樣就結束了嗎？我立刻衝下樓，抓起倒在馬路上的小鬼，瞄準了事務所的窗戶，大腳一踢，又把她踢了回來。然後我又立刻衝上樓，抓起倒在這裡的她，掄起砂鍋大的鐵拳，打得她血流成河。就這樣，我終於能夠一覺到天亮。」

多田朝小春瞥了一眼。小春安安穩穩地睡著，發出細微的鼾聲。

「如果眞的這樣，怎麼她身上沒有傷痕？」

「可能她比較健壯吧。」行天竟然說了跟凪子一樣的話，多田不禁莞爾。

「總而言之，你跟小春都平安無事，眞是太好了。」多田說。

行天臉上帶著一抹倦意，卻又似乎有些得意。雖然行天口口聲聲說痛恨孩子，但他應該還是一整晚連哄帶騙，陪伴小春直到天亮吧。這次行天順利單獨照顧小春整晚，似乎讓行天找回了一些流失的自信與信賴。不過另一方面，這也代表他又要變回原本那個一天到晚給人添麻煩的怪咖行天。只能說天底下沒有十全十美的事。

但至少行天用行動證明了自己並不是個會隨便對孩子施加暴力的人，這是最大的收穫。小春還會在多田便利軒待上一個月左右，接下來行天跟小春還會有很多機會加深感情的。

多田正暗自得意計畫非常成功，行天卻欲言又止：「我……是不是應該搬出去？」

「爲什麼這麼問？」

「你跟亞沙子已經『那個』了，以後這裡就是你們的愛巢，不是嗎？」

柏木可是住在豪宅的女人，怎麼肯屈就於這間狹窄又骯髒的事務所？多田本想這麼說，但沒有說出口。多田還想在美夢中沉浸片刻。就算非得要接受殘酷的現實，也等過了今天早上再說。

「什麼『那個』，什麼愛巢，你可以不要使用這種下流的說法嗎？」多田提出嚴正抗議。

「我跟柏木並不是那種關係。」

「不然是什麼關係？各取所需的關係？就是俗稱的炮友？」

「你不要胡說八道，我是非常認眞地……」

多田說到這裡，猛然驚覺差點中了行天的計，趕緊把後半段的話吞了回去。

「恭喜你，多田同學。」行天露出賊兮兮的笑容。「得煮紅豆飯[28]慶祝了。」

「你從剛剛演到現在，到底是在演哪齣？而且你連荷包蛋都會煎到燒焦，我可不信你會煮紅豆飯。」

多田被調侃到尷尬不已，決定發動反擊，行天卻老神在在地點頭說：「我現在演的是《保健室女老師》。」

接下來好一段時間，相對而坐的多田與行天各自陷入沉思，不再開口說話。整個事務所只聽得見小春的細微鼾聲。

「沒想到我還能再愛上一個人，連我自己都很驚訝。」多田說：「當年我沒讓妻子及孩子幸福，如今卻還有非分之想，我知道這樣很厚臉皮。」

「我不這麼認爲，多田。這是件値得高興的事。」行天平靜地說道。

整座城市的居民陸續從睡夢中醒來，展開了一天的活動。

上午有一件擦窗戶的工作。多田抱起熟睡的小春，和行天一起走出事務所。

28　原文作「赤飯」，指的是在白米中加入紅豆炊煮。日本人在傳統上除了節慶、祭典的日子會吃紅豆飯，男孩子成年及女孩子初潮也會吃紅豆飯。

五

蠍子電玩中心的二樓，兩個各懷鬼胎的男人正在交談。水面上看似風平浪靜，水面下卻是波濤洶湧。

「你無論如何就是不肯讓我見組長？老實說，這讓我很困擾。」前來拜訪星的男人說道。

這個男人身材削瘦，給人一種高知識分子的印象，身上卻穿著工作服。工作服的胸口處繡著「ＨＨＦＡ　澤村」字樣。

「澤村先生，你特地跑到這裡來見我，我眞的很想幫你這個忙。」星的臉上堆滿笑容。

「但是我聽說岡山組的兄弟們最近都很忙，沒有時間與你見面。與你的溝通工作，目前岡山組交給我全權負責。」

「我想你應該很清楚，我們的組織正面臨生死存亡的危機。好不容易採收下來的蔬菜，竟然沒有辦法送到消費者的面前。我希望你們能幫助我們建立銷售通路。」

「這個部分，我也說過很多次了。組裡的結論是不再跟你們做生意。你們的蔬菜號稱『無農藥』、『有機栽培』，最近卻被踢爆根本是不實廣告。岡山組就算想跟你們做生意，恐怕也很爲難……」

星故作悠閒地端起咖啡啜了一口。這次的咖啡既不會太苦，也不會太淡，偏偏就是溫度不夠燙，甚至可以說是涼了一半。明明才剛剛端過來，怎麼會這麼涼？星朝站在牆邊的金井瞪了一眼，金井似乎沒搞懂星瞪他的理由，嚇得手足無措。

「黑道人物做生意，比一般商人更講究信用。」

星放棄追究咖啡太涼的原因，接著說道：「一旦販賣瑕疵商品，輕則謝罪斷指，重則深山埋屍。所以我只能跟你說聲抱歉，過去岡山組不管跟你有任何約定，現在都作不得准了。」

「星先生，你以爲我不知道嗎？當初向市民團體偷放消息的就是你。」

澤村說出這句話的時候，臉上的笑容沒有減少半分。星將咖啡杯放回杯碟上，氣定神閒地仰靠著沙發的椅背。室內溫度在這個瞬間驟降，並非只是冷氣開太強的關係。

「澤村先生，看來你似乎以爲我是個遭到誣賴也不敢吭聲的人？」

雖然語氣平淡，卻充滿恫嚇的意味。然而澤村並沒有就此屈服。

「前陣子常有鼠輩在我們的菜田搗蛋，那也是你派去的吧？」

「我聽不懂你在說什麼。」

「一次在山城町，一次在峰岸町。」澤村臉上的笑意不僅沒有消失，反而更加明顯。

「但也託了你的福，我見到了個老朋友。」

星心想，自己手下那些人，監視的時候應該沒有被發現才對。難道是……星略一思索，已明白是誰出了紕漏，忍不住在心裡大罵：「該死的便利屋！」

但星轉念又想，便利屋在峰岸町被ＨＨＦＡ發現，這是原本就知道的事，但山城町又是怎麼回事？難道是他們自作聰明擅自做了傻事？還有，澤村口中的「老朋友」指的又是誰？

「我不知道你在說什麼，不過在我聽來，你好像遇到了熟人？」

星一邊裝傻，想從澤村口中套出些話來。然而澤村充耳不聞。

「難道你沒聽見嗎？在田裡逐漸腐爛的蔬菜們，正在發出淒厲的叫聲。」

澤村以宛如朗誦詩歌般的口吻說：「我們每日揮汗工作，卻得不到應有的回報。你如果繼續推三阻四，我那些夥伴們氣起來，不曉得會做出什麼事，連我也阻止不了。」

「你們拿什麼當武器？番茄炸彈？還是茄子飛鏢？」

星懶得與他廢話，轉頭朝站在牆邊的金井說：「金井，送客。」

身材魁梧的金井向來以星的貼身保鑣自居。他聽了星的吩咐，無聲無息地走上前，伸手要將澤村拉起。澤村撥開金井的手，自己站了起來。

「我真是為你感到惋惜。像你這種人，不知道賣過多少戕害身心健康的東西，竟然會在意蔬菜裡的微量農藥。」澤村緩步走向門口。

「以我們的蔬菜所擁有的營養價值，要淨化那一點農藥可說是綽綽有餘。像你這種目光短淺的小人物，再怎麼汲汲營營，也沒有多少年好活了。等到哪一天你病倒了，可別奢望我們會把蔬菜分給你。」

金井衝上去想要逞凶，但還沒揪住澤村，他已經關上門，離開了事務所。

「不用追了。」星朝怒不可遏的金井說道。

接著星轉了轉脖子，頸骨發出嗶剝聲響。「一個能夠聽見蔬菜叫聲的傢伙，說起話來果然高深莫測。」

「這男人簡直是有病。」原本一直坐在辦公桌邊的筒井，此時伸了個懶腰。

「或許是天氣太熱，頭殼燒壞了。」

「不是燒壞，是被宗教毒壞了。」坐在電腦前的伊藤也加入對話。

「星哥，ＨＨＦＡ的底細，我已經查出來了。從前眞幌有個新興宗教團體，原本信徒不少，但是大約十年前教主衰老去世，教團也跟著式微。現在的ＨＨＦＡ正是那個教團的殘存勢力。」

「那教團叫什麼名堂？」

「『天啟教團』，簡稱『天啟教』。從那個澤村的年齡來推測，應該是他的父母先入教，把他也帶了進去，如今過了這麼多年，他還是對教團深信不疑。」

「教團如果是十年前式微，澤村有可能是自己決定入教，不是嗎？何以見得是他的父母帶進去的？」

「自行入教的可能性非常低。因爲『天啟教』到了末期，已不再熱衷於吸收單獨的新教徒。他們當時全力推動的，是慫恿虔誠教徒將孩子拉進教團，積極加以培養，稱之爲『天啟之民』。」

「什麼天啟之民，笑死我了。」

筒井嗤嗤笑了起來，星卻將雙手盤在胸口，一臉嚴肅。

「這件事如果眞的跟宗教扯上關係，恐怕會有些棘手。」

「爲什麼？」筒井不解地問道。「現在的那些人，不過就是一群種了蔬菜卻賣不出去的可憐蟲。」

「筒井，你是不是很相信我？」星問道。

「那當然。」

「同樣都是相信，你跟那些信徒有什麼不同？每個人都有自己相信的事物，一旦相信就不會輕易動搖。正因爲如此，事情只要跟宗教扯上關係，就會很棘手。」

「相信」就跟愛、夢想或希望一樣，有可能萌生於任何人的心中。剛開始都很美好，卻容易變質或遭到玷污。

筒井聽了星的說明，似乎還是似懂非懂。至於金井，則似乎打從一開始就對「相信」之類的概念絲毫不感興趣。他只是默默佇立在牆邊，注視著星的一舉一動。金井對星的相信，幾乎已到了宗教信仰的等級，但他似乎從不曾思考過其理由，彷彿一切都是理所當然。

打從一開始，星就知道筒井與金井理解不了，於是轉頭朝手下唯一的智將伊藤問道：「『天啟教』這個組織，如今已不存在了？」

「是的，教團本身已經解散，HHFA也不是登記有案的宗教法人，名義上就只是個生產及販賣蔬菜的團體。」

伊藤交給星一份HHFA的活動參加者名單。

「只是，從這名單也看得出來，許多HHFA的活動參加者都是一家人。換句話說，這些家庭都是全家認同HHFA的理念，一起參與種植蔬菜的活動。而且包含澤村在內，HHFA的數名幹部都是從小受過『天啟教』薰陶的人物，他們想必很清楚吸收信徒的手法，當然也會將這些手法運用在HHFA的活動中。」

「參加者幾乎都是眞幌市民……」星看著名單。「在眞幌市過生活，要取得蔬菜眞的這麼不容易？」

「眞幌市有很多父母相當重視孩子的教育。」伊藤苦笑著說。

「這種父母也很在意孩子的飲食健康。HHFA正是看準這一點，把飲食教育做成一樁生意。不過他們的做法也引來不少批評。」

「批評？例如呢？」

「有不少國中、國小的教師向教育委員會提出報告，質疑一部分學童父母因爲過度熱衷於HHFA的活動，要求孩子長時間在田裡工作，導致學童過度勞累。」

「原來如此。」星將名單拋在桌上，再度盤起雙臂。

「看來得繼續監視HHFA才行。他們被斷了資金來源，搞不好會做出什麼不尋常的舉動。」

「是否需要提醒便利屋『多加小心』？」筒井畏畏縮縮地說。

「那些賣菜的既然知道他們的田曾經受到監視，要查出便利屋的底細應該不難才對。」

天啊，筒井竟然會說出這麼有邏輯的話。星不由得大受感動，對著筒井連連點頭。此時此刻自己的心情，或許就像全天下的母親聽見孩子第一次喊出「媽媽」吧。不過對於筒井的意見，星雖然滿意但不同意。

「沒那個必要。」星一口回絕了筒井。

「不用擔心那兩個人，他們不會有事的。對他們來說，被捲入麻煩也是工作的一部分。」

日子越接近中元節，眞幌大街上的行人就越少。大多數人不是因爲天氣太熱而窩在家裡不想出門，就是早別人一步放起暑假，快快樂樂出遊去了。

然而多田不管天氣多熱都必須出門工作。一來事務所沒有裝冷氣，二來多田根本沒有閒錢跟時間可以出遊。今天的工作，是前往位於松丘町的某豪宅，把庭院裡的雕刻石像清潔乾淨。

那是個新客戶，數天前打電話到事務所，表明希望「清潔庭院裡的石像」。多田原本以爲大概是類似地藏菩薩石像之類的東西，沒想到當天到了現場一看，竟然是白色大理石的裸女石雕像，尺寸比眞人還大，總共將近十座，分布在庭院內的各處。

庭院非常寬廣，覆蓋著翠綠色的草坪，甚至還有一座圓形游泳池。房屋本身是西洋風格，支撐露台的每根柱子中間都向外隆起，呈現優雅的圓弧形。

「我現在是來到了帕德嫩神廟？」行天一看見那建築物，立刻歪著頭說。

聽說屋主不僅是有名的雕刻家，還是美術大學的老師。不過最近屋主帶著全家人到義大利去玩了，以上這些資訊都是留守的女傭告知的。

女傭是個年事已高的老婦人，她朝多田及行天瞥了一眼，神情流露出明顯的防備。但她一看見小春，臉上立刻浮現笑容。

「老爺吩咐過，你們可以使用游泳池。但是像那種東西，請你們立刻收起來。」

女傭指著多田帶來的鬃刷，滿臉驚恐之色，彷彿看見了什麼可怕的毒蟲。「那些雕像都是老爺的珍貴作品，只能用海綿輕輕擦拭，就像撫摸美女的肌膚一樣。」

女傭從家中取出廚房用海綿，塞到多田手中。

「工作完成之後你們再叫我吧，庭院裡的水龍頭跟水管都可以用。」

女傭說完便轉身走進屋內。屋子的出入口有著相當奇特的造型，看起來既像玻璃門，又像玻璃窗。女傭直接穿著鞋子走了進去，並沒有脫鞋。多田見女傭離開，重新打起精神，將人字梯搬到裸女石像旁擺好。行天將水管接上庭院的水龍頭，另一頭拉向裸女石像，交到多田的手裡。

「多田，看你的了。你不是最擅長撫摸美女的肌膚？」

多田心中暗罵，這應該也算是性騷擾吧？

「喂，怎麼沒有水？水龍頭開了嗎？」

「噢，忘了。」

多田於是轉頭朝小春說：「能不能幫我打開那個水龍頭？」

小春立刻奔過草坪，轉開了水龍頭。一個四歲的小女孩，竟然比行天有用得多。水花從多田手中的水管噴出，有如蓮蓬頭一般，在空中製造出了彩虹。

「小春，妳可以去游泳池玩。」多田一邊以海綿搓洗著裸女石像的胸部，一邊說。

「行天，你在旁邊看著她，免得發生什麼危險。」

沒想到一句話才剛說完，背後已經響起嘩啦啦的水聲。多田轉頭一看，行天竟然已經在游泳池裡了。他身上只穿一條內褲，沿著圓形游泳池的邊緣快速繞起圈子，簡直像條鮪魚。打從一開始，他就沒有照顧小春的打算。

最近這一陣子，行天好不容易才稍微習慣與小春相處，逐漸能夠勝任短時間的照顧工作，多田本來感到相當欣慰。如今見了行天的舉動，多田不禁搖頭嘆息。

「我要在這裡。」小春說：「我不會游泳。」

堂堂一個大人，竟然被一個四歲小女孩禮讓。多田頓時百感交集，仰天長嘆一聲。因爲角度的關係，剛好看見裸女石像的鼻子。沒有鼻孔。

「小春，妳把行天脫下來的衣褲丟進游泳池。」

「不能這樣吧？」

「妳放心，他的衣褲剛好需要洗了。」

小春於是跑到泳池邊，把行天的襯衫與褲子都拋進水裡。

「死小鬼，妳幹什麼?!信不信我把妳搓圓後丟進水裡當浮屍！」

「幹嘛對小春爆粗口！」

「死小妹妹，信不信我讓妳變成圓圓的，在游泳池裡玩水！」行天換了另一套說法。

事實上不僅行天在某種程度上習慣了小春，小春也習慣了行天的惡言相向。她完全不把行天的恫嚇放在眼裡，咭咭笑個不停，回到多田身邊。

「行天的衣服溼答答了。」小春得意洋洋地說。

「妳做得很好。接下來能不能幫我一點忙？」

「嗯！」

多田交給小春一塊布，讓她擦拭石像的腿部。行天將溼掉的衣褲擰乾後擺在泳池邊，繼續游他的泳，完全沒有得到教訓。

到了下午三點，所有裸女石像都擦拭得乾乾淨淨。多田將清潔工具放回發財車上，離開了擺滿雕刻作品的豪宅。行天穿回溼答答的衣服，身上不斷滴水，簡直像隻河童。

「亞沙子的豪宅不是也在這附近嗎？難不成也像這棟，有點變態又有點搞笑？」

「不，她家沒有石像也沒有游泳池。」多田說：「別那麼多廢話，快上車斗。」

「你不知道落湯雞吹了風會感冒嗎？」

「有人逼你游泳嗎？要怪誰？」

小春上了副駕駛座，行天上了車斗，多田於是開著車子，朝眞幌站前的方向前進。路上等紅燈的時候，在人潮擁擠的眞幌大街上看見了田村由良。

多田曾受由良的母親委託，接送由良往返補習班與家裡。第一次見面時，由良還是個稚嫩的孩子，如今已升上小學六年級。好一陣子沒見，他長高了不少。

「由良大人！」

多田打開駕駛座的車窗，探出身體朝由良喊了一聲。由良轉頭看見多田，揮了揮手。多田原本以爲由良揮完手就會繼續往前走，沒想到由良過了斑馬線就停下腳步，目不轉睛地看著多田的車子。

於是多田等燈號變成綠燈，開車通過十字路口，便將車子靠邊停下。多田下了車，將小春從兒童安全座椅上抱下來。行天也趁機跳下車斗，蹦蹦跳跳地搶先一步來到由良面前。

「由良大人，好久不見，你看起來混得不錯。」

「你也是。」由良朝行天上下打量。「只是爲什麼在滴水？」

「最近多田家裡棲息著一隻惡魔，老是喜歡害人。」

惡魔？我合理推測你在說你自己。多田一邊在心中暗罵，一邊走向由良，向他介紹小春。由良似乎不知道該如何與年紀那麼小的小女孩應對，只是「噢」了一聲。小春抓著多田的工作服褲子，靦腆地看著由良。

「由良大人，今天也要上補習班？」多田看著由良背上的背包問道。

「我去上暑期輔導班，現在正要回家。大人都說六年級的暑假是『關鍵之戰』，連一天都不能鬆懈。」

由良爲了考上好國中，每天都很努力念書。多田看著由良那有些得意的表情，不由得露出苦笑。這個孩子每天的生活或許比我還忙碌。

「不說閒話了。」行天催促道。

「你特地停下來等我們，一定是有事吧？」

「噢，差點忘了。」

由良微微轉頭，示意自己的身後。「他是我同學。」

多田這才察覺由良身後站著一個小學男生。不，其實多田早就發現那個小男生了。只是他站的位置距離由良有點遠，而且看起來相當內向，多田以爲他應該不是由良的朋友。

「眞的假的？你不說，我還以爲只有我看得見你的背後靈。」

行天大剌剌地說出了極度失禮的個人印象。

「我叫松原裕彌。」

少年雖然被戲稱爲背後靈，但沒有就此退縮，以柔弱的聲音說出自己的名字。他身上穿著一件領口鬆垮垮的T恤，以及一條短褲。他的膝蓋上有一些龜裂的傷痕，而且明明還是小學生，表情卻彷彿歷盡了風霜。

「裕彌現在有個超大的煩惱。」

一旁的由良見裕彌打了招呼之後就悶不吭聲，似乎按捺不住，決定幫他解釋：「所以我正打算去找你們商量，希望你們給點建議。」

「什麼樣的煩惱？」多田微微彎下腰，看著裕彌問道。

由良忽然伸出手，輕輕抓住裕彌的手掌，舉到多田面前。

「你看看他的手。」

裕彌的手上全是細微的切割傷及擦挫傷。「他被要求下田工作，同時還要到補習班上課，每天都忙得快累死了。」

多田聽到「下田工作」，首先聯想到的當然是ＨＨＦＡ。光是這一點，便已讓多田決定向裕彌問清楚詳情。何況既然受到由良信賴，多田想盡可能幫上一點忙。自己經營便利屋，但再怎麼落魄也不能向兩個小學生收錢。陪他們聊一聊，給點建議，反正也花不了多少時間。

「要不要喝杯果汁？」多田向裕彌及由良問道：「有一間很有趣的咖啡廳，叫做咖啡神殿阿波羅，我們去那裡談吧，我請客。」

裕彌與由良都露出感興趣的表情。

「咦？我才不要。」反而是行天提出了抗議。

「衣服都溼透了，要怎麼坐椅子？」

「鋪幾張報紙就行了，車斗裡不是很多嗎？」

「穿著溼衣服喝果汁，肚子會著涼，難保不會拉肚子。」

「那你就自己一個人回去。」多田嘆了口氣。

「順便幫我把車子開回停車場。」

「當然沒問題，但我忘了告訴你，我是個勇往直前的男人。」行天說得煞有其事：「在我的字典裡沒有左轉跟右轉，當然更沒有退後。你不會介意車子變成什麼模樣吧。」

當然會。

「抱歉……」多田只好對裕彌及由良改口：「可能要請你們到我事務所來一趟，我請你們喝果汁。」

兩個小學生再次點頭同意。

「多田，我另外還要告訴你一個悲劇。」行天再度阻撓。

「早上我上廁所的時候，馬桶塞住了。你帶由良大人去喝果汁之前，可能要先幫我回去通馬桶，不然我遲早會得膀胱炎。」

「爲什麼塞住的當下沒有立刻告訴我！」

「因爲你那時候正忙著照顧這個小鬼。」行天指著小春。

小春或許是聽見兩人在談論廁所的事，忽然低聲說：「我想上廁所。」

可能因爲裕彌及由良在旁邊，小春變得相當文靜，不像平常那麼活潑。

「好吧，看來只能這樣了。」多田做出了結論：「行天，你先帶他們三個到阿波羅，到了那裡之後，你陪小春去上廁所，順便幫由良大人及裕彌點他們想喝的飲料。」

「咦？」行天愁眉苦臉地說：「你怎麼不自己帶他們去？」

「我得把車子開回停車場，然後回事務所通馬桶，順便拿一套你的換洗衣褲，到阿波羅跟你們會合。」

「你來之前我得一直站著，還得照顧這三個小鬼？在咖啡廳裡，他們坐著喝果汁，我卻像個傻子一樣杵在旁邊，那不是很奇怪嗎？」

「怪人做怪事，我覺得挺合適。」

多田於是將孩子們交給臭著臉的行天，獨自坐上了發財車。

事務所的馬桶根本沒有塞住。多田拿著通馬桶的道具（在多田便利軒，這玩意有個綽號叫「一咔通」）走進廁所，看見完全通暢的馬桶，一時愣住了。行天那傢伙到底在想什麼？難道他爲了不想聽裕彌說話，不惜撒這種謊？

多田拿了一套行天的衣褲，立刻趕往阿波羅。

走進店內時，由良與裕彌正坐在桌旁，以充滿好奇的眼神左顧右盼，觀察店內的裝潢與擺設。小春則坐在對面的椅子上，把手指伸進河馬造型菸灰缸的嘴巴裡。至於行天則是站在小春旁邊，而且還是在桌子與椅子之間。多田不禁有些哭笑不得。他明明可以站在比較不引人注意的地方，例如靠著牆邊之類。像那樣站在椅子前面卻不坐下，簡直像是因爲回答不出問題而被老師罰站的笨學生。

行天當然成了周圍客人的注目焦點。然而由良與裕彌都對行天的行爲視若無睹，簡直像是兩人已經套好了招。他們徹底無視站在正前方的男人，聊天聊得起勁，一個說「那邊牆壁上有鹿頭」，另一個說「簡直像一座叢林」。過了一會，小春忽然抓起河馬菸灰缸，用牠的血盆大口咬住行天的腳。

「吼，好吃好吃。」

「別鬧了吧，乖乖喝妳的果汁。」

行天竟然能用這麼平淡的口氣與小春說話，多田不禁有些感動。不過仔細觀察之後，多田發現展現寬大包容心的不是行天，而是三個孩子。但是要三個孩子長時間照顧一個大人，畢竟有些過意不去，多田只好在眾目睽睽之下，舉步走向四人的桌子，將手裡的紙袋交給行天。

「謝了。」

行天趕緊到廁所換衣服去了。他明明知道自己的謊言已經被揭穿了，臉上卻絲毫沒有尷尬之色，臨走前還對多田微微揚起一邊的嘴角。

多田向店員加點一杯咖啡，走到桌邊坐了下來。由於那是一張四人座的桌子，已經沒有多餘的空椅子，多田只好抱起小春，讓她坐在自己膝蓋上。小春玩膩了河馬菸灰缸，從多田的膝蓋上將身體往前挪，喝起了她的柳橙汁。由良與裕彌也不再觀察店內擺設，各自喝起檸檬汽水及柳橙汁。

行天換上乾燥的衣褲走了回來，坐在小春原本坐的位置。大家終於可以好好說話了。

「好吧，你剛剛提到你被要求下田工作……」多田切入正題。「到底是誰要求你這麼做？」

「會要求這種事的人，當然是父母。」

多田向裕彌發問，回答的卻是由良。裕彌什麼也沒說，只是尷尬地垂下了頭。從他的一舉一動可以明顯感覺得出來，令他尷尬的並不是「下田工作」這件事，而是父母強人所難，以及自己無力拒絕。多田看得出來，裕彌是個心思細膩且溫柔善良的孩子。

「我一直勸他直截了當地告訴父母『下田工作太累了』，但他就是做不到。」由良似乎也很爲朋友擔心。「裕彌的個性實在太柔弱了。」

「媽媽要我下田工作，也是爲了我好。」裕彌向多田解釋道：「她經常對我說『多吃蔬菜有益健康，而且在太陽底下工作，整個人也會變得比較有活力』。」

「這麼說也挺有道理。」

多田擔心裕彌的自尊心受損，先點頭同意了他母親的說法。

「但總不能老是吃蔬菜，偶爾也會想吃肉，不是嗎？」由良反駁道。

「你完全沒有肉吃？」行天問裕彌。

「嗯，就連營養午餐的肉，媽媽也不准我吃。」

「歐買尬！」行天露出吃驚的表情。

「我們眞是同病相憐。我經常告訴多田『我想吃燒肉』，但他從來不肯帶我去。眞的是喪盡天良，對吧？『又要馬兒好，又要馬兒不吃肉』，簡直已經是天怒民怨的等級。」

一個工作效益不值一哂的傢伙，還有臉要求吃燒肉？多田暗自罵道。你這樣就叫天怒民怨，那我豈不要揭竿起義了？當然多田並沒有說出這些內心話。一旦跟行天開始鬥嘴，正事都不用談了。

裕彌似乎也抱著相同的想法，他淡淡回應了一句：「確實偶爾會想吃肉。」

但比起不能吃肉，下田工作這件事似乎令他更加難以忍受。他接著滔滔不絕地抱怨了起來。

「茄子的蒂頭有刺，採收的時候會很痛。而且每三個月還得住在小山內町的總部，參加他們的修行會，我真的覺得很累……」

多田假裝若無其事地低頭瞥了裕彌的雙手一眼。明明手腕還那麼細，雙手卻布滿了傷痕。皮膚不僅曬得黝黑，而且看起來相當粗糙。

「裕彌，你是在ＨＨＦＡ的菜田工作嗎？」

「你怎麼知道？」

裕彌先是吃了一驚，接著卻露出哀怨的笑容。「仔細想想，你會知道也很正常，畢竟那個奇怪的團體經常在南口圓環宣傳。」

「裕彌說他最討厭的，其實是參加南口圓環的宣傳活動。」由良補充說道。裕彌點了點頭。

「雖然那些大人都說『宣揚』也是很重要的活動，但我實在不想跟他們一起站在南口圓環。可是媽媽總說一定要讓全市民知道吃蔬菜的好處……自從被朋友看見之後，不管在學校還是補習班都一直被取笑，現在只有田村還願意像以前一樣跟我說話。」

「多田哥，你能不能幫幫他？」由良一臉認真地說道。

多田無奈地回答：「問題是要怎麼幫……」

「過幾天他們又要去南口圓環打廣告了。」裕彌立即說道。

「目前還沒有決定日期，等到確定之後，你能不能在當天假裝是學校或補習班的老師，說有事要找我？這麼一來，相信我媽媽應該也會放棄才對。」

「你媽媽會相信我是老師嗎？」多田撫摸著滿是鬍碴的下巴說道。

裕彌默默打量了多田兩眼，最後說：「我看你還是打電話比較保險。」

好一會沒有開口的行天突然問道：「你爸爸呢？他怎麼說？」

「他偶爾會打電話回來，要我『乖乖聽媽媽的話，多吃蔬菜』。他一個人在外地工作，我猜他根本沒搞清楚狀況。」

多田忽然想到一件事，問道：「裕彌，HHFA現在還是採收很多蔬菜嗎？」

「嗯，不過我聽說他們的蔬菜最近賣不太出去，而且我還聽一個跟我一起下田工作的朋友說，他看見大人偷偷把採收來的蔬菜丟掉。」

「但是你媽媽還是繼續使用HHFA的蔬菜做料理？」

「嗯，當然。」裕彌百思不得其解，露出「爲什麼問這個」的表情。

多田心想，HHFA在蔬菜上噴的農藥，應該不至於對人體有太大的不良影響。

「提醒你媽媽，菜一定要先洗過。」多田遲疑了一下，這麼告訴裕彌。

坐在多田膝蓋上的小春已開始昏昏欲睡，多田見她的額頭差點撞上桌子，趕緊扶住她的頭。

「叫多田假扮老師，根本沒有意義。」行天忽然對裕彌冷冷地說。

「最簡單的方法，還是向你爸爸說明淸楚，由他出面解決。」

「爲什麼？」由良不滿地提出反駁：「如果多田不擅長演戲，由你來假扮也行。行天，這你應該相當拿手吧？」

「我說過了，這沒有意義。」行天冷冷地說：「孩子的生死完全操控在父母手裡。就算是眞的老師也改變不了父母的決定。」

裕彌再次垂下了頭。多田以一手抱著小春，另一手伸進工作服的口袋，取出一枚名片。

「等確定日期之後，你再打電話給我。雖然我不確定能不能幫得上忙，但可以試試看。」

裕彌以生硬的動作接下名片，小心翼翼地收好。行天在一旁露出了責備的眼神。多田心想，這傢伙一定在責怪我太過雞婆吧。事實上多田也這麼認爲。但多田見了裕彌那無助的表情，實在是不忍心見死不救。何況裕彌剛剛的那些描述，讓多田聯想到行天小時候的遭遇。爲什麼天底下會有這種父母，在傷害及逼迫了孩子之後，還口口聲聲說「這是爲你好」？多田認爲既然接到裕彌的求救訊號，就不能視而不見。

「今天就談到這裡，好嗎？」多田拿起帳單。

由良與裕彌見小春已經睡著了，都乖乖點頭同意。

多田結完了帳，兩人很有禮貌地同聲說：「謝謝招待。」至於向來不知禮貌爲何物的行天則已經離開阿波羅，走在眞幌大街上。

多田向兩名少年道別後，邁步追趕行天。原本熟睡中的小春被晃醒了，哭哭啼啼地扭動著身子。多田追上行天後，將小春放下。小春牽著多田的手，踏著稍微變長的影子，走在多田的身邊。至於行天，則是拎著裝溼衣褲的紙袋，在兩人身後緩步而行。

「虧我還想辦法幫你推掉。」行天咕噥道：「爲何你偏偏要自己跳進去蹚渾水？」

「我只能說，這就是我的性格。」

「眞是糟糕的性格。」行天露出一臉傻眼的表情。「你有辦法假扮老師嗎？我猜你一定會拚命吃螺絲，大概像這樣，『呃，那個吼，裕、裕彌的那個吼，成績最近吼……』」

多田低頭看著自己的身影投射在路面上的長長影子。小春將空著的那隻手高高舉起，在半空中輕輕搖晃，好像在尋找什麼。多田藉由地上的影子，看見行天無奈地伸出一根手指，讓小春輕輕握住。

中元節的前一天晚上，裕彌打了電話來到事務所。

「就是明天了。」裕彌刻意壓低聲音，似乎是在自己房間偷偷用手機打電話。「媽媽剛剛說『明天是很重要的日子』。」

「會不會只是因爲明天是中元節，你媽媽才那樣說？」多田試著推測裕彌母親的想法，但沒有獲得裕彌的認同。

「我家中元節從來不旅行或掃墓，因爲爸爸不會回來。媽媽總是說：『爸爸一定是在那邊有了女人。』」

多田心想，家家有本難唸的經，看來松原家也不例外。只是不知道裕彌是否眞的理解母親那句話的意思？多田忍不住以沒有拿話筒的手搓揉起眉心。

每年到了中元節，多田總是會到市營墓園掃墓，今年也不例外。因爲剛出生不久就過世的兒子在那裡長眠。

但多田便利軒的原則，是盡可能不拒絕客人的委託，即使來電者只是個小學生。

「我必須幾點到你家接你，你才不用到南口圓環？」

「呃……」裕彌結結巴巴地說道：「早上五點左右吧。」

實在是太早了。老師不可能在這麼早的時間拜訪學生的家。

「有點太早了，對吧？」裕彌無奈地說：「但是我明天一大早就必須跟媽媽一起下田工作，結束的時候應該快接近中午了，接著他們會帶著我直接移動到南口圓環。」

「這可有點麻煩。」多田搔了搔太陽穴。

明天除了要去掃墓，還有一件委託工作，是到眞幌市民醫院探望曾根田老奶奶。老奶奶的兒子及媳婦每年到了中元節就會舉行家族旅行。或許是因爲沒帶老奶奶一起去，讓兒子及媳婦感到愧疚，所以總是會委託多田代爲探望老奶奶。

「怎麼？」多田正感到煩惱時，一旁的行天忽然問道。此時行天正做著每天必做的仰臥起坐，小春坐在他的大腿上。

多田摀住話筒，向行天簡單說明了原委。

「這很簡單，到田裡去找他不就得了？」行天聽完之後旋即說道。

說得簡單，問題是誰要去？多田暗想，自己跟行天不管怎麼打扮，看起來都不像老師。

多田不禁感慨自己的事務所實在缺乏像樣的人才。由於實在想不出更好的辦法，多田決定先向裕彌詢問明天的菜田位置。

「明天是山城町的菜田。」

「山城町？你說的是公車站牌附近的那塊田嗎？」

「嗯。」

爲什麼偏偏剛好在岡家門口……岡今年難得沒再委託監視公車，不曉得是不是已經放棄揭發橫中公車惡行的宿願，但畢竟太過靠近岡家實在是讓人有些心裡發毛。

「好吧，我明白了。」多田告訴裕彌：「我會盡量想想看有什麼辦法，上午到田裡去接你。不過不見得能成功，你別抱太大期待。」

多田心裡有極糟糕的預感，最後執行的計畫肯定很鳥，因此先向裕彌「打了預防針」。

「我相信你一定會來的。」裕彌的口氣卻充滿了期待。「眞的非常謝謝你，多田哥。」

多田掛了電話後，在抽風機底下抽了根LUCKY STRIKE，拿了三個杯子，分別放入冰塊，在其中兩個杯子倒入威士忌，第三個倒入麥茶。

「行天，過來，我們開個作戰會議！」

此時行天做的運動已變成了伏地挺身，小春正坐在他的背上。

「這小鬼好重。」

「小春不重，是行天太弱。」

小春輕巧地跳下行天的背，坐在沙發上，抱起熊熊，裝模作樣地喝起多田遞給她的麥茶。只見她故意搖晃杯子，讓裡頭的冰塊碰撞出聲音，簡直像在品嚐美酒。

多田看行天做個不停，似乎是因爲被小春說了一句「太弱」，他受不了刺激，決定多做幾下。多田心裡暗罵「眞是個傻瓜蛋」，但也沒有催促，只是坐在小春身邊，靜靜等著行天做到心滿意足爲止。

「說吧。」行天終於做完了伏地挺身，走到對面的沙發坐下，連汗也沒擦便喝起了威士忌。「你打算用什麼方法把由良大人的背後靈救出來？」

「你別隨便亂說，他們這個年紀的孩子特別容易自尊心受損。」

「放心吧，如果他是背後靈，那我就是地縛靈[29]。」行天向後靠著沙發說：「我已經纏上多田便利軒這個地方了，誰也別想趕我走。」

拜託你快回陰間吧。多田吞了口威士忌，嚥下深深的嘆息。

「裕彌說他明天中午前會在岡家前面的菜田，你負責去把他帶出來。」

「爲什麼要我去？我可沒有看起來像老師的衣服。」

「我明天中午之前有點事。」

「約會？」

「誰會在中元節早上約會？」多田低聲說道。

事實上自從上次一起度過了一晚後，多田就再也不曾見到亞沙子。雙方都忙是原因之一，但是多田連一通電話也沒有打給亞沙子，主要還是因爲提不起勇氣。多田擔心亞沙子根本不打算與自己穩定交往，或許那晚只是一時心血來潮，把一夜激情當成了一種運動，或是發洩壓力的手段。

多田明知道亞沙子應該不是那種人，還是沒辦法抱持自信。爲了延後聽見答案的時間，多田遲遲不敢打電話給意中人，結果就這樣陷入惡性循環。

「總之不管怎麼樣，你去就對了。」多田擠出了自己碩果僅存的威嚴。「如果沒有合適的衣服，可以穿我的。」

「多田，你有西裝？」
「有是有，但是只有黑的。」
「那是喪禮用的吧？穿黑色西裝去接背後靈，肯定會把那些人嚇得屁滾尿流。電視臺可能會派記者來採訪，隔天電視就會播出特別節目『中元節的奇蹟！眞幌市驚見陰間入口！』」
「你想太多了。」
「媽呀，你是玩眞的嗎？」
「其實你根本不需要穿西裝。穿件白襯衫，再隨便搭件褲子就行了。總之你去就對了，順便把小春也帶去。」
「我要跟多田叔叔一起！」
原本在一旁默默聆聽的小春突然發表了意見。她雖然年紀幼小，似乎也知道跟行天一起行動是件非常危險的事。
「抱歉，小春。我這邊事情一辦完，一定馬上去找你們。中午之前，拜託妳幫我好好監視這傢伙。」
小春受了多田請託，無奈地點了點頭。行天最後也接受了多田的安排，並沒有強硬反對。或許行天已猜到，多田其實是要去掃墓。

29「背後靈」、「地縛靈」皆是流傳於日本的鬼魂概念。「背後靈」指的是跟隨在固定人物背後的鬼魂，而「地縛靈」則是逗留於特定地點的鬼魂。

行天乍看之下對他人漠不關心，其實每件事情都看得相當透徹。多田不禁苦笑。沒錯，我不想把小春帶到市營墓園。我沒辦法在那小小的墓碑前面，與小春有說有笑。

那是多田每年一次與兒子單獨相處的時間。

打發了小春上床睡覺後，爲了養足精神好應付明天的事，多田也早早上了床，但偏偏說什麼也睡不著。每到夏天，多田的失眠頻率就會大幅增加。除了事務所沒有冷氣，更大的原因是來自記憶的煎熬。今年因爲多了小春，每天的生活亂成一團，但也因爲這樣，晚上失眠的狀況比往年改善許多。即便如此，多田一想到明天要去掃墓，睡意便迅速消退。

行天去了大衆澡堂，一直沒有回來。多田原本拿著扇子替小春搧風，搧了一會，見小春已經熟睡，於是拿起手機走出事務所。

多田走下大樓階梯，打電話至亞沙子的手機。鈴聲響了兩次，對方就接起了電話。

「嗨，睡了嗎？」多田問道。

「剛到家。」

亞沙子的聲音似乎有些緊張，彷彿在恐懼著多田即將說出的話。多田這才醒悟，原來害怕的人並非只有自己。

「明天我要去爲我兒子掃墓。」

亞沙子沉默不語，多田接著說道：「我不知道我有沒有資格說這種話……如果妳願意的話，明天掃完墓之後，我想和妳見一面。」

「明天是我亡夫過世後的第一次中元節，我也會去墓園。」

「如果妳時間不方便，晚上也沒關係。我只是想見見妳，馬上就會離開。」

「我很怕你認爲我是個無情的女人，丈夫才剛過世不久，馬上就找新對象。因爲你完全不跟我聯絡，也不來我店裡了。」

亞沙子的丈夫雖然是去年才去世，但兩人早已分居。丈夫不明究理地搬出去，讓亞沙子深深受到傷害。多田明明知道這些往事，卻讓亞沙子再度感到不安。

爲什麼我總是沒有辦法好好對待心愛之人？

多田明知爲時已晚，還是眞心誠意地說道：「其實我一直想著妳，只是……畢竟已經這把年紀了，老是把想妳掛在嘴邊，總覺得有點太過厚臉皮，又有點難爲情。」

多田藉由握在手裡的機器，隱約可以感受到亞沙子的微笑。

「明晚見，晚安。」

「晚安。」

多田結束通話，嘴角忍不住想要上揚。

「不只你難爲情，連我都聽得有點難爲情。」背後突然冒出聲音。

多田轉頭一看，剛從大衆澡堂回來的行天就站在眼前。

「晚安、晚安！離別是如此甜蜜而悲傷，我想要永遠道著晚安，直到清晨到來[30]。」

30 此句是莎士比亞名劇《羅密歐與茱麗葉》中的經典臺詞，原文爲：「Good night, good night! Parting is such sweet sorrow. That I shall say good night till it be morrow.」

行天以宛如唱歌般的聲音朗誦著，同時以恭恭敬敬的手勢比著手機說：「請盡量說，不用客氣，說到清晨到來吧。」

「已經說完了！」

「桀桀桀。」行天毫不理會多田的抗議，搖頭晃腦地笑了起來。溼答答的頭髮不斷甩出溫熱的水滴。

「把頭髮擦乾啦！你是狗嗎？」

「桀桀桀。」

多田跟著行天走上樓梯，回到事務所。

六

隔天一大清早，多田便開著發財車前往市營墓園。雖然不到五點鐘那麼誇張，但也算很早了。主要還是不想遇上前妻，畢竟如果遇上了，對雙方都不是好事。

或許因爲是中元節，墓園前的花店已經開了。往年多田總是空著手來掃墓，今天心血來潮，買了一束小小的花束，以及幾支線香。

多田在墓園的入口以水桶裝了一些水，登上平緩的斜坡。墓園裡已經零星可見前來掃墓的人。今天應該也是炎熱的一天，四處響起了蟬鳴聲，草葉沐浴在耀眼的晨光下。

多田先在墓碑上灑了些水，接著拔去周圍的野草，將買來的花分成兩束，插在墓碑左右。由於沒帶引火物，只能拿著打火機直接對著線香點，點著時手指幾乎快燙傷了。

晚點前來掃墓的前妻，看見了花束跟線香，不知作何感想？會對多田曾經來過的痕跡感到不舒服，還是會慶幸世上除了自己，還有另一個人記得這孩子？

多田暗自祈禱自己的所作所爲，不要增添前妻心中的傷痛。然而下一秒，多田竟又驚覺自己竟有這樣的想法。過去不是一直暗自期待前妻心中的痛楚更勝於自己？

難道是因爲這陣子嚐到許久不曾感受過的「甜蜜而悲傷」的滋味，所以開始尋求同情他人的自我日漸膨脹，妄想與他人分享幸福的喜悅？多田不禁暗自苦笑，自己才是最自私、最善變的那個人。

我想要活下去。

亞沙子的那句話迴盪在多田的腦海。沒錯，即使懷抱著自私、痛苦與記憶，我還是想要活下去。

多田默默蹲在那座小小的墓碑前方。沉睡在這底下的兒子，雖然幼小到甚至無法主張「想要活下去」，卻為「活下去」做了最佳的示範。每年來掃墓，多田總是沒辦法對兒子雙手合十膜拜，只是靜靜凝視著墓碑，彷彿凝視著當年的兒子。明知道在自己眼前的只是一塊石頭。

「今天早上發生了一件很好笑的事。」

多田不知不覺竟對著墓碑說起話來。過去從來不會如此，多田也嚇了一跳。但不知道為什麼，就是有無數想說的話從口中傾瀉而出。真的就像在對著活人說話。

「行天竟然穿上了熨過的褲子。當然不是牛仔褲，而是我借他的西裝褲。我還借了他一件白襯衫。」

熨燙的工作，當然是落在多田肩上。多田從事務所角落找出沾滿灰塵的熨斗，但沒有熨馬，只好在矮桌上鋪一條毛巾，將就著使用。

「他還把頭髮梳理得整整齊齊，但看起來就是不太對，完全不像老師，反而像……」

詐騙集團成員。給人一種心術不正的感覺，恰好與老師該有的形象南轅北轍。雖然行天極力主張「這全是因為鞋子不對」，但多田心想，就算把運動鞋換成皮鞋，多半也不會有多大差別。何況多田也沒有較正式的皮鞋，就算想借沒得借。多田找了半天，只在鞋櫃最深處挖出「一隻」

皮鞋，而且上頭長滿了黴。

「所以行天就穿著那身詐騙裝出門去了。」

小春看了行天的打扮，似乎想要互別苗頭，堅持要穿當初凪子帶她來那天，她穿的那件漂亮的連身裙。她似乎覺得這樣不夠，還把熊熊也帶上了。

多田爲小春梳了頭髮，取出花朵造形的髮夾，夾在她的瀏海上。由於不習慣做這種事，花了不少時間，但小春見自己變得漂漂亮亮，似乎相當滿意。在多田爲小春梳理打扮的時間裡，行天怕褲子變皺，只能直挺挺地站著，就連荷包蛋吐司，他也是站著吃完了。

「沒家教。」小春提出嚴厲的批評，行天充耳不聞。

讓行天獨自帶著小春外出，而且還要處理裕彌的事，眞的沒問題嗎？多田感到極度不安，決定探望完曾根田老奶奶之後，立刻趕往山城町的菜田。

「我下次再來看你。」

多田揮別綠意盎然的墓園，開著發財車下了山坡。即使關上窗戶，打開了冷氣，刺耳的蟬鳴聲還是不斷鑽入車內。

根據松原裕彌事後描述，行天在早上九點半就到了菜田。

行天在山城町二丁目的站牌下了公車，小春也一蹦一蹦地跳下車門階梯。行天只是在旁看著，並沒有伸手扶她。

行天與小春並肩站在菜田前方的馬路上。公車開走了，菜田裡的人除了裕彌，似乎沒有人注意到行天與小春。

裕彌越看越感覺不妙。行天與小春那模樣實在與周圍的景色格格不入。一種不食人間煙火的奇妙氛圍，讓行天與小春完全無法融入山城町這片田野景色，甚至無法融入日常生活。

當然若只看穿著打扮，行天與小春都還算得體。兩個人就像「為了在中元節回爺爺、奶奶家，稍微打扮過的父親與女兒」，散發出一股與服裝無關的不協調感。

行天的頭髮梳得整整齊齊，身上穿著白襯衫，但一點也不像是補習班或學校的老師，比較像是會利用花言巧語欺騙老人家購買昂貴羽絨被或象牙印章，或是會以「結婚」為誘餌騙取中年婦女畢生積蓄的金光黨。

至於站在行天身旁的小春，則是穿著連身裙，夾起了瀏海，臉上帶著淡淡的微笑。她雖然年紀幼小，但似乎明白裕彌的處境，正在努力扮演著「家教良好的可愛小妹妹」的角色。可惜小春並不知道，她的笑容讓裕彌看得背脊發涼。裕彌回想起前幾天在電視上看的一部黑幫電影，裡頭那個站在黑幫老大身邊的女人，臉上正是帶著這種皮笑肉不笑的詭異笑容。就連小春懷裡那隻兔型布偶，也給裕彌一種嘴角沾著鮮血的錯覺。

為什麼多田哥不自己來接我？裕彌趕緊將視線從兩人身上移開，暗自嘆了口氣。但裕彌並沒有停下給茄子澆水的動作，以免讓周圍的大人察覺異狀。

澆水的方式是提著一個大水桶走入菜田，以長柄杓子舀水，小心翼翼地澆在每一株茄子的根部。明明是只用一條橡膠水管就能解決的事情，HHFA卻故意讓孩子使用最笨的方式工作。母親總是告訴裕彌：「這是為了讓你體會工作的辛苦，對你有非常多好處。」然而事實是田裡的工作搞得裕彌筋疲力竭，根本沒有辦法好好念書，問題是補習班和學校的成績變差又會引來責罵，而且在HHFA種菜的事情更是讓裕彌成爲朋友間的笑柄，完全沒有任何好處。聽說採收下來的蔬菜可以賣相當好的價錢，但是裕彌連一毛錢也拿不到，他越想越覺得這個組織實在很有問題。

裕彌一邊以機器人般的規律動作在菜田裡澆水，一邊轉頭朝馬路的方向看了一眼。行天與小春依然杵在馬路上，連動也沒動。但是就在行天與裕彌四目相交的瞬間，行天突然大喊：「咦？那不是松原同學嗎？」

包含裕彌的母親在內，菜田裡的五個大人及兩個小孩都露出狐疑的表情，轉頭望向行天及小春。裕彌心中大喊不妙，趕緊垂下了頭。「喂，松原同學！」行天不死心地持續大喊，裕彌明白這時已經騎虎難下，只好抬起頭。

行天站在馬路邊，以誇張的動作對著裕彌揮手，臉上帶著爽朗又燦爛的笑容，既像是在拍攝牙膏廣告，又像是美國的電視購物頻道裡的主持人。

太假了，簡直是假到不行。

裕彌看傻了眼，手中的長柄杓子差點掉到地上，趕緊放進水桶裡。

「那是誰啊？」一個經常一起在田裡工作的小學男生，對裕彌低聲問道。

裕彌也不知道那是誰。不，正確來說是不知道行天此時正在「演」誰。由於不知該如何回答，裕彌只好含糊應了一聲。

行天完全不在意衆人表現出的警戒與疑惑，大剌剌地走進田裡，小春緊跟在行天身後。

「早安，松原同學，今天天氣眞好。」

「呃……」

行天裝出的爽朗形象，讓裕彌看得頭皮發麻，一心只想挖個地洞鑽進去。當初在咖啡廳，這個人不僅常常說出驚人之語，而且大部分時候都像一隻死氣沉沉的老貓，此時怎麼能夠裝出那種開朗性格？難不成他有人格分裂症？

「裕彌，他是誰？」

母親走了過來，以充滿防備的眼神看著行天。裕彌此時腦袋一團混亂，完全不知如何是好。

「敝姓瀨川。」行天臉上一直帶著那有如塑膠一般的僵化笑容。「在補習班負責指導數學。」

裕彌終於明白行天的人物設定，趕緊說：「對、對，他是陽成升學補習班的瀨川老師。我的同學田村也常說，他教得非常淺顯易懂。」

「謝謝你，松原同學。」行天客客氣氣地回應道：「這座菜園好漂亮，你一大早就在這裡幫忙，眞的很了不起。不過我看時間差不多了，你是不是該去補習班了？再不出發的話，可能會來不及上課。」

「請問……」母親在一旁趕緊問道：「今天是要上什麼課？」

「特別輔導課。」行天轉頭對著母親，煞有其事地說。

「咦？松原同學，難不成你忘了告訴媽媽？唉，你這孩子眞是糊塗。」

「可是……」母親並沒有讓步。「今天我們有很重要的活動，裕彌恐怕必須請假……」

「孩子的母親，這千萬使不得。」行天凝視著母親的臉，一臉嚴肅地說：「小學六年級的暑假，可說是關鍵之戰。俗話說『江湖在走，覺悟要有』，只要一個不留神，馬上就會壯烈成仁。

松原同學天資聰穎，如果因爲這樣而名落孫山，實在太可惜了。」

裕彌越聽越傻眼，不禁抬頭看著行天。爲什麼撒謊可以撒得如此行雲流水，有如天花亂墜？

「走吧！跟老師一起到補習班去！」行天忽然輕輕抓住裕彌的手腕，朝著馬路邁開大步。

「老師，你現在就要把他帶走？」母親依然不死心地追問：「他什麼都沒有準備，而且你自己也還帶著女兒……」

「我是小春。」小春以天眞無邪的口氣報上了名字。「我不是行天的女……」

「別在意那種小事。」行天低聲制止小春繼續說下去。轉頭面對母親時，臉上再度堆滿笑容。「我們家的孩子都直接稱呼父母的名字，所以她沒有叫我『爸爸』。」

那你的全名不就是「瀨川行天」？天底下大概只有算命仙會取這種古怪的名字！裕彌越想越覺得荒唐可笑，眼前一時天旋地轉。何況仔細想一想，補習班的老師怎麼會毫無理由地出現在這個地方？行天那態度既像是「剛好在這裡遇上裕彌」，又像是「特地來這裡尋找裕彌」。但他似乎並不打算解釋，只是一味堅持要把裕彌帶走。

「今天是中元節，她的母親回娘家去了，但沒有把她一起帶去，所以她從昨天就一直鬧著脾氣。啊，不過請不用擔心，我們補習班爲教職員提供完善的託兒服務，就算帶著孩子一起進補習班也完全不會有任何問題。至於松原同學，他雖然沒有帶任何文具及教材，但這些我都可以借他。因爲他的資質實在太優秀，我願意特別爲他通融。」

行天振振有詞地說著似是而非的論述，母親及其他大人都被唬得一愣一愣的，完全沒辦法吭聲。行天就這麼拉著裕彌穿過菜田，來到馬路上。

馬路對面是一座有著寬廣庭院及高大樹木的大宅邸，宅邸門口就有公車站牌。只要搭上公車就可以回到真幌站前。遠離了母親及菜田，今天在南口圓環的宣傳活動當然也不用參加了。

裕彌一心只想趕快橫越馬路，走到公車站牌處，眼前的馬路宛如一條阻礙了去路的大河。

就在這時，突然有群老人從大宅邸內走了出來。這群老人有男有女，人數約十多人。走在最前頭的是個禿頭老翁，頭頂光滑得像是特地打磨過。這群老人有的背著大旅行袋，有的提著紙袋，在公車站牌前排成了一排。

「咦，不會吧？」行天突然低聲嘀咕。

馬路對面的禿頭老翁似乎也看見了行天，臉上露出不悅的表情。顯然行天與老翁互相認識，裕彌看了看行天，又看了看老翁。就在這時，一輛公車駛過微彎的馬路，停在站牌前。

車上一個乘客也沒有。車頭上方的目的地告示板只顯示著「橫濱中央交通公司」字樣，平常標示上車付錢還是下車付錢的小框框則顯示「專車」兩字。雖然車體的形狀、顏色及樣式都跟一般在街上看到的公車相同，但似乎是一輛專車。

公車在馬路對面的站牌處停了下來，擋住了老人們的身影，但隱約可看出他們正陸續上車。

「裕彌！」

背後傳來母親的呼喚聲，裕彌不由得全身一顫。如果不趕快離開，一定會被拉回田裡工作，南口圓環的宣傳活動當然也逃不了。

「快跑！」行天突然張口大喊，同時將小春連同兔子布偶一起抱在懷裡，率先拔腿疾奔。「等一下，我們要上車！」

行天一邊大喊一邊穿越馬路。就在這一瞬間，裕彌也做出了決定。

「媽媽，我還是去學習吧，畢竟現在可是關鍵之戰。」

裕彌一句話還沒說完，已經朝著行天的背影全力奔跑。兩人一前一後越過馬路，繞過公車的車體，來到前方車門處。

「裕彌！」後方再度傳來母親充滿焦躁的呼喚聲，但裕彌並沒有回頭。

站在公車門口的行天，與公車司機一時僵持不下。

「客人，我們這輛是專車。」

「別緊張、別緊張。嗨，老頭。」

行天舉起一隻手，朝著坐在駕駛座後方座位的禿頭老翁親熱地打了招呼。

「你這臭小子，上車做什麼？」

「現在事態緊急，沒時間解釋了，快開車吧！」

三三兩兩坐在車內的老人全都抬頭看著行天，露出一臉驚訝的表情。行天沒有理會他們，轉頭伸手將裕彌從門口臺階拉進車內，同時催促司機及禿頭老翁趕快開車。

或許因爲公車一直沒有開車，停在後方的車子按了喇叭。

「唉，沒辦法。」禿頭老翁說：「開車吧！」

司機於是關閉車門，開著車子緩緩前進。裕彌抓著中柱，望向窗外。母親正氣呼呼地走回菜田，其他大人及那個經常見面的小學生也都愣愣地看著公車，不約而同地露出一頭霧水的表情。

裕彌朝他們輕輕揮手，內心感到十分痛快。

行天將小春放在博愛座上。那是三個橫向的座位，靠車內的中段。

「背後靈，你也來坐吧。」行天說。

裕彌剛開始不知道行天在對自己說話，只是默默地站著。直到行天在裕彌的背上輕戳，裕彌才明白「原來背後靈指的是我」。突然被取了一個古怪的綽號，裕彌原本有些惱怒，但因爲剛逃離菜田，內心正感到鬆一口氣，所以裕彌沒說什麼，乖乖走到小春旁邊坐下。

行天站在裕彌與小春的前面，轉動上半身，朝禿頭老人問道：「老頭，你們要去哪？這麼多老人包一輛公車，難不成是要舉辦天堂一日遊？」

「原本是這麼打算，但多了你這個瘟神，看來只能舉辦地獄一日遊了。」老人氣急敗壞地說。

「好樣的，沒想到你們玩這麼大。」

行天嗤嗤笑了起來，完全沒把老人的諷刺放在心上。此時他臉上的笑容相當愜意自在，與剛剛在菜田裡的虛僞笑容截然不同。

一個坐在後段座位的老人站了起來，在搖搖晃晃的車內慢慢移動到前段。

「岡哥，這下子該怎麼辦？」他朝禿頭老人說道。

「沒想到會有意料之外的乘客。」

「這也是沒辦法的事。我們計畫了那麼久，非採取行動不可。」

「但車上有那麼小的孩子……」

「林哥，你該不會是怕了吧？」

「你說那是什麼話？我是看這幾個乘客好像跟你認識，才過來關心一下。」

禿頭的岡哥與走路不太穩的林哥，你一言我一語地吵了起來。裕彌在一旁惴惴不安，不知如何是好。這些老人家似乎正在舉辦團體旅行，自己突然跑來打擾，實在是有些過意不去。看來最好的辦法，還是趕緊找個合適的地方下車。裕彌抬頭看著行天，有點好奇他打算怎麼處理。沒想到行天只是默默看著兩個老人鬥嘴，臉上帶著樂在其中的表情，完全沒有想要解決問題的意思。

這時後段座位又有一個白髮蒼蒼的老婆婆站了起來，她跟剛剛的林一樣，以非常緩慢的速度移動。裕彌趕緊挪動身體，騰出老婆婆能夠坐下的空間。

老婆婆在裕彌身旁坐了下來。

「來，吃些點心。」老婆婆將一團面紙塞進裕彌的手裡。「跟妹妹分著吃，不可以搶，知道嗎？」

裕彌心想，老婆婆似乎以爲小春跟自己是兄妹。旁邊的小春看著裕彌手上的面紙團，露出感興趣的表情，裕彌只好小心翼翼地將面紙團攤開。裡頭包著幾塊白色的落雁糕[31]。

「這個是點心？」小春捏起一塊落雁糕，歪著頭說：「好漂亮。」

「嗯，很甜喔。」老婆婆喜孜孜地說。

「謝謝。」小春很有禮貌地道了謝，將落雁糕放入口中。「眞的好甜。」

裕彌其實不太想吃。一來那些落雁糕看起來有點受潮，二來裕彌本來就不太喜歡吃甜食。但老婆婆在旁邊默默看著，流露出期待的眼神，裕彌只好鼓起勇氣吃了一塊。

---

31 原文作「落雁」，一種日本的傳統糕餅，以糯米粉或麵粉混合砂糖及麥芽糖製成。

落雁糕瞬間吸乾嘴裡的所有水分，整團黏在舌頭上。雖然很甜，但帶著一股淡淡的衣櫥味。裕彌不禁感到好奇，爲什麼老人家給的東西一定都會有衣櫥的味道？裕彌不禁想起許久未見的爺爺、奶奶，以及他們給的紅包袋上頭的味道。

「很好吃，謝謝。」隔了好一會，落雁糕終於溶化消失了，裕彌向老婆婆道謝。

「多吃點。」老婆婆說道。裕彌實在沒辦法再吃第二塊，因此沒有照做，將剩下的落雁糕小心翼翼地包回面紙團裡。

小春抱起膝蓋上的兔子布娃娃，對著給落雁糕的老婆婆說：「他是熊熊。」老婆婆輕輕握住熊熊的手，煞有其事地說：「幸會、幸會。」裕彌在一旁看著小春與老婆婆的互動，只覺得「這名字取得眞怪」。當然裕彌沒有對熊熊說話，身爲一個大男人，對著布偶玩扮家家酒成何體統。

至於眞正的大男人行天，則是抓著博愛座前面的吊環，身體搖來搖去，簡直像是剛洗好的衣服，被吊在晾衣桿上隨風搖擺。一副彷彿不知道「定性」兩個字怎麼寫的樣子，還完全遮住了裕彌的視線，讓裕彌越看越心煩。車上明明還有很多空位，麻煩你找個地方坐下來好嗎？裕彌很想這麼對他說，但說不出口。一來行天是把自己帶離菜田的恩人，二來自己現在坐在一輛全是老人的古怪公車上，內心實在有些不安。等等難保不會需要他的幫忙，惹他生氣肯定不是個好主意。

「抱歉，讓我插個嘴。」行天打斷了岡與林的鬥嘴。「我們想去多田的事務所，能不能讓我們在眞幌站前下車？」

「不行！」岡一口回絕了行天的要求。

這時公車剛好停下來等紅燈，司機或許是看不下去，主動提出建議：「呃，各位客人，我們這輛車不是預定在眞幌交流道上高速公路嗎？反正剛好會經過車站附近，不如乾脆就讓他們在那裡下車……」

司機約莫四十五歲年紀，看起來相當和善。駕駛座上掛著一塊牌子，上頭寫著「笑容與安全是我的最高準則　中野修二」。

「看吧，中野也這麼說。」行天試圖說服岡。

「不行！」不知道爲什麼，岡就是不同意。「中野，我得跟這臭小子溝通一點事情，麻煩你靠邊停。」

「客人，我沒辦法隨便停車啦。」中野或許是聽岡與行天都以彷彿是老朋友一般的口氣對自己說話，露出傻眼的表情，搖了搖頭。

「這可不是一般的小客車，不能隨便在路邊說停就停。」

「既然是這樣那也沒辦法，你繼續開吧。」

此時前方的燈號轉成了綠燈，公車繼續在眞幌的幹線道路上前進。岡叫林先坐在自己後方的座位上，朝站著的行天嚴肅地說：「我們正在進行一場重要的行動。」

「重要的行動？」

「等等我會解釋，但是在那之前……中野，我有事要問你。」

「請說。」中野將引擎打至低速檔，緩緩放慢了車速，抬頭看向後視鏡。

「這輛公車有無線電或ＧＤＰ嗎？」

ＧＤＰ？你想說的應該是ＧＰＳ吧？一旁的裕彌在心裡偷偷想著。中野似乎也做出相同的判斷，淡淡地說：「沒有。前幾年公司原本想裝，但因爲手機越來越普及，就感覺沒有裝的必要了。反正要聯絡道路的壅塞狀況什麼的，只要打手機到調度中心就行了。何況我們不是計程車，所謂的調度中心只不過是營業所裡一間小小的辦公室。」

「聽你這麼說，我就安心了。」岡撫摸著光禿的頭頂，露出了狡獪神情。

「便利屋的助手，你仔細聽清楚了。我們的目的地，是位於橫濱車站前的橫濱中央交通公司總部！」

「什麼？」行天聽得目瞪口呆。「去那種地方做什麼？」

「等等！」整個車上最驚訝的，反而是開車的中野。

「上頭的人跟我說，各位是要去箱根旅行！」

「眼下的局勢，我們豈還有心情醉生夢死？」

岡突然變得慷慨激昂，以一副壯士斷腕的口氣說：「箱根旅行什麼的，當然只是鬼遮眼！」

鬼遮眼？你想說的應該是障眼法吧？裕彌偷偷想著。車上的氣氛變得越來越不對勁，但是裕彌朝坐在旁邊的落雁糕老婆婆瞥了一眼，只見老婆婆與小春及熊熊玩得正開心，完全沒把岡那劍拔弩張的表情放在心上。至於林及坐在後段座位的其他老人們，也是各自搖頭晃腦，並無一人流露出錯愕之色。裕彌見老人個個淡定自如，內心反而更加驚疑不定，掌心全是汗水，包在面紙裡的落雁糕恐怕更加受潮了。

「客人，這我恐怕沒辦法配合。」中野取下制帽，以袖口擦去額頭的汗水。

「你們要變更目的地，必須先聯絡營業所才行。」

「雖然我大概猜得到，不過還是問一聲……」行天以吊環爲支點旋轉身體，瞪著岡：「你們去橫中的總公司想幹嘛？」

「當然是抗議橫中偷減班次。橫中的暴行，天理難容！」

全車的老人同時拍手鼓掌。

「偷減班次？我們公司絕對不會做那種事！」中野反駁道。

但他似乎很害怕激怒岡，馬上又說：「總而言之，到底要去箱根還是橫濱，請你們趕快決定，我照辦就是了。公司禁止我們開車時和乘客閒聊，所以我絕對不會多說一個字。」

「看來你很懂得明哲保身的道理。」岡說得振振有詞：「我不想做出傷害你的事，所以麻煩你把手機好好收著，不要拿出來。」

「呃……」行天疑惑道：「所以你們不是包車，而是劫車？」

「現在你終於明白了。」

岡笑了笑，從膝蓋上的紙袋裡取出一大團像床單一樣的白布。「我們連抗議用的旗子及布條都準備好了。伸張正義的時刻已經來臨，讓我們兵發橫濱，劍指橫中！」

車內的老人們一邊鼓譟一邊舉起拳頭。不過因爲都是弱不禁風的老人，距離殺聲震天非常遙遠。

「今天是中元節，總公司可能一個人也沒有……」中野戰戰兢兢地說。

「剛剛你不是說，你不會多說一個字？」岡喝斥一聲，中野趕緊閉上了嘴。

雖然中野不敢再開口，卻不斷向行天使眼色。行天或許是認爲已經上了賊船，只好嘗試對老人們曉以大義。

「老頭，你們今天要做的事，你老婆知道嗎？」

「怎麼可能讓她知道？她那個死腦筋，被她知道一定沒好事。」

「我就知道。」行天長嘆一聲。「你都一隻腳踏進棺材了，怎麼還會幹這種蠢事？這班公車沒來，等下一班不就得了，何必這麼小題大作？」

事後多田聽裕彌說了來龍去脈，深深讚嘆「行天竟然會說人話」，但這時裕彌還不瞭解行天的爲人，因此心裡只是想著「沒錯，說的有道理」。這些老人家竟然劫持公車，簡直是不要命了。自己無辜受到連累，不曉得會有什麼下場。裕彌只能默默看著行天，暗自祈禱他能化解危機。

「正因爲已經一隻腳踏進棺材，我們才決定不忍了！」岡說得聲色俱厲。

「反正日子本來就不多了，就算被警察逮捕，甚至是被判死刑，我們也不在乎。搞不好執行之前我們就壽終正寢了。」

開著公車的中野忽然開始瑟瑟發抖，那似乎不是因爲擔心自己的生命安全受到威脅，而是懷疑岡的精神狀況出了問題。當然岡的精神狀況好得很。

「因爲橫中公司偷減班次，我們要前往醫院變得很不方便。一邊是默默忍受沒辦法到醫院拿藥而健康惡化，一邊是採取抗議行動後被判處死刑。如果是你，會選哪一邊？」

可是你看起來健康得不得了。而且爲什麼要這麼極端？不能給個正常的選項？裕彌在心裡偷偷想著。行天面對岡的質問，似乎也有相同的想法。

「呃……」行天皺眉：「如果是我就在家裡睡覺。反正遲早得死，不如混吃等死。」

「你就是因爲這麼沒志氣，難怪只能當助手！」岡氣呼呼地說。

行天乾笑兩聲，不再理會岡，轉頭對中野說：「不管怎麼樣，總之找個地方讓我們下車吧。」

「你要拋下我一個人在這裡受苦？不，我絕不停車。求求你跟我一起承擔這一切！」

或許是因爲腦袋過於混亂、疑惑與不安，中野開始胡言亂語了。裕彌心想，他不愧是最專業的公車司機，眼眶含著淚水還能把車子開得這麼穩。

「現在問題有點棘手。」行天低頭望著裕彌與小春。「事情演變到這一步，跳車是我們唯一的選擇。」

跳你媽啦！裕彌使盡力氣猛搖頭。雖然車速不算很快，但小春還是幼兒，肯定做不到那種高難度的動作。就算想趁公車停下來等紅燈的時候，硬把門拉開，恐怕也有相當的難度。那群老人三三兩兩分布在車內，眼角餘光似乎都在監視裕彌一行三人。不過有的在吃點心，有的在喝水壺裡的茶，似乎並不是所有老人都知道現在是什麼狀況。

以一群準備幹大事的人來說，這群老人未免太沒有緊張感。裕彌心想還是再觀望一下好了，或許再過一會，這些老人會開始覺得與其到橫濱抗議，不如眞的來個箱根一日遊。裕彌成功逃離了ＨＨＦＡ的魔掌，不用到南口圓環參加宣傳活動，反正一整天都很閒。

岡與林討論起「該不該現在就在車外掛布條」的議題。行天以雙手手掌勾住兩個吊環，垂著頭重重嘆了口氣，宛如被吊在十字架上的死刑犯。

「背後靈，你有沒有手機？」

同一時間，多田正坐在眞幌市民醫院的吸菸區。

市民醫院所規定的會客時間，平日是從下午一點開始，假日則是從早上十一點開始。不過規定歸規定，實際上沒有那麼嚴格。就算是不能會客的時間，還是可以偷偷溜進病房探望病人。而且多田因爲常來探望曾根田老奶奶，與大多數護理師都很熟。護理師也都知道老奶奶的狀況，所以多田每次趁工作空檔前來探望老奶奶，護理師都會睜一隻眼閉一隻眼。

然而今天因爲某個跟老奶奶同房的病友血壓驟升，醫生正在病房處理，護理師也在旁邊忙著打點滴什麼的。在這種兵荒馬亂的時刻，又不是會客時間，多田實在不好意思進去探望老奶奶。須崎護理師相當貼心，偷偷告訴多田：「應該三十分鐘就結束了，你在外面稍坐一下。」多田只好坐在吸菸區抽菸打發時間。

吸菸區在醫院的後門外。眼前就是停車場，一輛輛車子的車頂反射著耀眼的陽光。明明還不到中午，陽光卻強得彷彿連柏油路面也能燒融。

要不要乾脆趁現在，先去買老奶奶最愛吃的蜂蜜蛋糕？多田喝乾了罐裝冰咖啡，漫不經心地盤算著。平常來探望老奶奶，多田必定會在前一天就買好伴手禮，偏偏這次竟然忘了。前來醫院的途中，多田先去了位於主要幹道沿線上的一家糕餅店，沒想到鐵門竟是拉下的狀態，不知道是因爲太早，還是因爲中元節不營業。當然也有可能是已經倒了。

連續失去兩次買伴手禮的機會，多田只好空著雙手來到醫院。但是一想到愛吃甜食的老奶奶可能會很失望，多田便感到過意不去。還是乾脆開車到車站附近，等百貨公司開門？要不然就是到醫院內的商店，隨便買一點東西……

多田將空罐拋進垃圾筒，忍受著高溫空氣蒸烤著自己的腦袋，點燃了第二根香菸。天氣實在太炎熱，光是要做出決定都格外耗費體力。菸灰缸的周圍聚集了不少身穿病人服的老人，以及腳上包著石膏的年輕人，每個人都在吞雲吐霧，臉上帶著百無聊賴的神情。

不知道行天是否順利救出了裕彌？一切順利的話，他們應該回到事務所了吧。多田正想到這裡，手機忽然響了起來。一看螢幕，上頭顯示的是裕彌的電話號碼。

「喂，我是多田。」

「喂，是我啦。」

手機中傳來行天的聲音。多田忍不住又搓揉起眉心。這傢伙不僅穿著打扮很詐騙集團，就連打電話時的口氣也很詐騙集團。

「你現在在哪裡？」多田問道：「事情辦得順利嗎？」

「我把背後靈帶出來了，但我們搭的公車剛好遇到劫持。」

行天說得過於輕描淡寫，多田花了好幾秒才理解這句話的意思。

「你說什麼？」多田忍不住大喊，引來了周圍人群的注視。「公車被劫持？這種天大的事情，你打給我做什麼？還不趕快打電話報警？還是你已經打了？歹徒是什麼樣的人？」

多田一邊從吸菸區走向豔陽下的停車場，一邊緊張地連問了數個問題。

「桀桀桀。」行天笑了起來。「一般人聽見公車被劫持，不是會先問『你是不是在開玩笑』？」

「原來你只是在開玩笑？」

「不，是眞的。不過與其稱他們是公車劫持歹徒，不如稱他們是示威抗議組織。」

「喂，行天，通常遇到這種事，不是應該講小聲點嗎？你那邊現在到底是什麼狀況？要是被歹徒發現你在打電話……」

此時電話另一頭隱約傳來提振士氣的吆喝聲，但中氣不足又帶了點喜感。

「那邊到底在搞什麼？」

多田忍不住將手機移開耳邊，愣愣地瞧了一會，才又放回耳邊。「喂？喂？」

電話另一頭的行天似乎正在和劫車犯（？）進行溝通，雙方嘰哩呱啦說個不停。

「來了來了。」半晌之後，行天才對多田說：「真受不了這老頭，竟然要我幫他掛布條。總之先這樣吧，我會再打給你。」

「等等等等等！」多田驚覺行天好像要掛電話，趕緊問道：「你說的老頭是誰？」

「就山城町那個禿子。」

「你是說岡嗎？」

「嗯，他邀了一群老人，包了一輛公車，說要去橫中的總公司抗議。」

多田聽了行天的說明還是一頭霧水，搞不清楚現在是什麼狀況。如果可以的話，多田很希望永遠不要搞清楚，可惜現實不允許自己當成這件事沒發生過。

「報警吧。」多田提出相同的建議，只不過這次是抱著自暴自棄的心情。

「要報警，我是無所謂啦。」行天老神在在地說道：「但寶貴的熟客被警察逮捕，對你來說應該不是一件好事吧？」

多田感覺太陽穴隱隱作痛，不知道是頭頂太陽太大，還是體內火氣太大。

前陣子偶然在岡家撞見的祕密會議，驀然浮現在多田的心頭。當時岡的眼神確實流露出視死如歸的決心。多田不禁有些後悔，當時應該仔細聽清楚他們的計畫才對。可惜現在說什麼都已經太遲了。

「我明白了。」多田無可奈何地嘆了口氣。

「你們現在在哪裡？」

公車載著劫持公車的一群老人及裕彌等三人，行駛在主要幹道上，朝眞幌站前的方向前進。

行天一掛斷多田的電話，岡立刻從紙袋中取出布條塞進他手裡。

「幫我把這個綁在車外。」

行天將手機還給裕彌，轉頭望向布條上的文字。裕彌將手機塞進褲子口袋，也拉起布條一角，幫忙攤開。

「容……難……理……？」

「『橫中暴行，天理難容』！」

「噢，原來你們是從那一邊寫過來。」

行天拖起長長的布條在車內移動。裕彌拉著布條的另一端，也只好跟著移動，簡直像婚禮上負責拉著長長頭紗的花童。

岡讓出了座位，行天單膝跪在駕駛座後方的座位上，打開窗戶，將頭探出窗外。

「不能先讓車子停下來嗎？從車外綁會比較容易。」

行天提出建議，但岡沒有接受。

「不達目的，絕不停車！」

行天露出無奈的表情，向裕彌下達指示。

「背後靈，你在大約中間的窗戶等著。對，差不多就是那裡。我要上了！」

行天將岡徒手製作的抗議布條伸出前方窗外，細長的布條被風颳起，沿著車身不斷搖擺，宛如一面鯉魚旗。

「背後靈，你快抓住另外那頭！」

太亂來啦！那布條在窗外簡直像條活魚一樣搖來搖去，最好是抓得到。這個強人所難的要求令裕彌一時不知如何是好。何況從小到大，母親及學校老師都一再叮嚀，車輛行駛中絕對不能將頭、手伸出車窗外。裕彌這輩子從來沒做過如此危險的舉動。

可惜此時公車上所有大人都顛覆了裕彌從小到大的常識。行天一再催促裕彌，包含岡在內的所有老人都來到車體中間，圍繞著行天與裕彌，聚集成半圓形，你一言我一語地說著不負責任的話。一個說「年紀輕輕怎麼就不行了」，另一個說「小不點快當便利屋助手的助手」。

布條因為灌滿空氣而高高鼓起，變得相當沉重。行天拉著布條的一端，上半身探出車窗外，滿臉猙獰，似乎使盡吃奶的力氣才將布條拉住。那副氣勢簡直就像拉著超巨大風箏的風箏達人，或是拉著超巨大鮪魚的老練漁夫。裕彌因為天生耳根子軟，沒辦法拒絕別人的要求，只好咬著牙將雙手伸出車窗外，拉住了布條的一角。

布條的重量瞬間沿著手臂傳遍全身。對向車道的車子一輛輛呼嘯而過，車內每個人都仰頭望向這輛公車，臉上的表情彷彿在說：「我看到了什麼？」

「幹得好！就這樣撐住。」

行天把頭縮回車內，將連在布條尾端的繩索綁在窗戶的把手上。那把手長得四四方方，像小型的釘書機。接著行天走向裕彌，以相同的方式固定了繩索。

就這樣，一面布條懸掛在公車的右側車身上，布條上寫著：「橫中暴行，天理難容！偷減車班，抵死不從！」由於布條下方的兩個角沒有固定住，整塊布在風中上下翻騰，幾乎沒有一刻可以看清楚字。

老人全都擠在窗邊，得意洋洋地低頭看著車外的布條。就連行天與小春也彷彿理所當然地將頭伸出車窗外。

「別做這種事，真的很危險。」裕彌輕輕拉扯小春的連身裙背後的布料。

「你好強！」小春轉過頭來，興奮地說：「好像運動會。」

運動會？這麼說起來確實有點像。裕彌擠進老人之間，看著窗外那條在風中獵獵作響的布條。岡似乎在字體上特別花了心思，布條上的字跡介於手寫字與印刷字之間，反而看起來更加驚心動魄，簡直像恐嚇信上頭的文字。

司機中野透過側邊的後照鏡看了一眼車身上的布條，無奈地搖了搖頭。

「各位乘客，請坐在座位上，以免發生危險。」

裕彌與小春回到了博愛座，其他老人也回到原本的座位。行天繼續像之前一樣，抓著裕彌與小春前方的車頂吊環。至於落雁糕老婆婆，即使是在綁布條的混亂期間，她也是悠然自得地坐在博愛座上，彷彿一切都跟她無關。

「現在已經明確表達了我們的主張。」岡轉身朝著坐在後方的老人說。

「接下來要做的就是殺到橫濱，與橫中那些人決一死戰！」

「等等，岡哥，請容我說一句。」

一個坐在後方兩人座的老翁突然發聲。那是個白髮蒼蒼的老翁，髮量並沒有因爲年紀增長而變得稀疏，看起來文質彬彬。裕爾心想，這個老先生一看就知道跟那個岡合不來，希望他能說服岡中止抗議行動。

「現在跑去橫中的總公司，恐怕只是白費力氣。」

「山本哥，怎麼到了這個節骨眼，你還在潑冷水。」岡氣得直跳腳。

「請聽我解釋。」山本伸出手，制止岡繼續說話。「照司機中野先生剛剛的說法，因爲今天是中元節，總公司多半一個人也沒有。」

中野一邊操控方向盤，一邊拚命點頭。山本接著又說：「何況不管是從路線狀況或是其他層面來看，眞幌市內的公車，應該是眞幌橫中營業所的人最清楚。」

「呃，營業所的人應該也都放假去了。」中野戰戰兢兢地說。

「應該不至於一個人都沒有，至少開車是排班制。」

岡隔著駕駛座後方隔板朝中野這樣說。中野像烏龜一樣縮起脖子，專心開車，不敢再發表意見。

「但最大的問題……」山本拉高了音量。「各位想想，橫中公司的眞幌營業所以及眞幌市民醫院，到底位在什麼行政區域？是橫濱市嗎？不！是東京都眞幌市。負責管轄公車營業所及醫院的是什麼單位？是眞幌市公所。我們每年乖乖繳納市民稅，市政府卻用這種方式對待我們！所以我們應該抗議的對象，是眞幌市公所。」

「市公所那種公家單位，今天應該也放假吧？」

行天提出質疑，外表斯斯文文的山本此時竟做出偏激的反應。

「放假？那我們就提出警告：『負責人員立刻前往市公所，否則每過一段時間，我們就殺掉一個公車上的老人。』」

你知道在年齡分類上你也屬於「老人」嗎？裕彌不禁後悔自己對山本這個老人抱持錯誤的期待，畢竟他是岡的同伴，果然是一個鼻孔出氣。

車內的風向逐漸轉向「拿市公所開刀確實不錯」。裕彌在心中反駁「負責管轄公車營運的不是市公所，而是國土交通省，再說市民醫院早就轉爲民營了」，但現場氣氛實在讓裕彌不好開口，自然是什麼話也沒說。

公車彎過了幹線道路上眞幌廚房的轉角，從這裡到眞幌站前變成了雙向共四車道，路幅變寬不少。

「大家決定要怎麼做了嗎？」岡環視車內的衆人。「要去位於橫濱的橫中總公司，還是眞幌市公所？哪一邊比較能發揮效果，現在讓我們採投票表決的方式來決定。」

「我認爲應該去市公所。」坐在最後一排長椅上的老婦人說。

明明還沒開始表決，她卻已經舉起了手。那是個身材嬌小的老婦人，蒼蒼白髮綁了個丸子頭。

「啊，敝姓花村，請大家多多指教。」老婦人說到一半，突然報上姓名。

裕彌自然而然地朝她點頭致意。但是包含岡在內的所有老人，都露出「我們知道啊」的表情。他們似乎是一群街坊鄰居共同發起抗議行動，互相認識也是理所當然的事。

「為什麼妳認為市公所比較好？讓大家聽聽妳的意見吧。」岡說道。

花村將手輕輕抵在臉頰上，說：「這個嘛，如果一定要說出一個理由，就是比較近吧。今天天氣很好，我出門前晾了衣服，如果跑到橫濱，回到家大概已經是傍晚了。好不容易晾乾的衣服又會受潮了。」

她一說完，車內的風向又轉變為「開什麼玩笑，這算什麼理由！」、「不過衣服受潮確實很困擾」。劫持公車前竟然還有心情晾衣服？裕彌愣愣地看著花村，內心帶著三分傻眼與三分敬畏。

「各位覺得我這個意見如何？」花村笑咪咪地歪著頭說道。

「那麼我們現在開始表決，要選擇橫中總公司，還是真幌市公所……」

岡一句話還沒有說完，後方突然響起喇叭聲。中野望向後照鏡，其他人也同時轉身望向車後。

一輛白色發財車正朝公車快速接近。

「多田來了！」

原本全身垂掛在吊環下的行天，登時精神一振，奔向綁著布條的窗戶。他將身體探出窗外，揮手大喊：「救命啊！」

發財車緊貼在公車側邊，維持與公車相同的前進速度。由於發財車的副駕駛座窗戶沒有打開，看不清車內，但那確實是多田便利軒的發財車。

此時裕彌褲子口袋的手機響了起來。

「喂？」

「裕彌嗎？我是經營便利屋的多田。」

「多田哥，你現在開著車子在我們旁邊？」

「嗯，行天的解釋讓我越聽越糊塗。你們那邊現在是什麼情況？有遭受攻擊的危險嗎？」

「沒有。」裕彌走到行天旁邊，看著窗外的發財車。「但是有遭受精神打擊的危險。」

早知會遇上這種鳥事，倒不如到南口圓環參加宣傳活動。裕彌漸漸後悔搭上這輛莫名其妙的公車。

「小春還好嗎？」多田問道。

裕彌望向博愛座，小春正抱著熊熊，與老奶奶一起吃著落雁糕，完全不把眼前的混亂放在眼裡。裕彌不禁感嘆，這小女孩不是泛泛之輩。

「嗯，她很乖。」裕彌說。

相較之下，岡則是一點也不乖。他似乎從裕彌與多田的對話聽出了端倪，雖然端坐在椅子上，卻將頭伸出了窗外。

「便利屋，你別來攪局！快滾，噓！噓！」岡朝著發財車大聲恫嚇。

「事到如今，跳到對面的車斗上是我們唯一的選擇。」

行天一臉認眞地告訴裕彌。

「別開玩笑了！你以爲在拍好萊塢電影？」

「咦？如果不跳，我們就只能跟著去總公司或市公所。打死我也不想跟他們一起幹那種事，他們以爲在拍好萊塢電影？」

「裕彌？」此時手機另一頭又傳來多田的呼喚聲。裕彌快被這群大人搞瘋了。「你那邊現在還好嗎？」

「呃，目前很和平。」裕彌說。

「他們只是在表決該殺進市公所，還是殺進橫中總公司。」

「可以麻煩你勸他們乖乖回家，兩邊都別去嗎？」

這些老人家要是聽勸，事情就不會發展到這個地步。就在裕彌猶豫不決之際，多田的發財車開進了右轉車道，沒繼續跟在直行的公車旁邊。

「多田哥！」裕彌對著手機大喊。

沒想到此時岡大手一伸，搶下了手機。

「好，我們決定了。」岡以故作誇張的口吻說。「就去眞幌市公所吧！便利屋，你聽到了嗎？」

裕彌將耳朵湊近手機。

「聽到了。」手機中傳出多田的聲音。「我會再跟你們聯絡。」

多田說完這句話就切斷了通話。他駕駛的發財車也彎過轉角消失了。雖然多田似乎打算走其他路線追上來，但裕彌還是感到很不安。岡將手機還給裕彌，裕彌將手機小心翼翼地放進口袋。此時這小小的機器，成了自己與理性的外部世界聯繫的唯一手段。

「我們要去市公所？」林詢問岡。

「呵呵……」岡竟發出狡獪的笑聲。

「我告訴便利屋說要去市公所，便利屋一定會認爲我在騙他，所以跑到橫濱去。這麼一來他就上了我的當，其實我們眞的要去市公所。」

「你這個戰術會不會有點想太多？」林歪著頭說道。

「事情恐怕不會如你所願。」行天也提出反對意見。「多田那傢伙很單純，你說市公所，他就眞的會去市公所。」

裕彌一聽，心中登時急了。你這個人是怎麼回事？爲什麼要在這種節骨眼提出理性的分析？裕彌連忙朝行天使眼色，要他別再開口。

「怎麼了？難不成你想下車尿尿？這個恐怕辦不到。」行天看了裕彌的眼神，做出完全錯誤的解讀。

但岡似乎有些拿不定主意。

「好吧，現在讓我們重新投票表決。」岡朝車內的同伴們喊道。

「到底要去比較近的眞幌市公所，還是依照當初的計畫，前往位於橫濱的橫中總公司？我先給大家一分鐘的時間，大家好好想清楚再投票。」

「抱歉，我投廢票。」中野再次打破絕對不多說一個字的承諾。「你們的選項裡沒有箱根，我這一票實在投不下去。」

到底是哪來的自信，讓你認爲司機也有投票權？裕彌暗中吐槽，同時走向博愛座，整個身體癱倒在椅背上。好累，跟這些人相處眞的好累。一旁的小春不停捏著熊熊的耳朵，顯得有些焦躁不安。

全車的老人各自陷入沉思，沒有人理會中野。大約過了一分鐘，岡一臉嚴肅地朗聲說道：

「贊成去眞幌市公所的人，請舉手。」

包含岡自己，以及山本、花村在內，共有七名老人舉手，這個人數已經超過了所有老人的半數。裕彌在心中偷偷叫好。公車一旦開上高速公路，要逃走就更加困難了。但如果改成去眞幌市公所，途中應該會有機會溜下車。

「接下來，贊成去橫中總公司的人，請舉手。」明明人數已經過半，岡還是如此宣布。

這次舉手的人有林、落雁糕老婆婆以及另外三名老人。不知道爲什麼，行天也舉起了手。更扯的是小春看行天舉手，竟然也跟著舉手。

「七票對七票，這可有點麻煩。」岡露出了苦惱的表情。

這些人到底是怎麼了？裕彌在心中吶喊。爲什麼行天與小春會舉手？爲什麼所有老人都認爲應該算這兩票？爲什麼他們都好像認爲這是理所當然的事情？更重要的是……爲什麼現在他們都在看著我？

難道……我成了關鍵的一票？到底要去橫濱還是眞幌，將由我來決定？

「行天哥，」裕彌忍不住低聲抗議。「你剛剛爲什麼要舉手？」

行天似乎完全不明白裕彌爲什麼這麼問。

「那還需要問嗎？去橫濱才是正確的選擇。」行天一臉淡定地說：「多田根本不懂心機這兩個字怎麼寫，我敢打包票，他一定會去市公所！」

所以你到底是站在哪一邊？裕彌自暴自棄地舉手：「應該去眞幌市公所。我們去市公所吧！」一來多田前往市公所的機率比較高，二來橫濱那種地方平常根本不常去。兩個地方比較起來，似乎市公所好那麼一點點。

「就這麼說定了。我們的目的地是眞幌市公所！」岡大聲宣布。

老人們全都點頭同意，表情彷彿在說「好喔，那就這樣吧」。

「唉，我眞的覺得去橫濱比較妥當。」

唯獨行天依然碎碎唸個不停。但他也沒有強烈反對，只是轉頭看著窗外。前方已隱約可見眞幌市中心的一棟棟高樓大廈。

裕彌感覺心跳加速，臉頰發燙。不管在學校還是補習班，裕彌都不曾如此大聲說話。但這次的經驗讓裕彌有種莫名的暢快感。何況自己的意見被大人接納，更是前所未有的壯舉。雖然這些大人都缺乏常識到不像一般的大人，裕彌還是感到很開心。但是另一方面，「自己的一句話決定了老人的行動」，這點也讓裕彌一顆心七上八下。裕彌擔心這麼一來，自己也會被視爲公車劫持組織的一員。

「別拖拖拉拉了，朝著市公所全速前進！」

岡搖晃駕駛座後方的隔板，催促中野加快速度。

「我眞的覺得去箱根比較好，夏天的箱根既涼爽，景色又優美。」

中野雖然乖乖轉動方向盤，但似乎並沒有對原本的目的地完全死心。眞幌市的鬧區有許多行人徒步區及單行道，再加上道路狹窄，大型車輛根本無法進入。從車站走到市公所只要十分鐘，但是要把公車開到市公所前卻要繞一大段路。

小春自從鬼靈精怪地參加了投票表決之後，表情就一直很嚴肅，一下子將熊熊的耳朵打結，一下子又解開。最後她終於說：「我想尿尿。」

行天本想假裝沒聽見，但小春又連說了好幾次，強迫行天正視這個問題。

「一定要現在嗎？快要尿出來了？」行天一臉不耐煩。

「一定是因爲我剛剛提到下車尿尿。這小鬼每次只要聽到人家說尿尿，她就會想尿尿。」

行天蹲在博愛座前面，對著裕彌抱怨起了小春，最後還補了一句「眞是傷腦筋」。裕彌心想，我莫名其妙得聽你抱怨這些才傷腦筋。由於小春露出一臉快要哭出來的表情，裕彌放心不下，卻又不知如何是好，只好以眼神向坐在旁邊的落雁糕老婆婆求助。

老婆婆察言觀色的能力遠遠超越行天，她立刻明白了裕彌的意圖。

「乖孩子，不用擔心。」她將身體湊向小春，溫柔地撫摸小春的肩膀。

「去市公所之前，能不能先找個地方休息一下？」老婆婆向衆人提出建議。

「我們上車可還不到三十分鐘。」行天雖然嘴上抱怨，還是同意了。

年紀幼小的孩子突然哭哭啼啼或提出奇怪的要求都很正常。在ＨＨＦＡ的菜田工作的時候，由於身旁常會有比自己還要小的孩子，裕彌很清楚這點。小春和其他年幼的孩子比起來，已經算是相當乖巧聽話了。比起小春的行爲，裕彌更在意的反而是行天對小春的態度。這傢伙身爲父親，怎麼對女兒這麼冷漠？裕彌實在是有些看不下去，想當面指責行天，卻又不敢開口。一來是因爲剛剛的投票事件讓裕彌耗盡了精力，二來他總覺得爲了保護小春挺身而出有些難爲情。不過最大的原因，還是裕彌擔心一切只是自己想太多。「或許天底下大部分的父母都像行天這樣，很少有父母像我媽媽那樣對孩子過度保護」，裕彌如此想著。

「老人跟小孩頻繁上廁所，是很正常的事。」

岡也同意先找個地方休息一下：「好，那我們暫時變更目的地。中野，你隨便找個有廁所的地方停車。」

「是……是。」中野一邊嘆氣一邊點頭。「你們要去哪裡，我就載你們去哪裡。『橫濱中央交通公司，是您最值得信賴的代步工具』。」

這個時候的多田正如同行天的推測，完全相信了岡的話，眞的打算前往眞幌市公所。但是行天沒有預料到一點，那就是多田的發財車一往右轉，和公車分開之後，多田就發現了一家營業中的糕餅店，立刻將車子停在路邊。

如今多田已經知道，公車劫持組織的主謀是岡。公車上的老人數量似乎比當初參加祕密會議的更多，或許是街坊鄰居互相邀約，吸收了更多同志的關係吧。目前這些老人的行爲還不構成犯罪，小春與裕彌也安全無虞。更何況還有行天跟著，多田雖然不想承認，但行天就像野生動物，天生擁有逃離危險的能力。

根據以上種種理由，是不是應該把公車事件暫時交給行天，先下車買一盒蜂蜜蛋糕當伴手禮？多田坐在駕駛座上考慮了一會，決定先買盒蜂蜜蛋糕，回醫院探望曾根田老奶奶。

如果是過去的多田，一定會不管三七二十一繼續追趕公車吧。多田心想，或許這代表自己變得比以前游刃有餘了。不過當然也可以做出完全不同的解釋，那就是自己變得比以前更加得過且過了。「隨便怎麼樣都行」及「船到橋頭自然直」如今已成了自己處理事情的基本心態。

多田下車，走進糕餅店，看著擺在櫥窗裡的糕點。糕餅店的門面相當大，但是店內有些陰暗。櫥窗裡擺著各種口感清涼的日式糕點，以及羊羹、草莓蛋糕、栗子蛋糕。不管是日式還是西式，在櫥窗裡都找得到。雖然這家店的糕點都看起來又大又樸素，給人一種「舊時代」的感覺，恐怕年輕人不會喜歡，但多田向來對裝飾得精緻漂亮的甜食不感興趣，因此一點也不在意。多田在櫥窗裡找到了盒裝的蜂蜜蛋糕，開心得不得了，立刻掏錢買了一盒。雖然蜂蜜蛋糕似乎不是這家糕餅店的自製糕點，只是向其他業者批來擺在店裡湊數的商品，但「自製糕點」向來不是多田感興趣的元素。多田吩咐店員不用包裝，連紙袋也沒拿，就這麼小心翼翼地捧著蜂蜜蛋糕回到發財車上。

眞幌市民醫院的位置，剛好與車站及市公所的方向相反。多田於是立刻掉頭，沿著主要幹道往回走。開了一會，遠方已可看見醫院的新病房大樓，窗戶玻璃反射著白色的耀眼陽光。

就在多田將車開進醫院停車場時，手機響了起來。多田原本以爲是裕彌打來的，但是從襯衫的胸前口袋取出手機一看螢幕，忍不住皺起了眉頭。

「喂，這裡是多田便利軒。」

「你在哪裡？」

星還是老樣子，沒有任何寒暄就直接切入正題。

「市民醫院。」

「我勸你最好立刻回事務所。」

「爲什麼？」

爲了避免影響其他車輛進出，多田先將車子停在停車場的角落，搓揉著眉心問道。

「我有話要告訴你。」

「今天我很忙。」

「我，有話要，告訴你。」星不耐煩地說道：「別讓我再講一次。我特地來你的事務所，沒有泡茶迎接就算了，竟然連人都不回來，未免太不把我放在眼裡了吧？」

「可是……我等等眞的有一件急事要處理。」

電話中傳來星的嘆氣聲，緊接著是一陣虛弱的說話聲。

「多田哥……救我……」那是由良的聲音。

多田咂了個嘴。

「你要是敢對由良大人動粗，我可不饒你！聽到了嗎？」多田對著手機怒吼。

星沒有再回應，直接結束了通話。

爲什麼星會跟由良一起待在事務所？多田完全摸不著頭緒，但此時也只能照星的吩咐去做。

於是多田踩下油門，以最快的速度離開醫院停車場。剛剛買的那盒蜂蜜蛋糕，在副駕駛座上搖搖晃晃。

沒想到想探望曾根田老奶奶，竟然這麼不容易。

田村由良坐在初次造訪的多田便利軒事務所內，戰戰兢兢地縮起身子。對面的沙發上，坐著一個耳朵掛滿耳環的年輕男人。男人的態度顯得悠閒自在，彷彿把這裡當成了自己的家。

「你認識我嗎？」

男人結束通話後，一邊把玩著手機，一邊朝由良問道。

「不認識。」

「但是我認識你。」男人的嘴角揚起冰冷的微笑。「你這個壞孩子，沒有把糖包賣完。」

由良一聽到這句話，立刻明白了年輕男人的身分。他是那個在眞幌販賣毒品的人，而且很可能是某個組織的老大。由良想了起來，從前曾經聽多田說過，這個男人姓「星」。由良曾經受星的手下慫恿，爲了賺取五千圓的報酬，協助將毒品交給買家。後來由良因爲害怕，不敢再協助販毒，轉而向多田求助。

爲什麼事情會變成這樣？由良抱著滿肚子疑惑，偷偷在事務所左右張望，掌心不斷冒出汗水。門口站著一個高頭大馬的男人，由良的視線一與他對上，就會引來他的怒目瞪視。看來是不可能找機會逃走了。

今天是中元節，由良的父母卻都去公司上班了。「等到八月底，爸爸媽媽一定會請長假帶你去旅行。反正現在到哪都是人擠人，不如再等一陣子。」父母對由良說了類似這樣的話，給了五百圓讓由良買午餐，就出門去了。由良心想，等到了八月底，父母一定又會說「眞的很抱歉，最近有緊急的工作要處理」。這已經是他們的慣用手法了。

由良早已對「暑假期間和父母一起出門旅行」這件事不抱任何希望，所以也不特別感到失望。由良離開公寓，本來打算到補習班的自習室看書，但來到站前這邊時忽然改變了想法。裕彌不曉得有沒有順利離開菜田，由良突然有點放心不下，因此決定到多田便利軒問問看。多田上次給的名片，由良一直小心地收在月票套裡隨身攜帶。因爲怕被取笑「簡直把名片當成護身符」，由良並沒有把這件事告訴任何人。上次搞丟了月票套，連帶著名片也遺失了，幸好多田協助到派出所詢問才失而復得。

由良靠著名片上的地址，找到了多田便利軒的事務所。就位在站前一棟老舊綜合商辦大樓的二樓。由良一邊走上樓梯，一邊漫不經心地數著樓梯的級數。剛好數到第十三階時抵達了二樓。由良雖然覺得不吉利，還是戰戰兢兢地打開事務所的門。事後由良不禁感到後悔，當時應該直接轉身離開才對。

由良並沒有在事務所見到多田，反而見到了星以及那個高頭大馬的男人。

由良當然是立刻轉頭想要逃走。但高大的男人輕輕伸手就抓住了由良的後頸，把由良拉進事務所。由良被強迫坐在星的對面，持續忍受著可怕的氛圍，一直到現在。

「你不用那麼害怕。」

星的口氣有些倦懶，反而散發出一股淡淡的魄力，令由良更加驚恐。

「區區五千圓，我不會叫你還的，你就當作是我給的零用錢，知道嗎？」

「是。」

「你應該不會排斥跟給你零用錢的人交流一下吧？」

由良不知該不該老實說「是」，只好沉默不語。掌心流了太多汗水，如今已是沼澤狀態。

星見由良又驚又怕，一副好像隨時會漏尿的表情，無奈地哼了一聲。

「看來只有微波爐能夠解凍我們的關係了。」

原本像雕像一樣站在門口的壯漢聽見星這麼說，突然動了起來。他擅自拉開掛簾，走進生活空間，打開了冰箱。

「金井。」星坐在沙發上朝壯漢喊道：「我大概猜得到你在想什麼，但還是問一聲。你在找什麼？」

「冰箱裡只有雞蛋。」姓金井的壯漢說。

「聽說把雞蛋放進微波爐會爆炸。星哥，要試嗎？」

「試你個頭，坐下。」

星握緊拳頭，以手指根部的位置按摩自己的太陽穴。由於他的手指上戴著粗大的戒指，那動作看起來很痛，但星按摩得非常用力。彷彿除了痛楚，沒有其他手段可以消除他的焦躁。

金井靜悄悄地走到由良身邊坐下。由於他的身體非常沉重，沙發瞬間傾斜，由良差點從斜面滾下，金井伸手扶住由良。由良心想，搞不好這壯漢其實是個好人，趕緊低聲道了謝。不過他如果來參加補習班老師一天到晚掛在嘴邊的「關鍵之戰」，肯定會壯烈犧牲吧。

「便利屋怎麼還沒回來？」

星打完電話還沒過五分鐘，又拿出手機看了一眼時間。由於他這句話感覺是在自言自語，由良跟金井都保持沉默，沒有應聲。或許星認為此時事務所內沒有值得交談的對象吧。極度尷尬的沉默又持續了兩分鐘左右，「多田哥快回來」這句話，由良已經在心裡默唸了三百一十二次。

「小鬼，我問你。」

星似乎是在無從選擇的情況下，重新嘗試與由良對話。他將身體向前傾，手腕抵在膝蓋上。

「你聽過ＨＨＦＡ嗎？一個專門種菜來賣的團體。」

由良不禁心想，這也未免太巧了吧？自己來找多田的目的，正與ＨＨＦＡ有關。難道這是陷阱？他其實是想要套話？但由良想來想去，總覺得如果這時候說謊會惹上更多麻煩。

「聽過。」由良老實說道：「我有個朋友也參加了那個團體。」

「噢？」星的雙眼閃爍著異樣的神采。

「你那個朋友現在在哪裡？」

「我今天來這裡就是爲了見裕彌。」

由良見星又開始按摩太陽穴，趕緊說明：「裕彌就是我朋友的名字。他不想跟ＨＨＦＡ那些人一起站在南口圓環，所以拜託多田哥去菜田把他帶出來。」

「便利屋要去菜田把你朋友帶出來？今天嗎？」

「應該是吧。昨天晚上，裕彌在電話裡是這麼說的。」

「看吧。」星眉開眼笑地轉頭對著金井說：「我就說，就算放著便利屋那個人不管，他也會自己跳進麻煩事裡頭。」

「星哥說的永遠是對的。」金井滿臉敬佩之色。

就連金井這發自內心的讚美，似乎也被星當成了耳邊風。星繼續對著由良說話，彷彿金井剛剛什麼話也沒說。

「這麼說來，你朋友等等會跟多田一起回到這裡？既然是這樣，等等記得提醒你朋友『不管父母說什麼，盡量遠離ＨＨＦＡ就對了』。」

「為什麼？」

「因為那不是個單純的賣菜團體。」

就在這時，門外傳來快速奔上樓梯的粗重腳步聲。金井從沙發上站了起來，擺出警戒的架式。下一秒大門開啟，多田衝了進來。

「由良大人，你沒事吧？」

「多田哥！」

由良高興得跳了起來，但不敢通過金井身邊，只好繞了一大圈，跑向多田。

「喂，你們當我是什麼大惡棍？」星面露微笑，身體優雅地仰靠在沙發椅背上：「我從不對小孩動粗。」

「但願你說到做到。」多田擋在由良身前，顯得對星一點也不信任。

「你是怎麼進來的？」

「門沒鎖。」

由良聽見多田咬牙切齒地低聲暗罵「該死的行天」。

「你找我有什麼事？」

「小鬼的朋友呢？你不是要帶他回來嗎？」

由良仰望多田，心裡也想知道這個問題的答案。但多田顯得有些無奈。

「我讓行天去接他，但發生了一點意外，可能要晚一點才會到。」

「什麼樣的意外？」

「這個……很難解釋。」多田有些吞吞吐吐地說道：「你找裕彌有什麼事？」

「沒什麼事。既然他跟你的夥伴在一起，應該很安全吧。」

星站了起來，走到多田面前。

「我接到消息，HHFA今天將在南口圓環舉行大規模集會。」

「我聽說那只是單純的宣傳活動。」

「這次的規模似乎比以往大得多。我現在要委託你一件工作，那就是設法干擾他們的活動。」

多田吃了一驚。

「爲什麼要干擾？要怎麼干擾？」多田問道。

「在南口圓環舉『包廂影音俱樂部』之類宣傳板的那些人，我全都買通了。你也到南口圓環去，跟他們一樣，隨便拿塊板子站著就行了。HHFA來了，絕對不能把位置讓給他們。」

「我拒絕。今天我很忙。」多田說得斬釘截鐵。「何況在南口圓環從事任何集會或宣傳活動，原本是官方禁止的行爲，只是警察通常睜一隻眼閉一隻眼。要是我去那裡舉牌子，和HHFA的人爆發衝突，一定會驚動警察。我可不想莫名其妙被警察逮捕。」

多田哥，加油！由良在心中聲援多田。星那副游刃有餘的態度，讓由良越看越不是滋味。

「便利屋，聽說你最近跟眞幌廚房的女社長走得很近？」

多田的身體微微震動。星的語氣雖然平淡，說出口的話卻有如拳頭，一拳拳打在多田身上。

「一個女人獨自住在那麼大的屋子裡，難保不會發生什麼危險。」

由良完全聽不懂星在說什麼，但感覺得出來形勢瞬間變得對多田不利。

「你太卑鄙了。」多田用力擠出這句話，彷彿想要擠出體內的垃圾物質。

「我本來就是個大惡棍，難道你現在才知道？」

星哈哈大笑，彷彿遇上了什麼開心的事情。這時，多田已注定非前往南口圓環不可了。

由良嘆了一口氣。多田被迫屈服，表情充滿無奈。由良心想，爲了幫他加油打氣，看來我應該陪他走這一遭。但是這麼一來，到底什麼時候才能見到裕彌？

小學六年級的夏天，可是號稱「關鍵之戰」的重要時期，但今天的由良要前往補習班的自習室，恐怕是相當困難了。

由岡所率領的公車劫持組織（正式名稱是「反抗橫中惡行互助會」）正在啟動「下車尿尿緊急程序」。

「眞幌自然森林公園」是一座距離ＪＲ眞幌站徒步約十五分鐘的公園。範圍涵蓋兩座小山丘，園區內有綠意盎然的大自然景觀，山丘之間的谷底還有一條小河。市立美術館也在園區內，所以停車場相當大，能夠同時停進好幾輛大型巴士。

裕彌與行天、小春一起坐在停車場邊緣的石擋上，喝著寶特瓶裝的茶。那是山本看三人可憐，主動掏錢買的。因爲裕彌身上只有手機，行天身上只有坐公車的零錢，小春身上只有熊熊。

停車場旁邊有一座公共廁所，老人輪流進去小解。小解完的老人各自找地方休息，有些開始甩動雙手，做起了自創的體操，有些則是取出手帕鋪在地上，坐在上頭吃起了零食。司機中野被岡沒收了手機，愁眉苦臉地在公車附近來回走動。偶爾他會停下腳步將布條上的皺紋拉平。雖然掛這布條完全違背了他的意願，但對他來說，既然掛上去了，那就是車體的一部分，他似乎無法接受車子的外觀有任何瑕疵。

停車場被綠植與蟬鳴聲環繞，樹群後方隱約可看見一座水車造型的巨大紀念物。那看起來像是兩根會各自旋轉的巨大銀色渠道，一下重疊一下子排列成十字狀態，將泉水不斷帶往上方。

行天坐在裕彌身旁抽起了菸。他坐在裕彌及小春的下風處，所以煙霧不會飄往兩個孩子的方向。但裕彌心想，或許並非行天刻意安排，只是湊巧而已。由於生活周遭並沒有會抽菸的大人，裕彌相當感興趣，直盯著行天看。

白色的煙霧有如靈魂一般，自行天的口中冒出，朝著天際冉冉飄升。香菸前端橘紅色的火苗，讓裕彌聯想到鬼火。

其實香菸也是以植物製成的東西。這讓裕彌驀然想到，母親和ＨＨＦＡ那些人此刻不知道在做什麼。或許他們已經移動到南口圓環了吧。

「要不要趁現在逃跑？」裕彌向行天提出建議。

「天氣這麼熱，我才不要。」

行天捻熄香菸，猶豫了幾秒鐘，將菸蒂塞進香菸盒與外層的塑膠膜之間。「就算逃走了，能去哪裡？」

「我想多田哥一定很擔心，我們可以去事務所。」

「多田？」行天嘆了一口氣。「我猜他已經拋棄我們了。」

「爲什麼這麼說？」

「你想想看，他爲什麼沒有打電話來詢問狀況？他把孩子丟給我照顧，你覺得他會乖乖待在市公所等著我們嗎？我猜他早就趁這個機會去處理其他工作了。」

小春一臉擔憂地問：「多田叔叔不要我們了？」

裕彌看小春眼眶含淚，心裡也急了。

「絕對沒有那種事。」裕彌對行天說：「還是我打電話問問看？」

「算了吧，別管他。」行天冷冷地說道。

裕彌吃了一驚，愣愣看著行天，不明白「別管他」指的是多田還是小春。行天察覺裕彌的視線，難得對自己的話做出了解釋。

「反正多田就算來了也幫不上什麼忙。」

接下來有好一段時間，耳中只聽得見蟬鳴聲。柏油路面上方的空氣因爲太過炎熱而微微搖曳。老人們的動作不知爲何變得特別緩慢。小春緊咬著嘴唇，低頭看著熊熊，半晌之後問：「行天討厭我？」

「不喜歡也不討厭。」

「等一下！」裕彌再也無法忍耐，對著行天提出抗議：「我認爲你不應該這麼說。」

「爲什麼？」

「這還需要問嗎？你是她的父親……」

「你不要胡言亂語。」行天瞥了裕彌一眼，露出淡淡的微笑。

「我才不是這小鬼的父親。她的家長託多田照顧她，等夏天結束就會來把她接走。」

眞的嗎？這兩個人不是父女？裕彌看了看行天，又看了看小春，總覺得這兩個人長得非常像，很難想像他們沒有血緣關係。

小春或許是想起了不在身邊的母親，靜靜地流著淚。這讓裕彌更是焦急，完全不知道該怎麼辦，只能在小春背上輕輕撫摸。幸好這個舉動成功安撫了小春的情緒，小春抓起熊熊的耳朵，擦掉了眼淚。

「背後靈，我問你。」行天抽起了第二根菸。「你還相信你的父母嗎？」

「什麼意思？」

「你被母親強迫參加那種累死人的勞動，一定覺得很莫名其妙吧？既然如此，爲什麼看我對小鬼態度冷漠，就認爲我是個『失職的父親』？」

不知道爲什麼，我就是看不過去。裕彌心裡如此想著，卻不知如何描述自己的心情，只好保持沉默。行天卻繼續進逼，不給裕彌喘息的機會。

「你想要逃離這裡，其實並不是想回多田的事務所，而是想去南口圓環看看狀況，對吧？」

強烈的憤怒與悲傷，瞬間湧上裕彌的心頭。理由當然是因爲被行天說中了心事。裕彌確實很想去南口圓環看看狀況。裕彌很擔心自己沒有參加組織的宣傳活動，不曉得會害母親受到什麼樣的對待。除此之外，裕彌也擔心母親不知道會如何看待今天這件事。裕彌害怕違背母親的期待，讓母親失望。因爲裕彌深深愛著母親，也希望獲得母親的愛。

不，這麼想好像也不太對。裕彌陷入沉思。媽媽並沒有不愛我。直到現在，媽媽依然深愛著我。媽媽非常關心我的身體健康。強迫我下田工作及不准我成績退步都是爲了我好。裕彌非常清楚，但總覺得有種說不上來的不對勁……裕彌審視內心，試圖找出一句最貼切的話來說明自己的心情。

我只是希望媽媽以更普通的方式來愛我。但我也不知道怎樣才算「普通」。

「你說的沒錯。」雖然想法被行天看穿感覺很不甘心，裕彌還是老實地點了點頭。「我們一起去南口圓環好不好？雖然我不喜歡HHFA，但除了菜田，我不知道自己還能去哪裡。我在學校已經被當成怪人了，這樣下去我媽媽也會對我很失望。」

「以前我的想法跟你一模一樣。」行天猛然噴出一口煙霧。「活得很痛苦，找不到棲身之所，不知道該怎麼辦……但是你放心，問題終究會解決。」

「要怎麼解決？你用了什麼方法？」裕彌將身體湊過去，滿心期待地問。

在未來的日子裡，我有辦法找到願意幫助我的大人嗎？媽媽有沒有可能察覺自己的過錯，有一天突然說「媽媽對不起你，從明天開始，你不用下田工作，也不用去宣傳活動了」？

「呃……我什麼也沒做。」行天看著夾在指縫間的香菸。「我只是放棄了掙扎，放棄了抵抗。後來我長大了，能夠離家獨立生活，問題就解決了。」

裕彌不禁感到相當沮喪。要等到長大，還得等幾年？長大成人的那一天是如此遙遠，彷彿永遠不會到來。而且在裕彌的眼裡，行天的問題根本沒有「解決」。聽說他跟經營便利屋的多田哥住在一起，但每次看到他，他都只是負責照顧孩子，而且還非常敷衍了事。這怎麼能算是一個

「獨立生活」的大人？

行天或許看透了裕彌的沮喪，笑著吐了一口煙霧。

「關鍵是你的腦袋必須保持正常。只要是你覺得不對的事情，千萬不能被父母牽著鼻子走，不能過度期待父母，而且要隨時懷疑自己的腦袋是否還正常。」

「懷疑自己的腦袋？」

「沒錯，去做你覺得正常的事情，但是另一方面，你也要隨時懷疑自己的感覺是否正確。」

裕彌不太明白行天想要表達的意思。難道在這個人的腦袋裡，「開開心心地在公車上掛布條」是一件正常的事情？不過裕彌似乎也好像想通了什麼，抱著膝蓋仰望天空。

耀眼的夏日豔陽從枝葉縫隙之間灑落。裕彌、行天與小春並肩而坐，黑色的樹葉陰影在三人的衣服及皮膚上搖曳，時而消失時而浮現。

「行天哥，你的父母是什麼樣的人？」裕彌低聲問道：「你從小像我一樣，被要求下田工作？」

裕彌隱隱期盼能聽到「是啊」這個答案。這些日子以來，裕彌一直覺得很丟臉。因爲裕彌早已隱約察覺到，自己的父母和其他孩子的不太一樣。偏偏裕彌就是沒有辦法要求自己不對父母抱持期待。

「沒有。」行天想也沒想地說道。

裕彌一聽，不由得咬住了嘴唇。這不是早就可以預期的事嗎？明明不是務農的家庭，卻毫無節制地要求孩子下田工作，像這樣的父母在世界上肯定不多。而且不使用任何機器設備，極端講究無農藥，還必須參加車站前的宣傳活動，這未免太奇怪了。擁有這種父母是什麼樣的感覺，這世上恐怕很少有人能夠體會。

裕彌經常想，如果父母的興趣是殺人就好了。不，就算沒有那麼極端也沒關係。例如每天都遭父母毆打，這種程度就夠了。雖然那一定很痛苦，但至少比較能夠被理解，聽到的人都會說「你的父母不正常」、「你一定吃了很多苦」或是「你最好趕快逃走」。但是自己的情況並不是遭父母毆打，而是「被要求下田工作」。周遭的人聽到了，很可能會認為這沒什麼，甚至會覺得「願意花心思讓孩子體驗不同的生活，真是好父母」。母親對ＨＨＦＡ的過度盲信，就像一塊蓋在自己身上的絲綢，因為汗水和其他不知名的液體而慢慢變溼，逐漸變得既冰冷又沉重，壓得自己喘不過氣來，但周遭的人卻體會不了那種感覺。到目前為止，只有由良能夠體會裕彌的處境，偶爾會說出「你跟我都是苦命的孩子」之類的話。

裕彌想到這裡，驟然明白了一件事。原來我心中最大的期盼，是媽媽能夠真正關心及詢問我想要的是什麼。媽媽只是不斷強迫我接受她認為「很棒」的事情，但那些事讓我感到痛苦。我一點也不感謝她。我希望她能認真思考我希望她為我做的事情是什麼。

能夠想像、聆聽、理解及回應孩子的真正需求，才是「普通的愛」。直到這一刻，裕彌終於理清了長久以來盤旋在自己心中的種種思緒。

行天好一會沒有開口。他的香菸已經變得非常短，但依然飄著淡淡的白煙。那就像是難以抹除的大量記憶，或是長年囤積在體內的聲音，終於溢了出來，不知流向何方。裕彌此時才察覺行天的右手小指有一道傷痕。那傷痕既像是戒指，又像是一條白線，繞著小指的根部轉了一圈。

一旁的小春則按著熊熊的鼻子一個人說個不停。說了一會之後，小春以雙手緩緩抓住旁邊的寶特瓶，仰頭將茶大口大口地灌進嘴裡，喉嚨發出咕嚕咕嚕的聲響。那模樣簡直像個中年大叔，令裕彌忍不住笑了出來。

「我的母親……」不知過了多久，行天才淡淡地說：「相信我是神的孩子。」

「咦？」神的孩子？意思是非常難能可貴嗎？

「不，跟你想的不一樣。」行天以陰鬱的神情否定了裕彌的推測。

「我的母親是眞的相信我是神的孩子，所以我從小到大，必須遵守我母親自己想出來的各種奇怪規定。」

「例如呢？」

「吃飯的時候，擺在我眼前的菜一定比我父親多一道。不過我父親從來不曾抱怨，大概是因爲我母親煮的菜太鹹，他本來就不愛吃。而且每次吃飯之前，我母親總是會對著我唸一長串咒語。不，或許不是對著我，而是對著我身後的那座祭壇。」

聽起來確實非常奇怪。一時之間，裕彌不曉得該笑還是該同情。

「每次學校重新分班，我母親就會把全班同學的名單上呈給教主，請示教主『神託付給我照顧的孩子應該跟哪個同學交朋友』。教主年紀非常大了，我猜他只是隨便指個名字而已。所以我從來不跟班上任何一個同學交朋友。就算教主指示的那個同學，剛好讓我覺得個性很合得來，我也不想照他們的話去做。至於其他同學，母親如果知道我跟他們交朋友，每天唸咒語的時間就會變得更長。」

行天手中的香菸終於完全燒完。他又將菸蒂塞進菸盒與塑膠膜之間，長嘆一聲後接著說：

「而且從小到大，沒什麼人願意跟我交朋友。因爲附近的鄰居都知道我家不太正常。」

「跟我一樣。」裕彌弓起了背，將膝蓋貼在胸口。

「而且我家的情況跟所謂的過度保護又不太一樣。」行天的指尖微微顫抖。「我母親有時對我照顧得無微不至，我甚至連手都不用動，只要張著嘴就有飯吃。但有時候她又會突然變得非常冷酷嚴厲，就算只是犯一點小錯，她也會把我狠狠凌虐一番。她要對我採取什麼樣的態度，完全是看她自己的心情。其實我根本不是神的孩子，也對當教主沒有興趣。我經常想像自己受到的管教方式，簡直就像『王位第一繼承人』，甚至更加偏激，更加不合理。」

「她怎麼凌虐你？」

「方法非常多，而且不太適合告訴孩子。」行天微微揚起嘴角。「差不多從上高中之後，我連晚上都不敢放心睡覺。明明是自己家，我卻在房門內側裝了好幾道鎖。因爲我如果不鎖好門，我的母親一定會趁我睡覺的時候闖進來……你明白那是什麼感覺嗎？」

裕彌雖然不太能夠體會，還是點了點頭。總而言之，行天生活在非常可怕的家庭裡，每天都必須盡全力保護自己的安全。

「我的情況大概就是這樣。」

行天爲了掩飾手指的顫抖，又從菸盒裡抽出一根菸。但這次他沒有點火，只是叼在嘴邊輕輕搖晃。

「爲什麼要告訴我這些？」

裕彌不認爲行天會到處向人說起自己小時候的事。難道我在行天眼裡是個可憐蟲？裕彌不禁感到既丟臉又憤怒。

「我也不知道爲什麼。」行天歪著頭望向空中，沉吟著說。「或許是因爲我們毫無瓜葛吧。我們的年紀差很多，而且等這次委託結束後，大概也不會有什麼機會再見面。」

裕彌聽行天這麼說，心頭又燃起另一種感覺的怒火。照他這麼說，他就像把國王的祕密放進壺裡，埋到地底下，而自己就是那個壺。

「還有另一種可能，就是我被多田傳染了雞婆病毒。」行天接著說道：「那玩意很可怕，傳染力非常強。就像是水垢，或是沒有聲音的屁。稍微一個不留神，就會迅速擴散出去。」

行天全身瑟瑟發抖，臉上帶著「說出來嚇死你」的表情，裕彌忍不住笑了出來，也隱約感受到行天並不是基於同情，也不是把自己當成壺。

行天願意說出這些，是因爲對象是我。或許是他在我身上聞到了跟他類似的氣味，也或許是希望稍微平復我的心情。當然也可能是單純的心血來潮。

「我決定了。」裕彌站了起來，拍去褲底的灰塵，轉頭朝向依然坐著的行天及小春。「我要去南口圓環。不是要去參加宣傳活動，而是因爲我很擔心媽媽，想去看看狀況。」

「等等！」裕彌正要邁步，卻被行天抓住了手腕。

行天「嘿咻」一聲，以裕彌的手腕爲施力點站了起來。

「我跟你一起去。」

「我也要去！」小春跟著跳了起來。

「那種地方，我一個人去就行了。」

裕彌一再推辭，行天還是堅持要跟。

「從這裡要走到車站實在太遠了，天氣又熱，我們搭公車去吧。」行天邁開大步，走向停車場中央。

裕彌登時愣住了。這附近應該沒有公車站牌才對。

「搭公車？你說的該不會是那輛公車吧？」

「當然！」

行天伸出右手，恭恭敬敬地比著那輛掛上了布條的公車說：「就搭我們的『橫中暴行號』前往南口圓環！」

我才不要！裕彌這句話還沒說出口，行天已經朝著岡奔了過去。他奔跑的姿勢相當奇特，有點像是在蹦蹦跳跳。

「老頭，商量一件事。」

岡原本正站在公車旁，和同伴閒聊。

「幹什麼！」岡轉頭喝斥：「我正打算出發，你快給我上車。」

「嗯，上是會上，但能不能變更目的地？」

「憑什麼！」岡又是一聲喝斥。

裕彌顧慮跑得慢的小春，此時才追上行天。岡那有如雷公般的喝斥聲，讓裕彌不禁感到好笑。爲什麼這個人不管任何時候都一副要跟人吵架的態度？

「這少年想要去找母親。」

行天將手輕輕搭在裕彌的肩膀上，一臉悲天憫人的表情。

「他的父親是整天吃喝嫖賭的人渣，母親爲了償還欠債，被迫在菜田裡工作。老頭，就是那個向你租田地的團體ＨＨＦＡ。」

「你說什麼？」岡那滑溜的頭頂在陽光下熠熠發亮。

「那個團體追求的是無農藥的蔬菜，應該是相當和平才對。我想你媽媽應該是爲了賺錢，自願在那裡工作吧？」

最後一句話，是對著裕彌提問的問題。裕彌心想，嚴格來說不算錯，雖然ＨＨＦＡ完全沒有支付工資，但母親確實是自願在那裡工作。裕彌正打算點頭，沒想到行天的手輕輕一滑，捏住裕彌的後頸，讓裕彌的頭部完全無法動彈。

「老頭，這你就有所不知了。ＨＨＦＡ的背後，可是有黑道在撐腰。」

裕彌心想，我可不知道有這種事。只見行天接著說：「這可是多田查出來的內幕，絕對不會有錯。背後靈跟他母親，每天都被強迫工作，簡直快被榨乾了。」

「我竟然被蒙在鼓裡。」岡看著裕彌的眼神充滿了憐憫。

岡完全忽略「背後靈」這個綽號，只聽自己想聽的內容，擅自做出了結論。裕彌見他誤會越來越深，想要搖頭表示「不是那麼回事」，脖子卻依然動彈不得。

「老頭，我剛剛從你的田裡救出了背後靈，但沒有救出他母親。現在他的母親已經被強行帶到南口圓環，幫ＨＨＦＡ宣傳打廣告。老頭，我想你應該也在南口圓環看到過吧？」

「嗯，他們常在那裡舉著旗子，拿著擴音器說話，只是我一直搞不清楚他們在幹嘛。」

「沒錯，就是那樣的活動。背後靈很擔心獨自留在那裡的母親，我們去市公所之前，能不能先到南口圓環確認那邊的狀況？」

「那有什麼問題。」岡爽快地答應。「反正這輛公車我們包了一整天，要去哪裡都是我們的自由。」

站在岡身邊的林及山本也都點頭同意。

好幾名老人有耳背的毛病，光是把分散在停車場各處的老人全部叫回來就花了不少時間。中野重新坐上駕駛座，開啟了車內的冷氣。

「再度變更目的地，先前往南口圓環？」

「對，麻煩你了。」

行天搶著登上公車，繼續像之前一樣垂掛在博愛座前方吊環的底下。他以臉承受著車內剛吹出的涼風，瞇起眼睛，一副很舒服的樣子。早上梳理得整整齊齊的頭髮，如今已亂翹得像鳥窩。

裕彌與小春也早了其他老人一步進入公車，坐在博愛座上。落雁糕老婆婆幾乎和兩人同一時間上車。老婆婆登上階梯的時候，裕彌在老婆婆的後背上輕推了一把。

岡依然站在停車場的地面上。隔著窗戶可以聽見他點名的聲音。

「所有人都上車了嗎？」

「等一下，花村還在打電話。」

「真抱歉，我在問晾的衣服乾了沒。我那媳婦有點遲鈍，我有點不放心。」

裕彌心想，如果用走的，這時可能已經抵達站前了。驀然間，裕彌感覺身體異常沉重，轉頭一看，小春倚靠著自己的肩膀睡著了。眞是個想做什麼就做什麼的孩子，睡覺完全不挑地點。

落雁糕老婆婆從提包裡取出一件薄薄的針織外套，蓋在小春身上。那件針織外套也散發著令人懷念的衣櫥氣味，就跟落雁糕一樣。

多田與由良幾乎是被那個姓金井的壯漢硬生生拉往南口圓環。

來到多田便利軒事務所樓下時，星突然說：「接下來就拜託你了。」說完這句話，星就走進了眞幌大街的人潮之中。

「星，等等，你要去哪裡？」

多田朝著星的背影大喊，但星只是揮了揮右手，並沒有停步。多田見星已經遠去，只能對著金井抱怨。

「你的老大怎麼不自己去舉板子？現在天氣這麼熱，他怎麼可以強迫別人做這種事？」

金井微微聳肩說：「星哥很忙。」

「我難道就不忙嗎？」

抱怨歸抱怨，由於多田的手腕被金井緊緊抓住，只能乖乖被拖著走。由良以沉重的步伐跟在旁邊，似乎已經放棄抵抗。

南口圓環就位在ＪＲ眞幌站的前方。那是一座圓形廣場，有著通往箱急線眞幌站的連通道。環繞在廣場周邊的商業設施，皆在面向廣場的方位設置了出入口。因此南口圓環隨時聚集了熙來攘往的眾多購物者，以及通勤的上班族、通學的學生。

廣場中央有一座受護欄包圍的巨大紀念物。那是一圈形狀有如扭曲水滴的金屬環，從前會像遊樂場的旋轉木馬一樣緩慢旋轉。雖然會旋轉，當然沒辦法載人，頂多只能載載鴿子。不知道爲什麼，聚集在南口圓環的鴿子都超喜歡這玩意。牠們會穩穩地站在光滑的金屬表面，任憑身體跟著金屬環一起繞圈子。

後來有一天，或許是市公所職員忽然意識到「這玩意根本沒有旋轉的必要」，金屬環被關閉了旋轉功能，只能靜靜地佇立在那裡。到了今天，這座紀念物上頭依然隨時停滿了鴿子，成了市民與人相約見面的最佳地點。

多田與由良被金井強行帶到了南口圓環。廣場上明明沒有任何東西可以遮擋太陽，卻仍然人滿爲患。中央那座閃耀著銀色光輝的紀念物上，一如往昔停滿了鴿子。

一個站在紀念物護欄旁的男人一看見金井，立刻輕輕揮手示意。多田前陣子曾經在咖啡神殿阿波羅見過他。如果沒記錯的話，應該是姓伊藤吧。

「好久不見了。」伊藤說道：「這兩個老伯都是平常在這裡舉板子的人。」

他身邊站著兩名中年男人，穿著打扮幾乎跟流浪漢沒兩樣，但兩人都是一手拿著包廂影音俱樂部的板子，另一手拿著酒店的板子。由良從來沒有接近過這樣的人，心裡有點害怕，趕緊躲在多田背後。多田認得其中一名中年男人，他曾經教行天拿板子的技巧，還曾經和行天一邊餵鴿子一邊閒聊。

多田朝兩人輕輕點頭致意，兩人也朝多田輕輕點頭。

「星哥叫我們把手邊的吃飯傢伙都帶來，你們看看合不合用。」

兩個男人將手中的包廂影音俱樂部的板子交給多田與金井。

「完全沒問題。」伊藤回答之後，朝所有人宣布：「ＨＨＦＡ的人馬上就要來了，你們的任務就是堅持『我的工作就是站在這裡』，千萬不能把位置讓給他們。這麼一來，他們就沒辦法在南口圓環舉行集會了。」

「知道了。」

兩個拿板子的中年男人走向紀念物的另一側，多田與金井則是轉身背對護欄，舉起手中的包廂影音俱樂部的板子。由良站在多田身邊，尷尬地將頭別向另外一邊。伊藤與金井一邊閒聊，一邊注意著廣場上的狀況。

「唉，要是被朋友看見我站在這裡，我就完蛋了。」由良以側眼仰望多田，嘆了一口氣。「包廂影音俱樂部……比起舉這種板子，我還寧願參加ＨＨＦＡ的活動。」

多田心想，確實沒錯。

「由良大人，你先回家吧。」多田對由良說：「我見到裕彌時會告訴他『由良很擔心你』。」

「沒關係。」由良像個大人一臉傲氣地搖了搖頭。「要是讓多田哥一個人處理，事態有可能越來越嚴重，我得跟在旁邊見機行事才行。」

多田一方面感慨自己實在窩囊，竟然被小學生擔心，另一方面也感謝由良的講義氣，忍不住以沒拿板子的手摸了由良的頭。

「幹什麼啦，好肉麻。」由良皺著眉頭躲開了多田的手。

「對了，我可以打電話給裕彌。」

由良故意與多田拉開一點距離，從褲子的口袋取出手機。「我問問看他現在在哪裡。」

打電話給一個遇上公車劫持事件的小學生，似乎不是明智之舉。但多田遲疑了一會，並沒有阻止由良。反正公車現在應該早就開到市公所了，多田也很想知道行天他們目前的狀況。

多田一邊以眼角餘光注意著打起電話的由良，一邊向伊藤詢問心中一直存在的疑惑。

「爲什麼你們要干擾ＨＨＦＡ的集會？」

「南口圓環是岡山組的地盤。」伊藤笑著說道。

「爲了保住岡山組的面子，任何人在這裡進行營利目的的活動，只要沒有獲得許可，都必須加以排除。換句話說，我們是受了岡山組的指示。」

「但是ＨＨＦＡ已經在這裡進行宣傳活動很久了，你們過去不是都睜一隻眼閉一隻眼嗎？」

「多虧了你上次的調查，我們揭發了ＨＨＦＡ僞裝無農藥蔬菜的惡行惡狀。岡山組得知後非常生氣。不管是槍或藥，一旦拿三流貨僞裝成高檔貨來賣，就是犯了黑道世界的大忌。」

「但是ＨＨＦＡ並不是黑道組織，而且他們賣的只是蔬菜，並不是違禁品。」

「還有一個重點，那就是組長的孫女差點吃了有礙健康的蔬菜。」

多田百思不得其解。ＨＨＦＡ所做的只是對外宣稱自己的蔬菜爲「無農藥」、「有機栽培」，實際上卻偷偷使用了農藥及化學肥料。他們並沒有使用過量或毒性特別強的農藥。

「爲什麼說有礙健康？ＨＨＦＡ種植的蔬菜眞的那麼危險嗎？」

「倒也沒有，只是又牽扯到營養午餐……」

「營養午餐？」

「總而言之，就是一些雞毛蒜皮的無聊小事。」伊藤笑著結束了這段對話。

時間已接近中午，這天多田從一大早就開始工作，此時已感到有些飢餓。再加上被直射的陽光照得口乾舌燥，感覺再這樣下去恐怕會昏倒。轉頭一看，金井從剛剛就默默站著不動，多田於是偷偷移動身體，進入金井所形成的陰影中。小春不知道今天過得好不好？多田突然擔心了起來。但願行天能好好照顧她，多給她補充水分，並且想辦法找午餐給她吃。可惜行天這個人實在是不太可靠。

「星到底在幹什麼？」多田壓抑著心中的煩躁，再度朝伊藤發問。

「他叫你們在這裡曬太陽，自己卻不知道跑到哪裡去，你們都不生氣？」

「我塗了防曬油。」伊藤說得輕描淡寫。

金井似乎沒有塗防曬油那種時髦的東西，兩邊肩膀都紅得像煮熟的蝦子。但他瞪了多田一眼，似乎氣的不是命令他站在這裡的星，而是批評星的多田。多田一顆心忐忑不安，害怕金井會舉起板子，砸在自己的腦門上。

眞是一群忠心耿耿的屬下。多田不禁長嘆一聲。

「星哥其實有很多事情要忙。」伊藤說：「今天是中元節，星哥被母親拉去掃墓，現在應該在市營墓園。」

多田聽到這句話，一時不禁懷疑自己是不是搞錯了「掃墓」這兩個字的意思。以星這個人的所作所爲，多田實在不認爲他會重視祭祖習俗及母親的想法。

「他平常戴了一大堆耳環，簡直可以拿來當作武器，難不成他就那副德性去掃墓？」

「很奇妙的，星哥的母親一直深信星哥是個循規蹈矩的良民。」伊藤強忍著笑意。「星哥也對母親溫柔又聽話。」

多田在腦海裡試著想像溫柔又聽話的星，不由得全身發抖。

「謝謝，我感覺涼爽多了。」

「太好了。」

「星哥……」原本只是在一旁默默聽著的金井，此時加入了多田與伊藤的對話。「不希望讓任何人知道他是個孝順母親的人。」

「嗯，我也看得出來。」伊藤附和道。

「這是他有點可愛的一面。」

金井說完這句評語，又變回原本那個「舉著板子的雕像」。多田嚇得整個人往後仰。金井竟會說出「星有點可愛」這種評語，多田實在不敢相信自己的耳朵。不，光是形象粗獷的金井說出「可愛」這兩個字，就令多田難以接受。

「你說這種話，要是被星哥聽見，可就有苦頭吃了。」

伊藤以手肘朝金井的手腕輕輕頂了一下，臉上滿是戲謔的笑容。多田心想，看來星的手下們不僅相處和睦，而且都對星非常敬仰。多田重新振作起精神，同時將向後仰的腰椎抬回原本的位置。

「星哥決定插手干預這件事情，並不完全是因爲受了岡山組的指示。」伊藤淡淡地說道。

「ＨＨＦＡ的幹部中，有好幾個是發源於眞幌的新興宗教『天啟教』的信徒。雖然那個教團解散了，但當年他們要求信徒對孩子施予不合理的管教，以及強迫孩子參與傳教活動的手法，引發了不少問題。」

多田立即想到了行天。當年行天的母親加入的搞不好就是那個天啟教。

回想起來，行天第一次見到ＨＨＦＡ的澤村時，曾說「那個人好像在哪裡見過」，那或許不是錯覺。行天與澤村小時候可能曾一起參加天啟教的聚會活動，所以行天對澤村依稀有些印象。

多田心想，幸好行天今天沒有與自己一起行動。ＨＨＦＡ既然打算在南口圓環舉行「大規模集會」，澤村很可能也會在場。

行天的母親沉迷於宗教，而父親從來不曾加以阻止。行天很少提及小時候的事，多田也不清楚詳情。但可以肯定的是行天從小到大與父母的相處時光絕不快樂。行天與澤村是否眞的互相認識，多田無從求證，但如果可以的話，還是別讓這兩個人碰面比較保險。

「基於這個理由……」伊藤接著說明：「星哥希望趁這個機會削弱ＨＨＦＡ的勢力。他非常討厭對孩子過度干涉的父母。」

原來如此。多田猜想，星應該也有相當難應付的父母吧。

「ＨＨＦＡ的人來了！」一個滿臉橫肉的壯漢來到廣場，朝伊藤說道。

伊藤對他點了點頭，並且向多田做了簡單的介紹。

「他是筒井，也是我們的同伴。」

筒井的背後已可看見ＨＨＦＡ的旗幟。一大群人正朝南口圓環走來。

就在這時，多田感覺似乎有人在拉扯自己的襯衫衣角。轉頭一看，原來是由良。他似乎已經打完電話，正仰頭看著多田，臉上帶著不知所措的表情。

「裕彌告訴我，他也會來南口圓環。」由良向多田說道：「還有行天跟那個叫小春的小女孩，全都在一起，已經來到附近了。」

他們來這裡做什麼？多田忍不住搓揉起太陽穴。由良接著又不解地說：「他還說什麼『公車劫持團體也一起來了』，我也搞不清楚那是什麼意思。」

「公車劫持團體就是一群街坊鄰居組成的老人團體。」

多田勉強擠出這句話。一想到行天即將出現，多田的腦海浮現了「一桶會飛的汽油正在撲向火海」的畫面。

一大群ＨＨＦＡ的成員聚集在廣場的角落，連筒井也被擠到了一旁。多田放眼望去，並沒有看到澤村。名為「行天」的颱風正在逼近南口圓環，澤村不在場可說是不幸中的大幸。多田暗自鬆了口氣。

ＨＨＦＡ的旗幟在盛夏的熱風中飄搖。一名成員手中拿著巨大的老式收錄音機，喇叭不斷傳出誦經般的單調廣播聲。

「親手製作的家庭料理，帶給家人們健康與笑容。我們是ＨＨＦＡ，家庭健康食品協會。」

「橫中暴行號」公車離開了真幌自然森林公園，停在公車路與真幌大街的十字路口附近。大約五十公尺前方就是人聲鼎沸的南口圓環。

「反正來都來了，乾脆在南口圓環宣揚我們的主張如何？」

岡看見大量人潮，情緒似乎更加激昂，朝著老人們提出建議。

「這是個好主意。今天是中元節，與其去沒什麼人的市公所，不如在南口圓環抗議，應該更具效果。」山本也深深點頭同意。

「該死，爲什麼一開始沒有想到？」林大聲咒罵，卻似乎不知該罵誰。

「看來年紀大了，連想像力也會退化。」

「希望能夠在三點前回到家。」

花村似乎還在擔心晾著的衣服。

岡獲得了同伴的贊同，又從紙袋裡取出布條。一旁的林遞出一根釣竿，岡將釣竿拉長後，將布條的一邊綁在釣竿前端。看來是一根自製的抗議旗幟。

岡拿著釣竿走下公車。懸掛在釣竿上的布條在風中翻舞，上頭寫著「嚴守時刻表」。

「所有人跟著我！讓我們在南口圓環向社會表達心中的憤怒與悲傷！」

在岡的一聲號令下，老人陸續下車。有的動作敏捷，有的則似乎有關節痛的毛病。他們拆下了車體上的布條，似乎打算排成一排，合力拉著布條前進。

裕彌攙扶著小春及落雁糕老婆婆下了車。車外充塞著悶熱的空氣，溫度與開著冷氣的車內截然不同。小春以笨拙的動作將原本披在身上的針織外套摺好，還給了老婆婆。排在最後一個下車的行天，從車門將頭探出車外，朝岡問道：「中野呢？要讓他待在哪？」

「當然是跟著我們一起走。」

「我才不要！」司機中野大聲抗議。

「我是橫濱中央交通公司的職員，怎麼能加入抗議的行列？」

可惜中野的說詞並沒有獲得採納。岡抬起下巴輕輕一甩，行天拿起駕駛座旁的分隔棒，拉著中野走下車。

在場所有人之中，最感到「憤怒與悲傷」的恐怕不是任何一名老人，而是司機中野。裕彌看了看意氣風發的老人，又看了看愁容滿面的中野，不由得長嘆一聲。

「你放心，只要把帽子拿掉，絕對不會有人認出你是橫中的司機。」

行天給了個不負責任的建議，中野只好脫下制帽交給行天，行天將帽子丟進空無一人的公車內。

「反抗橫中惡行互助會」正式展開遊行活動。他們將布條舉在前方，一起向前緩緩邁步。岡走在裕彌旁邊，手中的釣竿旗隨風飄搖，大喊：「反對偷減班次！橫濱中央交通公司應當確實遵守時刻表發車！否則就是對老人見死不救！」

路上的行人全都將頭轉了過來，臉上帶著詫異的表情。裕彌害羞地縮起身子，小春卻似乎感受到老人的激昂情緒，跟落雁糕老婆婆手牽著手，以笨拙的動作一步步往前踏。至於行天則一手拉扯襯衫領口讓風灌進來，另一手點了根菸。即使置身在這逾越常理的遊行隊伍中，他的態度依然跟平常毫無不同，看不出一絲一毫的困擾或尷尬。

一行人由大聲吶喊的岡所引導，進入了南口圓環。前方已可看見ＨＨＦＡ的旗幟。

媽媽他們已經開始宣傳活動了吧……裕彌看著前方，嚥了一口口水。媽媽原本以爲我去了補習班，現在要是看到我跟一群奇怪的老人出現在廣場，一定會氣得直跳腳吧。最好別讓媽媽看到我。裕彌抱定主意，一邊左右張望，一邊躲到行天的身後。

然而南口圓環的情況和裕彌原本想像的截然不同。好幾個男人站在廣場中央，背對著紀念物的護欄，手中各自舉著一塊廣告看板。有的是包廂影音俱樂部的廣告，有的是酒店廣告。一些ＨＨＦＡ成員正在勸男人們讓出位置，但男人們堅持不肯答應。

而且不知道爲什麼，舉著板子的其中一個竟然是多田。他被好幾名ＨＨＦＡ成員圍住了，臉上的神情顯得有些不知所措。不過這也是理所當然的事，任何人被十個大人團團圍住，都會不知所措吧。ＨＨＦＡ成員雖然沒有動粗或惡言相向，卻營造出一種不容拒絕的懾人氣勢，一個人大聲說「這個活動是爲了守護大家的健康」，另一個人則強調「我們希望讓大家知道吃蔬菜的好處」。在此同時，ＨＨＦＡ成員手中的大型收錄音機還不斷播放誦經般的宣傳詞句，更是讓人心裡發毛。

裕彌在ＨＨＦＡ的陣營中看見了母親。雖然來到南口圓環，但母親依然穿著工作服。至於早上沒有下田工作，直接從住家趕來的成員，則穿著樸素而乾淨的服裝。ＨＨＦＡ爲了建立良好形象，規定成員在參加宣傳活動時，必須穿著「象徵勤勞的服裝」或是「樸實無華的服裝」。

有好幾個年幼的孩子也跟著父母來到了現場。經常和裕彌一起下田工作的那個小學生也在其中。那些孩子大多站在稍遠處，觀望著現場的騷動。光看表情就知道他們一點也不想留在這裡。

裕彌的母親將其中一名孩子硬拉到多田面前。

「你看，連孩子也在這麼炎熱的天氣來參加活動，爲什麼不能體諒一下？」

「我的工作就是站在這裡，我不能離開。」多田心平氣和地說。

裕彌心中充滿無奈，不禁垂下了頭。媽媽的孩子是我，她卻硬拉別人的孩子充數，逼迫多田離開。裕彌不禁感到既悲傷又慚愧。

手持板子的除了多田，還有一個全身肌肉高高隆起的壯漢，他即使遭到ＨＨＦＡ成員推擠也面不改色，身體連動也沒動一下。另外還有一個男人則看起來相當粗暴，似乎隨時會出手傷人。他像頭猛獸一樣對著ＨＨＦＡ成員齜牙咧嘴，高舉拳頭喊著「快給我滾」。幸好多田趕緊將他拉住，他才沒有眞的動手打人。

「這裡今天可眞熱鬧。」

岡走在遊行的老人隊伍前，環顧南口圓環後說：「輸人不輸陣，我們上！」

「反抗橫中惡行互助會」就這麼搖旗吶喊，拉著布條，緩緩推進到多田等人及ＨＨＦＡ成員所在的廣場中央。

多田似乎和行天一樣，原本就認識岡。他一看見岡，以及被迫跟隨在旁邊的裕彌，臉上的五官立刻皺成一團，簡直像吃了又酸又鹹的梅乾。ＨＨＦＡ成員看見一大群老人步步逼近，全都嚇傻了眼，大喊：「你、你們想幹什麼？」老人們一齊高喊「反對減班行駛！」的口號，岡還即興創作出「蔬菜要疏苗，巴士不減班！」的標語。

三股勢力在廣場內互相較勁，場面更加混亂了。

過路行人也都察覺了騷動，不少人停下腳步，站在遠處觀望著這場由廣告看板的舉板人、賣菜團體及神祕老人組織所上演的激烈攻防戰。

一陣混亂中，行天若無其事地將裕彌與小春帶到廣場的角落。

「多田怎麼跑來這裡？」行天嘀咕著，將菸蒂拋進廣場上的公共菸灰缸。

「除非是遇上鬼遮眼，否則怎麼樣也不可能把市公所跟南口圓環搞錯吧？」

由於眼前的視野稍微開闊了些，裕彌看出舉板子的男人是圍繞著圓形護欄等間隔站立不動。其中一個頭髮凌亂的中年男人看見行天，笑著朝行天輕輕揮手。行天也朝男人舉手示意。

裕彌不禁對行天有些刮目相看。原本以為行天除了照顧孩子之外什麼事也不做，沒想到他的人面這麼廣。驀然間，裕彌察覺了一件事。那幾個舉板子的男人站在那裡，並非一場偶然。顯然是有人刻意要求他們站在那裡，干擾ＨＨＦＡ的宣傳活動。

這讓裕彌突然感到既不安又恐懼。這個讓母親重度沉迷，還強迫自己下田工作的團體，顯然被某些人看不順眼，正在遭受蓄意妨礙。裕彌的心中充滿無奈，爲什麼母親看了眼前的亂象，還是不肯乖乖回家？

裕彌正陷入沉思，忽然聽見有人叫了自己的名字。抬頭一看，原來是由良。他一邊揮手，一邊繞過了騷動的核心，朝著自己奔來。

裕彌感動不已，也朝由良揮揮手。另外還有個戴著眼鏡的男人也跟在由良身後，朝裕彌的方向走來。不同的是那個戴眼鏡的男人一邊走，還一邊向路人發宣傳單。

「我聽你提到劫持公車什麼的，本來很擔心你呢！」由良脹紅著臉頰說道。

裕彌有些困擾，不知道該如何解釋。總不能告訴由良，劫持公車的歹徒其實是一群很會給人添麻煩的老人，於是只說：「嗯，沒事了。」裕彌又問由良：「那你呢？怎麼會在這裡？」

這下反而是由良露出困擾的表情。他轉頭望向身後那個戴著眼鏡的男人。男人走了過來，對行天打招呼：「敝姓伊藤，我們曾經見過面。」

行天微微點頭，說：「這騷動是賣糖的搞出來的？」

伊藤只是面帶微笑，沒有回答。此時剛好有路人從旁邊走過，伊藤拿起一張宣傳單，交到路人手上。裕彌瞥了一眼，宣傳單上寫著批評ＨＨＦＡ的文字。

別讓農藥進入學校的營養午餐，戕害孩童健康！

ＨＨＦＡ種的蔬菜既不安全也無法讓人安心。根據我們市民團體私下調查的結果，ＨＨＦＡ所耕作的菜田，約八成都使用了農藥。

裕彌不禁心想，那是眞的嗎？事實上在ＨＨＦＡ幫忙種田的孩子之間，早就流傳著類似的傳聞。有人說「曾經在菜田裡看到裝著化學肥料的袋子」，還有人說「看見幹部在三更半夜偷噴農藥」。如果那是眞的，裕彌希望那些人多噴點農藥，沒有必要偷偷摸摸。這麼一來，自己就不用在田裡辛辛苦苦地拔草及抓蟲了。

伊藤發完了宣傳單，這次輪到他向行天提出問題。

「那些老人是什麼來頭？」

「他們只是一群來野餐的無害老人，完全不必在意。」

「多虧了他們，ＨＨＦＡ那些人更是一個頭兩個大了。」伊藤看著廣場中心說道。

「看來條子趕到的時間，會比預期的要提早一些，我建議你們早點離開比較好。」

「不用擔心，我們跟這些人一點瓜葛都沒有，只是在這裡看熱鬧而已。」行天又點起一根菸。

就在這時，圍觀的群衆之間響起一陣歡呼聲及尖叫聲。

HHFA成員中的一個年輕男人終於還是動粗了。他搶下多田手中的板子，用力砸在自己的膝蓋上，那板子登時斷爲兩截。周圍的HHFA成員似乎不敢太招搖，只是輕輕拍手。多田則是大聲提出抗議：「你幹什麼？我這可是借來的！」

此時另一個舉板子的粗暴男人忽然從旁邊走了過來，一把揪住那個折斷板子的男人領口。

「筒井，住手！金井，快阻止他！」伊藤大聲喊叫。

姓筒井的男人抓住對方領口之後遲疑了一下，並沒有動手。另一個舉板子的男人趁機走了過來，抓住了筒井的後頸，將他與HHFA的男人分開。

裕彌原本以爲危機已經解除，但劍拔弩張的氣氛並沒有獲得緩和。岡此時一聲令下，所有老人擠進了多田等人與HHFA成員之間。

「菜不吃不會死，影片不看也不會死。我們的問題比較嚴重！」

「公車等半天都不來，是要逼死誰！」

聚集在南口圓環的圍觀群衆有的皺起眉頭，有的開始交頭接耳，說一些不負責任的話。「有人在吵架？」「我要看見血流成河！」之類的叫聲此起彼落。另外還有一些人，則是認眞看起了伊藤發的宣傳單。裕彌與由良緊靠在一起，觀望著事態發展，心中各自惴惴。

裕彌的母親原本正對著筒井大呼小叫，但老人擠上前來，將她推到了一邊。岡發現多田也在，硬要將自製的抗議旗幟塞進多田手裡，多田抵死不從。一旁的ＨＨＦＡ成員則偷偷伸腳，想要將多田絆倒。

一群年紀老大不小的大人，就這樣互相拍打、推擠，場面一時混亂到敵我不分。

「多田哥，小心後面！」

「幹掉他，幹掉他！」

裕彌與由良越看越覺得精彩，忍不住開始拍手歡呼。

「什麼？什麼？小春看不到！」

小春抱著熊熊跳來跳去，想要看清楚人牆內到底發生了什麼事。

耳中聽見的是蟬鳴聲，鼻中聞到的是公車路上往來車輛排放的廢氣，眼中看見的是夏日藍天中不斷湧出的白雲。鴿子頂著耀眼的陽光，看著地表的騷動，臉上的表情似乎有些傻眼。裕彌心頭有種難以形容的暢快感，與由良相視而笑。

「筒井、金井，可以了，該閃人了！」

伊藤一再催促，但筒井與金井完全陷入亂鬥的漩渦之中無法自拔，連聲音也聽不見。

行天臉上一直帶著賊兮兮的笑容，看著多田被ＨＨＦＡ成員及老人們推過來又擠過去。但下一瞬間，行天突然臉色大變。

「啊，不妙。」行天蹲了下來。

「怎麼了？貧血嗎？」裕彌不安地伸出手，想要拉行天一把。

在學校參加朝會時，裕彌也常在操場上忽然感覺天旋地轉，因此以為行天也是相同的狀況。

「不是、不是。」

行天蹲著伸出手，與裕彌交握，甩了兩下之後放開。旁邊的人看見了，還以爲這兩個人剛剛「熱情地握手」了。

「背後靈，你認識那個男的嗎？」

裕彌轉頭朝行天所指的方向望去。一名身穿ＨＨＦＡ工作服的男人，正奔進南口圓環。

「他偶爾會跟我們一起下田工作。」裕彌仔細搜尋記憶。「他好像是幹部，我記得姓澤村吧。」

「啊對，我想起來了，他姓澤村。」

行天維持著蹲低的姿勢，只伸出了一隻手，將香菸拋進菸灰缸內。「我總覺得從前好像在哪裡見過他，但他那張臉太沒特色，我實在想不起來。」

「就算從前曾經見過，爲什麼是一件不妙的事？」

「不知道爲什麼，我看見那個澤村的臉，就感覺胸口悶悶的。」

「那不就是貧血的症狀嗎？」

裕彌既擔心又哭笑不得。

「噢，那是貧血的症狀嗎？我從來沒有貧血過，所以不知道貧血是什麼症狀。」

行天的回答更加深了裕彌腦袋的混亂。

就在兩人交談的時候，澤村衝進混亂的人群中，對著ＨＨＦＡ的成員口沫橫飛地說個不停。

或許他正在說服衆人「警察快來了，大家快離開」。

伊藤見場面逐漸受到控制，也小跑步進入廣場中心。他大概想以最快的速度帶著筒井及金井離開。

舉牌人、ＨＨＦＡ及老人團體互相瞪視，各自慢慢退後。

但是激動的情緒似乎還在眾人的心頭熊熊燃燒著。筒井雖然被伊藤搭著肩膀，卻似乎忍不住朝ＨＨＦＡ成員說了一句話。ＨＨＦＡ成員聽了當然也不甘示弱，立刻反唇相譏。轉眼之間，三方又亂成了一團，怒罵聲此起彼落，伊藤與澤村即便想要制止，也不知道該從誰下手。

落雁糕老婆婆的腳下不知被什麼絆了一下，整個人摔跌在地上。多田上前想要將她扶起，卻被周圍的人推來擠去，最後又被一個ＨＨＦＡ的年輕男人強按在護欄上。剛剛正是這個男人折斷了多田的板子。

「多田叔叔！」

小春尖聲大叫，朝著廣場中心跑去。裕彌見狀，來不及多想便追了上去，由良也趕緊跟上。

「你們這些小鬼，快回來！」

行天大聲呼喚，卻喊不住三個孩子。裕彌早已將「擔心被母親看見」的恐懼拋諸腦後，先追上了小春，接著跪在落雁糕老婆婆的身邊。

「妳沒事吧？」

裕彌讓老婆婆搭著自己的肩膀，攙扶她站起來。一旁的由良拾起老婆婆的提包，同時扶著她的手臂。

「真是吵翻了天……」老婆婆搖了搖頭，仰頭對裕彌露出苦笑。「我的腳好像扭傷了。」

站在一旁的小春，則全神貫注地看著多田。周圍的大人已經從原本的互相推擠，演變成了拳打腳踢，小春雖然關心多田，卻完全無法靠近。

「多田叔叔！多田叔叔！」

小春強忍淚水，緊緊抱住了熊熊，不斷呼喚著多田。

「小春，這裡太危險了，妳離遠一點！」

多田一邊閃避HHFA年輕男人的拳頭，一邊喊道：「我沒事。」

就在這時，好幾名圍觀者同聲大喊：「警察來了！」

多半是有人報了警，派出所的員警趕來確認狀況。雖然場面吵吵鬧鬧的時間好像持續了很久，但是從互相推擠發展成大亂鬥，其實只過了不到五分鐘。

所有人的動作瞬間暫停，下一秒各自出現了不同的反應。

伊藤、筒井及金井全力逃離南口圓環，而舉招牌的男人重新舉好夜店的廣告招牌，彷彿什麼事也沒發生。

老人各自遠離廣場中心，裝得像是溫和善良的路人。岡當然更不用說，早已搶先眾人一步，退到南口圓環的邊緣。

HHFA成員也亂成一團，有的抱起自己的孩子倉皇逃走，有的站在原地想要向警察說明原委。剛剛那個將多田壓在護欄上意圖施暴的男人，竟轉頭望向大喊著「多田叔叔」的小春。

「該死的小鬼，妳也是這大叔跟那些老頭的同伴嗎？」

年輕男人的身上穿著沾滿污泥的工作服，可見得在來到南口圓環之前，他非常認眞地在田裡工作。如今他目睹ＨＨＦＡ的宣傳活動遭到蓄意破壞，心情肯定會認爲這是對其自身價值的重大羞辱。任何人都看得出來，此時的他猶如一頭猙獰的猛獸，並不只是因爲他滿臉怒容，更是因爲他抽出了原本插在腰帶裡的一把小型鐮刀。

那鐮刀的刀鋒在豔陽下閃閃發亮，可見得打磨得非常鋒利。

「大木！」澤村站在男人背後，小心翼翼地說道：「你把那個東西拿在手上做什麼？快收起來！」

大木彷彿沒聽見澤村的話，舉起手中的鐮刀用力一揮。

「我們全心全意付出，最後得到了什麼？爲什麼每個人都用那種懷疑的眼神看我們？」

大木的眼中布滿了血絲。剛剛那場騷動似乎已經讓他陷入歇斯底里的狀態。站在大木附近的人都一步步往後退，使得他周圍形成一圈完全沒有人的空白區域。裕彌與由良合力連拖帶拉，將落雁糕老婆婆盡可能拉離了大木的身邊。小春似乎嚇呆了，站在大木面前一動也不動。

裕彌將老婆婆交給由良照顧，自己衝過去想把小春拉回來。大木忽然開始胡亂揮舞鐮刀，而小春就在他眼前的正下方。

糟糕！來不及了！裕彌將手伸向小春，卻忍不住閉上了眼睛。

裕彌感覺到有幾滴溫熱的液體濺在自己的臉頰上。腦海浮現了大木的鐮刀插在小春頭上的畫面，忍不住想要大聲尖叫。裕彌根本沒有勇氣睜開眼睛，感覺隨時會因爲貧血而昏厥。

「行天！」

裕彌聽見了多田的怒吼聲，戰戰兢兢地睜開雙眼。

首先映入眼簾的是掉在地上的布偶熊熊。熊熊那傻裡傻氣的臉上沾著斑斑血跡。

裕彌緩緩抬起視線。

行天正站在小春前方，用身體護著小春。他的上半身微微往前彎曲，臉上帶著痛苦的神情。白色襯衫的腹部一帶全是血跡。他被鐮刀割傷了嗎？裕彌踏著踉踉蹌蹌的步伐朝行天走去。

行天的左手緊緊包住了右手，鮮血自右手小指不斷滴落。不，正確來說，是從曾經是小指的那個位置。

裕彌彷彿感覺到一股無形的吸力，將自己的視線拉回地面。地上有一樣東西，看起來像是一條白色的毛毛蟲。一條有著紅色眼珠的白色毛毛蟲。不對，那是沾上了鮮血的小指。

眼前瞬間一暗。

「裕彌！」由良一邊大喊，一邊抓住裕彌的手腕。

但貧血的裕彌終於雙膝跪地，無法再站起來。

多田從頭到尾目睹這一幕，整個人傻住了，幾乎不敢相信眼前的景象。

行天的右手小指離開了他的身體。

「行天！」

多田不假思索地大喊，小春也發出不知是驚嚇還是害怕的聲音。

多田聽見那有如絲一般細，卻極盡哀戚的尖叫聲，身體才動了起來。突破老人及ＨＨＦＡ成員的包圍，奔向行天與小春身邊。但是多田接下來做的第一件事，既不是抱住小春，也不是扶住行天，而是撿起掉落在地面的小指。那根指頭依然殘留著一點餘溫，維持著切斷前一刻的形狀。

「救護車！」多田拾起小指後朝衆人大喊：「還有冰塊！快一點！」

下一秒，聚集在南口圓環的所有人展開了行動。包含澤村在內的幾名ＨＨＦＡ成員，與兩名派出所員警同時朝大木撲去，合力將他架住。大木的手上還拿著沾血的鐮刀，但已不再做出攻擊的舉動，任由幾個大男人牢牢扣住身體。

多田並不知道，公車司機中野爲了避免牽扯上這場騷動，打從一開始就躲在南口圓環的邊緣，觀望著事態發展。他所站的位置最接近廣場旁邊的商業設施出入口。因此當中野一聽到多田大喊「冰塊」，他立刻衝進一間賣熟食的店家，討來了冰塊。

裕彌倒地不起，由良使盡力氣，才將他的身體翻成仰躺的姿勢。被裕彌及由良救起的老婆婆拖著扭傷的腳，走到小春身旁，摟著她的肩膀說：「沒事了，別怕。」接著老婆婆將另一隻手伸進提包，取出那件薄針織外套，遞給多田。

「用這個止血吧。」

多田接下針織外套，連謝謝也忘了說，便轉身跪在行天身邊。行天坐在地上，額頭不斷冒出汗珠。

「怎麼這麼痛？」行天說。

「廢話。」

多田撿起小指，卻不知該放在哪裡，只好先塞進自己的口袋。雖然不是合適的放置地點，但總比放在被太陽曬得發燙的地上好得多。接著多田輕輕抓住行天那沾滿鮮血的手。先將緊緊包住了右手的左手手指一根根扳開，才終於看見了受傷的右手。由於沾滿鮮血，整隻手血淋淋，看不出傷勢狀況。皮膚非常冰冷，而且或許因爲血液大量流失，行天的身體正在發抖。

多田將針織外套用力按在小指根部的大致位置，嘗試爲行天將血止住。

「上次有這麼痛嗎？」行天的上下兩排牙齒不住打顫，發出撞擊聲。「我完全不記得了。畢竟上次斷掉已經是大概二十年前的事了。」

「同一根手指斷兩次，可是一般人做不到的壯舉。」多田想讓行天感覺輕鬆一點，故意用開朗的口氣說道。「雖然是爲了保護小春，但空手對付鐮刀未免太大膽了點。」

「感覺它，不要想著它[32]。」行天說。

雖然情況危急，多田還是忍不住噴笑了出來。

「這是在模仿誰？」

「並沒有模仿任何人，這是我最眞實的心聲。當時我什麼也沒想，身體已經幫我做出了決定。」

澤村走了過來。大木似乎已經完全恢復冷靜，被警察上了手銬，垂頭喪氣地站在原地。多田扶著行天的肩膀，仰頭看著澤村。

「我爲我們成員的暴力行爲，向你致上歉意。」澤村淡淡地說道。

多田什麼話也沒有說。就算道歉，也沒辦法讓行天的小指長回來。從澤村看著多田與行天的

---

32 出自李小龍的名言：「Don't think, feel!」

堅定眼神，可以知道他一定早已摸淸兩人的底細，就像多田與行天也早已知道他的身分。

澤村見多田沉默不語，接著又說：「好久不見了。」

澤村突然沒頭沒腦地說出這麼一句話，多田不禁皺起眉頭，裝傻回應道：「我們見過面？」

「我不是在跟你說話，便利屋。」澤村面帶微笑看著行天。

「我是在向神子打招呼。」

多田的手掌感覺到行天的肩膀劇烈顫動。行天仰頭看著澤村，一張臉因爲失血過多而變得蒼白。

「你還記得我嗎？」

「不記得。」行天冷冷地說。

「我想也是。」澤村臉上的笑意更深了。

「當年的你永遠是衆人注目的焦點。每個大人都說你是神子，連教主也特別疼愛你。我想你眼裡根本沒有其他孩子吧。」

「我的眼裡沒有任何人。」行天輕輕吐了口氣。「因爲我一直閉著眼睛，當做什麼事也沒有。」

「我一直很想見你。我想看看長大成人後的神子，變成了什麼樣子。」

澤村低頭看著渾身是血的行天，有如一個冷靜的觀察者。「你在外頭的世界，一定活得很痛苦吧？」

「可以這麼說，但至少我可以睜開眼睛，不會受到傷害。」

手指都斷了，還說沒受傷害？多田心裡這麼吐槽，但是當然沒有說出口。多田只是更用力地按著行天的肩膀，彷彿想要阻止他再做傻事，又像是想要把自己的體溫分一些給他。

「澤村。」行天說道。

或許是因爲精力正隨著血液流出體外，他似乎用盡全力才擠出了一點聲音。

「那是個天底下最折磨人的地方，我一點都不想跟你談論那些往事。而且我已經全部都忘了。打從我回到眞幌，落腳在多田家的那天晚上起，我就下定決心要忘得一乾二淨。」

「聽你這麼說，我感到很遺憾。」

「讓你失望了。」行天微微一笑。

「你就繼續種你的菜，我會繼續向多田看齊，過著不健康的生活。」

你住到我家之前，早就過著抽菸喝酒的不健康生活，怎麼說得好像我是「引誘神子墮落的惡魔爪牙」？多田心中再次吐槽，但這次當然也沒說出口。

澤村看著痛苦喘息的行天，眼神既像是憐憫，又像是欣然同意。過了一會，澤村沒有再說一句話，轉頭回到ＨＨＦＡ成員的身邊。

行天似乎再也維持不了身體的姿勢。他原本就坐在地上，此時上半身逐漸傾斜，多田趕緊將他抱住。針織外套持續吸著他的血。或許是因爲疼痛導致意識矇矓，多田試著呼喚行天，但沒有得到他的回應，只隱約感受到他的微弱呼吸。

多田以肩膀支撐著行天的額頭，仰望天空。白雲在藍天裡緩緩流動。

不一會，遠方傳來了警車及救護車的笛聲。兩種聲音有如二重奏一般互相交錯。一個身穿橫中公車制服的男人跑了過來，手中捧著一個塑膠杯，杯裡放著冰塊。多田一手抱著行天，另一手取出胸前口袋裡的小指。此時應該怎麼做，多田根本沒有概念。遲疑了一會，多田一咬牙將小指塞進杯裡的冰塊縫隙之間。

不知道爲什麼，多田拿著行天的小指，一點也不覺得噁心和害怕，只是一心一意地希望讓這行天身體的一部分回到原本的位置。

幾名開著警車趕來支援的警察，將大木押上車帶走了。澤村也攔了一輛計程車，跟在警車的後頭離開了站前。有些ＨＨＦＡ成員依然不知所措地站在原地，有些則已快步離去。

裕彌似乎已經恢復了意識。他的母親終於發現兒子，正和由良一起將裕彌帶往陰涼處休息。伊藤、筒井及金井一起躲在大樓的陰暗處，關注著行天的狀況。多田朝他們揮揮手，示意「不用擔心」。伊藤露出「我欠你一次」的表情，點了點頭，帶著筒井與金井快步離去。

「他受了什麼傷？」趕到現場的急救人員問道。多田舉起裝著小指的杯子，說：「他被剛剛警察帶走的那個男的用鐮刀切斷了小指，現在小指放在這裡頭。」

穿著橫中制服的男人雖然臉色蒼白，還是很講義氣地站在多田旁邊。多田朝他低聲問道：「你是被岡劫持的那輛公車的司機吧？」

「發生這種事情，我也很無奈。」司機說。

「現在已經沒事了。那邊那位老婆婆，麻煩你載她回去。順便告訴岡，請他裝作什麼事都沒發生，立刻離開南口圓環。」

「我了解，我會開車送這些老人家回去。」橫中司機自豪地說：「『橫濱中央交通公司，是您最值得信賴的代步工具』。」

司機攙扶著扭傷了腳的老婆婆，穿過南口圓環，與站在廣場角落的岡及其他老人會合，一同走向停在路邊的公車。岡在離開南口圓環之前，回頭看了多田與行天好幾次，顯得放心不下。

一名警察來到多田身邊，先確認了地上的血跡，接著問了多田幾個問題。多田堅稱「我只是在這裡舉板子，什麼也沒做，行天也只是剛好在這裡而已」。警察似乎還想要詢問行天，但行天已經完全失去意識，警察只好作罷。

急救人員進行完緊急治療後，將行天抬上擔架，順便帶上裝著小指的杯子。

「我們現在要送他去眞幌市民醫院，你要一起上車嗎？」急救人員詢問多田。

「我等等再開車過去。」多田回答。

「我還有孩子要照顧，而且我想回去拿一套衣服給他替換。」

由於救護車有可能突然改變收容醫院，爲了保險起見，多田將自己的手機號碼告訴了急救人員。警察也走過來詢問多田的聯絡方式，多田很不想與警察扯上關係，但此時沒有其他選擇，只好拿出自己的駕照。因爲行天受傷而驚動警察，這已經不是第一次了。多田只好勸自己看開點，不要想太多。

救護車發出笛聲，駛離了現場。南口圓環恢復了平日人來人往的景象。

多田撿起熊熊，跪在小春面前。

「對不起，讓妳嚇到了。」小春哭得整張臉皺成一團，抱住了多田。多田也以拿著熊熊的手，緊緊抱住了小春。

「對不起，小春。」多田再次道歉，以沒沾到血的手抹去小春臉上的淚水。

「行天流好多血。」

「我現在要去醫院，妳也要去嗎？」

「要。」小春雖然流了滿臉的淚水及鼻水，還是用力點頭。

多田牽著小春的手走回事務所。雖然多田手上沾滿了血，小春還是毫不猶豫地緊緊握住多田的手。

乾掉的血跡，在兩人的手掌之間不停摩擦。

七

多田將替換衣物放進紙袋，把小春抱到副駕駛座的兒童安全座椅上，開著發財車前往市民醫院。小春抱著熊熊及多田買給曾根田老奶奶的蜂蜜蛋糕，一臉嚴肅地看著前方。

到了醫院辦妥住院手續，行天的手術卻還在進行。多田只好帶著忐忑不安的心情，和小春一起坐在走廊的沙發上，等待手術室的門打開。

「行天討厭我。」小春忽然咕噥道。

多田有點吃驚，便問：「妳爲什麼這麼認爲？」

「我不知道……」小春結結巴巴，似乎不知該如何說明。

「行天如果討厭妳，怎麼會救妳？」

「行天救了我？」

「是啊，他剛剛不是救了妳嗎？」

「我很害怕，一直閉著眼睛。」

「我看得很清楚，行天跑到小春的前面，一點都沒有猶豫。」

他對著大木舉起手，下一秒小指就飛上了天。

「爲什麼行天要救我？」

因爲妳是行天的女兒。多田差點說出這句話，所幸最後一刻閉上了嘴。那根本不是行天拯救小春的理由。

感覺它，不要想著它。

行天說過的這句話，浮現在多田的腦海。

「他就是這樣的人。」到頭來，這就是多田的答案。

行天平常總是一副吊兒郎當的樣子，乍看之下完全不通人情世故，事實上並非如此。他其實一直默默觀察著周圍的人，有時會說出驚人之語，或是採取大膽的行動，絕不會對遭遇危難的人見死不救。在緊要關頭甚至會爲了保護他人而棄自己的安全於不顧。

行天春彥就是這樣的男人。

「行天的手指可以黏回來嗎？」

小春將鼻子抵在熊熊的頭上，低聲呢喃。

「一定可以。」多田摟著小春的肩膀，像是在寬慰她。「他的手指曾經黏回來一次，第二次一定也沒問題。」

「行天的手指斷掉過？」

「是啊，讀高中的時候，他的手指也曾經飛上天。」

「眞的嗎？」

「有了那次經驗，我才知道要把斷掉的手指放在冰塊裡，所以這次一定可以黏回來。」

多田原本擔心這個話題對小女孩來說太過血腥，可能會讓小春感到害怕，沒想到小春竟然相當感興趣。

「一定可以。」小春一邊說，一邊將身體靠在多田身上。多田感受著小春的體溫，忽然明白了一件事。

得到寬慰的其實是我。

多田只顧著拿行天的替換衣物，自己卻忘了換衣服。此時多田的襯衫上還沾著血跡，而且已經變成了黑褐色。多田將顫抖的雙手交握。雖然從來沒有宗教信仰，還是忍不住想要祈禱。

手術時間比預期的還要長得多。

多田漸漸感覺飢餓，不管是擔憂還是祈禱，都沒有辦法再繼續下去。於是多田帶小春前往眞幌市民醫院頂樓的餐廳。

多田買了餐券，自己吃了加大的咖哩飯，小春吃了親子蓋飯。餐廳有三面牆都是玻璃牆，視野相當良好。此時天空已經染上淡淡的橘紅色，丹澤山脈的山影都已轉爲深黑。一輛輛開著車頭燈的汽車行駛在遠方的幹線道路上，看起來宛如火柴盒小汽車。

不到三十分鐘，多田與小春就吃完了晚餐，回到手術室前的走廊。接下來兩人又等了許久，就是等不到行天出來。

多田原本以爲行天這次的傷應該沒有上次腹部中刀那麼嚴重，但行天遲遲不出來，內心越來越焦躁不安。難道在我吃咖哩的時候，行天已經因爲失血過多而……多田的腦海充滿可怕的想像。電視上不是常常這麼演嗎？一名護理師突然走出來，告知家屬「傷患失血過多，我們需要家屬捐出一些血液」。如果是這樣剛剛應該繼續等，不應該跑去吃什麼咖哩飯。但我不是行天的家屬，甚至連他的血型都不知道。小春的血型與行天應該能夠配對，問題是小春還這麼小，總不可能抽她的血……

就在多田胡思亂想之際，一名路過的護理師忽然說：「你們在等小指受傷的傷患嗎？他的手術早就結束，已經送回病房了。」

護理師告訴多田，行天的小指已經順利接回，但是剛接好的血管可能發生阻塞，所以今天晚上醫生會嚴密觀察。而且接下來行天必須住院一個星期，持續注射防止血液凝固的點滴。

「同一根手指斷兩次，可真是少見。」多田和小春來到病房，剛好遇上執刀的醫生。他帶著一臉傻眼的表情，向多田說明了開刀的過程。首先削掉一點骨頭，接著小心地接回神經及血管，最後將皮膚拉撐後縫合。

醫生做完這床需要精密技術的手術，眼睛應該相當疲累，一直按摩眼皮。

「他抽菸嗎？」

「抽很凶。」

「菸抽太多會影響血液循環，傷口不容易癒合。」

「如果需要的話我可以幫他按摩，其他事情也沒問題。」

多田轉頭望向躺在床上的行天。行天睡得正熟，右手被繃帶及固定架緊緊固定。不曉得是因爲太睏而入睡還是因爲麻醉，他看起來一臉安詳，彷彿無憂無慮。

「在確認小指順利接合之前，一定要好好靜養，千萬不能碰觸傷口。」四十多歲的醫生倦懶地搖著頭：「護理師會全天候照顧他，你們可以先回家休息，不必待在這裡。」

醫生說完，朝護理師吩咐了幾句便轉身走出病房。

多田與小春對看了一眼。可以感受到窗簾的另一頭，夜晚正在悄悄降臨。病房裡共有八張病床，行天的病床在靠走廊側。隔壁的病床躺著一個年輕男人，正百無聊賴地翻看漫畫雜誌。他的一條腿包著石膏，垂吊在半空中。

「等一下再回家。」小春說。

多田點了點頭，將帶來的替換衣物放進床邊的矮櫃裡。小春將雙手放在床上，以上半身的體重按壓床面，故意上下跳動搖晃著床墊。

行天並沒有因此而醒來。小春露出一副無趣的表情，將臉頰靠在雙臂上，歪頭看向行天的下巴。

「我看見他的鼻孔！」

「嗯，這裡是醫院，說話要小聲點。」

「好。」

小春低頭向沾著血跡的熊熊說：「要小聲點。」

多田站在小春身旁，低頭看著行天。幸好手術相當成功。多田放下了心中的大石之後，頓時感覺到強烈的疲勞。這個中元節可眞是要命。到底爲什麼行天他們會出現在南口圓環？

「小春，妳今天一整天都做了什麼？」

「唔，我在坐公車，跟行天及背後靈。」

「還有呢？」

「去了很大的公園，吃點心。」小春笑臉盈盈地說。

多田感到相當驚訝，對小春來說，今天似乎是個快樂的一天。多田心想，既然她覺得快樂那就不用太計較了。

「既然行天還沒醒，我們先回家好嗎？」多田問道，小春乖乖地點了點頭。

小春抱起熊熊，牽起了多田的手。多田拿起蜂蜜蛋糕，牽著小春走出病房。剛剛開車來醫院時，或許是因爲太慌亂，竟然把蜂蜜蛋糕連同替換的衣物一起帶上來了。

離開病房前，多田又回頭看了一眼。行天依然動也不動。

「我想去探望另一個人，妳能陪我去嗎？」

「嗯。」

兩人穿過空無一人的入口大廳，走向內科的病房大樓。

曾根田老奶奶似乎很早就吃完了晚餐，正坐在六人房的病床上。那副駝著背的跪坐模樣，看起來有點像在打瞌睡，也像是正在傾聽來自陰間的聲音。

不曉得今天老奶奶的記憶是否正常？她會認得我是經營便利屋的多田嗎？還是我今天又得假扮她的兒子，或是佐佐木醫生？到底會是哪種情況，完全無法事先預測。

「曾根田奶奶。」多田猶豫了一會，鼓起勇氣喊道。

老奶奶抬起了頭。除了曾根田老奶奶，還有三個老人也同時抬起了頭。至於剩下的兩個老人，明明還不到熄燈時間，他們卻已熟睡且不斷發出鼾聲。

「噢，佐佐木醫生，都這麼晚了你還在巡房？眞是辛苦你了。」

多田暗叫不妙。今天已經夠累了，難道現在還得假扮佐佐木醫生？曾根田老奶奶見了多田的哀怨表情，嗤嗤笑了起來。

「我逗你玩的，我知道你是多田。」

「請不要開這種玩笑啦，對心臟不太好。」多田也笑開了，拉了一張鐵椅子到老奶奶的病床邊。

將蜂蜜蛋糕交給老奶奶之後，多田坐上椅子，然後將小春抱起，放在自己膝蓋上。老奶奶拿著蜂蜜蛋糕，興致勃勃地看著小春。

「多田，這是你的女兒？」

「不是，她叫三峯春，是朋友的女兒。」

多田叫小春打招呼。

「妳好。」小春靦腆地說道。

「妳好。」曾根田老奶奶對著小春客客氣氣地低頭鞠躬。

「多田，你的那個夥伴怎麼沒有來？」

「他受傷了，今晚開始要在這裡住上幾天。」

「怎麼了？」

「只是手指有點受傷，不是很嚴重。」多田故意說得輕描淡寫。

「行天是爲了救我！」小春說道。

「那個都飛上天了！」

「飛上天？什麼東西飛上天？」曾根田老奶奶一臉擔憂地問。

小春正要說出「手指」，多田立刻對她發動搔癢攻擊，讓她沒辦法再說下去。小春在多田的膝蓋上扭動著身體，但似乎還牢牢記著多田叮嚀過「在醫院要保持安靜」，因此不敢笑出聲音，一張臉脹得通紅。

「總而言之，他沒事就好。」老奶奶沒有追問，轉頭看著蜂蜜蛋糕的盒子。

「你那個夥伴說過會一直記著我，要是他比我早死，那可就糟了。」

「應該死不了。」多田回想著行天那安詳的睡相。

「曾根田奶奶，蜂蜜蛋糕明天才能吃。」

「光是這個沉甸甸的感覺，就讓我覺得很幸福。」老奶奶爲自己找了個臺階下，無奈地將蜂蜜蛋糕放到床上。「知道了，我現在不吃。」

多田感覺膝蓋上的小春體溫似乎突然升高了。小春將臉埋進多田的懷裡，已經有些昏昏欲睡。多田將小春重新抱好，讓她可以睡得更安穩。曾根田老奶奶看著多田的舉動，扭了扭布滿皺紋的嘴角，說：「多田，你變大了不少。」

「是嗎？」

最近體重沒有增加，何況早已過了發育期，身體沒有理由變大。

「苦難與動盪能讓一個人長大。」

老奶奶說得煞有其事，彷彿那是什麼「創業社長的金玉良言」，多田聽了不禁微微苦笑。

整個夏天都在摸索怎麼照顧孩子，被公車劫持事件搞得一個頭兩個大，頂著大太陽在南口圓環和一群人爆發肢體衝突，最後還親眼目睹在自己家裡吃閒飯的男人的手指飛上天。一口氣遇上這麼多的苦難與騷動，就算領悟一些人生眞諦似乎也不是什麼奇怪的事。

但此時多田的內心卻風平浪靜。

只要行天還在，我的日子必定是吵吵鬧鬧。這已經是無法改變的事實。就好像家裡出現座敷童子[33]時，就算拜託他離開，他也不會理睬。座敷童子總是神出鬼沒，隨時可能突然出現或消失。人類的一切常識或道理，對座敷童子來說都沒有任何意義。因此多田能做的，就是爲座敷童子準備好睡覺的地方，任憑他自由來去，而自己則是每一天盡力做好分內的工作。像這樣的豁達心態，就是多田這段日子以來的領悟。

就當作自己的家被一種非常稀有的妖怪看上了。只要這麼想，似乎一切就能釋懷。多田輕拍小春的背，臉上露出了淡淡的笑容。

「多田，看來你的旅行快要結束了。」曾根田老奶奶靜靜地說道。

「什麼意思？」多田忽然覺得有點心裡發毛。「難不成我快死了？」

「不是。」老奶奶搖了搖頭。「意思是你已經抵達了你想去的地方。或許未來有一天，你又會展開另一次旅行。在那天到來之前，你只要悠哉地在附近散散步就行了。」

雖然聽得一頭霧水，多田還是點了點頭，緊緊抱住小春的溫暖身體，從椅子上站了起來。

「已經有點晚了，我該告辭了，下次再來看妳。」

33「座敷童子」的原文作「座敷わらし」，是日本傳說中一種會爲家庭帶來好運的妖怪。

「好，晚安，謝謝你的蜂蜜蛋糕。」

曾根田老奶奶非常客氣地鞠躬，維持著跪坐在床上的姿勢，朝多田揮揮手，目送多田離開。

走進眞幌市民醫院的停車場時，絕大部分車子都開走了。街燈照在多田的發財車上，反射出耀眼的白光。

多田將睡著的小春放上兒童安全座椅，調整冷氣出風口的方向。等待車內溫度變涼的期間，多田取出手機，打了一通電話給柏木亞沙子。

鈴聲響了兩次，亞沙子就接了電話。

「我是多田，現在有空嗎？」

「有，我剛從老公……」亞沙子愣了一下，立刻改口：「我剛從過世的柏木老家回來。」

「抱歉，我今晚沒辦法過去找妳了。」

「嗯……」

接下來是一段短暫的沉默。多田感覺得出來，她的腦海正閃過各種念頭。多田是不是變心了？丈夫過世後的第一個中元節，就跟其他男人見面，應該沒有人會對這種女人有好感吧？多田急著想解釋，但還沒有開口，亞沙子就以開朗的口氣說：「眞是可惜，那就約下一次吧。」

多田心想，她這麼說多半是不想造成我的壓力吧。她努力說服自己「多田一定是因爲工作太忙、太累，才不想見面」。驀然間，多田的直覺告訴自己，此時絕對不能保持沉默。

亞沙子是個堅強的女人。在過去的日子裡，她一定是將所有不滿與悲傷都往肚裡吞，在職場及家庭都建立起完美的形象。

但多田並不希望她完美。多田並不希望她假裝自己是個「好說話」的女人，也不希望和她之間是「想見面才見面」的關係。

「我想還是見個面吧，就算只有一下子也沒關係。」多田對著隨時可能掛斷電話的亞沙子，眞心誠意地說道：「可是眞的很不好意思，雖然很晚了，但可能得請妳來我的事務所。」

「好。」亞沙子說。

多田感覺得出來，她是因爲聽了我的口氣，才想也不想地答應了。答應了之後，她卻開始感到疑惑與猶豫。

「行天受傷住院。」多田趕緊解釋：「我得一個人照顧小春，所以今晚沒辦法離開事務所。」

「沒問題，我過去。」亞沙子說得斬釘截鐵。接著她又關心地問：「行天傷得很重嗎？」

「沒有性命危險，詳情見了面再說吧。」

多田正要說明事務所的位置，亞沙子卻打斷了多田的話。

「放心，我也是眞幌人。既然是在站前，只要知道地址就找得到。」

回想起來，當初跟行天久別重逢時，他也說過類似的話。多田的心頭驀然湧現一股懷念之情。行天的手指一定能夠平安接回來。這是多田今晚第二次出現預感，他自然而然地揚起了嘴角。

小春在副駕駛座發出細微的鼾聲。等等就可以見到亞沙子了。多田開著車子返回事務所，驀然驚覺自己正感到幸福。

多田抱著小春，走了一段不算長的路，從月租式停車場返回事務所。途中繞進便利商店，買了一些飲料。由於不知道亞沙子喜歡喝什麼，多田買了寶特瓶裝的茶、罐裝的無糖及微糖的咖啡、咖啡牛奶及啤酒，不知不覺竟買了一大堆。

在亞沙子抵達前，得先把事務所稍微打掃一下。多田抱著小春，還提著大量飲料，卻絲毫不覺得重，朝著事務所快步前進。他還得努力克制興奮的心情，才沒讓步伐變得蹦蹦跳跳。但也因爲這樣走得有些彆扭。

然而就在快到事務所所在大樓的門口時，多田猛然望見星與金井，步伐也從輕快瞬間轉爲沉重。

星將雙臂盤在胸前，仰靠著樓梯旁邊的牆壁。金井則昂然佇立在樓梯口，整個擋住上樓的路線。兩人簡直像一對高矮相差甚遠的金剛力士像。

這棟綜合商辦大樓除了多田便利軒，當然還有其他住戶。多田雖然與鄰居完全沒有往來，但隱約感覺得出鄰居們都認爲多田便利軒是個背地裡不知在幹什麼勾當的可疑組織。畢竟經常有不明來歷的男女老幼進進出出，會產生疑竇也理所當然。如今又出現了阻礙住戶進出的金剛力士像，恐怕鄰居們會更加疑神疑鬼。

之前他們都直接闖進事務所，怎麼今天站在大樓的出入口？多田雖然不希望他們擅闖住處，但是站在那種地方反而更引人側目。多田皺起眉頭，走向星與金井。星一看見多田，身體立刻離開了壁面。

「嗨，便利屋，你搭檔的手指接起來了嗎？」

「手術做完了，雖然還需要觀察一陣子，但是大概沒問題吧。」

「那很好。」

星露出鬆一口氣的表情。那似乎是出於眞心而非場面話，讓多田有些意外。光是星這個反應就讓多田忍不住想對他卸下心防，但多田立刻提醒自己「絕對不能掉以輕心。我就是因爲太單純才會一再遭到利用」。

「星，你今天好像也很忙？」多田盡全力擠出腦袋裡最酸溜溜的話：「陪母親掃墓這個重大任務，不曉得進行得順不順利？」

「不用故意激我。」星露出苦笑。

「我不在的那段期間，南口圓環的騷動遠遠超過我的預期。這一點我覺得很抱歉。」

星輕輕伸手一揮，金井取出一個牛皮紙信封，推到多田面前。

「這什麼意思？」

多田一臉困惑，但金井仍一語不發地將信封塞了過來。多田終究還是拗不過，只能放下便利商店的塑膠袋，接過信封。那信封拿在手裡相當沉，裡頭至少有五十萬圓。

「慰問金。」星說道。

多田明白一旦欠了人情，以後會更麻煩，趕緊想要將信封推回。但金井握起了鐵拳，一副不接受退貨的態度。

「收下吧。」星以不由分說的口吻說道。

「若不是你搭檔搭上那輛莫名其妙的公車跑到南口圓環來，也不會鬧成這樣。不過這些我都不計較，你就收下吧。」

雖然星這幾句話說得好像反而對多田有恩，但多田一來眞的很累了，二來他也明白公車事件再追究下去不太好，只好老實地收下信封。

星見多田將信封塞進褲子口袋，心滿意足地點了點頭。

「雖然事情稍微鬧得大了點，但事態的發展完全符合我的預期。以後ＨＨＦＡ應該會安分得多吧。他們的蔬菜根本不是無農藥的消息早就傳開了，如今又鬧出這麼大的騷動。他們做賣菜的生意，商譽相當重要，這兩件事情肯定對他們造成了相當大的打擊。」

「切斷行天手指的那個男人，會有什麼下場？」

「他被拘在眞幌警署。雖然ＨＨＦＡ那些幹部努力想幫他脫罪，但畢竟是現行犯，還是主動掏出鐮刀亂揮，起訴大概逃不掉了。最近警察應該會來找你跟你的搭檔問話，你就堅稱『只是剛好在那個地方，倒楣遇上了』。」

「經營便利屋的我，剛好在南口圓環打工舉板子？」

「既然是便利屋，當然是不管做什麼工作都不奇怪。」星笑著說。

「你要報出我的名字也可以，反正仲介舉板子本來就是我的業務內容之一。那工作不好找人，偶爾找便利屋來幫忙也不奇怪。」

多田理解了星心中的盤算，點了點頭。劫持公車的老人與行天的關係，也可以簡單解釋爲「剛好搭上熟人包下的公車，就這麼到了南口圓環」。

多田與星同時露出狡猾的微笑。雖然對多田來說，和星共謀犯案是一百個不情願，但是雙方同時感受到「掩蓋得天衣無縫」的暢快，也是不爭的事實。

多田提起便利商店的塑膠袋，忽然又想起一件事。

「ＨＨＦＡ的前身，是一個名叫天啟教的宗教團體？」

「你問這個做什麼？」

「行天的母親，以前或許也是信徒。」

星稍作沉吟後說道：「信仰什麼樣的宗教是個人的自由，但不管再怎麼崇高的信仰，都不能用來正當化傷害他人的行爲。你的搭檔會強迫他人接受天啟教的教義？譬如那個小鬼……」星抬了抬下巴，示意睡在多田懷裡的小春。

「當然不會。」多田回答。

「行天恐怕是天底下距離信仰最遙遠的人，而且他從來不會做出強迫他人的行爲。」

「既然是這樣，那還有什麼問題？」星聳肩說道。

「天啟教早已停止一切宗教活動，只不過有幾個信徒變成ＨＨＦＡ的幹部。那個曾經讓你搭檔感到害怕的東西，已經不存在於這個世上了。」

不，只要行天心中還刻著痛苦的記憶，「那個東西」就不可能完全消失。雖然行天告訴澤村，他「下定決心要把那些忘得一乾二淨」，但多田知道那句話其實帶著三分虛假。正因爲心中藏著永難忘卻的事物，行天才能對曾根田老奶奶說出「我會記住妳」那種話。包含多田在內，行天身邊的所有人只能做到守護、支持及傾聽，卻難以撼動行天的內心及記憶。何況行天本人並不見得希望獲得他人的守護、支持及傾聽。

體驗過的情感及經驗，就無法徹底抹除，只能一輩子與其共存。在多田看來，行天就只是抱著看開的心情與其共存，並且滿足於共存的軌跡。至於這過程中需要多大的努力，以及必須歷經多少痛苦，相信行天並沒有興趣向他人吹噓。

這時，一輛黑色計程車停在街角，亞沙子下了車。她看見多田，立刻朝大樓小跑步而來。照理來說，她應該也看見了星及金井這兩個一看就知道絕非善類的人，但她一點也不害怕。

星朝亞沙子瞥了一眼。

「便利屋，眞有你的。」星將視線移回多田臉上。「趁著搭檔住院，把自己家當成了賓館？什麼當成賓館，別說得這麼難聽，柏木只是過來坐坐……多田嘟囔個不停，只見星已帶著金井轉身離去。

「你們就好好享受吧，錢不夠隨時可以來找我。」

星這次來訪，顯然是想爲行天受傷的事情道歉。所以他才會守在事務所外，沒有直接闖進去。

多田甩了甩頭，迅速轉換心情，站在樓梯口迎接亞沙子。

「我來得太早了嗎？」

亞沙子走到多田面前，有些靦腆地說：「剛剛那兩位是誰？你們是不是有什麼話要談？」

「已經談完了，不用放在心上。」

多田領著亞沙子走上樓梯。因爲星的關係，沒有時間打掃了。星或許自以爲展現了貼心的一面，其實還是給人添了麻煩。

「另外，屋裡很亂，希望妳別介意。」

亞沙子在廚房洗了手之後，興致盎然地觀察著事務所的擺設。一下子坐在會客區的沙發上測試彈簧的性能，一下子將塞滿菸蒂的菸灰缸放在眼前仔細端詳，一下子又瀏覽起擺滿文件資料的架子，以及攤開放在桌上的地圖。那神態簡直就像是剛搬到新家的貓。

多田拉開分隔會客區與生活空間的掛簾，將小春放下。幫她換上睡衣，順便用溼毛巾將她的身體稍微擦拭過。剛開始小春有些鬧脾氣，不肯乖乖配合，但擦掉身上的汗水之後，她似乎也覺得清爽多了。她走到多田的床旁邊的床墊，重新躺了下來，不一會已完全熟睡。她似乎從頭到尾都沒發現亞沙子也在。如果她知道屋裡有客人，或許會瞬間恢復精神也不一定。

幸好小春很快就睡著了。多田暗自慶幸，一邊站在廚房取出塑膠袋裡頭的飲料，一邊注意著背後亞沙子的動靜。亞沙子不知何時走到了小春的床墊旁，蹲下來看著小春的睡臉。

熊熊就睡在小春旁邊。雖然沾上了血跡，表情還是很可愛。當然徜徉於夢境世界的小春，那稚嫩臉龐的可愛程度也完全不輸給熊熊。

亞沙子稍微移動了熊熊的位置，讓它和小春依偎在一起。接著亞沙子將雙手放在彎曲的膝蓋上，微微低著頭，臉上帶著微笑。

「要喝什麼？」

聽到多田的聲音，亞沙子這才抬起頭，看向排列在狹窄流理臺上的各種飲料，說：「請給我啤酒。」

多田於是拿了兩罐啤酒，走到床邊坐下。亞沙子隨後起身，有點不好意思地走到多田身邊。

兩人並肩坐在床沿喝起了啤酒。小春與熊熊就睡在兩人的腳邊。屋內一片寂靜，耳裡只聽得見屋外道路上的車流聲。雖然寂靜，卻充滿了幸福感。

「你們好像遇上了不少事情。」亞沙子低聲說道。

多田心想，她大概是看見熊熊身上的血跡，明白事態並不尋常吧。多田於是把自己知道的部分說了出來。重新回顧這一整天發生的事，多田不禁感慨眞是漫長的一天。

小春與行天意外被捲進一場公車劫持行動之中。南口圓環亂成一團，行天的小指飛上了天。HHFA的勢力應該已遭到大幅削弱。亞沙子的表情一下子吃驚，一下子擔憂，連問了好幾個問題，最後露出恍然大悟的神情。

「雖然行天受了傷，讓這件事情不算完美落幕，但好歹是落幕了。」亞沙子說道。

多田聽了她那認眞又嚴肅的口吻，忍不住笑了出來。

「我有個問題，從之前就想問了。」亞沙子看著小春的睡臉，接著說道。

「你說小春的母親將小春託付給你照顧，你跟她很熟嗎？」

「妳誤會了，不是妳想的那樣。」多田慌張地說。

「我猜也不是。」亞沙子點了點頭，接著又說：「我仔細看小春，總覺得她跟行天長得非常像。」

多田一時不知該怎麼解釋，最後只說：「也不是妳現在想的那樣。」

「小春的雙親都去了國外工作，我答應這個夏天幫忙照顧小春。再過兩個星期，她的母親就會來接她回去。」

多田對亞沙子說出這句話，自己也再次確認了這個事實。小春的雙親並不包含行天。對小春百般呵護的人，是三峯凪子及她的伴侶。

亞沙子聽完多田的解釋，並沒有繼續追問，只以幾乎聽不見的微弱聲音說：「那天，在眞幌大街的咖啡廳看見你和小春母女坐在一起，其實有點嫉妒。」

多田聽到這句話，開心到整個人差點跳起來，但拚命自我克制。

「我很高興聽妳這麼說。」多田故意說得輕描淡寫，裝出一副成熟男人的樣子。

多田與亞沙子接著又喝起第二罐啤酒。雖然連下酒菜也沒有，但由於屋裡相當悶熱，兩人喝啤酒像喝水一樣猛灌個不停。

「你酒量很好嗎？」

「倒也沒有。其實我在家裡很少喝，因爲會一直喝，喝得停不下來。」

「在一般人的觀念裡，那就叫酒量很好。」

兩人低聲閒聊著這一類無關緊要的瑣事。像這樣既沒有談論什麼有意義的事情，也沒有做出什麼親密的舉動，反而讓多田感覺相當舒服。亞沙子似乎也有這樣的感覺，多田看得出她整個人變得非常放鬆。

沒想到就在這個時候，事務所的門突然被人打開，彷彿宣告兩人的溫馨時光已經結束了。由於掛簾沒有拉上，兩人都可以清楚看見門口的狀況。

行天維持著將門拉開的姿勢靜止不動。多田與亞沙子並肩坐在床沿，角度正對著行天。

「啊……」亞沙子輕呼一聲，多田則是嚇得整個人站了起來。

行天臉色發青，整張臉看起來像小黃瓜，多田還以爲行天傷勢惡化，化作鬼魂回來道別了。

「抱歉，打擾了。」

行天恭恭敬敬地低頭致歉，以左手輕輕將門關上。他的右手包著大量綳帶，和稍早在醫院看到時一模一樣。

多田見行天消失在門外，才醒悟自己看見的並不是鬼魂。鬼魂根本不必開門，當然也不會特地把門關上。

「喂，行天！」多田張口大喊，卻聽見門外傳來下樓的腳步聲。

「抱歉，我出去一下。」多田先向亞沙子道了歉，一個箭步衝出事務所。由於太慌張，手上還拿著喝到一半的啤酒罐。

多田迅速奔下樓梯，終於在大樓外追上了行天。行天正走向大街，步伐有些虛浮，整個人看起來搖搖晃晃。

「行天，你怎麼跑回來了？」多田攔住行天，阻止他繼續往前走。

「醫生吩咐過，你必須好好靜養幾天才行。」

「唔，話是這麼說沒錯……」不知道是不是因爲失血過多，行天的臉色正逐漸從小黃瓜轉變爲茄子。

「我想到你今晚和社長約了要見面，如果沒人在家幫你顧小鬼，你可能會很困擾。」

一個身受重傷的男人，竟然會說出如此負責又貼心的話，實在讓多田爲之動容。但是更讓多田動容的是行天身上的服裝。

剛剛因爲太過緊張，多田直到現在才看清楚行天身上那件T恤。T恤的胸口處印著「極樂♡

眞幌」幾個大字，而且還是陽剛挺拔的毛筆字。

「你爲什麼要這麼對你自己？」多田忍不住說道。

行天沿著多田的視線，緩緩低頭望向自己的胸口。

「這不是你帶來的替換衣物嗎？」

「對不起，都是我不好。」

多田原本以爲帶去的是非常普通的白色T恤。一定是因爲當時太過焦急才沒看清楚吧。話說回來，事務所的櫃子裡什麼時候有這件如此奇葩的T恤？

「這玩意到底哪裡來的？」

「上次哥倫比亞人送的。」

露露的服裝品味，早已超越人類能夠理解的範疇。多田不禁深深感到後悔，拿出來的時候應該再三確認才對。

但行天似乎絲毫不以爲意。印在衣服上的不管是血水還是墨水，或許對他來說都沒什麼不同吧。

「有菸嗎？」行天坦然自若地說。

「有是有，但你不能抽。」

「爲什麼？」

「醫生說抽菸會影響血液循環，好不容易接好的手指又會斷掉。」

何況一個失血過多的人，還抽什麼菸？多田堅決不肯拿出菸，行天卻笑著說：「你不用擔心，我馬上來促進血液循環。」

行天話都沒說完，突然伸手搶走多田手中的啤酒罐，一口氣喝乾了。多田看得傻眼，行天將空罐塞回給多田，以手上的繃帶擦乾了嘴角。

「我已經用酒精把血管都打開了，現在血液循環好得很，快給我菸。」

多田拗不過，只好從口袋取出LUCKY STRIKE菸盒，輕輕一甩，遞向行天。接著多田取出打火機，先點燃叼在嘴邊的菸，再把行天叼著的菸也點上了。

「呼，眞是美味。」行天心滿意足地吐出了一口煙霧。

「住在醫院，三餐什麼的都有人送來，日子確實過得很舒適。但是不能抽菸這一點，實在讓我很痛苦。」

「你差點連命都沒了，還抽什麼菸？我看你還是別抱怨了。」多田回想起行天在南口圓環渾身是血的模樣。

「我幫你付計程車費，快回醫院躺著吧。」

「反正你好像也不需要我幫你看家了。」行天露出賊兮兮的笑容。

多田不禁有些尷尬，趕緊解釋：「柏木只是來家裡坐一下，畢竟小春也在，我們不可能亂來……」

「知道了、知道了。」

行天的嘴角越翹越高，看起來簡直像一隻腦袋秀逗的柴犬。多田知道再怎麼解釋也沒用，只好沉默不語。

兩道香菸的細長煙霧，逐漸消散在悶熱夜晚的黑暗之中。多田心中充盈著安詳的氛圍，行天似乎也有相同的感受。兩人默默看著煙霧飄散，直到抽完一整根菸。

行天將菸蒂塞進多田手上的空罐。

「那我走了。」丟下這句話後，他轉身朝眞幌大街的方向邁開大步。

「等等，我還沒給你搭計程車的錢。」

多田原本想要拿出錢包，心頭猛然想起星給的那筆錢。此時一輛計程車剛好開過來，行天優雅地舉起了手。多田見計程車已經來了，心中一時焦急，乾脆將整個信封袋掏出來放在行天手裡。

「這麼多？你是要我搭計程車到稚內[34]嗎？」

行天拿著那沉甸甸的信封袋，歪著腦袋問道。

「到市民醫院。這筆錢交給你保管，可別亂花。」

行天坐進計程車的後座，多田彎下腰對著他再三強調。就在這時，車門自動關上了。

「這些錢可是包含了你的手術費跟住院費！」多田還是不放心，又補了這麼一句。行天打開車窗。

「等一下。」他朝司機吩咐後，轉頭問多田：「你剛剛說什麼？」

算了，反正是筆見不得光的橫財。多田心想，你愛怎麼花就怎麼花吧。

「明天我會去看你。」多田最後只說了這句話。

34「稚內」是北海道的地名，爲全日本最北端的都市（不包含尚有爭議的北方島嶼）。

行天面露微笑。多田見了他那清澈無瑕的笑容，忽然有股不好的預感。

「你不用來了。」

行天將左手肘放在窗戶已降到最底的窗框上，仰頭看著站在車旁的多田。

「多田，我很感謝你為我做了這麼多。」

「怎麼突然說這種話？」

「或許你說的沒錯，照顧小春是正確的決定。」

行天竟然會說出小春的名字，多田驚訝到把剛剛的預感也忘得一乾二淨。

「或許我這麼說有點奇怪。」行天接著說道：「在那最關鍵的時候，我採取的行動不是對小春動粗，而是保護她。光是這一點已經讓我覺得……很幸福。」

雖然行天的聲音微弱到幾乎聽不見，還是傳入了多田的耳中。多田凝視著行天，行天有些靦腆地笑了起來，關上窗戶。

「看吧。」

多田對著逐漸遠去的計程車低聲呢喃。那呢喃聲逐漸增強，最後變成了發自靈魂的大聲嘶喊。

「看吧，我早就知道了。我說過很多次，你不是個會傷害他人的人，絕對不是！我早就知道了。」

此時一群喝醉酒的年輕人經過多田身旁，他們看著多田的眼神帶著明顯的懼意，但多田並沒有理會。計程車的紅色車尾燈混入車陣中，有如流水一般彎過了轉角。

滿心的暢快感，讓多田揚起了嘴角。

隔天早上，小春看見睡在床上的亞沙子，興奮地問：「她是誰？客人嗎？」

睡在沙發的多田雖然全身痠痛，整個人卻感覺神清氣爽，開開心心地爲小春與亞沙子煎了荷包蛋。

亞沙子要回自己的家，多田和她在站前道別，帶著小春前往市民醫院。

多田愣愣地站在病房裡，看著空無一人的病床。

行天早已不知去向。

八

「我不應該把錢一口氣全交給他。」多田垂頭喪氣地說。

「聽說他不顧醫生阻止，付清醫藥費之後就離開了。」

「不曉得他會去哪裡？」

三峯凪子聽完整件事的來龍去脈，憂心忡忡地嘆了口氣：「阿春還是老樣子，一直在給你添麻煩。」

行天行蹤成謎的兩個星期後，八月底的某天傍晚，凪子終於回到日本。她一回國就馬上前來多田便利軒。聽說大件行李已經從成田機場以快遞的方式送回家，她自己則搭上前往眞幌的機場巴士。小春從剛剛就坐在凪子的膝蓋上，像無尾熊一樣緊緊抱住凪子，說什麼也不肯分開。

「因爲這個緣故，行天不在這裡。妳好不容易回來卻見不到他，眞的很抱歉。」

「請不要這麼說，我很感謝你幫忙照顧小春這麼久。」

多田與凪子在事務所會客區的沙發上相對而坐。小春的生活用品都收進紙箱了。昨晚，伴著小春的細微鼾聲，多田將相框、繪本及露露、海希買給她的大量衣服一件件放進箱內。

凪子在快遞的配送單上塡好了自家住處地址，交給多田。

「我會設定明天下午送達。」多田接過配送單，貼在腳邊的紙箱上。

「感覺眞有點不捨。」

多田獨自沉浸在感傷的氛圍裡，小春卻因爲終能與母親重逢，開心得不得了。

「媽咪呢？」小春朝凪子問道。她根本不在意多田剛講了什麼。

「媽咪後天就回來了。」

多田心想，果然不出所料，小春叫凪子爲「媽媽」，叫凪子的伴侶爲「媽咪」。到了後天，這個有點奇特但非常溫馨的家庭就會回歸日常生活。

凪子滿臉疼惜地看著小春，半晌後抬起頭。

「阿春如果回來，能不能請你聯絡我？我很擔心他的傷。」

「當然，我一定立刻聯絡妳。」多田拍胸脯保證。

凪子剛經歷長途飛行，現在一定很累吧。何況總不能讓小春一直留在這裡。多田下了決心，從沙發上站了起來。

「本來很想送妳們到車站，可惜只能送到樓下。」多田搬起地板上的大紙箱。

「這附近的便利商店，快遞收件只到傍晚六點。」

這當然不是眞的。隔天下午送達的快遞，就算深夜寄件也來得及。多田只是捨不得與小春分開，如果送她們到車站，自己可能會在車站大哭，被路人看笑話。

凪子似乎察覺了多田的想法，低頭對小春說：「我們回家吧。」

小春抱起熊熊走在前面，先走下事務所的樓梯。此時她穿著連身裙，腳下踩著涼鞋，打扮與當初剛來多田便利軒時完全相同。她頭上的髮夾是今天早上多田費盡苦心才幫夾上的。當時多田一邊梳著她的頭髮，一邊告知「今天媽媽會來接妳」，小春開心到整個人跳起來。

三人來到事務所所在的大樓門口，凪子與小春仰頭看著多田。

「小春，向多田叔叔說『謝謝』。」

「謝謝。」小春笑咪咪地說。

或許是還沒搞清楚狀況，也或許是一心想回家，小春看起來相當開心。

「我也要對妳說謝謝。」多田說。

「和小春一起生活的這段日子，我很開心。」

小春這才露出疑惑的表情：「多田叔叔不是要跟我回家？」

「小春，這裡就是我的家。」

小春逐漸明白了狀況，表情由開心轉為難過。

「行天呢？」

自從行天下落不明，小春一天大概會問這句話十五次。面對著關心行天的小春，多田總是不知道該如何回答，只好用「他出去一下」或「他晚點就回來」來敷衍小春。

但是今天的狀況有點不太一樣。多田決定給小春一個明確的答案。

「這裡也是行天的家。」

「行天也沒有要跟我一起回家？」

小春的眼角終於滾落了碩大的淚珠。多田蹲了下來，將紙箱放在地上，以空出來的手掌抹去小春臉頰上的淚水。

「小春，妳不用哭，妳隨時可以來玩，行天和我都在這裡等著妳。」

多田抱起紙箱，重新站了起來。凪子溫柔地牽起小春的手，向多田輕輕點頭。

凪子與小春朝箱急線眞幌站的方向邁開了步伐。

「妳要好好保重身體。」多田朝著小春那小小的背影說。

「要乖乖聽媽媽及媽咪的話。」

小春轉過頭來，雖然臉上全是眼淚與鼻涕，但她露出了笑容。她一隻手牽著凪子，所以只能用抱著熊熊的那隻手，在肚子附近輕輕搖晃，向多田道別。

多田也朝著小春揮手。眼眶越來越熱，視野越來越模糊，但多田還是強忍著淚水。因爲多田直到此刻才察覺，在事務所前面哭比在車站哭更加不妙。現在如果掉下眼淚，明天一定會傳出「那個經營便利屋的，老婆小孩好像離家出走了。這也怪不得她們，畢竟那男的一看就很沒出息」之類的謠言。

凪子帶著小春穿過斑馬線，轉眼消失在眞幌大街的人群之中。

明天就是九月了，傍晚時分卻依舊相當炎熱。多田假裝擦汗，以工作服的袖子抹去臉上的淚水和鼻水，乾咳了兩聲，切換自己的心情。

多田在便利商店寄出箱子，爬上樓梯回事務所。打開門的時候，多田忍不住嘆了口氣。

少了小春的衣服及玩具，整間屋子竟如此蕭條而冷清。

這些日子多田好不容易學會了一些簡單的料理，但多田此時什麼也不想做，只是坐在沙發上喝起了威士忌。行天平常蓋的小涼被還放在對面沙發上，摺得整整齊齊。行天平常用來存零錢的零食空罐也還在沙發底下。

那傢伙一定是不想打擾我跟柏木，才會選擇離開吧。多田一邊想著，一邊搖晃杯裡的茶褐色液體。那傢伙到底跑到哪裡去了？要是小指爛掉，我可救不回來。

如今剩下自己一個人，感覺整間事務所變得又大又靜。多田不禁納悶，當年行天還沒住進來的時候，我到底是怎麼消磨時間的？

多田試著細細回想，卻什麼也想不起來。

驀然間，多田感覺自己好淒涼，簡直就像是一條等待飼主回家的狗。

多田回歸了日常生活。而且是行天還沒有搬進來以前的日常生活。

久違的獨居生活，剛開始的時候讓多田感覺格外輕鬆自在。屋裡不會無緣無故亂成一團，也不用關心另一個人有沒有去大眾澡堂洗澡，或是需不需要理頭髮。每件事都可以按照自己的步調，而且只需要關心自己就行了，多田感覺生活中的壓力減輕了不少。

但是說話的機會也大幅減少了。往往一整天下來，只說了「你好，這裡是多田便利軒」，以及「工作已經完成，麻煩匯款到這個帳號，謝謝」。所以多田每次吃圍爐屋的便當，都會提醒自己要細嚼慢嚥。不然感覺下巴及舌頭的肌肉都快退化了。

過去行天也曾像這樣下落不明。多田滿心以為這次應該也一樣，那傢伙過一陣子又會突然跑回來，不用太擔心。或者應該說，多田抱著這樣的期待。

但炎熱的夏季像退潮一樣迅速遠去，秋意越來越濃，行天還是遲遲沒有出現。多田不知道他在哪裡，也不知道他過得好不好。行天不會來信，也沒打過一通電話。

小指有沒有順利接回來，好歹也說一聲吧。這傢伙在事務所住了兩年半，爲什麼可以走得這麼灑脫？多田對行天的擔憂逐漸轉變爲憤怒。那傢伙多半依然過著他的逍遙日子，就只有我在牽腸掛肚。多田一想到就滿肚子氣。

多田與亞沙子的關係，發展得遠比多田原本的預期還要好。多田有時會拜訪亞沙子的家，亞沙子偶爾也會來多田的事務所。

剛開始的時候，亞沙子每次來到事務所，多田都會感覺一顆心七上八下，不曉得行天什麼時候會突然將門打開。但是過了一陣子，多田漸漸習慣了。或許行天再也不會回來了。這樣的想法就如同滴在布上的水，在多田的腦海裡迅速滲透及擴散。

溼掉的布，會像染了色一樣，顏色逐漸變深。多田越是相信行天不會再回來，整個人就越是顯得消沉。敏感的亞沙子也感受到了。

「你在擔心行天？」亞沙子溫柔撫摸著多田的赤裸臂膀。

「他的生命力就像野生動物一樣強，這時候多半在哪裡活得好好的吧。」

多田雖然擠出開朗的語氣，亞沙子臉上的憂愁並沒有絲毫減少。

「他確實是個很有精神的人，可是……」亞沙子一句話說了一半，在棉被裡不安地動著身子，沒有繼續說下去。

多田明白亞沙子可能很自責，認爲行天離開多田便利軒是因爲自己。所以多田總是盡量避免在亞沙子面前提起行天，而且盡量裝出若無其事，不表現出陰鬱的一面。有時還因爲裝得太過頭，讓自己看起來像個輕浮的傻大叔。亞沙子總是笑著露出「眞拿你沒辦法」的表情，沒有多說什麼。雖然多田有時覺得亞沙子只是在同情自己，她看得出來「多田雖然裝出開朗的樣子，其實心裡很寂寞」，但兩人的感情大致上還算是穩定發展。

另外還有一件讓多田在意的事情，那就是每次到亞沙子家裡拜訪，都會馬上被帶進臥房。位於一樓的起居室及廚房，多田連一次都不曾去過。亞沙子曾向多田解釋，說因爲她不太會做菜，覺得很丟臉。事實上每次亞沙子泡了茶端進房間時，動作總是相當笨拙，令人捏一把冷汗。那模樣和她平常在店裡的形象截然不同。所以她說因爲不會做菜，不想進廚房，在多田看來似乎也不是什麼難以理解的事情。

畢竟才交往數個月，而且兩個人年紀都不小了，不會像年輕人一樣整天黏在一起。再加上兩個人都沒有一定要同居或結婚的想法，多田覺得只要像這樣平淡相處，慢慢拉近距離就行了，沒有必要操之過急。

亞沙子的家就跟多田便利軒一樣，隨時都處在極度安靜的狀態。

「便利屋？是我，住在山城町的岡。快來幫我打掃庭院。」

好一陣子沒聯絡的岡，在樹葉開始凋落的季節裡，突然打來一通委託工作的電話。

多田立刻開著發財車趕到岡家，岡已經拿著掃帚站在庭院裡等著。

「你那個助手呢？」

「自從上次的南口圓環事件之後，他就離開了。」

「他的傷治好了？」

「手指動手術接回來了，但他完全沒跟我聯絡，我也不淸楚復原得怎麼樣。」

岡聽了多田的回答，似乎有些自責。

「你那個助手也是成年人了，他會自己照顧自己，你沒有必要替他擔心。」

岡說完這句話，輕咳了兩聲，視線在空中飄來飄去。「總而言之，你今天就幫我把落葉掃一掃，燒掉就行了。」

「不用監視公車？」

「你別取笑我了。」岡尷尬地說：「爲了那件事，我被老婆狠狠教訓了一頓。抗議橫中公車的活動恐怕得暫時休兵了。」

根據岡的描述，在夏天那場騷動發生後不久，眞幌警署的刑警就登門拜訪了。

「那刑警姓什麼來著，好像是早川吧。」

不是早川，是早坂。多田從以前就被早坂盯上了，這次事情發生後不久，早坂果然就跑到事務所來問了一堆問題。多田按照當初與星套好的話回答，早坂到目前爲止也沒有繼續深究。

據說岡是這樣對刑警解釋的：「租了一輛公車要到箱根旅行，經過南口圓環時剛好遇上騷動。」至於那些抗議布條，岡則是強辯「我們把自己的心聲寫在布條上又不犯法」，沒想到刑警竟然接受了，並沒有多問什麼。

「那個刑警眞正在意的是那個賣菜的團體。」岡說道：「他一下子問『爲什麼你要把地租給他們』，一下子問『你有沒有參加過他們的活動』，我回答『我的工作就是把地租給想租的人』，以及『我不愛吃菜，只愛吃肉，所以才會把原本擁有的農地改建成公寓』。」

早坂從頭到尾只拜訪過岡家那麼一次，不知道是放棄從岡的身上追查線索，還是已經看出岡與ＨＨＦＡ之間並沒有什麼不爲人知的關係。

「但要應付我那老婆，可就沒那麼容易了。她知道我那天做的事情之後，氣得火冒三丈，從那天起，我光是提到『公車』這兩個字，她的一對眼珠就會像手電筒一樣照著我，懷疑我又要出去外頭惹事。」

因爲這個緣故，岡最近幾乎足不出戶，每天窩在家裡裝個慈祥的老爺爺，博取妻子的信任。

多田從岡的手中接過掃帚，開始掃起庭院。每掃動一次，地上的落葉就會發出類似將乾燥的紙揉成一團的聲音。

偶然間，多田不經意地抬起頭，望向道路對面的ＨＨＦＡ菜田。或許是因爲現在已經過了蔬菜的採收期，田裡只看見許多枯萎變成茶褐色的植物莖，看不出原本是茄子還是小黃瓜。泥土地面看起來很硬，長滿了雜草，上頭還積了不少落葉，整片菜田一個人也沒有。

岡今天難得在旁邊幫忙。他一邊將庭院裡的落葉聚集成小山，一邊轉頭沿著多田的視線望去。

「那個賣菜的團體，自從夏天結束以後就沒再來過。」岡說道：「大概是因爲菜賣不出去，他們上個月的租金到現在還沒有匯給我。何況他們還讓你的助手受了傷，還招來刑警上門。我打算不等租約到期，就把地收回來不租了。」

「我也覺得不要租給他們比較好。」多田附和了岡的想法。

ＨＨＦＡ的沒落是可以預期的結果，就算沒有發生南口圓環那件事也一樣。他們的蔬菜根本不是無農藥蔬菜的消息早已傳遍各地。過去有少數學校使用ＨＨＦＡ的蔬菜做營養午餐，如今這些學校的家長會及其他相關團體都已著手調查眞相，聽說已有孩童向兒福單位投訴「ＨＨＦＡ逼迫孩童從事重度勞動」。

多田並不清楚這些事情有多少是星在背後推動的，但可以肯定的是星一直處心積慮想要搞垮ＨＨＦＡ。前幾天，多田在眞幌大街上偶然遇見了星，兩人閒聊了幾句。

「最近眞幌變得清靜多了，對吧？」星得意洋洋地朝多田搭話。「只要我還住在眞幌一天，絕對不會讓那種鬼鬼祟祟的組織稱心如意。」

全眞幌最鬼鬼祟祟的組織，是你跟你那些手下，還有黑道幫派。多田默默地在心裡這麼想。星說的沒錯，ＨＨＦＡ已經很久沒到南口圓環進行宣傳活動了。

等待落葉燒完的時間裡，多田坐在露天邊廊上，看著岡家的庭院。岡也坐在旁邊，監視著焚燒落葉的火，避免延燒到其他地方。岡太太送上茶及點心，她自己則跪坐在多田與岡後方的房間角落，看著即將迎接寒冬的庭樹。

一隻棕耳鵯從遠方飛來，停在柿子樹上，啄起了殘存的果實。不一會，牠發出幾聲尖銳的叫聲，朝著鄰家屋頂的另一頭飛去。

「該怎麼說呢，我想你也不用這麼失魂落魄。」岡以尷尬的口氣鼓勵多田：「我相信你那個助手過不久就會回來。」

我看起來失魂落魄嗎？多田聽岡這麼說，反而有些不好意思。但也因爲岡這句話，多田燃起了一線希望。

「眞的嗎？」多田帶著心頭的一絲期待問道。

「那當然。除了你家，那個助手根本沒地方去。」

這個理由不僅沒有絲毫說服力，而且說得好像行天回來完全是逼不得已。多田反而更加沮喪了。但是另一方面，多田也毫不掩飾地告訴自己，就算行天是基於這種理由回來，自己還是願意接納他。

完成了一天的工作，多田將自己帶來的一個箱急百貨紙袋交給岡。紙袋裡是一件全新的針織外套。當初參加公車劫持行動的那個老婆婆借給行天止血的針織外套，因爲沾了太多血已經洗不乾淨。多田盡可能挑選類似的材質及款式，重新買了一件。岡一臉嚴肅地接下紙袋，拍胸脯保證一定會把紙袋交到老婆婆手上。

回程時，多田順道在圍爐屋買了便當。走在眞幌大街上，多田與一個曾經見過面的人擦身而過。那就是「棉被飛上天」事件的津山。津山滿臉笑容，帶著多田曾在照片上看過的妻子及女兒一起朝車站的方向走去，但是他完全沒認出多田。一家人經過之後，多田故意等了一小段時間，才假裝若無其事地回頭看了一眼。原本以爲應該已消失在人群之中，沒想到他們在一家房屋仲介公司前停下了腳步。多田猜想，多半是津山在東京找到了新的工作，所以帶著妻小回到眞幌，想要尋找全家一起生活的新住處。眞是太好了。多田高高興興地搖晃著裝便當的袋子走回自己的家。

來到事務所所在的大樓前，多田看見一輛發財車停在門口。搬家業者正將衣櫃、床架等家具搬上車斗。有間名爲元氣堂的針灸按摩店，與多田便利軒同樣位於二樓。那間店平時總是冷冷清清，沒什麼客人上門，看來店長打算關門大吉，或是換個地方開店了。

多田趁著搬家業者搬運家具的空檔，走上了狹窄的樓梯。來到二樓一看，元氣堂的大門完全敞開，多田終於能夠看見鄰居家的內部模樣。

室內空間比多田便利軒還要小一些，但有流理臺、廁所及瓦斯爐，可以看出元氣堂的店長不僅將這間店當做營業據點，同時也生活在這裡。多田看見插著牙刷的塑膠杯、外帶用的熟食餐盒，以及看起來用了很久的舊毛巾。

多田從來不曾跟這個鄰居打過招呼，甚至不常意識到對方的存在。多田也盡可能與這個鄰居保持距離，不扯上任何關係。當初眞幌警署的早坂得知星及他的手下曾經進出多田便利軒，多田懷疑正是這個鄰居向刑警告的密。

但如今得知這個鄰居要搬走了，多田反而覺得有點寂寞。熟悉的景色及熟悉的人一一遠離，讓多田感到莫名空虛。多田覺得自己就像一條被拋棄在空屋裡的老舊毛巾，沒有未來的希望，也沒有改變的機會。

剛好就在這段時間，彷彿算準了多田正意志消沉，由良與裕彌來到了事務所。那是個難得沒有工作的星期日，多田睡到很晚才起床，正打算出門吃午餐。

據說由良與裕彌的補習班上到中午結束，兩人相約去逛站前的書店。

「後來我們聊到多田哥最近不知過得好不好，就順道過來看看。」由良說道。

裕彌也笑著點了點頭。多田想到自己竟然被兩個小學生擔心，有些難爲情，趕緊洗了把臉，帶他們離開事務所。

由良與裕彌都說已經在補習班吃過家裡帶的便當，多田便決定送他們到書店，三人朝南口圓環的方向前進。

「最近裕彌的便當裡終於有肉了。」由良向多田說道。

他的口氣不知爲何有些洋洋得意，那副臭屁的表情讓多田覺得相當可愛。

「那太好了。」多田低頭看著走在旁邊的裕彌。

「你媽媽的想法改變了？」

「我也不知道，或許只是單純厭倦了ＨＨＦＡ的活動。」

裕彌有些不好意思地說：「現在我們幾乎不去田裡工作，我和媽媽說話的時間增加了不少，要應付她反而變成一件麻煩事。」

「你在害羞什麼呀。」由良喜孜孜地說：「現在你可以專心唸書，所以成績變好了，而且可以吃肉，氣色也變好了。」

「多田哥，夏天那段日子給你們添麻煩了。」裕彌以大人般的口吻鞠躬說道：「我一直想向你們當面道謝，又怕被取笑。因爲我在關鍵時刻竟然因爲貧血而昏過去了……」

事實上裕彌與由良早已向多田道謝及致歉過了。那場騷動的隔天，兩名少年就相繼打電話給多田。兩人對於當時在南口圓環沒有幫忙營救小春，後來還跟多田及小春走散，都感到相當自責。多田要兩人不用擔心，小春毫髮無傷。另外多田也請兩人詳細說明，自己不在場的時候，到底發生過哪些事情。至於行天，多田只簡單告知手指已順利接回，故意不提及他從醫院逃走的事。

「你們不用在意這些小事。」多田說：「我自己到頭來也沒幫上任何忙。幸好事情順利落幕，讓我鬆了口氣。」

「小春最近好嗎？行天哥的手指完全好了？」

多田只說小春已經回家去了，而行天一直沒有回事務所。

「行天跑到哪裡去了？」

「他本來就是個喜歡四處漂泊的人。」

由良與裕彌面面相覷，臉上都帶著擔憂之色。驀然間，由良似乎想到了一件事，抬頭望向多田。

「我前陣子在眞幌站前看到行天。」

「什麼時候？」多田吃了一驚。

「我記得是十月吧。有天晚上，我走出補習班，剛好看見行天走在第一平交道附近。我本想過去打個招呼，但因爲公車好像快發車了……」

這意味著行天雖然搬出了事務所，但沒有離開眞幌。

三人來到南口圓環，這一帶依然人聲鼎沸，人與人的縫隙之間還有鴿子昂首闊步地走著。一個老奶奶坐在長椅上，朝著鴿子丟麵包屑。

裕彌看著當初行天的小指掉落的位置，朝多田說道：「我一想到這輩子可能再也沒有機會見到當時公車上那些人，就有種奇妙的感覺。」

「爲什麼？」多田問道。

裕彌稍微想了一下，笑著說：「大概是因爲很開心吧。」

「但我再也見不到他們了。我不知道他們的聯絡方式，而且因爲ＨＨＦＡ的關係，鬧出了那麼大的事情……」

多田心想，事情鬧得那麼大也不全是ＨＨＦＡ的錯。岡那群老人劫持公車，以及行天的小指像火箭一樣飛上天都是原因。如果裕彌眞的想見公車上那些老人，多田大可把岡的聯絡方式告訴裕彌，但多田選擇默默點頭，什麼話也沒說。不知道到底是什麼樣的化學反應，讓夏天那場騷動在裕彌心中形成了美好的記憶。此時如果讓裕彌在平淡的日常生活中遇上岡，那場夏日回憶在裕彌心中的價值可能會暴跌。

身爲大人，多田認爲自己有義務要守護孩子的美夢，並幫助他們遠離怪人。就在多田默默點頭的時候，裕彌又說：「幸好小春應該偶爾會回來玩，行天哥過陣子也會回來。」

這次輪到由良頻頻點頭。多田不禁苦笑，自己竟然被兩個孩子寬慰了。

「就算這輩子再也見不到面……」裕彌接著說道：「我還是會一直記得行天哥。我不會忘記行天哥說過的話，也不會忘記他爲我做過的事。」

裕彌的口氣平淡卻堅定，多田不由得停下腳步，低頭看著裕彌。

「行天對你說了什麼？」

「他說，我應該做自己覺得對的事，但同時也要隨時懷疑自己的判斷是否正確……啊，到這裡就可以了。」

裕彌朝多田揮揮手，和由良一起走進書店所在的商業設施。

多田愕然佇立在南口圓環的人潮之中。

——我會盡量把妳記在心裡。就算妳死了，我還是會記得妳，直到我也死了爲止。

行天曾這麼告訴曾根田老奶奶。沒想到裕彌竟然會剛好說出相同的話。

喂，行天。你聽到了嗎？那孩子說他永遠不會忘記你。你不是說過嗎？你不希望自己被任何人記住。但是我告訴你，那是不可能的事。

沒有人能不存在於任何人的記憶之中，就這麼擁抱著自己的悲慘回憶，孤獨地墜入無盡深淵。就算行天如此期待，實際上也不可能做得到。

因爲行天還活著。因爲行天曾經與許多人產生過交流。他不可能斬斷一切與他人的關聯，進入終極孤獨的狀態。這種心願，實際上是一種傲慢。

如果可以的話，好想讓行天聽見裕彌剛剛說的話。

你不是孤獨的，當然我也不是。在這座城市裡，雖然我們不是家人，甚至連朋友也不算，但我們已經緊緊連結在一起。只要還活著，我們就不可能完全孤獨。不，就算死了也一樣。我們的身影永遠會淡淡地殘留在由良、裕彌及小春的記憶之中。就好像每到傍晚時分，就會隱隱浮現的那些令人懷念的影子。直到有一天，這些人的生命都走到了終點，關於我們的記憶也將完全融入黑夜。

但是在那個時候，由良、裕彌及小春的身影，仍會殘留在其他人的記憶深處。每個人的生命都會像這樣不斷延續下去。關於生與死的記憶，都會由這一代傳遞給下一代。

歡喜、悲傷、幸福或痛苦，並不會隨著一個生命結束而歸於虛無。恰如過世兒子的記憶，如今依然活在我的體內。兒子所帶來的巨大喜悅與幸福，以及無以復加的哀傷與痛苦，即便已逐漸淡化，卻從來不會在我的心中停止呼吸。同樣的道理，當我死了之後，一定會有某些人記得我。即便非常模糊，他們一定會隱約記得當初有這麼一個人，懷抱著這樣的痛苦與喜悅。

所有生命都擁有這種即便死亡也無法剝奪的資產。正因為如此，所有生命打從一出生，都會竭盡所能地讓自己活下去，並且盡全力與他人產生連結。這一切都是為了對抗殘酷的死亡，以及為了證明生命並非只是為了迎接死亡而存在。

行天，你我都曾嘗試墜入自己體內的黑暗深淵，最後都失敗了。想到這裡，多田忽然感覺到一陣笑意湧上心頭，忍不住笑了出來。行天，你明明希望活在孤獨之中，不與任何人有瓜葛。可惜你踏進了便利屋的世界，在這座城市努力地活著。當你驀然回首，你發現曾幾何時，自己已不再孤獨。

多田仰望眞幌的天空。南口圓環那些平常總是遲鈍又笨重的鴿子忽然振翅高飛，轉眼間已越過了環繞著廣場的高樓，飛向透著微曦的雲層彼端。

日子一天天過去，行天遲遲沒有歸來，轉眼已到了跨年夜。

多田取下這些日子以來一直垂吊在窗邊的紅色風鈴，以布仔細擦拭乾淨。風鈴在多田手中發出清雅而深幽的聲音。該收到哪裡好呢？多田想了一會，決定從床底下挖出電鍋。裡頭的五隻襪子成了最佳的緩衝材料。

到了傍晚，露露與海希來訪。多田正懶洋洋地躺在沙發上，喝著威士忌，完全提不起勁準備過年的應景物。一看見露露與海希，多田整個人彈了起來。

「便利屋，你也眞是的，別這麼懶懶散散，快打起精神。」

「我們帶了蕎麥麵、御節料理[35]跟年糕湯。」

露露與海希的兩隻手都提著大包小包。一進門，露露立刻將矮桌收拾得乾乾淨淨，海希則是用自己帶來的大鍋燒起開水。露露與海希養的吉娃娃小花也來了。牠興奮地在地板上跑來跑去，還將行天從前蓋的小涼被從沙發咬到地板上，將鼻子湊上去嗅個不停。

多田還沒反應過來，海希已經燙好了蕎麥麵，還加熱了年糕湯。她們連碗公也帶來了。露露接著取出大量保鮮盒，裡頭裝的是各式各樣的御節料理，幾乎擺滿整張矮桌。裡頭當然少不了大量的紅白蘿蔔絲。

有些是跨年夜吃的料理，有些卻是元旦之後才會吃的料理，全都混一起了。

「妳們可別告訴我又做太多了。」多田看著滿桌的料理說道。

「就是啊。」露露一臉哀怨地扭動身體。「我現在不切東西就感覺渾身不對勁。」

「偏偏小花又不能吃蘿蔔絲。」海希淡淡地說。

多田心裡很淸楚，自己這陣子過著獨居生活，她們因爲擔心才特地準備了東西前來探望。

三人於是圍著矮桌，一邊喝酒一邊吃著料理。

「其實我能夠理解便利屋的心情。」露露長嘆一聲。「自從見不到小春之後，我就感覺整個人失去了動力。」

35「御節料理」指的是日本人在年節期間才會享用的特別料理。一般放在方盒內，各種菜餚裝飾得漂漂亮亮。

「多田，你應該也覺得很寂寞吧？」海希以關心的口吻問道。

「倒也不會。她的母親說等氣候暖和一些，就會再來找我玩。」

多田裝出若無其事的態度，說出這句話之後又趕緊強調：「小春眞的不是我的私生子，妳們別誤會。」

「這我們知道啦……」露露看了海希一眼，彷彿下定了決心，開口問道：「你那個朋友，完全沒跟你聯絡？」

「沒有。」

「他到底跑哪去了？怎麼會任由便利屋一個人在這裡獨守空閨，眞不像是你那個朋友的作風。」

我可沒有獨守空閨。可能是因爲有點微醺，多田脫口說道：「我現在有交往的對象了，行天多半是不想打擾我才會搬出去吧。」

露露與海希一聽，當然是非打破砂鍋問到底不可。

「什麼時候交的？對方是什麼樣的人？」

「便利屋，你好壞！我一直以爲你會娶我。」露露忽然將上半身湊過來。

多田登時慌了，趕緊說：「我從來沒說過要娶妳。」

露露嘟著嘴：「這種事何必說出口？你沒聽過心有靈犀一點通嗎？」

這大概是世界上最可怕的「靈犀」了。

多田在兩人的逼問下，終於說出亞沙子的身分，還提到今天也邀過亞沙子來事務所，亞沙子卻吞吞吐吐地回了一句「抱歉，今天我有點私事要忙」。

過年期間，亞沙子或許會回老家吧。多田試圖這麼說服自己。但是一想到亞沙子可能會拜訪亡夫的老家，多田就感覺到一股不理性的妒意在腹中悶燒。這也是爲什麼多田從傍晚開始就一直喝酒。

「哇，不僅是社長，而且還是大美女？便利屋，她只是在玩弄你的感情吧？」

「露露，妳別危言聳聽。」

「絕對是被玩弄了啦。」

「多田，不要人家隨便挑撥一句，你就當眞。」

多田與露露的肚子裡各自悶燒著嫉妒之火，海希只好全力勸酒。「你們兩個別在那邊疑神疑鬼，像這種時候，多喝幾杯就沒事了。」

三人於是一杯接著一杯，一直喝到三更半夜。就在時間接近十二點，即將迎接嶄新一年的時候，事務所門外突然吵吵鬧鬧，不時傳來上下樓的動靜以及物體碰撞牆壁的聲音。

「外頭在吵什麼啊？」

露露以醉醺醺的雙眸轉頭望向事務所的門。

「可能在搬家吧。」多田也想不到會是誰。

「隔壁鄰居前陣子搬出去了。」

「沒有人會在三更半夜，而且還是跨年夜搬家吧。」

腦袋裡依然殘留一絲理性的海希，不留情面地推翻了多田的臆測。

就在這時，事務所的門突然被人用力拉開。

「打擾了，我是隔壁的新鄰居。」行天大剌剌地走了進來。

「啊，這是搬家的蕎麥麵[36]，請多指教。」

露露與海希都對著行天露出傻眼的表情。至於多田，則是驚訝的程度超越「嚇到站起來」，變成想要站也站不起來。

「蕎麥麵？我們剛剛都吃過了。」多田勉強擠出這句話。

「吃過可以再吃，新年快樂！」

行天將一包蕎麥麵與一對迷你門松放在矮桌上。他的右手小指依然殘留著明顯的傷痕，但似乎接合得相當不錯。一條紅色細線沿著小指根部繞了一圈。

「現在還沒過年，時間還差了一點點。」多田由於站不起來，只能仰頭看著行天。

「跨年夜就擺門松，可是會招來霉運。」

「放心吧！」行天笑著說：「我會把你的霉運都擋掉。」

多田看著行天的笑容，心裡非常想對他飽以老拳，大罵「到底要讓別人爲你的事操多少心」，同時又想給他一個熱情的擁抱，說「你終於回來了」。心中雖然有千言萬語，但最後兩種想法都沒有付諸行動。

「這段日子，你到底住在哪裡？」多田只問了這句話。

「我家。」門外忽然傳來女人的說話聲。

多田轉頭一看，亞沙子竟然站在門口，身上穿著全套運動服。亞沙子的背後站著星，星的背後站著伊藤、筒井及金井，臉上各自帶著笑容。

「這段日子，行天一直睡在我家客廳。多田，你都沒發現？」

完全沒有。多田得知了這驚人的消息，一張嘴開開闔闔，卻是一句話也說不出口。

「眞的很對不起。」亞沙子對著多田深深鞠躬。「我好幾次想告訴你，但是行天一直求我不要說。」

亞沙子說，南口圓環事件的隔天，行天忽然跑到她家。當時行天臉色發青，右手包了一大團繃帶。那天是亞沙子的中元連假最後一天，她完全沒料到行天會在大白天突然登門拜訪。但她看行天似乎因爲失血過多，連站都站不穩，隨時可能昏倒，只好打開門讓他坐在木頭地板邊緣的橫木上。

行天懇求亞沙子暫時收留他一陣子。行天不希望長期住院，造成多田的經濟負擔。他強調只要每天晚上有一小塊地方睡覺就行了，絕對不會給亞沙子添麻煩。

亞沙子提議「我可以幫你代墊住院費用」，但行天堅持不肯接受，理由是不曉得何時才能還錢。

「我盡可能不想借錢。」當時行天這麼告訴亞沙子。

「因爲我想早點存到足夠的錢，好搬離多田的事務所。我如果一直住在多田那，妳要去找他就不方便，對吧？」

---

36 依照日本傳統習俗，搬家者會在搬到新家後，贈送蕎麥麵給街坊鄰居。

「其實也沒那麼嚴重……」

亞沙子聽行天輕描淡寫地說出自己與多田正在交往的事實，不禁有些難爲情。「我可以跟他約在其他地方見面。」

「不行，你們要是那樣做，我一定會被馬踢到全身複雜骨折[37]。」

行天脫了鞋，通過內廊進入客廳。他看見一張大型的皮革沙發，立刻坐了上去，一邊確認沙發的彈性，一邊說：「啊，妳在擔心會有那方面的危險嗎？妳放心！我這個人真的非常安全！」

亞沙子聽得傻眼，行天卻自顧自地說個不停。「如果妳不相信，我可以當場切掉！反正只要放進冰箱裡，將來找一天到醫院接回來就行了。而且我這玩意也跟小指差不多，妳完全不需要擔心。」

行天說得非常認真，一副馬上要拉開褲子拉鍊的態度。

「不用了！不用了！」亞沙子一臉慌張地阻止道：「我明白了，你就在我家好好養傷吧。」

亞沙子說完來龍去脈，多田便利軒陷入好一陣子的沉默。

過了好一會，露露與海希才同聲大喊：「這太扯了！」

「你還是老樣子，愛給人添麻煩，完全不按牌理出牌。」

露露苦笑著說：「爲什麼不來我們家？」

「我要是住在哥倫比亞人家裡，多田一定會馬上知道。」

行天說得好像一切都理所當然。海希的炮火則對準了亞沙子。

「妳堂堂一個社長，未免太容易妥協了吧？妳公司的營運沒問題嗎？」

「勉強過得去。」亞沙子略帶尷尬地說：「我只是不習慣跟行天相處，一時拿捏不好分寸……」

「總而言之，」行天在海希與亞沙子之間打起了圓場：「我是因爲無處可去，所以借住在亞沙子家裡，但我跟她眞的沒有任何曖昧關係。」

有還得了?!多田在心中大罵。你爲了不想妨礙我跟亞沙子交往，做出的決定竟然是偷偷住進亞沙子的家裡？你的腦袋到底是哪裡出問題？雖然多田在心裡罵個不停，嘴巴卻一句話也說不出口，只能像金魚一樣一開一闔。

「我雖然住在亞沙子家裡，但亞沙子工作忙，其實大部分時候都不在家。」

接著換行天描述起在柏木家的生活。「我每天都閒得發慌，只能偶爾幫忙打掃一下，偶爾到醫院做個檢查，除此之外就是找個地方一個人吃飯。因爲實在太閒了，白天我有時會偷偷溜進亞沙子家附近的豪宅，故意在庭院站著不動，假裝自己是大理石像。」

此時多田的精神狀況還沒恢復到能吐槽的程度，只能在心裡大罵「最好是啦」。

「就在我煩惱今後該怎麼辦的時候，賣糖的告訴我，事務所隔壁鄰居搬走了，現在屋子空著。」行天接著說道。

「賣糖的建議我開一家徵信社，我答應了，所以他今天來幫我搬家。」

此時多田的聲帶終於恢復了功能。

---

37 行天說出這句話，是因爲日本有句俗諺說「妨礙他人戀情會被馬踢」。

「開徵信社？你哪來的資金？」

「租一間空屋當事務所，光是保證金就要花不少錢。你給我的五十萬雖然還剩下一些，但是不太夠，所以我請賣糖的贊助了一點。」

「你說什麼⁉」多田終於成功從沙發上站了起來。「剛剛才說不希望花我太多的醫藥費，現在竟然把那五十萬花得一乾二淨！」

由於星就在門口，多田只能壓低聲音，接著罵道：「而且你開業當偵探，竟然讓黑道出錢，以後誰知道他會出什麼難題給你！」

「便利屋，我說過很多次了，我不是黑道。我投資你的搭檔，純粹是因爲看好他，認爲這筆錢一定能回本。」從剛剛一直沉默不語的星，耳尖地聽見了多田的抱怨。

「我看你的事業經營得不錯，也該擴大規模了。你就當作搭檔開的是多田便利軒的徵信業務分店吧。」

爲什麼連這種事情都可以強迫……多田先是懊惱地垂下了頭，但不知道爲什麼，嘴角卻漸漸上揚。行天開徵信社不可能一天到晚接得到工作。何況以他的懶散性格，每個月的收入夠支付房租就該偷笑了。換句話說，多田未來勢必會持續背負這個額外的包袱。

「放心，船到橋頭自然直。」行天說得悠哉，彷彿對未來沒有絲毫不安與恐懼。

多田再也按捺不住，終於呵呵笑了起來。不管是坐在沙發上的露露與海希、站在矮桌旁的行天，還是擠在門口的亞沙子、星及他的手下們，都目不轉睛地看著突然發笑的多田，眼神帶著三分擔憂，以及三分笑意。

算了，誰叫便利屋這工作，就是寄身於群衆的生活之中，承攬一切的麻煩事？

多田輕拍行天的肩膀，對著門口說：「柏木小姐、星，還有其他幾位都進來吧，讓我們爲慶祝新年及行天的自立門戶乾杯。」

在人口密度大幅增加的事務所內，吉娃娃小花開心得跳來跳去。大鍋再度煮起了熱水，一雙雙免洗筷及一枚枚紙盤子被拿出來分發給衆人，每個人手上都拿到一瓶酒。

眞幌市的各個角落都響起跨年夜的鐘聲。隨著那嘹亮的鐘響，閃爍著星辰的寒冬夜空彷彿變得更加清澈而深邃了。

「歡迎回來，行天。」

「嗯，我回來了。」

多田便利軒就在熱鬧滾滾的歡笑聲中，迎來嶄新的一年。

聖誕老人與馴鹿是好搭檔

多田便利軒系列　番外篇

十二月是便利屋最繁忙的時期。

執業於東京都西南部眞幌市內的多田便利軒，這陣子每天都有接不完的打掃及擦窗戶工作，生意可說是相當興隆。多田啟介每天都帶著吃閒飯的惹禍高手行天春彥，開著心愛的發財車，往來於市內各地。

這天，多田得擦拭排油煙機風扇上的頑強油漬，得回收囤積在倉庫裡的廢紙，得清掃庭院裡的落葉，還得牽著一條牛頭㹴到處遛達（跟十二月無關），可說是忙到焦頭爛額。

這段時間，行天在做什麼呢？一邊抽著菸，一邊觀察風扇被擦得乾乾淨淨。從雜誌堆中抽出《Morning週刊》，大喊：「眞的假的啦！島耕作跟大町久美子結婚了。」把塞滿落葉的垃圾袋當成枕頭，在別人家的庭園裡睡午覺。擅自餵牛頭㹴吃魚肉香腸，然後對牛頭㹴曉以大義：「靠！那根是我的手指啦！」總歸一句話，愛偷懶又沒路用。

多田已經不再對行天抱持任何期待與希望，而且下定決心要徹底無視這個人的存在。當然多田的心頭偶爾還是會響起「爲什麼只有我累得像條狗」的吶喊，但他總告訴自己，對行天說教或要求他工作，是一種宣告敗北的行爲。因爲行天絕對不會乖乖聽話照做，他只會嘴上應一聲「好」，行爲卻是依然故我。多田就算說破嘴，也只是把自己搞得一肚子火。

多田決定抱持最嚴肅的心情，將行天這個現象定義爲從天而降的災厄。他是惡魔派來的專業吃閒飯，他是禁欲清修者的精神食糧。

將來是否有一天，自己能夠不嗔不怒，有如海納百川，接受行天的一切言行舉止？多田心想，那恐怕只有兩種可能，一是自己已成目空一切的得道高僧，二是自己已經變成頭殼空空的死人骨頭。雖然那目標如此遙遠，但多田並不氣餒，每天都努力讓自己的心靈有如一片風平浪靜的大海。當然這樣的努力也經常爲多田帶來空虛的無力感。我只不過做個便利屋，爲什麼得把自己搞得像苦行僧？即便抱著這樣的矛盾，多田還是每天說服自己進入「無」的境界。天底下恐怕只剩下「無」字訣，能夠對抗行天的無法無天。

就算是在最忙碌的瞬間，看見了神遊天外的行天，心中的一池春水也不會起半點漣漪。如今的多田已經修煉到這樣的境界。怪只怪自己命運多舛、造化弄人，多田便利軒好死不死竟然在今年的十二月二十四日沒有接到半件工作。

因此多田從一大早就必須坐在事務所的沙發上打發時間，看著行天乾瞪眼。睡在矮桌對面沙發的行天終於醒了，他裹著毛毯，伸了個大大的懶腰。

「早。」

「嗯，快中午了。」

多田吃完了早餐兼午餐的泡麵，把容器放在矮桌上。

「冷死了。」

行天把下巴埋進毛毯裡，縮著身體坐在沙發上。「明明在屋裡，呼出來的氣都是白的。我們開暖爐吧。」

「不行，我們要節省電費跟煤油。」

「如果凍死了，還節省個屁？」

行天從口袋裡取出扁掉的香菸盒，抽出一根萬寶路薄荷菸，點了火，用力噴出一口煙。或許他是想藉由吞雲吐霧來掩蓋呼出的白氣，強迫自己拋開一切關於室溫的念頭。

「今天有啥工作？」

「我這樣子，難道你看不出來嗎？今天啥都沒有。」

「難道我們眞的山窮水盡了？」行天說。

「現在不是賺錢的大好時機嗎？我們不是已經節儉到拿指甲跟剩沒幾根的香菸來點燈[38]了嗎？今天不是快樂的聖誕夜嗎？你不找社長出去約會？」

「等等，好像怪怪的。雖然我們確實一直處在《貧窮問答歌》[39]的狀態，但最後一句跟貧窮無關吧？」

「你不找社長出去約會？」行天露出賊兮兮的笑容。

「我爲什麼要邀她出去約會。」多田別開視線。「我跟柏木小姐又不是那種關係。」

「噢……」

行天對著天花板吐出了一圈圈煙霧，簡直像蒸汽火車頭。

他口中的「社長」，指的是眞幌廚房集團社長柏木亞沙子。前一陣子，多田接受了她的委託，爲她整理亡夫的遺物。

若說多田完全沒有心動，那是騙人的。但雙方都是年紀老大不小的成年人，內心好歹也有一、兩個，甚至是三、四個傷痛回憶。因此多田刻意壓抑了萌芽於心中的感情，從來不曾嘗試主動接近亞沙子。人家可是本地連鎖餐廳的社長，每天過著忙碌的生活，而自己只不過是個連暖爐都捨不得開的便利屋。就算向亞沙子表白，也只不過是給對方添麻煩而已。多田心中或多或少懷有這種自慚形穢的念頭。

然而行天卻完全不瞭解多田這種纖細而複雜的熟男玻璃心。他一聞到愛情的氣息，一下子說「你給我兩千圓，我就暫時離開事務所兩小時」，一下子又大喊「YOU！快表白YO！[40]」，簡直像條笨狗，或是見獵心喜的國中男生。至於多田的回答，則不外乎是「我不希罕兩小時，麻煩你永遠離開。」或是「你以爲自己是某某事務所社長嗎？」每當氣得七竅生煙，多田總是不禁感慨「無」的境界是何其遙遠。

多田瞪了行天一眼，行天裝作渾然不知，把菸頭拿到菸灰缸捻熄。

就在這時，忽然有人開門走進事務所，連門也沒敲。多田轉頭一看，原來是露露與海希。

「便利屋，幸好你們在家。」

「有事想請你們幫忙。」

露露與海希各自說道。她們是住在後站的娼妓。海希的穿著打扮完全像個正常的年輕女性，露露卻打扮得花枝招展，有如南洋島嶼上的熱帶鳥類。

露露與海希毫不客氣地走到沙發坐下，從兩側將多田夾在中間。

38「拿指甲來點燈」是日本俗諺，用來形容日常生活過得極度節儉，連點燈也捨不得使用蠟燭，所以點在指甲上。

39《貧窮問答歌》是日本奈良時代和歌作家山上憶良的作品，內容描述貧困者的悲哀。

40此處影射已故傑尼斯事務所（現改名SMILE-UP.）社長強尼．喜多川的名言。雖然喜多川長年不斷傳出性侵旗下男藝人的醜聞，但因其在日本演藝圈擁有極大權勢，日本各大電視臺及報社皆蓄意掩蓋事實，因此在二〇二三年以前，日本社會大眾鮮少有人知道此事（喜多川在二〇一九年因病去世）。本篇發表於二〇一三年，當時喜多川的性侵問題尚未引發廣泛討論。

「你們家好冷。」海希猛搓自己的手臂。

「聽說是因爲窮。」行天用毛毯把自己包得像隻蓑衣蟲。「所以妳們不管委託什麼工作，我們一律照單全收。」

不要亂打包票！多田不敢直接反駁，只以嘴形警告行天不要亂說話。露露與海希的委託就像福袋一樣。拆封之後就算發現是爛東西，也沒辦法退貨，所以絕對不能在聆聽詳情之前就胡亂答應。

「太好了，我就知道便利屋一定會答應幫這個忙。」

露露眉開眼笑地看著行天，身體朝多田擠來，豐滿的胸部壓在多田的手臂上。多田承受著露露的胸部攻擊，心裡想著「雖然我是男人，可不是每個女人的咪咪都照單全收」。此時多田的精神狀態，已經超越了「無」，進入涅槃的境界。

「不，我得先知道委託的內容才能決定……這個月我眞的很忙，尤其是明天之後，幾乎所有時間都排滿了。」

「你放心，這個工作今天就能搞定。」露露無情地截斷了多田的退路。

「是這樣的，有一家托兒所，今天要舉辦聖誕派對。」

「我拒絕。」行天光速說道：「我最不會應付小鬼了。」

這工作可是你剛剛打包票接下的！多田以嘴形向行天提出抗議。

「別這麼無情嘛。」露露一邊扭動身體一邊說。

「這個工作需要兩個人。一個當聖誕老人，一個當馴鹿。」

「請問……為什麼要為托兒所安排聖誕派對？我記得妳們沒有小孩。」

「這件事情說來話長。」海希回應多田的問題。根據海希的描述，詳情如下。

露露與海希有個朋友叫賽德絲，同樣從事娼妓工作（多田心想，這是什麼怪名字？該不會是妳們背後的黑幫老大取的吧？但是多田當然沒有說出口）。賽德絲有個八個月大的兒子，每天都送到托兒所。

那家托兒所位在後站某公寓內，能夠為就學前的幼童提供全天候二十四小時的照顧。雖然沒有營業執照，但保母們熱心又善良，所以包含賽德絲在內，許多必須在外工作的父母都把孩子送到這家托兒所。

今天是聖誕夜，托兒所原本安排在點心時間舉辦聖誕派對，沒想到發生了一些意外狀況。某個孩子的父親原本預定在聖誕派對上扮演聖誕老人，但因為親戚突然過世，他臨時必須帶著妻小返回老家，無法參與活動。屋漏偏逢連夜雨，某個原本要扮演馴鹿的母親突然得了流感，同樣臨時無法參與活動。

由於托兒所的員工人數有限，如果連聖誕老人及馴鹿都由員工裝扮，將沒有足夠人力來照顧孩子。而且其他孩子的父母也都無法臨時請假，照這樣下去，恐怕聖誕派對上將會沒有聖誕老人及馴鹿。

「賽德絲跟我們今天下午一點就得上工。」

「聖誕節是我們最忙的日子。」露露與海希沮喪地說道。

「最近好像很多人得流感。」

多田聽完之後大感同情，內心起了伸出援手的念頭。

「反正我絕對不去。」行天堅決不肯同意。

「別這麼無情，這工作應該不難。」多田也加入說服行天的行列，態度與剛剛截然不同。「我讓你先選，你想當聖誕老人或馴鹿都可以。」

「我不要！去那裡聽一群小鬼哭哭啼啼，我一定會拉肚子。」

「你的肚子到底是什麼結構？上次你吃了過期一個月的羊羹，不也沒事嗎？」

「裝在銀色包裝袋裡的羊羹，就算過期了，還是有很高的機率吃了活跳跳。」

「我們不需要這種毫無根據的無用小知識。」

露露與海希見多田搞不定行天，也加入戰局。

「你不用擔心托兒所會不付工資。賽德絲已經先交給我了。」

「你不用陪孩子玩耍，因爲你們可是聖誕老人跟馴鹿。你們只要很臭屁地出現，發完糖果餅乾就可以閃人了。」

行天聽了似乎有些心動，多田立刻給他最後一擊。

「有了這筆臨時收入，我們就可以開暖爐了。」

「好吧，管他是要扮糟老頭還是糟禽獸，都包在我身上。」

行天甩掉毛毯，大義凜然地站了起來：「爲了那群小鬼，我這條命就交給你們了！」

沒人想要你的命。多田嘆了一口氣，朝露露及海希分別望了一眼。

「對了，既然要假扮聖誕老人與馴鹿，那服裝在哪裡？在托兒所裡頭嗎？」

「說到這個……」露露吞吞吐吐地說：「他們原本打算今天白天去買，所以到現在還沒有著落。」

「這是賽德絲寄放在我這裡的工資。」海希取出一張摺疊起來的萬圓鈔票。「服裝費也包含在這裡頭了。」

多田心想，我就知道是這麼回事，只好一邊搓揉著眉心，一邊接下鈔票，交給威風凜凜地站在旁邊的行天。

「行天，你到唐吉訶德去買聖誕老人及馴鹿的服裝。」

「咦？」

多田低聲補了一句：「你如果敢花超過兩千，使用暖爐就會變成計時制。」

「不會吧！」

多田與行天準備完畢，依照露露與海希告知的地址，出發前往托兒所。由於距離很近，多田決定走路前往，並沒有開車。但這個決定立刻讓多田大感後悔。

由於帶著服裝走路太麻煩，兩人都已經把服裝穿戴在身上了。多田裝扮聖誕老人，行天裝扮馴鹿。畢竟今天是聖誕夜，打扮成聖誕老人和馴鹿，照理來說應該是完全不顯眼才對。光是在南口圓環就有兩個發宣傳單的聖誕老人。

沒錯，如果是正常的聖誕老人和馴鹿，照理來說應該完全不顯眼。但如今的多田，卻不禁想要感謝上帝，自己的臉被白鬍子遮住了一大半。

行天依照多田的指示，到百貨量販店買來了聖誕老人的服裝。

「老頭的服裝還算好買，種類相當多。」行天將戰利品全部擺在矮桌上。

「但禽獸就沒辦法了。要控制在預算之內，根本買不到什麼好的裝扮道具。」

「所以……你這玩意是？」多田看著矮桌問道。

「嗯？鹿頭標本呀，很酷吧。」

行天得意洋洋地舉起那玩意。那是一顆公鹿的頭部標本，頭上頂著壯觀又氣派的長角。

「這麼短的時間裡，你到底是從哪裡弄來這個東西？你可別告訴我，你跑去打獵了。」

「怎麼可能！我是從阿波羅借來的啦。」

咖啡神殿阿波羅是一家位於眞幌大街上的咖啡廳。店裡有西洋盔甲，有假的馬賽克彩繪玻璃，還有大量讓人摸不著頭緒的擺飾物及盆栽。陳列方式毫無規則可言，既像洛可可風，又像熱帶叢林，幾乎可說是把「混沌」二字發揮到淋漓盡致。多田依稀記得那家咖啡廳的牆上確實掛著這樣一顆鹿頭標本。

「行天，我們可能需要溝通一下。拉雪橇的是馴鹿，不是一般的鹿。」

「反正一樣都是鹿，小鬼哪會知道那麼多？」

行天從事務所的角落取來工地用的白色安全帽及一大塊布，拍去上頭的灰塵，開始利用膠布跟繩索，把鹿頭標本固定在安全帽上。他好像越做越自得其樂，最後還哼起了歌。

「你用這種方法固定，不會掉下來嗎？」

「放心、放心，不過可不能讓小鬼們看到我的臉，得加上一塊布才行。」

行天同樣使用膠帶，沿著安全帽的邊緣黏貼上一塊白布。「好，搞定了！」

就這樣，打扮成聖誕老人的多田正走向托兒所的方向，背後跟著一隻鹿頭妖怪，走路還會搖來搖去，吸引了所有路人的目光。

遇上那種妖怪要不轉頭看，恐怕也很難吧。多田戰戰兢兢地回頭瞥了一眼。

原本的身高加上那顆鹿頭，讓行天的全長超過兩公尺。往兩側延伸的硬角超過了行天的肩寬，簡直就像走動的凶器。就在這個瞬間，一個路過的年輕男人忽然驚聲尖叫，同時將上半身向後仰。只要再晚半秒鐘，他的身體就被鹿角給戳中了。

由於連接安全帽的白布垂到行天的胸口，行天什麼也看不見，只能將雙手舉到胸前，像喪屍一樣一邊摸索一邊搖搖擺擺地前進。而且由於布跟安全帽都是白色，使得他看起來像是「頂著鹿頭的巨大鬼魂」。

一群女高中生站在遠處，看著行天嗤嗤竊笑。

「那是什麼呀！」

「我快笑死了！」

多田多麼想要全速逃離這個羞恥之地，但想到要拋下那個頭上頂著鹿頭的喪屍，又覺得有點於心不忍。多田無計可施，只好轉過身，走到行天的身邊說：「行天，你先把安全帽拿下來吧。到那邊再戴上就行了。」

「呃，我怕脫下來又戴上，鹿頭可能會掉下來，所以乾脆戴著慢慢走。多田，你不用管我，自己先走吧，我會從後面跟上的。」

「那邊是公車轉運站的方向，後站要往這邊。」

多田見行天不斷走向錯誤的方向，趕緊拉住他的手。「你完全看不到嗎？」

「嗯，只看得到一點光。」

「爲什麼不在布上挖洞？」

多田抓著行天的手腕，穿過ＪＲ眞幌站的車站建築，走向車站的後方。

「謝謝，你這聖誕老人眞貼心。」

「閉嘴，專心走你的路，我們現在要下樓梯了。」

「在黑暗中引導迷途者的光芒，爲什麼不管東西方都是紅色？」

「你在說什麼啊？」

「馴鹿的紅鼻子，跟居酒屋的紅燈籠，不都是紅色的嗎？」

「你問我，我問誰？」

眞幌車站後頭，放眼望去全是愛情賓館，以及露露、海希等娼妓接客的長屋。雖然都是營業中，但因爲現在還是大白天，所以路上行人並不多。多田並沒有看見露露與海希坐在屋簷下等待客人，或許正在長屋裡接客吧。多田牽著行天，通過長屋的前方。

露露與海希所告知的地址，是一棟七層樓的狹長形公寓建築，外牆貼著珍珠色磁磚。一片片磁磚反射著寒冬的陽光，讓人聯想到蛇的鱗片。看起來像是公寓，又有點像是綜合商辦大樓。

電梯非常小，大概走進三個人就滿了。多田與行天搭電梯上到五樓。每層樓似乎只有兩戶，兩人一走出電梯，便看見一扇門，上頭掛著一塊粉彩色調的招牌，上頭寫著「陽光托兒所」。

多田按下對講機的門鈴，等了一會，沒想到打開的不是眼前這扇門，而是位於走廊深處的另一扇門。看來「陽光托兒所」應該是把五樓的兩戶打通了吧。

「請問是多田便利軒嗎？」一名老婦人探頭出來。年紀約莫五、六十歲，看起來和藹善良。

「你好，敝姓多田。」多田脫下聖誕帽，向老婦人打招呼。

「敝姓福村，是這裡的所長。眞的很抱歉，突然麻煩你們這種事情。」

福村走出門外來到走廊上。她看見多田背後的鹿頭怪物，一時嚇得目瞪口呆。「這位是……馴鹿？」

「沒錯，在下正是馴鹿。」行天隔著白布強調了自己的身分。

「雖然因爲馴鹿界的鬥爭太激烈，讓我的角磨得又細又尖，看起來有點不太像馴鹿，但我正是馴鹿界的格鬥天王，馴鹿行天！」

這馴鹿未免太吵了一點。多田朝著行天的腰際使出一記霸王肘擊，同時對著福村滿臉堆笑。

「抱歉，請問我們現在應該怎麼做？」

「請你們拿著這個。」福村將手中的白色大袋子遞給兩人。「裡面有氣球跟糖果餅乾。所內的孩子包含嬰兒在內總共有八名。請把袋裡的東西分給大家，每個孩子一份。」

「我們什麼時候要進去？」

「請看這扇門。」福村指著掛了招牌的門。

「當我們從內側將門打開，就表示可以進來了。」

「好，我明白了。」

福村從走廊深處的門回到所內。關上門之前，她給了多田一個充滿孩子氣的戲謔眼神。多田點點頭，重新將帽子戴好，隔著身旁的門，注意所內的動靜。

「小朋友，聖誕老人跟馴鹿已經來到現場了！」門內隱約傳出福村的聲音。然後聽到了〈聖誕鈴聲〉的歌聲。聽起來似乎是孩子們與工作人員的大合唱，充滿了期待與歡樂的氣氛。

多田背好了白色大袋子，準備進入所內。

「行天，要上了。」

「沒問題。」

門開了，福村朝多田招招手。接著響起一陣拍手聲。門後沒有脫鞋的地方，看起來似乎是只要沒鋪地毯的地板，就可以穿著鞋子踩在上面。多田於是穿著聖誕老人的黑色靴子踏了進去。

包含福村在內的三名工作人員及八名孩子，共同迎接了多田的出現。不過八名孩子當中有兩名是嬰兒，根本不懂什麼是聖誕老人。這兩名嬰兒分別被工作人員抱在懷裡，正瞪大眼珠看著多田。其他六名孩子都是已經開始懂事的年紀，每個臉上都帶著笑容。有的孩子興奮地跳個不停，有的孩子不斷大喊：「聖誕老人！」

雖然臉有一大部分被鬍子遮住了，但多田還是努力擠出慈祥的笑容，朝著孩子們揮手。孩子們的拍手聲更加響亮了。

沒想到下一秒，多田背後忽然響起「砰」的一聲重響。多田嚇得轉頭一看，原來是行天（正確來說是行天頭上的鹿頭）撞在門框上。行天在門外不斷扭動身體，但因爲鹿角太寬，卡在門框外根本進不來。

「行天！角！角！」

多田壓低聲音提出建議：「先蹲下來，然後把身體打橫。」

拍手聲戛然而止。行天依照多田的建議，像螃蟹一樣橫著走進所內。但因爲剛剛的撞擊，安全帽及上面的鹿頭變得有些歪歪斜斜，導致行天更加難以保持平衡，上半身隨著鹿頭一起發生不尋常的擺動。

「好可怕……」一名五歲的小女孩低聲說。

同時坐在旁邊的三歲小男孩（推測）一臉驚恐地奔向旁邊的年輕女性工作人員。該工作人員懷裡的嬰兒更是嚎啕大哭，彷彿世界末日已經來臨。

或許那就是賽德絲的兒子。正當多田如此想著的時候，孩子們竟一個接著一個哭了起來。對鹿頭怪物的恐懼在孩子之間迅速擴散。有如破鑼般的「好可怕」叫聲，在房間內形成了另一種大合唱。

行天拉起蓋住臉的布，似乎想要調整鹿頭與安全帽的位置。多田放下大袋子，看著眼前的混亂場面，一時不知如何是好，對著行天說：「喂……因爲你的關係，現在亂成了一團，你自己想辦法解決吧。」

嬰兒哭得脹紅了臉，孩子們也都驚恐地緊緊抓著工作人員，只差沒有全身抽搐。行天看了眼前的慘況，又把眼前的布蓋了下來，有如拉上窗簾。

「噢，不行，好多小孩，而且都在哭。眞的不行，我快涅槃了。」

「涅你個頭！」

行天竟然就這麼以鹿頭怪物的姿態僵立不動，不管多田再怎麼好說歹說，都再也得不到任何回應。

這下該怎麼辦才好？多田完全亂了方寸，但包含福村在內的所有托兒所人員不愧是見過大風大浪的強者，依然是一副老神在在的態度。

「好了好了，別哭別哭。」

「沒什麼好怕的，他們只是聖誕老人跟鹿……呃，跟馴鹿。」

「各位小朋友，聽說聖誕老人帶了禮物來呢！」

多田聽了福村的話，終於恢復冷靜。沒錯，我還有糖果餅乾這個作弊級的武器。

「來，各位乖寶寶！」多田大聲說道：「我要發禮物了，大家排成一排吧。」

可惜沒有一個孩子照多田的話去做。每個孩子臉上都滿是淚水和鼻水。多田只好改變策略，主動走到每個孩子面前發送禮物。多田脫下黑色靴子，踏上了地毯。孩子們剛開始全都嚇得往後退，直到看見多田從大袋子裡取出氣球及裝著糖果餅乾的小袋子，才逐漸收斂了哭聲。

多田看著自己從袋子裡取出的氣球，不禁發出了讚嘆聲。每個氣球都是將一根根香腸狀的長條形氣球綁在一起，組合成了熊、兔子之類的可愛形狀。多田心想，這些應該都是工作人員親手製作的吧。裝著糖果餅乾的透明小袋子，袋口也綁著可愛的粉紅色蝴蝶結及金色鈴鐺。

剛開始說出「好可怕」的小女孩似乎鼓起了勇氣，走到多田面前。

「來。」多田蹲了下來，先將糖果餅乾的小袋子遞給小女孩。「妳想要什麼造型的氣球？」

「小兔子！」

小女孩破涕爲笑，小心翼翼地收下糖果餅乾及氣球，說：「謝謝聖誕老人。」多田心想，人家說小孩子的情緒變化很快，果然沒錯。

剩下的孩子們見狀，全都爭先恐後地聚集在多田身邊，各自拿到了糖果餅乾及想要的氣球。就連兩個被工作人員抱在懷裡的嬰兒，也各自抱著一個氣球，把其中一部分放在嘴裡當奶嘴吸。多田不禁爲那兩個嬰兒感到有些擔心。把氣球含在嘴裡，不會覺得很苦嗎？

「現在讓我們一起唱〈平安夜〉吧！」

福村這麼說，彈起了小風琴。孩子們與工作人員同聲高歌。

多田錯過了離開的時機，只好拿著空袋子，穿回靴子站在行天旁邊。這樣的場面，簡直像在接受孩子們獻唱聖歌。雖然有些尷尬及難爲情，但多田不禁專心聆聽起了那清澈的歌聲。

沉睡於馬槽中的救世主。浮現在多田腦海中的景象，卻是沉睡於在嬰兒床上的兒子。那個已經不在世上的兒子。

那是多田不願想起的回憶。因爲每當想起，心頭就會刺痛不已，幾乎無法呼吸。就在多田急著想將那悲傷的回憶拋出腦海時，忽然眞的感到刺痛，但不是痛在心頭上，而是痛在眞正的頭上。多田嚇了一跳，急忙轉頭，行天正配合著音樂的旋律，左右搖擺身體。每當行天的身體傾斜，他頭上的鹿頭就會跟著傾斜，鹿角的運行軌道會劃過多田眼前。原來我剛剛感覺頭頂刺痛，是因爲被這傢伙的角刺中了。多田趕緊退了一步，心裡暗罵這傢伙實在很會給人添麻煩。

當初海希說「發完禮物就可以離開」，但連歌都唱完了，多田跟行天還是沒有辦法離開。孩子全都圍繞在多田身邊，發動了問題攻勢。

「聖誕老人，你住在哪裡？」

一個流著鼻水的小男孩問道。眼神中充滿了好奇心。

「芬蘭。」

多田一說完答案，忽然有些不安。是芬蘭還是挪威？自己該不會灌輸孩子錯誤的觀念吧？

「那是什麼樣的地方？」剛剛又哭又笑的小女孩問道。

「冷得要命的地方。」說出這個答案的人不是多田。

所有孩子的眼光，全都投向旁邊的行天。鹿頭怪物依然直挺挺地站著不動。多田完全無法想像，行天那張被布遮蔽的臉孔，正露出什麼樣的表情。

「請問……你是馴鹿吧？」

抱著嬰兒的工作人員之一似乎再也壓抑不了好奇心，對著行天問道。

「沒錯。」白布的內側傳出了回應。

「我拉著雪橇，千里迢迢把這老頭載到這裡來，眞他媽累死我了。」

「喂，行天！」多田低聲斥罵。

「什麼事？」行天歪著頭問道。

他的頭一歪，鹿角又朝多田的腦門刺來，多田立刻在心裡舉手投降。就在多田急忙護住頭殼的時候，孩子們與行天依然持續著一問一答。

「你的雪橇在哪裡？」

「芬蘭跟眞幌，差不多就像月亮跟地球一樣遠。我們才剛到這裡，雪橇就壞掉了，所以當然就丟了。回程我們打算開發財車。」

「馴鹿，你跟聖誕老人是不是好朋友？」

「你聽誰說的？」

「繪本上說的，而且繪本還說你們住在一起。」

「這點倒是沒錯。至於我跟他的交情，其實也稱不上非常要好。該怎麼說呢？雖然我全心全意地對他好，但是在一起久了，總是會有倦怠期。」

「別在孩子面前胡說八道！」

多田提出抗議，但行天並不理會，接著問：「還有什麼問題嗎？」

「馴鹿，你有沒有跟聖誕老人要禮物？」

剛剛那個又哭又笑的小女孩再度提問，她似乎是個天眞又聰明的孩子。

「我什麼也沒要。」行天說：「因爲我根本不必開口，這老頭就會給我一切我想要的東西。例如睡覺的地方，還有食物。有時我突然想找人說說話，他也會跟我閒聊。唯一的缺點，是他的閒聊常常讓我覺得更無聊。」

看來我得親手送你離開才行了。多田完全忘了自己「無」的修行，一咬牙就想撲上去對這個忘恩負義的鹿頭飽以老拳。

「那你應該過得很幸福？」小女孩開心地說。

鹿頭愣了一下，開始前後搖擺。

「勉強可以這麼說吧。」

多田忽然改變了念頭，沒有衝過去逞凶。不曉得行天現在是什麼樣的表情？

多田與行天在〈聖誕鈴聲〉的歌聲歡送下，離開了托兒所。雖然過程中讓孩子們掉進人生第一次恐懼深淵，但整體來說算是平安完成了工作。

「累死我了。」

多田在走廊上將白色大袋子還給福村，走出公寓後脫掉紅色聖誕帽。

「你嘴上說害怕小孩，剛剛卻挺健談。」

「禽獸的職責，就是從旁協助老頭。」行天也終於取下了鹿頭安全帽。「多虧了這塊布，我什麼也看不見，所以沒有那麼害怕。我剛剛一直告訴自己，『我現在正在跟來自神祕行星的神祕物體X閒聊打屁』。」

「你的意思是說跟那種鬼東西打屁，比跟小孩打屁簡單？」

多田將聖誕帽塞進聖誕裝的口袋，行天則將鹿頭安全帽抱在腋下，兩人並肩走在後站的街道上。眼前的景色已逐漸被夕陽籠罩，長屋的不少窗戶都透出燈光。白天經過時，多田沒有特別注意，此時才發現那些窗戶的玻璃上都貼著紅色玻璃紙，窗櫺上還掛著假藤蔓。由於玻璃都變成紅色，灑落在路面上的燈光當然也是一片血紅。當初布置的人或許只是想要增加一些聖誕節的氣氛，但入夜之後看起來簡直像是發生了什麼慘絕人寰的凶殺案。

「本來想順便向露露及海希回報成果，但沒看到她們。」

「她們一定很忙吧。畢竟今天是聖誕夜。」

不管做的是什麼生意，忙碌總是好事一樁。多田試著這麼告訴自己。

「我們從明天開始，也會一直忙到年底。」

「好想過輕鬆一點的日子。」

「你的日子已經夠輕鬆了。如果不認真幫忙做點事情，我真的會把你趕出去。」

「知道了，知道了。」

多田與行天登上階梯，穿過車站建築，出了車站便是南口圓環。驀然間，一陣寒冷的高樓風迎面拂來。

「哇！好冷！多田，你帽子借我。」

「你可以戴上你的鹿頭安全帽。」

「我不要，好丟臉。」

都什麼節骨眼了，現在才覺得丟臉？多田聽得傻眼，行天也不等多田同意，擅自從多田的口袋抽出聖誕帽，以一隻手戴在頭上，幾乎蓋住了半顆頭。

南口圓環依然有著熙來攘往的人群。有的是正要去吃聖誕大餐的一家人，有的是終於等到情人出現的年輕男女。偶爾也會有拎著裝熟食的塑膠袋，仰望百貨公司聖誕樹的老人。每個人臉上的表情，都是幸福中帶著三分落寞。

「啊啊啊啊！」行天忽然沒來由地大聲哀號。

「怎麼？」

「我肚子好痛！接觸那些小鬼所帶來的壓力，果然讓我拉肚子了。」
「你這個人會有壓力？行天，沒想到你這麼幽默。」
「我不行了，憋不住了！我得全力衝回事務所。」
行天將鹿頭安全帽塞進多田手裡，靈活地從人群縫隙間穿梭而過，朝著遠方拔腿狂奔。多田看傻了眼，只能目送著紅色聖誕帽迅速遠去。
——在黑暗中引導迷途者的光芒，爲什麼不管東西方都是紅色？
因爲紅色是鮮血的顏色啊，行天。正是那紅色，在生命的內部流竄、脈動，不斷擠壓出力量與熱能。
行天，我跟你是否正在脫離黑暗？是否正各自盡全力朝著自己的幸福邁進？
但願過去是如此，更希望未來也是如此。
即便在前方引導著我們的，是那血腥的顏色。
多田淡淡一笑，忍受著路人投注在鹿頭上的視線，朝著行天離去的方向邁開大步。
漸趨黯淡的黃昏天空中，最初的星辰正向四方放射宛如金針般的縷縷光絲。

編按：〈聖誕老人與馴鹿是好搭檔〉首次發表於《達文西》雜誌（二〇一三年二月號），收錄於二〇一七年發行的本作文庫本，此次爲中文版首次翻譯出版。

文學森林LF0199

真幌站前狂騷曲

まほろ駅前狂騒曲

作者

三浦紫苑

一九七六年出生於東京。
二〇〇〇年以《女大生求職奮鬥記》一書出道。
二〇〇六年以《真幌站前多田便利屋》獲直木獎。
二〇一二年以《編舟記》獲本屋大賞。
二〇一五年以《住那個家的四個女人》獲織田作之助獎。
二〇一八年以《ののはな通信》（暫譯：野花通信）獲島清戀愛文學獎。
二〇一九年獲河合隼雄物語獎。
二〇一九年以《沒有愛的世界》獲日本植物學會獎特別獎。
其他小說作品包括《強風吹拂》、《光》、《哪啊哪啊神去村》、《當墨光閃耀》、《你是北極星》等，散文作品則有《乙女なげやり》（暫譯：自暴自棄的少女）、《のっけから失礼します》（暫譯：一開始就失禮了）、《好きになってしまいました》（暫譯：不小心愛上你）等，作品數量眾多。

譯者

李彥樺

一九七八年出生。日本關西大學文學博士。從事翻譯工作多年，譯作涵蓋文學、財經、實用叢書、旅遊手冊、輕小說、漫畫等各領域。li.yanhua0211@gmail.com

---

裝幀設計　謝捲子＠誠美作
內頁排版　立全排版
行銷企劃　黃蕾玲、陳彥廷
主　編　詹修蘋
責任編輯　李家騏、陳彥廷
版權負責　李家騏
副總編輯　梁心愉

初版一刷　二〇二五年三月三日
定價　新臺幣五二〇元

ThinKingDom 新經典文化
發行人　葉美瑤
出版　新經典圖文傳播有限公司
地址　10045臺北市中正區重慶南路一段五七號十一樓之四
電話　886-2-2331-1830　傳真　886-2-2331-1831
讀者服務信箱　thinkingdomtw@gmail.com
臉書專頁　http://www.facebook.com/thinkingdom/

總經銷　高寶書版集團
地址　11493臺北市內湖區洲子街八八號三樓
電話　886-2-2799-2788　傳真　886-2-2799-0909
海外總經銷　時報文化出版企業股份有限公司
地址　桃園市龜山區萬壽路二段三五一號
電話　886-2-2306-6842　傳真　886-2-2304-9301

真幌站前狂騷曲 / 三浦紫苑著；李彥樺譯. -- 初版. -- 臺北市：新經典圖文傳播有限公司, 2025.03
434面；　14.8×21公分. -- (文學森林；LF0199)
譯自：まほろ駅前狂騒曲

ISBN 978-626-7421-65-9(平裝)

861.57　　114001752